Un bébé à choyer

L'imprudente cavale

REGAN BLACK

Un bébé à choyer

Traduction française de
KAREN DEGRAVE

BLACK ROSE

HARLEQUIN

Collection : BLACK ROSE

Titre original :
COLTON FAMILY SHOWDOWN

HARPERCOLLINS FRANCE
83-85, boulevard Vincent-Auriol, 75646 PARIS CEDEX 13
Service Lectrices — Tél. : 01 45 82 47 47 - www.harlequin.fr
ISBN 978-2-2804-5409-4 — ISSN 1950-2753

Composé et édité par HarperCollins France. Achevé d'imprimer en avril 2021.
par CPI Black Print - Barcelone - Espagne
Dépôt légal : mai 2021.

FSC
www.fsc.org
MIXTE
Papier issu de sources responsables
FSC® C159065

Pour limiter l'empreinte environnementale de ses livres, HarperCollins France s'engage à n'utiliser que du papier fabriqué à partir de bois provenant de forêts gérées durablement et de manière responsable.

1

La nuit tombait et Fox Colton sifflotait lorsqu'il se gara devant l'énorme grange rouge qui constituait tout son univers. Elle abritait à la fois la maison qu'il lui fallait et le travail qu'il adorait. Il avait transformé seize hectares de bonnes terres du ranch Crooked C en un élevage de chevaux florissant.

Certains jours, cela lui semblait trop beau pour être vrai.

Fox était fatigué, mais d'une manière qui l'emplissait d'une immense satisfaction. Les deux derniers jours, qu'il avait passés à s'occuper du ranch de son frère en plus du sien, avaient été très longs. Wyatt avait eu mieux à faire : sa femme Bailey venait d'accoucher de leur fils, Hudson Earl Colton.

Après son travail, la veille au soir, il était allé à l'hôpital pour attendre la naissance avec le reste de la famille. Il avait découvert qu'avoir aidé d'innombrables juments à mettre bas ne lui avait pas rendu plus facile de gérer le stress d'un accouchement humain. Néanmoins, les étoiles qu'il avait vues dans les yeux de Wyatt quand celui-ci avait tenu son fils dans ses bras avaient largement compensé le stress.

Avant de sortir de sa voiture, Fox prit son téléphone pour faire un compte rendu à son frère et vit que de nombreux mails requéraient son attention.

Il ouvrit un message de Wyatt et pouffa en découvrant une photo de son bébé. Il ne pouvait pas en vouloir à son frère : Hudson était objectivement adorable. Fox le complimenta avant de faire le bilan de la journée. Tout le monde était à cran à Roaring Springs depuis que les malheurs se succédaient dans le coin. Dans les derniers mois, il y avait eu un meurtre, un taureau abattu et une grange incendiée sur les terres du Crooked C.

Fox rangea son téléphone et sortit de sa voiture. Il avait l'intention de se préparer un hamburger bien épais après une douche. Il entra, retira ses bottes et alla dans son bureau pour allumer son ordinateur. Il pourrait au moins répondre à quelques mails pendant que la viande cuisait.

Un post-it collé sur le clavier attira son attention et éveilla sa mauvaise conscience. Comment avait-il pu oublier ? Il s'empressa de confirmer un entretien d'embauche avec une généticienne équine pour le lendemain.

Fox ne cherchait pas particulièrement une assistante, mais ses affaires se portaient bien et il arrivait régulièrement qu'il réponde à des questions d'autres éleveurs. Il était peut-être temps qu'il songe à embaucher. Il relut le message que Kelsey Lauder lui avait envoyé. Son CV, à lui seul, était un argument convaincant en faveur de la création d'un poste d'assistante. Ses diplômes et ses travaux en matière de génétique équine étaient impressionnants. Et, s'il était honnête, il apprécierait de parler à quelqu'un qui comprenait que l'élevage de chevaux tenait à la fois de la science et de l'art.

La saison dernière, il avait perdu trois poulains dans des mises bas prématurées. C'était un risque du métier, bien sûr, et très en dessous de la moyenne, mais ce n'était jamais plaisant, ni pour le troupeau ni pour l'équipe. À chaque fois, il avait envoyé des prélèvements au laboratoire pour avoir le plus d'informations possible. Maintenant que la saison des saillies était passée, c'était le moment d'étudier les résultats. Ce genre de recherche intéresserait-il Mlle Lauder ?

Un gargouillis de son estomac ramena Fox à la réalité. Il ferma son ordinateur et l'emporta à l'étage.

Le trois pièces qu'il avait aménagé à l'étage de la grange était simple, fonctionnel, et lui convenait à merveille. Il imaginait facilement sa mère, Dana, être fière de lui en le visitant. Cela lui était d'autant plus facile que sa petite sœur, Sloane, lui avait rendu visite récemment. Elle n'avait aucun souvenir de leurs parents, mais elle était le portrait craché de leur mère. Sa sœur et lui avaient été élevés comme des Colton. Russ et Mara – la sœur aînée de Dana – les avaient adoptés après l'accident qui avait fait d'eux des orphelins. Sloane ne se souvenait que de leur deuxième famille et il arrivait à Fox de jalouser la simplicité de sa mémoire.

Il posa l'ordinateur sur la table de la cuisine et entra dans la salle de bains. Il plaça ses vêtements dans le panier à linge sale et prit le temps de se détendre sous la douche. Quand il en sortit, il alla dans sa chambre pour enfiler un pantalon en flanelle et un T-shirt à manches longues.

Après avoir jeté un coup d'œil à la pendule, il estima qu'il était trop tard pour qu'il se prépare un repas et se contenta de réchauffer un reste de soupe. Tout en la mangeant, il se laissa absorber par un article très détaillé sur un complément alimentaire qui réduisait les dérèglements hormonaux des juments.

Le bruit d'une voiture le fit sursauter, mais il n'y prêta pas plus d'attention que cela. Quelques employés du ranch avaient des vies sociales très actives. Tant que le travail était bien fait, ils pouvaient faire ce qu'ils voulaient de leur temps libre. Fox se rendit compte qu'il était déjà plus de minuit et soupira. Les chevaux auraient besoin de lui dans quelques heures. Il quitta sa messagerie et consulta la liste des juments qui devaient subir un test de grossesse dans la semaine, avant d'éteindre son ordinateur.

Tout le reste devrait attendre le lendemain. Il éteignit la lampe de la cuisine et alla dans sa chambre.

Il avait à peine posé sa tête sur l'oreiller quand il entendit des pneus sur l'allée gravillonnée. Cette voiture était trop près pour se rendre au dortoir des employés. Fox se raidit et prit son téléphone. Après les problèmes des derniers mois, il ne pouvait pas s'empêcher d'être nerveux.

Quand il avait aménagé la grange, il avait ajouté un porche devant la porte. L'une des marches grinçait depuis le début. Il bondit hors du lit dès qu'il entendit le grincement.

Un employé du ranch aurait appelé s'il y avait eu un

problème. Son téléphone à la main, Fox fonça vers la porte en s'armant de son fusil sur le chemin. Il avait l'intention de défendre sa propriété et de laisser le shérif tirer les choses au clair plus tard.

Quand Fox ouvrit la porte, la voiture, qui roulait sans phares, n'était plus qu'une ombre dans la nuit. Il y avait de bonnes chances pour que le conducteur heurte un arbre ou tombe dans un fossé, ce qui faciliterait la tâche du shérif. Fox sortit sur le perron, le fusil à l'épaule, et faillit trébucher sur un objet posé sur son paillasson.

C'était un paquet – un paquet de *couches*. Il ne reconnut l'objet que parce qu'il avait vu Bailey et Wyatt en acheter une certaine quantité quand ils se préparaient pour l'arrivée de leur fils. À côté se trouvait un porte-bébé qui contenait un bébé endormi, une tétine au coin des lèvres.

Fox baissa son fusil.

— Mais qu'est-ce que c'est que ça ? grommela-t-il.

Le bébé sursauta, ouvrit les yeux et se mit à téter sa tétine.

Abasourdi, Fox balaya les environs du regard.

— Ha ! ha ! lança-t-il.

Il ne voyait pas qui se servirait d'un vrai bébé pour faire une blague, encore moins pour *lui* faire une blague, mais il avait hâte qu'elle se termine.

— Vous m'avez bien eu ! lança-t-il un peu plus fort.

Personne ne répondit.

Il se frotta un pied contre l'autre jambe. Blague ou non, il faisait trop froid pour rester dehors aussi peu couvert qu'il l'était.

— Tu n'as rien à faire là, dit-il au bébé.

Même si celui-ci était chaudement habillé, il ne pouvait pas le laisser là.

— Tu n'es pas à moi, ajouta-t-il.

Le bébé s'en moqua éperdument.

Fox emporta le bébé et le sac de couches à l'intérieur. Le porte-bébé était bleu et décoré d'avions, de trains et de camions.

— Je présume que tu es un garçon, dit-il.

Comme ce n'était pas l'un de ses poulains, il ne lui revenait pas de vérifier cette hypothèse.

— Tu n'es pas à moi, répéta-t-il.

Il n'était pas possible qu'il ait eu un enfant sans le savoir. Il n'était pas sorti avec une femme depuis plus d'un an – ce qu'il avait du mal à admettre, même dans sa propre tête. Alors qui déposerait un bébé sur son perron ?

— Es-tu un fils de Wyatt ? demanda-t-il.

Bien sûr, le bébé ne répondit rien. Fox observa son visage sans lui trouver de ressemblance avec personne.

Il venait juste de voir le nouveau-né de Wyatt. Celui-ci était trop grand pour être flambant neuf. Les gens n'étaient-ils pas censés abandonner leurs bébés devant des casernes de pompiers ou des orphelinats ? Quel âge avait-il ? Comment avait-il atterri sur son perron ? Fox appela le dortoir, mais personne n'avait vu passer de voiture qui n'appartenait pas au ranch.

— Qui que soit ton père, tu ne peux pas rester ici.

Il n'était pas question qu'on force Fox à la paternité. Vu son enfance perturbée, il y avait renoncé dès le lycée – peut-être même avant. Bien sûr, le bébé s'en moquait.

Il verrouilla la porte, posa le pied sur la première marche de l'escalier et hésita. Pouvait-il laisser le bébé tout seul, même deux minutes ? Il inspecta les lanières du porte-bébé et estima qu'elles l'immobilisaient suffisamment.

— Attends-moi ! ordonna Fox avant de foncer à l'étage pour se changer.

Quand il redescendit, le bébé avait toujours les yeux grands ouverts.

Que voyaient les bébés ?

Il savait quand et comment la vision se développait chez les chevaux, mais il ne s'était jamais renseigné sur ce phénomène chez les humains.

Il s'assit sur le banc qui se trouvait près de la porte et enfila ses bottes.

— Allons-y ! dit-il en soulevant le porte-bébé. Ouf ! Tu n'es pas un poids plume… Tant mieux pour toi.

Il prit le sac de couches et ses clés.

— La police saura quoi faire de toi, conclut-il.

Il attacha le porte-bébé sur la banquette arrière. Il n'était pas sûr de s'y être bien pris, mais cela ferait l'affaire. Le trajet n'était pas très long et il serait prudent.

Le bébé resta calme et eut même l'air content quand Fox entra dans le commissariat à la recherche de son cousin, le shérif Trey Colton.

— Est-ce que Trey est là ? demanda-t-il au bureau d'accueil.

Le policier n'eut pas le temps de répondre.

— Je suis là, Fox ! lui lança Trey de la porte de son bureau. Viens !

Il écarquilla les yeux lorsqu'il vit ce que Fox portait.

— Qui est-ce ? demanda-t-il.

— C'est ce que j'aimerais savoir, répondit Fox avant de poser le porte-bébé sur le bureau et le sac de couches sur une chaise. Je l'ai trouvé devant ma porte.

— Quand ?

— Il y a moins d'une demi-heure. Je suis venu tout de suite.

— Pourquoi ?

Pourquoi ?

Son cousin devait être épuisé pour poser cette question.

— Pour que tu gères le problème, répondit-il. J'ai préféré te l'amener plutôt que de te faire venir au ranch.

— Personne n'a déclaré qu'un bébé avait disparu.

— Alors je serai le premier, grommela Fox en plantant les poings sur ses hanches. Ce n'est pas mon fils.

Le shérif haussa un sourcil.

— Dans ce cas, pourquoi l'a-t-on déposé devant *ta* porte ?

— Je n'en ai aucune idée. Je ne suis sorti avec personne, répondit Fox en se sentant rougir. Du moins pas sur une période qui aurait pu produire ce résultat.

Il aurait dû se faire faire cette vasectomie quand sa sœur était tombée enceinte. Elle était heureuse, il le voyait bien, mais elle l'avait terrifié en lui parlant de cousins à tout bout de champ. Il n'était pas fait pour être père. Elle ne se souvenait pas de cette partie de leur enfance, et cela valait mieux. S'il s'était fait opérer quand il y avait songé, il n'aurait pas eu à subir le regard suspicieux de Trey.

— Ce n'est pas mon fils, insista-t-il.

— Il est mignon, commenta Trey avant de détacher le bébé pour le prendre dans les bras. Regarde s'il y a un mot.

Pourquoi n'y avait-il pas pensé ? se demanda Fox.

— Non, il n'y en a pas.

— Et dans le sac de couches ? demanda Trey en tenant le bébé comme un professionnel.

Fox fouilla le sac, qui ne contenait que des couches, et secoua la tête.

— Y avait-il autre chose devant ta porte ? demanda Trey.

— Non.

— On dirait que tu as un mystère sur les bras, conclut le shérif.

— Non : *tu* as un mystère sur les bras, le corrigea Fox. Je ne peux pas le garder.

La seule idée de s'occuper d'un enfant pendant quelques heures lui donnait des sueurs froides.

Le bébé produisit des sons qui firent sourire le shérif.

— Ta porte n'est pas facile à trouver, lui fit remarquer Trey.

— Oh ! quelle jolie frimousse ! s'écria Daria Bloom, l'adjointe du shérif, en entrant dans la pièce.

Tout le commissariat était-il de nuit, aujourd'hui ? Avec sa grâce athlétique, ses traits délicats, ses yeux dorés et ses cheveux noirs coupés court, elle ressemblait plus à un mannequin qu'à une policière – ce qui ne l'empêchait pas d'être chargée de l'enquête sur le Tueur de l'Avalanche.

— Tu es un charmeur, n'est-ce pas ? dit-elle au bébé en s'approchant.

Le bébé lui sourit et en perdit sa tétine. Daria la ramassa.

— Comment s'appelle-t-il ? demanda-t-elle.

— J'aimerais le savoir, répondit Fox.

— Qu'est-ce que ça veut dire ? demanda Daria en fronçant les sourcils.

— Fox l'a trouvé devant sa porte et il est sûr de ne pas être son père, expliqua Trey.

— Ta maison n'est pas la plus facile d'accès, commenta Daria.

— Je lui ai dit la même chose, répondit le shérif alors que le bébé tendait la main vers son étoile. Quelqu'un s'est donné beaucoup de mal pour te remettre cet enfant, Fox.

— Mais il ne peut pas être mon fils, insista Fox. N'avez-vous pas des gens à appeler dans des situations de ce genre ?

— Je vais laver la tétine, annonça Daria avant de disparaître.

— Je peux appeler les services sociaux, répondit Trey. Si tu es sûr que c'est ce que tu veux.

Fox se raidit.

— Il se retrouverait dans une famille d'accueil ? demanda-t-il. C'est la seule option ?

Trey reposa le bébé et haussa les épaules.

— Pas de note, rien qui permette de l'identifier,

pas de bébé porté disparu… J'ai bien peur de ne rien pouvoir faire d'autre. C'est la procédure habituelle.

Fox regarda le bébé. Si la procédure habituelle avait été suivie après la mort de ses parents, sa sœur et lui auraient atterri dans une famille d'accueil. Mais son oncle et sa tante étaient intervenus, les avaient adoptés et avaient fait d'eux des Colton.

Il se massa le front.

— Non.

Le shérif avait raison. Sa maison n'était pas facile d'accès, ce qui signifiait que quelqu'un s'était donné beaucoup de mal pour lui confier le bébé – et ne pas se faire prendre.

— Non quoi ? demanda Trey.

— Pas de famille d'accueil. Il est évident que quelqu'un a commis une erreur, mais je m'occuperai de lui jusqu'à ce qu'on ait retrouvé ses parents.

Son père était peut-être un employé du ranch et la personne qui avait déposé le bébé avait peut-être choisi son perron parce que sa grange était plus facile à repérer que le dortoir.

— Je ferai ce que je pourrai pour t'aider, promit le shérif.

Daria revint avec la tétine.

— Toute propre ! annonça-t-elle. Tu devrais acheter un lacet pour qu'elle ne tombe pas par terre et peut-être appeler un pédiatre demain matin – juste pour t'assurer qu'il est en bonne santé.

Fox se doutait qu'il « devrait » faire beaucoup de choses dans les prochains jours.

— Tu as raison, répondit-il en essayant de contrôler

sa mauvaise humeur parce que l'adjointe voulait seulement l'aider. Est-ce que quelqu'un pourrait m'aider à installer ce truc dans la voiture ? Je ne suis pas sûr de l'avoir bien fait à l'aller. J'étais pressé.

— Je m'en occupe, répondit Daria.

Elle le raccompagna jusqu'à sa camionnette et fixa le porte-bébé.

— J'ai pensé à quelque chose…, dit-elle. Tu as peut-être un autre problème, Fox.

Génial.

— Lequel ?

Elle referma doucement la portière.

— Je reconnais que je suis un peu obsédée par le Tueur de l'Avalanche, dit-elle.

Il savait à quel point un problème pouvait obnubiler. Lui-même était souvent complètement absorbé par ceux du ranch ou ses recherches – ce qui était une raison de plus pour ne pas ajouter un bébé à la liste de ses responsabilités.

— Ce n'est qu'une supposition, poursuivit Daria. Mais *si* la mère de ce bébé a été enlevée, c'est peut-être le tueur qui l'a déposé devant la porte la plus proche.

Génial. Comme s'il n'avait pas assez de soucis.

— Tu peux venir jeter un coup d'œil au ranch, si tu veux, répondit-il. J'ai entendu une voiture dans l'allée et une marche de mon perron grincer.

— C'est tout ?

La déception de Daria n'était pas aussi grande que sa propre frustration.

— La voiture roulait sans phares, ajouta-t-il. Je

n'ai pas entendu de choc et je n'ai rien vu sur le trajet, mais cette route n'est pas facile à prendre dans le noir.

— Je passerai demain, répondit-elle.

Fox hocha la tête, se mit au volant et retourna chez lui *avec un bébé*. Comment était-ce possible ? Même si son premier essai de paternité n'était que temporaire, il le trouvait terrifiant.

Alors que le soleil couchant teintait le ciel de rouge et d'or, Kelsey Lauder s'arrêta au bout de l'allée gravillonnée qui menait à la grange rouge. Elle avait enfin atteint le bureau de Foxworth Colton. Elle avait deux heures de retard, mais elle était arrivée.

Son retard l'embarrassait – quel manque de professionnalisme ! – mais se présenter en retard et les joues en feu serait encore pire. Tous ceux qui conduisaient savaient qu'une panne de voiture n'était jamais bienvenue. Elle avait fait de son mieux pour tenir M. Colton informé de sa situation : elle avait laissé un message sur son répondeur et elle lui avait envoyé un mail pour lui dire qu'elle arriverait aussi vite qu'elle le pourrait.

Elle avait abandonné sa voiture sur le bas-côté de la route, les warnings allumés, et n'avait pris que son sac à main pour ne pas être encombrée. Comme il n'y avait pas de service de covoiturage dans les environs, elle avait fait du stop. Un camion qui transportait du foin l'avait bien rapprochée de son but, mais elle avait dû faire les deux derniers kilomètres à pied.

Comme elle s'efforçait de toujours regarder le bon côté des choses, elle trouva de l'espoir dans la beauté du coucher de soleil et dans l'éloignement de la propriété par rapport à la route et à la ville la plus proche. Elle aimait le calme et l'intimité – des choses qui lui avaient manqué dans les laboratoires et les dortoirs.

La partie sud du Crooked C était encore plus belle qu'elle ne s'y attendait. Elle avait fait des recherches approfondies sur Internet, mais les photos qu'elle y avait trouvées ne rendaient pas justice à la propriété. Elle s'imprégna de la beauté du paysage, des montagnes qui s'élevaient autour et des chevaux.

Cela faisait des années qu'elle cherchait la paix et la sécurité. Ces sentiments l'avaient envahie dès qu'elle avait mis le pied dans la propriété, comme si le ranch l'accueillait à bras ouverts. Cette impression irrationnelle lui remonta le moral.

Poserait-elle enfin ses valises à Roaring Springs pour y élever des chevaux dans le célèbre ranch Crooked C ? Elle était sur le point de frapper à la porte de son idole et de le découvrir.

Nerveuse, elle posa une main sur son ventre et s'arrêta à l'ombre d'un arbre pour refaire son chignon. Elle était peut-être en retard, mais elle obtiendrait cet emploi.

Depuis qu'elle avait soutenu sa thèse en génétique équine, elle avait enchaîné les contrats de courte durée. Cela lui avait permis de découvrir quelle partie de ses connaissances elle voulait mettre en pratique. Elle aimait le travail de laboratoire, mais le contact quotidien avec les chevaux lui manquait. Cela faisait des années qu'elle n'avait pas assisté à une mise bas. Avec un peu de chance et de persuasion, elle aiderait M. Colton pour celles du printemps prochain.

Se sentant prête, elle grimpa les marches du perron, inspira profondément et sonna. Elle attendit plusieurs secondes sans que rien se passe. M. Colton était-il sorti s'occuper de ses chevaux ?

Elle frappa, bien décidée à reporter l'entretien s'il ne pouvait pas lui parler maintenant. Dans toutes les interviews qu'elle avait lues et écoutées, Fox lui avait semblé être un homme bon et poli. Elle le trouvait déterminé, intelligent, humble et sincère. S'il ne pouvait pas la recevoir ce soir, il pourrait sûrement lui conseiller un garagiste. Comme cela arrivait souvent dans les petites communautés, le garagiste pourrait peut-être à son tour lui conseiller un hôtel abordable.

Roaring Springs était connue pour ses pistes de ski, son festival d'été et l'hôtel avec spa de luxe qui attirait nombre de célébrités. Kelsey n'avait pas les moyens de loger là, pas même une nuit.

Elle sonna encore en réfléchissant à ses options. Si M. Colton ne répondait pas, elle pouvait glisser un mot sous la porte et aller se renseigner dans les autres granges. Valait-il mieux qu'elle essaie de parler à quelqu'un ou qu'elle reste là, comme un chien perdu, à attendre son retour ?

Ses réflexions furent interrompues par des pleurs de bébé. Oh non… Avait-elle réveillé cet enfant en sonnant ? Ne jamais réveiller un bébé qui dort était l'une des règles fondamentales que la vie lui avait enseignées.

Dire qu'elle voulait faire une bonne première impression…

Le volume des pleurs augmenta, puis la porte s'ouvrit. Alors elle se retrouva nez à nez avec un cow-boy épuisé qui tenait un bébé très mécontent.

M. Foxworth Colton. Il était plus grand qu'elle ne l'imaginait, ce qui lui donna l'impression d'être plus petite que jamais. Ses cheveux châtains lui tombaient dans les yeux, sa chemise était à moitié déboutonnée, froissée et mouillée par endroits – à cause des larmes du bébé ou pire. Il ne s'était pas rasé depuis plusieurs jours. Sa biographie ne parlait pas d'une femme ni d'un enfant. Il avait plusieurs frères, mais il ne ressemblait pas à un oncle ravi à cet instant.

Quand leurs regards se rencontrèrent, elle crut que Colton allait se mettre à pleurer aussi. Le bébé – un garçon, d'après les avions qui décoraient sa couche – la fixa quelques secondes, hoqueta et se remit à pleurer. Kelsey eut autant pitié de l'un que de l'autre.

— Monsieur Colton ? demanda-t-elle.

— Oui.

— Je suis désolée de vous déranger. Je suis Kelsey Lauder. Nous avions un entretien…

Il ferma les yeux, fit passer le bébé sur son bras gauche et lui tendit sa main droite.

— J'avais complètement oublié, répondit-il avant de grimacer parce que le bébé hurlait encore plus fort. Je vous proposerais bien d'entrer, mais il vaudrait mieux que vous reveniez un autre jour. Pouvez-vous m'envoyer vos disponibilités par mail ?

Techniquement, elle le pouvait.

— Votre… femme est sortie ? demanda-t-elle.

La perspective de regagner sa voiture dans l'obscurité la tentait assez peu.

— Je ne suis pas marié. C'est…

Il laissa sa phrase en suspens et berça le bébé sans réussir à le calmer.

— C'est compliqué, soupira-t-il.

Elle était venue pour prouver sa valeur en tant qu'assistante. Comment lui proposer son aide avec le bébé sans l'offenser ?

— J'ai de l'expérience avec les enfants, dit-elle.

Il haussa un sourcil. Était-ce du scepticisme ou de l'espoir ?

— J'ai beaucoup de frères et sœurs, expliqua-t-elle.

— C'est vrai… Votre CV dit que vous avez travaillé comme baby-sitter, répondit-il.

— Oui.

C'était l'emploi pour lequel elle était le plus qualifiée quand elle avait eu besoin de financer ses études. Elle s'écarta pour l'inviter à sortir.

— Il fait plus frais dehors, expliqua-t-elle.

— Ne faut-il pas garder les bébés au chaud ? demanda-t-il en franchissant la porte.

— Je pense que quelques minutes d'air frais vous feront du bien à tous les deux, répondit-elle. Vous permettez, monsieur Colton ?

Elle tendit les bras pour prendre le bébé.

— Appelez-moi Fox, dit-il en le lui donnant.

Kelsey plaça l'enfant au creux de son coude, essuya ses larmes et le laissa sucer son doigt.

— As-tu faim, petit bout de chou ? demanda-t-elle.

Les pleurs du bébé se muèrent en gémissements.

— Comment avez-vous fait ça ? demanda Fox, les yeux écarquillés.

— J'ai de l'entraînement, répondit-elle avant de

pouffer parce que le bébé lui mordait le doigt. Il commence peut-être à faire ses dents, aussi. Comment s'appelle-t-il ?

— Il n'a pas de nom, grommela Fox en se passant la main dans les cheveux. Enfin… Il doit en avoir un, mais la personne qui me l'a confié ne s'est pas donné la peine de m'en informer.

Elle ne comprenait rien à ce qu'il disait – ce qui n'était pas très grave. L'expérience lui avait appris qu'il valait mieux ne pas poser de questions personnelles si l'on voulait garder sa place de baby-sitter.

— Avez-vous du lait pour bébé ? demanda-t-elle.

Elle sentait aussi qu'il était urgent de lui changer sa couche.

— Oui. Il y avait du lait dans le sac, répondit Fox. C'est à l'étage.

— Pourrions-nous faire l'entretien pendant qu'il mange ? suggéra-t-elle.

— Vous feriez ça ? s'écria-t-il avec un soulagement qui faillit la faire rire.

— Vous n'êtes pas le premier père que je sauve.

— Je ne suis pas le père, répondit-il sèchement.

Génial. Elle avait gaffé.

— Désolée, je…

— Non, c'est moi qui suis désolé, la coupa-t-il. Je n'aurais pas dû vous répondre sur ce ton. La femme de mon frère a accouché hier… Non : avant-hier. Je suis resté avec eux jusque tard dans la soirée. Le lendemain, après une grosse journée de travail, j'ai trouvé ce bébé devant la porte. J'aimerais vous dire que c'est une longue histoire, mais ce n'est pas le cas.

Je l'ai juste trouvé. Je ne sais pas pourquoi quelqu'un l'a laissé là. Je… Je n'ai pas…

— Vous n'avez pas à me fournir d'explication, intervint-elle.

Elle ne voulait pas connaître les détails de sa vie amoureuse.

Le bébé avait déjà écorné l'image qu'elle s'était faite de Fox Colton. À ses yeux, il était le super-héros de la génétique équine. Sa réputation et ses succès avaient joué un rôle dans la manière dont elle avait envisagé sa propre carrière. Il y avait un portemanteau et un banc sur sa gauche, et une grande porte en verre sur laquelle étaient gravés des chevaux qui galopaient. Sur sa droite, un escalier coudé menait jusqu'à une autre porte, à l'étage supérieur.

— Tout ce qui est arrivé avec lui se trouve là-haut, dans la maison, dit Fox en s'engageant dans l'escalier. Suivez-moi.

— Vous vivez ici ? demanda-t-elle.

Le bébé suçait toujours son doigt, mais elle savait que le répit ne durerait plus très longtemps.

— C'était le plus pratique, répondit-il. Je ne voulais pas construire un autre bâtiment alors que j'avais assez de place ici. J'ai juste aménagé l'étage, ce qui ne demandait que de la patience et de l'huile de coude. Ce n'est pas très grand, mais ça répond à mes besoins.

Kelsey estima avoir marqué un point de plus en entrant dans la maison. Le plancher était d'excellente qualité et il y avait un autre banc à l'entrée du loft. Avait-il tout fait tout seul ?

— Voulez-vous que je retire mes chaussures ? demanda-t-elle.

Elles avaient ramassé beaucoup de poussière pendant sa longue marche.

Fox baissa les yeux, fronça les sourcils et secoua la tête. Avait-il peur de reprendre le bébé dans ses bras ?

Après l'entrée se trouvait une vaste pièce dont l'espace avait été habilement employé. Une cuisine bien équipée avec des plans de travail en granit était séparée du reste de la pièce par un comptoir où quatre personnes pouvaient s'installer confortablement. La grande table semblait ancienne et un salon avait été aménagé autour d'une cheminée et d'une grande télévision.

La décoration était masculine sans être trop austère. Des odeurs de cuir et de café flottaient dans l'air.

— Vous dites qu'il a faim ? demanda Fox.

Il y avait un sac de couches, deux biberons et une boîte de lait en poudre près de l'évier. Kelsey expliqua à Fox comment préparer un biberon pendant qu'elle changeait le bébé. Elle ne lui trouvait pas beaucoup de ressemblance avec Fox, ce qui l'aidait à croire qu'il n'était pas son fils.

Mais la vie personnelle de Fox Colton ne la regardait pas. Tout ce qu'elle voulait, c'était une chance de travailler avec lui pendant un an – plus longtemps si possible.

— Votre maison est très belle, dit-elle en donnant le biberon au bébé, qui le prit avec enthousiasme.

— Vous faites des miracles, soupira Fox.

— Ce n'est que le fruit de l'expérience, répondit-elle.

— Ce serait plus simple si vous étiez assise, non ? Faites comme chez vous.

Elle s'installa dans un fauteuil et se concentra sur le bébé pour ne pas accorder trop d'attention à l'homme. Il lui inspirait une sorte de trac qui n'avait rien à voir avec l'entretien d'embauche. Elle partageait sa philosophie. Elle aussi pensait qu'il valait mieux élever des animaux sains que de se concentrer sur leur vitesse. Comme il ne la connaissait pas encore, il ne savait pas à quel point ils étaient compatibles professionnellement. Mais ce n'était pas tout : Fox Colton réveillait la libido qu'elle avait laissée s'endormir. Elle devait en reprendre le contrôle avant que ses joues ne s'enflamment – la malédiction des peaux claires.

— Alors, vous avez beaucoup de frères et sœurs ? demanda-t-il.

— Oui, répondit-elle en espérant que c'était le début de l'entretien d'embauche – mais pas pour un poste de baby-sitter. J'ai une grande famille et mes parents estimaient normal qu'on s'occupe des plus jeunes.

Il s'assit sur un tabouret.

— Ça vous dérangeait ?

— De temps à autre, répondit-elle sincèrement.

Avant de découvrir que la vie ne se résumait pas à cela, elle avait respecté les règles familiales avec docilité.

Il pouffa.

— De mon côté, nous sommes sept, dit-il.

Il devait être l'un des plus jeunes pour avoir si peu d'expérience avec les bébés.

— Votre invité surprise a un bon appétit, lui fit-elle

remarquer. Il grandira vite. Et il est possible qu'il fasse sa première dent.

Fox grogna.

— Ma petite sœur a une fille de deux ans, répondit-il. Elle a vécu un enfer quand la petite a fait ses dents.

— C'est un passage difficile pour tout le monde, reconnut-elle. S'il existait un syndicat des baby-sitters, on demanderait une prime pour les dents.

Heureusement, elle s'était occupée d'enfants plus âgés dans ses derniers postes.

— Si ça pouvait m'épargner de revivre la dernière heure, j'accéderais à toutes vos demandes, répondit Fox. Pourquoi avez-vous manqué le rendez-vous ?

Elle faillit lui parler du message qu'elle lui avait laissé et se retint de justesse. Critiquer le futur patron n'était pas une bonne manière de faire connaissance.

— Ma voiture est tombée en panne. Je suis désolée.

Comme le bébé s'agitait, elle lui retira le biberon et le laissa jouer avec le pompon accroché à la fermeture Éclair de sa veste.

— Ne devrait-il pas le finir ? demanda Fox.

— Il le fera, lui assura-t-elle.

De fait, le bébé tendit les mains vers le biberon quelques secondes plus tard.

Fox s'éclaircit la voix.

— J'ai lu votre CV il y a quelques jours, dit-il. Je sais que vous ne cherchez pas un emploi de baby-sitter, mais vous voyez bien que je suis débordé. Les enfants ne sont pas… Votre aide me serait utile le temps que je trouve sa famille. Je ne sais pas pourquoi on l'a laissé devant ma porte. Je ne peux pas m'en occuper tout seul.

— Je suis venue jusqu'ici pour travailler avec vous dans le domaine de la génétique équine, lui rappela-t-elle.

— Et je suis impatient de vous voir à l'œuvre dans le laboratoire et avec les chevaux, répliqua-t-il.

Elle essaya de cacher sa surprise. Elle s'attendait à devoir batailler longtemps pour ce poste. À cause de son retard, elle craignait même que cela ne suffise pas. Fox avait besoin d'une assistante et elle avait besoin d'un défi professionnel. Les grands espaces dans lesquels personne issu de son passé ne viendrait gâcher ses rêves étaient un bonus extraordinaire. Elle plaça le bébé sur son épaule et lui tapota le dos jusqu'à ce qu'il rote. Fox et elle pouffèrent et le bébé sourit. Il était adorable quand il ne pleurait pas – comme la plupart des bébés. Elle lut de la joie dans les yeux de Fox. Il était impensable qu'il aime ce bébé, mais il s'en souciait déjà.

— Votre CV est impressionnant, mademoiselle Lauder, dit-il.

— Appelez-moi Kelsey, répondit-elle.

— Kelsey, le poste est à vous, que vous acceptiez de m'aider avec le bébé ou non.

La manière dont il prononça son prénom la fit rougir et elle s'empressa de baisser la tête. Elle avait un emploi – l'emploi qui pouvait lancer sa carrière – et elle avait du mal à en prendre conscience parce que son nouveau patron l'attirait.

— Bébé John n'est là que de manière temporaire, reprit Fox. Si vous ne voulez pas jouer les nounous, j'en embaucherai une.

— Je croyais qu'il n'avait pas de nom, s'étonna-t-elle.

Fox baissa les yeux vers le bébé, qui était presque endormi.

— Bébé John Doe, répondit-il en haussant les épaules. Jusqu'à ce qu'on trouve ses parents.

C'était logique et triste.

— Comment envisagez-vous le déroulement des journées si j'accepte les deux postes ? demanda-t-elle.

Comptait-il la loger dans l'un des dortoirs du ranch pour qu'elle ne soit pas loin ? Ce serait un avantage financier. Ou aurait-elle besoin de trouver un appartement et une voiture fiable en urgence ?

— Dans un premier temps, j'aimerais que vous vous concentriez sur le bébé et que vous preniez vos marques dans le ranch. Je ne veux pas vous épuiser.

— Le travail ne me fait pas peur, lui assura-t-elle.

— Ça se déduit de votre CV, lui répondit-il. Peu de gens sont capables d'obtenir autant de diplômes en travaillant à temps plein. Je vous paierai généreusement pour les deux emplois.

Avait-elle bien entendu ? Elle dut mobiliser toute sa volonté pour rester immobile et ne pas réveiller le bébé.

— Nous passerons à un salaire unique quand j'aurai rendu Bébé John à sa famille, poursuivit Fox. En attendant, si ça ne vous dérange pas, j'aimerais que vous vous installiez dans ma chambre d'amis – gratuitement, bien sûr.

Elle était peut-être perturbée par sa marche et le stress du retard, mais cette offre lui semblait miraculeuse. Elle ne pouvait pas la refuser.

— La chambre et un salaire sont tout à fait suffisants, commença-t-elle. Je…

— Acceptez, s'il vous plaît, la coupa Fox en se levant brusquement. Vous serez payée pour les deux emplois. Ça compensera le fait que je n'ai qu'une salle de bains.

Ce détail semblait tant l'embarrasser qu'elle faillit éclater de rire.

— Très bien. J'accepte.

Elle n'aurait jamais imaginé que l'entretien se passe aussi bien. Comme le bébé dormait, elle l'interrogea sur ses projets et le nombre de poulains qu'il attendait au printemps. Discuter de sa passion avec son idole l'emplit de joie.

— A-t-il un berceau ? finit-elle par demander. Il vaudrait mieux qu'il dorme seul, même pendant ses siestes.

C'était dans l'intérêt du bébé et dans celui de la baby-sitter.

— Je vous fais visiter, répondit-il.

Il l'invita à le précéder dans un couloir, puis dans la chambre d'amis. Il y avait des étagères sur un mur et un vieux fauteuil en cuir sous la fenêtre.

— Voici votre chambre, dit-il. Une minute !

Il disparut et revint quelques secondes plus tard avec un gros objet rectangulaire.

— Je l'ai fait dormir là-dedans, dit-il en posant la boîte près du placard. Mais vous pensez peut-être que c'est dangereux…

— Non, c'est très malin, répondit-elle sincèrement. Je n'aurais jamais pensé à me servir d'un bac à fourrage comme berceau.

Elle posa Bébé John Doe dans le berceau improvisé

et soupira de soulagement en le voyant continuer à dormir.

— C'est propre et ça se balance un peu, précisa-t-il.

Elle berça le bébé pendant quelques secondes, même s'il était profondément endormi.

— Je parie que ce sera un bon dormeur, chuchota-t-elle alors qu'ils quittaient la chambre. Avez-vous un babyphone ?

Fox secoua la tête, alors elle laissa la porte entrouverte pour être sûre d'entendre Bébé John s'il se réveillait.

— La salle de bains est là, dit Fox en ouvrant une porte.

Il alluma et elle jeta un coup d'œil dans la pièce, qui était spacieuse et bien conçue.

— Deux lavabos ? C'est malin, commenta-t-elle.

— Comme je ne voulais faire qu'une salle de bains, ma sœur, Sloane, a tenu à ce que je mette deux lavabos, expliqua-t-il.

— Elle a vécu avec vous ?

— Non, mais elle espère qu'une autre femme le fera. On dirait que son vœu est exaucé…

Kelsey pouffa.

— Seulement à demi, puisque mon séjour est temporaire, répondit-elle.

Le sourire de Fox lui fit baisser les yeux.

— Est-ce que ça vous ennuie que le bébé dorme avec vous ? demanda-t-il.

— Pas du tout.

Il serait bien plus facile à vivre que les deux dernières personnes avec lesquelles elle avait partagé une chambre

– et la chambre était bien plus agréable que celle du dortoir du dernier laboratoire dans lequel elle avait travaillé. Quant au fait de partager une salle de bains avec un seul adulte ? Elle n'avait jamais connu cela.

— Merci, Kelsey, dit Fox quand ils regagnèrent la pièce principale. Vous ne mesurez pas le service que vous me rendez. Avez-vous besoin d'annuler une réservation dans un hôtel ?

— Je n'avais pas trouvé d'hôtel, répondit-elle.

— Parfait ! Je vais vous aider à porter vos bagages, dit-il en se tournant vers la porte.

— Attendez ! Mes affaires sont dans ma voiture, qui est tombée en panne. C'est pour ça que j'étais en retard, lui rappela-t-elle.

— Oh ! je supposais…

— Ma voiture est à quelques kilomètres à l'est de la ville. J'ai fait une partie du trajet en stop et le reste à pied.

Fox haussa les sourcils.

— À pied ?

— Il n'y a pas de service de covoiturage dans la région, répondit-elle. La voiture est sur le bas-côté de la route. Il fait trop sombre pour y aller maintenant. Ça peut attendre demain.

Il jeta un coup d'œil par la fenêtre, puis soupira.

— Très bien. Dans ce cas, trouvons-nous quelque chose à manger.

L'estomac de Kelsey gargouilla, ce qui fit sourire Fox.

Elle n'en revenait toujours pas de sa chance. Il était merveilleux de se sentir à la fois en sécurité et appréciée. Et elle avait deux emplois. Même si elle avait appris à se défendre, vivre sous le toit de Fox lui offrirait une protection supplémentaire dont elle mesurait bien la valeur.

2

Deux heures plus tard, après des hamburgers et une salade, Fox regardait Kelsey, qui était assise par terre, devant sa cheminée. Elle avait changé la couche du bébé et l'avait mis en pyjama à la vitesse de l'éclair. L'agitation de Bébé John n'avait même pas semblé la ralentir.

Ses cheveux blond vénitien étaient toujours noués en chignon et il s'interrogeait sur leur longueur. Kelsey était petite, avec de grands yeux noisette et des traits fins. Il avait relu son CV et les lettres de recommandation élogieuses de tous ses anciens employeurs. Il ne savait pas ce qui l'avait incitée à frapper à sa porte, mais il avait beaucoup de chance.

Elle toucha le nez du bébé avec le sien, puis elle arrangea la dernière couverture propre de telle façon qu'il se calma instantanément. Quand elle le prit au creux de son bras, il semblait tout à fait heureux.

— Il ressemble à un bébé burrito, lui fit remarquer Fox.

— On appelle ça emmailloter un bébé, mais « bébé burrito » me va, répondit-elle en lui tendant l'enfant. Je vais me laver les mains et je reviens.

Il observa le bébé aux grands yeux bleus. Était-ce le fils de l'un de ses frères ?

— J'ai lancé une lessive pour qu'il ait des vêtements propres demain, déclara Kelsey en revenant. Voulez-vous que je le reprenne ?

Oui. Non. Fox hésita. Il était plus détendu, maintenant qu'il avait de l'aide, et il découvrait qu'il était plaisant de tenir un bébé satisfait. Il n'avait pas fait cette expérience avec la fille de Sloane. Sa nièce était comme un colibri. Elle était toujours en train de bouger ou de s'exprimer – souvent à un volume qui lui donnait envie de grimacer.

— J'ai regardé des démonstrations d'emmaillotage sur Internet, dit-il. Ça a l'air facile quand c'est quelqu'un d'autre qui le fait.

Le bébé bâilla et prit un air renfrogné. Fox paniqua.

— Que veut-il ? demanda-t-il.

— Ça, sans doute, répondit Kelsey en mettant la tétine dans la bouche du bébé.

— Vous, sans doute, répondit Fox en rendant l'enfant à l'experte. Comment savez-vous quoi faire à quel moment ?

Le bébé bâilla encore et suça la tétine.

— Des années d'entraînement, répondit-elle.

— Vous n'avez pas l'air assez vieille pour être Mary Poppins.

D'après son CV, elle avait été baby-sitter à domicile pendant deux longues périodes et gardé quelques enfants de manière plus ponctuelle pendant ses études.

— Intelligent et drôle, commenta-t-elle. Ce sont de grandes qualités chez un patron.

Il ne plaisantait pas vraiment. Elle avait tout juste trente ans. Les femmes avaient peut-être un talent instinctif pour s'occuper des bébés – mais il s'interdit d'émettre cette hypothèse de peur de la faire fuir.

Il marcha jusqu'à une fenêtre d'où l'on voyait l'enclos le plus proche.

— Comment retrouver ses parents ? s'interrogea-t-il à voix haute. Il doit manquer à quelqu'un.

— Qui ne veut pas forcément le récupérer pour autant, murmura Kelsey.

— Vous avez peut-être raison.

Il n'y avait pas pensé. Il aurait dû. En réalité, il n'avait pas pensé à grand-chose depuis l'arrivée du bébé.

— J'ai supposé que c'était sa mère qui l'avait déposé devant ma porte à cause de la manière dont il est arrivé, ajouta-t-il.

L'hypothèse de Daria Bloom lui revint à l'esprit. La mère de Bébé John était-elle une victime du Tueur de l'Avalanche ?

— C'est-à-dire ? demanda Kelsey.

— Il était dans un porte-bébé. Il y avait un sac de couches à côté et il était propre, expliqua-t-il.

— La personne qui l'a déposé avait donc pris soin de lui.

— Oui. J'ai d'abord pensé qu'elle avait eu l'intention de le déposer devant la porte de Wyatt.

— Pourquoi ?

— Parce que c'est mon frère. Il y a souvent des erreurs de livraison entre nos deux adresses. Et parce que sa femme a accouché la veille de l'arrivée de Bébé John.

Il pouffa.

— C'est logique, répondit Kelsey, le sourire aux lèvres.

Il lui rendit son sourire. Elle savait aussi bien que lui que cela n'avait rien de logique.

— Il s'est endormi, chuchota-t-elle. Je vais le coucher.

— Il se réveillera et il pleurera, l'avertit Fox.

D'autant plus que Bébé John avait fait deux heures de sieste pendant que Kelsey et lui dînaient et discutaient de chevaux. Ils avaient des philosophies similaires en matière d'élevage et elle tenait autant que lui à développer des chevaux qui soient d'abord robustes.

— On trouvera, lui avait-elle promis.

Sa confiance compensait son propre manque d'assurance. Il alla se chercher une bière dans la cuisine. Quand elle revint, il fut émerveillé par le silence qui se prolongeait et secoua la tête.

— Vous faites des miracles, répéta-t-il.

— Non. Nous avons juste affaire à un bébé fatigué et satisfait.

— Voulez-vous une bière ?

— Non merci, répondit-elle avant d'aller se chercher un verre d'eau. Avez-vous prévenu les autorités quand vous avez trouvé Bébé John ?

— Oui.

Il appréciait d'avoir quelqu'un à qui parler, même s'il connaissait à peine Kelsey.

— Je suis allé voir le shérif tout de suite. Malheureusement ou non – ça dépend du point de vue –, personne n'a déclaré qu'un enfant avait disparu.

— Je suis surprise qu'on vous ait laissé le garder.

— Ils ont proposé de m'en débarrasser. Le shérif

Colton – c'est un cousin – m'a dit qu'il pouvait le confier aux services sociaux, mais ça ne m'a pas semblé la meilleure chose à faire.

Il baissa les yeux pour lui cacher ses émotions.

— Quelqu'un l'a abandonné dans ce ranch, poursuivit-il. Tout le monde sait qu'il appartient aux Colton. Je n'ai pas eu envie de remettre ce bébé à des inconnus.

— Je ne vous juge pas, murmura-t-elle. Je suis sûre que le shérif vous fait confiance pour bien vous en occuper.

Fox éclata de rire.

— Je vous autorise à l'appeler pour lui dire la vérité.

Elle lui offrit un sourire amusé et bienveillant. On ne lui avait pas souri comme cela depuis son enfance.

— De l'eau a coulé sous les ponts depuis, mais ma sœur et moi avons été adoptés par Russ et Mara Colton quand nos parents sont morts, expliqua-t-il. Mara était la sœur aînée de ma mère. Ils nous ont adoptés pour qu'on ne se retrouve pas en famille d'accueil.

— Je suis désolée, répondit-elle. Ça a dû être à la fois un soulagement et un défi.

— Exactement. Ils nous ont élevés comme leurs propres enfants.

Il y avait des différences entre ses parents et Mara et Russ, mais il avait toujours l'impression d'être ingrat quand il y songeait.

— Vous vouliez en faire autant pour Bébé John, dit Kelsey.

— La famille, c'est important, répondit-il, assailli par des souvenirs douloureux et des inquiétudes nouvelles.

Son père n'avait pas été un exemple de patience et

de gentillesse. Fox ne pouvait pas s'empêcher de se demander quand ses nerfs lâcheraient et lui feraient commettre une grave erreur.

— Nous devons savoir s'il est un Colton, reprit-il. Je commencerai à interroger mes frères demain.

— Les interroger, c'est bien, mais si vous faisiez des tests ADN ? suggéra Kelsey.

— J'aurais dû y penser moi-même, murmura Fox.

Trey ouvrirait peut-être une véritable enquête s'il lui prouvait qu'il n'était pas le père de cet enfant.

— Il est difficile d'analyser clairement un problème quand on est plongé dedans, dit Kelsey.

— C'est vrai, lui accorda-t-il en se passant la main sur le visage. Je m'occuperai des tests demain.

Il lui faudrait demander une faveur au laboratoire avec lequel il travaillait, mais ce ne serait sans doute pas un problème.

— Un prélèvement sanguin pourrait être utile aussi, ajouta Kelsey. Ça pourrait éliminer des candidats plus rapidement.

Fox alla ajouter une bûche dans la cheminée.

— Comme il n'y avait pas de mot avec le bébé, je suppose que la mère n'a pas parlé de lui à son père, dit-il.

Il sentait que Kelsey le regardait, mais elle ne répondit rien. Il s'offrit quelques secondes à apprécier le silence.

— J'aime les enfants, finit-il par dire.

— C'est bon à savoir.

— C'est juste que je me sens plus à l'aise quand leurs parents sont dans le coin.

— Je comprends, pouffa Kelsey. Les bébés sont

exigeants, même si la liste de leurs requêtes est assez courte.

— Merci d'être aussi compréhensive, répondit-il.

Il n'était pas sûr de le mériter, mais il ne voulait pas qu'elle ait une mauvaise opinion de lui – d'autant moins qu'il venait de devenir son patron.

— Merci de m'avoir donné deux emplois et d'excellentes conditions de travail, répliqua-t-elle.

Son sourire apaisa Fox et lui rendit moins douloureux de ne pas savoir comment aider le petit humain qui dormait dans la pièce voisine.

— Je sais que vous n'êtes pas venue pour ça, mais pourriez-vous m'aider à analyser les échantillons d'ADN et à trouver son père ? demanda-t-il.

— Vous voulez que je travaille aussi là-dessus ?

Il lui en demandait trop.

— C'est votre idée, lui rappela-t-il. Ce n'est pas aussi rapide que les tests sanguins, mais c'est bien plus concluant. S'il vous plaît ? Je suis sûr que le shérif me laissera plus de temps avant de contacter les services sociaux maintenant que j'ai une baby-sitter.

— Votre laboratoire permet de faire ces analyses ? demanda-t-elle, les yeux brillants d'excitation.

— Seulement des analyses préliminaires, répondit-il. Nous devrons envoyer les échantillons dans un laboratoire mieux équipé pour des résultats complets.

— Je vois.

Pour obtenir les échantillons, il lui faudrait avoir une discussion pénible avec chacun de ses frères, songea-t-il.

— Je sais que ce n'est pas l'emploi pour lequel vous avez postulé…

— Je suis venue pour travailler avec vous, Fox, le coupa-t-elle. Si vous avez besoin que je vous aide à trouver le père de cet enfant, je le ferai.

Quelle bonne étoile lui avait donc envoyé cette femme merveilleuse au moment précis où il avait besoin d'un allié ?

— Nous réussirons peut-être à obtenir l'aide du FBI, dit-il, pensant à voix haute. Je ne peux pas prouver que le bébé est lié à l'une de leurs enquêtes, mais ils ne peuvent pas prouver le contraire.

— Vous pensez au Tueur de l'Avalanche ?

— Vous en avez entendu parler ?

— Il est difficile de passer à côté, répondit-elle. On en parle aux informations nationales.

— Et vous êtes venue à pied ?

— Je suis petite, mais forte, répondit-elle en pliant un bras pour contracter son biceps.

Comme elle portait un pull épais, le geste n'eut pas beaucoup d'effet.

— Je vous crois sur parole, répliqua-t-il.

— Vous verrez. Nous n'en avons pas encore parlé, mais serai-je amenée à m'occuper des chevaux ? demanda-t-elle.

Pour quel genre de patron le prenait-elle ?

— Vous occuper du bébé et vous familiariser avec le programme d'élevage devraient vous occuper suffisamment, dans un premier temps. Je vous ferai visiter le bureau, le laboratoire et les écuries demain matin.

— Je suis disposée à faire tout ce que vous voudrez, répondit-elle.

Elle était visiblement sincère. Il regretta de ne pas pouvoir lui promettre que cela n'inclurait pas qu'elle se retrouve mêlée à un drame familial.

Kelsey emporta son verre dans la cuisine en essayant de ne pas danser de joie. Vingt-quatre heures pouvaient faire une telle différence ! Elle avait les jambes lourdes à cause de sa marche, mais rien ne pouvait atténuer sa félicité tandis qu'elle préparait le prochain biberon du bébé.

Elle plaça la lessive dans le séchoir en flottant sur un nuage de fierté et de sentiment d'accomplissement. Le grand Fox Colton voulait d'*elle* – une généticienne inconnue – comme assistante. Cette collaboration lancerait sa carrière.

Il l'avait embauchée ! Cela valait largement tous les efforts qu'elle avait faits entre le moment où elle lui avait envoyé un mail et celui où elle avait sonné à sa porte.

Le bébé l'avait aidée, bien sûr. Fox ne l'aurait pas hébergée sans lui, mais elle était certaine qu'il l'aurait quand même engagée sur la seule base de son CV. Cela aidait Kelsey à supporter de jouer encore les baby-sitters. À chaque fois qu'elle avait eu un emploi de ce genre, elle s'était juré que c'était la dernière.

Un jour ou l'autre, ce serait vrai.

Même si elle adorait les enfants, le métier de baby-sitter réveillait ses vieilles angoisses. Pour la millième fois de sa vie, elle se répéta que son cerveau ne s'atrophierait pas parce qu'elle s'occuperait de ce bébé pendant quelques jours ou quelques semaines. Fox lui avait juré que cette situation était temporaire et elle le croyait. C'était très généreux de sa part d'avoir décidé de garder ce bébé au lieu de le confier aux services sociaux. Elle ne l'en estimait que davantage.

— Vous avez l'air prête à vous évanouir, dit Fox, l'arrachant à ses pensées.

— J'en suis sûre, répondit-elle en lui souriant. C'est vrai que je suis fatiguée, mais je suis aussi folle de joie d'être ici. J'admire ce que vous faites depuis des années et j'ai hâte de me mettre au travail.

— Espérons que vous ne serez pas déçue ! répondit-il en levant sa bière.

— Il n'y a aucun risque, lui assura-t-elle.

Elle avait survécu à des déceptions amères et complètement changé de vie pour les surmonter. Elle ne prenait pas Fox pour un saint, mais elle en savait assez sur lui pour être sûre qu'elle serait ravie de l'assister.

— Nous ferons du bon travail, ajouta-t-elle.

— Je n'ai jamais partagé mon bureau avec personne, dit-il d'un air songeur. N'hésitez pas à me le faire remarquer si je marmonne pendant que je lis ou quelque chose comme ça.

— Comptez sur moi, répondit-elle. J'ai de nombreux frères et sœurs, vous vous souvenez ? Je sais m'exprimer quand ça me paraît nécessaire.

— Je préférais me faire discret, pour ma part, murmura-t-il avant de jeter sa bouteille de bière. Je vais me coucher. Je me lève à l'aube, en même temps que les chevaux. J'essaierai de ne pas vous réveiller.

— Moi aussi, répondit-elle en lui souriant.

Comme il ne semblait pas comprendre, elle ajouta :

— Quand le bébé se réveillera au milieu de la nuit.

— Ah ! merci. Bonne nuit.

Elle passa encore plusieurs minutes dans la cuisine à se réjouir de sa nouvelle situation. Cette nuit, elle dormirait dans un lit confortable au ranch plutôt que dans une chambre d'hôtel miteuse à la serrure peu fiable. Même si elle devait se réveiller pour nourrir un bébé, elle pouvait enfin baisser sa garde et se reposer.

Quand elle se dirigea vers sa chambre, elle faillit percuter Fox, qui sortait de la salle de bains. Elle recula et réprima un petit cri de surprise.

— Désolé, balbutia-t-il. Je viens juste de me souvenir que vous n'aviez pas vos affaires. Avez-vous besoin de quelque chose pour ce soir ?

— Je peux me débrouiller jusqu'à ce que je récupère ma valise, répondit-elle.

Il haussa un sourcil.

— Très bien. J'apprécierais une brosse à dents, si vous avez ça, concéda-t-elle.

Quand elle était partie de chez elle, elle avait gardé une petite trousse de toilette dans son sac à main pendant un long moment, au cas où elle aurait eu besoin de fuir. Elle avait abandonné cette habitude cinq ans plus tôt, quand elle avait estimé qu'elle était devenue assez forte pour se défendre contre ses frères.

Fox rentra dans la salle de bains et en ressortit quelques secondes plus tard avec une brosse à dents neuve.

— Merci.

— Faites comme chez vous, dit-il. Vous n'imaginez pas à quel point vous me rendez service. Bonne nuit.

Il disparut dans sa chambre.

Kelsey se brossa les dents, puis entra dans la chambre qu'elle partageait avec le bébé. Il dormait toujours et semblait comblé.

— Ton père provisoire a cet effet sur les gens, murmura-t-elle.

Elle avait regardé des interviews de Fox et des reportages sur le ranch. Les animaux et les humains semblaient tous tomber amoureux de lui.

Elle était sûre qu'il s'était déjà attaché au bébé, même s'il se sentait débordé par la situation. Malgré son ignorance en la matière, il ferait de son mieux – c'était une tendance naturelle chez lui.

Fox apparut à la porte de la chambre et lui tendit un T-shirt.

— Merci, dit-elle en le prenant.

Il glissa les mains dans les poches de son jean, l'air mal à l'aise.

— Vous devriez me laisser lui donner le biberon nocturne, dit-il.

— Sûrement pas, répondit-elle. Vous m'avez engagée pour m'occuper de ce bébé et je le ferai.

— Vous venez juste d'arriver, protesta-t-il.

— Il y a un premier jour dans tous les postes, répliqua-t-elle. Je ferai appel à vous si j'ai besoin d'aide.

Il la fixa un long moment avant de soupirer :

— Comme vous voudrez.

Elle ferma la porte avant qu'il ne trouve un autre

argument. Le lendemain, elle récupérerait sa valise et commencerait pour de bon sa nouvelle vie.

Elle se déshabilla et enfila le T-shirt. Le parfum de Fox, dont il était imprégné, la troubla. Elle se força à se ressaisir. Elle idolâtrait Fox sur le plan professionnel et elle rêvait de trouver un homme aussi honorable que lui, mais il était son patron, à présent. Elle ne pouvait pas laisser ses hormones gâcher un emploi parfait.

Que cela sonnait bien ! Un vrai travail. Avec le gîte et le couvert tant qu'elle serait aussi baby-sitter. Finis les stages et les déménagements tous les six mois. Elle espérait bien rester là au moins deux ans.

Elle se coucha et soupira d'aise. Ce serait peut-être la meilleure nuit de sa vie – certainement la meilleure nuit de ces derniers mois.

Elle était en sécurité. Le ranch était une propriété privée. Ses frères ne pouvaient pas débarquer dans le coin et poser des questions sans se faire remarquer. N'était-ce pas merveilleux ?

Cette nuit était encore meilleure que sa première nuit dans le dortoir de l'université, où des cartes magnétiques et des veilleurs empêchaient ses frères de faire une scène et de la ramener de force à la maison. Elle s'était sentie moins en sécurité sur le campus, mais la foule lui avait offert une certaine protection.

Ses frères avaient essayé de l'isoler plusieurs fois pendant ses études, mais sa bonne réputation et les cours d'autodéfense qu'elle avait pris lui avaient permis de réaliser ses rêves. Ce soir, elle se rendait pleinement compte que tous ses efforts avaient été justifiés.

Elle sourit, ferma les yeux et essaya de dormir un peu avant que le bébé se réveille.

Fox entendit le bébé pleurer, se leva encore à moitié endormi et se dirigea à tâtons vers le berceau placé sous sa fenêtre. Il ne trouva pas de berceau. Évidemment… Il avait une baby-sitter, maintenant.

Alors pourquoi le bébé pleurait-il ?

Il sortit de sa chambre. Il trouva la salle de bains allumée et la porte de la chambre d'amis ouverte. Kelsey, assise par terre, changeait le bébé en fredonnant une berceuse.

Elle avait une jolie voix, même à un volume aussi bas. Comme il ne voulait pas la déranger, il s'appuya contre l'encadrement de la porte et l'écouta.

Le bébé se calma un peu quand elle eut fini de le changer. Sans cesser de chanter, elle lui donna sa tétine et le berça en prenant soin de maintenir son visage dans l'ombre.

Fox aurait pu la regarder pendant des heures – des jours, peut-être. Il lui sembla que le temps avait ralenti et il savoura chaque seconde jusqu'à ce qu'elle place le bébé dans le berceau.

Il s'écarta de son chemin quand elle s'approcha. Elle portait le T-shirt qu'il lui avait prêté par-dessus le jean dans lequel elle était arrivée. La finesse du T-shirt permit à Fox de s'apercevoir qu'elle ne portait pas de soutien-gorge. Il s'empressa de baisser les yeux. Elle était doublement son employée et le fait d'être à moitié endormi ne lui fournissait pas une excuse pour la dévorer des yeux.

Il prit brusquement conscience qu'il ne portait qu'un vieux pantalon en flanelle.

— Je suis désolée qu'on vous ait réveillé, chuchota-t-elle.

— Vous êtes différente, dit-il.

— Retournez vous coucher avant de ne plus pouvoir vous rendormir, répondit-elle en faisant tourner son doigt en l'air pour l'inciter à faire demi-tour.

C'étaient ses cheveux. Ils étaient détachés et cascadaient sur ses épaules.

— Vous êtes vraiment douée, lui dit-il.

Elle sourit et pressa un doigt sur ses lèvres pour lui demander de se taire.

— Allez vous coucher, répéta-t-elle.

Elle éteignit la salle de bains et s'enferma dans ce qui serait sa chambre tant que le bébé serait avec eux.

Fox se retrouva seul dans le couloir obscur. S'il retournait se coucher, il rêverait d'elle. S'il rêvait d'elle, il serait encore plus embarrassé le lendemain matin.

Il regagna sa chambre, mit ses lunettes et ouvrit le dernier numéro de l'une des revues vétérinaires auxquelles il était abonné.

3

Quelques heures plus tard, Kelsey entendit Fox se lever. Comme le bébé dormait toujours, elle s'autorisa à somnoler encore un peu. Si Fox avait l'intention de s'occuper de l'enfant un certain temps, un babyphone serait sans doute un bon investissement. Les tests d'ADN pouvaient être assez longs. Fox avait besoin d'un peu plus de matériel pour que les choses se passent au mieux dans l'intervalle.

Elle se leva et enfila son jean. Aujourd'hui, après s'être occupée du bébé, elle visiterait le ranch. Elle ramassa son soutien-gorge, alla dans la salle de bains et prit quelques minutes pour elle avant le réveil de Bébé John.

Quand elle rentra dans la chambre, celui-ci testait des sons et des volumes. Il sourit et gigota dès qu'elle apparut. Il était si mignon – de bonne humeur au réveil alors qu'il devait avoir faim et besoin d'être changé.

Elle lui mit une couche propre et l'emporta dans la cuisine, où elle trouva un mot de Fox.

Je suis sorti travailler. Je reviens bientôt. Il y a un biberon prêt dans le frigo.

— Ton père provisoire n'est-il pas formidable ? demanda-t-elle au bébé.

Elle fit chauffer le biberon et s'installa dans le salon pour le donner à Bébé John.

Il venait de le finir quand Fox rentra.

— Excellent timing ! dit-elle au bébé, ce qui le fit rire.

— Vous êtes debout de bonne heure, commenta Fox.

— Les bébés se lèvent tôt, répondit-elle.

— Les poulains aussi, répliqua Fox en s'approchant pour chatouiller Bébé John. Je vais préparer le petit déjeuner.

Même si Fox refusait de l'admettre, il était sous le charme du bébé, songea Kelsey en le regardant sourire.

— Je peux m'occuper du petit déjeuner, proposa-t-elle. Vous vous êtes occupé du dîner hier.

— Non, laissez-moi faire, répondit-il. C'est une bonne transition entre les tâches du matin et le travail de bureau.

Elle n'insista pas. Elle avait des dizaines de questions à lui poser sur les chevaux, mais cela pouvait attendre. Le plus urgent était d'aborder le sujet du matériel dont Bébé John avait besoin.

— Avez-vous pris un café ? lui demanda Fox.

— Pas encore, répondit-elle.

Elle se leva, mais Fox lui servit une tasse avant qu'elle n'ait atteint la cafetière.

— Du sucre ? Du lait ? demanda-t-il.

— Je prends toujours le premier de la journée noir, répondit-elle.

— Il n'y a pas meilleure moyen de se réveiller, c'est ça ?

— Exactement.

Elle s'installa au comptoir en prenant garde à ce que sa tasse soit hors de portée du bébé.

— Un vrai délice, dit-elle après sa première gorgée.

— Vous a-t-il tenue éveillée toute la nuit ?

— Non, il ne s'est réveillé qu'une seule fois, répondit-elle en essayant de faire abstraction de l'effet que le torse nu de Fox lui faisait. Je pense qu'il s'adaptera vite à vos horaires. C'est un bon dormeur.

Fox mit des saucisses et cassa des œufs dans une poêle.

— Avez-vous des allergies ou y a-t-il des choses que vous n'aimez pas ? demanda-t-il.

— Aucune allergie et je mangerai tout ce que vous me mettrez sous le nez.

Quand elle était petite, se montrer difficile revenait à avoir faim. Sa mère ne tolérait pas les caprices à table. Elle but une autre gorgée de café avant de demander :

— Avez-vous pensé à ce dont Bébé John pourrait avoir besoin ?

Fox lui jeta un coup d'œil par-dessus son épaule.

— De quoi a-t-il besoin à part de couches et de lait ?

— De vêtements ? répondit-elle en haussant un sourcil. Peut-être d'un siège pour qu'il soit plus simple de le nourrir. Il commencera bientôt les petits pots et quelque chose de facile à nettoyer nous serait utile.

Fox finit de préparer le petit déjeuner sans dire un mot, puis il posa une assiette, des toasts, une fourchette et une serviette devant elle.

— Quelque chose de facile à nettoyer, vous dites ? demanda-t-il. Comme une chaise haute ?

Il y avait du dégoût dans sa voix. Kelsey se leva, étala une couverture par terre et y posa Bébé John pour qu'il joue pendant qu'elle mangeait.

— La situation est temporaire, dit Fox d'un ton sec. Si vous pensez qu'il a besoin d'une chaise haute, j'emprunterai celle de ma sœur.

— Quel âge a votre nièce ? demanda-t-elle.

— Deux ans.

Kelsey doutait que la sœur de Fox soit disposée à se séparer de sa chaise haute, mais ils pouvaient peut-être lui emprunter d'autres choses.

— Je comprends, répondit-elle. On n'a pas besoin d'une chaise sophistiquée, mais quelques objets nous faciliteraient la vie, surtout quand je travaillerai dans le bureau.

Fox fronça les sourcils et coupa un morceau de saucisse plus brutalement qu'il n'était nécessaire.

— Qu'avez-vous en tête ? demanda-t-il.

— Un berceau portable serait utile, commença-t-elle. Et une baignoire. Il lui faudrait aussi un bol et une cuillère…

Elle se tut quand Fox arrêta de manger.

— Faites une liste, dit-il. Nous irons en ville après votre visite du ranch.

Elle finit son assiette et insista pour faire la vaisselle. Quand elle eut enregistré la liste sur son téléphone et mis ses chaussures, Fox lui tendit son manteau et prit le pull du bébé.

— Avons-nous besoin du siège ? demanda-t-il.

— Je peux le garder dans les bras, répondit-elle.

Grâce à sa pratique des arts martiaux, elle était bien plus forte qu'elle n'en avait l'air.

Ils descendirent dans le bureau. Celui-ci était beaucoup plus grand que l'appartement, ce qui fit sourire Kelsey. Fox avait accordé plus de moyens à ce qui comptait le plus pour lui. C'était un choix qu'elle ne pouvait que respecter.

Il y avait bien assez de place pour qu'ils travaillent sans se gêner et pour que Bébé John joue dans un coin. Le laboratoire était conçu pour une seule personne, mais ce n'était pas un problème.

— L'espace est bien employé, le complimenta-t-elle.

Le bureau de Fox était couvert de documents soigneusement empilés autour de l'ordinateur. Elle n'eut aucun mal à l'imaginer plongé dans une lecture.

Bébé John avait les yeux grands ouverts et semblait aussi curieux qu'elle.

Fox ramassa une télécommande et alluma un écran. Il avait installé des caméras qui permettaient de surveiller l'écurie et l'enclos le plus proche.

— C'est une excellente idée, commenta-t-elle.

— Ça aide beaucoup à la période des mises bas.

— J'en suis certaine.

Cela lui permettait de voir les juments s'agiter quand le travail commençait.

Elle mit son pull à Bébé John avant que Fox l'entraîne dehors.

— Lui avez-vous présenté les chevaux ? demanda-t-elle.

— Pas encore.

Ils suivirent le chemin par lequel elle était arrivée

la veille et obliquèrent vers l'écurie. Sur le trajet, elle l'interrogea sur le nombre de juments pleines et ce qu'elle serait amenée à faire en plus de veiller sur le bébé.

— Laissez-moi le porter un peu, proposa-t-il.

Elle lui tendit Bébé John sans protester. C'était une belle journée d'automne et les chevaux qu'elle voyait dans les enclos étaient en parfaite santé. Une jument baie, qui était visiblement amoureuse de Fox, s'approcha d'eux. Elle avait une longue cicatrice sur le flanc, mais elle se déplaçait avec grâce.

— Je vous présente Mags, lui dit Fox. C'est le diminutif de Magnifique. Elle était mal en point quand je l'ai trouvée. Elle est trop vieille pour avoir des poulains, mais elle a une bonne influence sur le troupeau et elle est toujours partante pour une promenade.

Mags laissa Kelsey lui caresser le museau et jeta un regard curieux au bébé quand il gazouilla.

Fox lui montra d'autres juments qui se promenaient dans l'enclos.

— Celles-là doivent faire un test de grossesse cette semaine, dit-il.

— Je peux m'en occuper, proposa-t-elle.

Son espoir s'évanouit quand il secoua la tête.

— Vous aurez d'autres occasions, je vous le promets, dit-il. Prenez d'abord le temps de vous installer. Il y aura les mises bas dans quelques mois et on m'appelle pour des consultations tous les jours.

Elle lui sourit. Décidément, elle avait trouvé sa place. Le bébé, qui aurait dû commencer à être fatigué, observait toujours son environnement, les yeux grands ouverts.

— Il aime se faire des amis, fit-elle remarquer à Fox.

— Est-ce une bonne chose ? demanda-t-il.

— Ça ne peut pas être mauvais, répondit-elle.

L'écurie, qui avait de grosses poutres en chêne, était peut-être la plus belle écurie que Kelsey ait jamais vue. L'odeur du foin lui chatouilla les narines quand ils y entrèrent. Il y avait des stalles spacieuses de part et d'autre d'une allée centrale. Plusieurs juments pointèrent leur museau dehors pour accueillir Fox.

— C'est bien conçu, le complimenta-t-elle.

— Il vaut mieux faire les choses bien du premier coup, répondit-il en caressant le museau d'une jument alezane.

Kelsey flatta l'encolure de la bête.

— Elle est magnifique, dit-elle. C'est la couleur qui vous a fait connaître.

— Comme vous le savez, je préférerais être connu pour un quarter horse vigoureux, mais mon frère Wyatt me rappelle souvent qu'un cheval dont on peut faire de belles photos fournit une bonne publicité.

— D'après ce que j'ai entendu dire, vous avez réussi les deux.

— Est-ce ce qui vous a amenée ici ?

— Entre autres, répondit-elle en évitant son regard.

Elle avait perdu le compte des raisons qui l'avaient amenée là. Elle voulait apprendre des choses auprès de Fox et contribuer à produire des animaux vigoureux. Elle voulait s'installer quelque part, goûter un moment à la stabilité. À trente ans, elle en avait assez de sa vie de nomade.

— Mes derniers postes dans des laboratoires m'ont fait prendre conscience que le travail de terrain me manquait, ajouta-t-elle.

Fox pouffa, ce qui fit tressaillir le bébé, qui s'était presque endormi sur son épaule. Celui-ci commença à s'agiter et Kelsey le reprit dans ses bras.

— Il a besoin d'être changé, dit-elle en le berçant. Et il devrait bien dormir après cette promenade.

Comme ils avaient fait un cercle, ils regagnèrent la maison par l'arrière. Kelsey découvrit une terrasse en brique avec un barbecue et une table en fer forgé. Elle fut surprise de voir un portique et une balançoire sur la pelouse, mais elle se souvint aussitôt que Fox avait une nièce. Les enfants ne l'effrayaient peut-être pas tant que ça, finalement.

Ils montèrent à l'étage. Quand elle eut changé Bébé John, il parut prêt à faire une sieste. Elle retourna dans le salon et trouva Fox devant une fenêtre.

— Si vous voulez descendre travailler, je vous rejoindrai quand il se sera endormi, lui proposa-t-elle.

— Pensez-vous qu'il dormirait dans la camionnette ? demanda Fox. Il s'est tenu tranquille la dernière fois… Ça nous permettrait de nous occuper de votre voiture et de faire quelques courses pour lui.

— C'est une très bonne idée, si vous pensez qu'on a le temps.

— On a le temps, répondit-il en ramassant sa veste.

Alors que Fox fermait la porte de la grange, elle

s'aperçut qu'elle n'avait pas ses clés de voiture. Zut. Cet oubli ne l'aiderait pas à prouver son efficacité.

— J'ai laissé mes clés là-haut, dit-elle.

— Ce n'est pas grave, répondit Fox en prenant Bébé John. On vous attend.

Elle balbutia des excuses et fonça récupérer ses clés. Quand elle ressortit, Fox marchait lentement en parlant de la nature au bébé.

— Je suis prête ! lança-t-elle.

Quand Fox se retourna, le cœur de Kelsey manqua un battement. Nimbés de soleil, Bébé John et lui formaient un tableau adorable.

Elle avait consacré tant de temps et d'énergie à son indépendance qu'elle n'avait presque jamais rêvé de bonheur domestique. Mais ce tableau aurait facilement pu devenir son idéal. Pas cette paire, spécifiquement – elle n'était pas assez idiote pour tomber amoureuse de son patron et d'un bébé qui n'était pas le sien. Néanmoins, elle ne pouvait pas nier que cette image réveillait quelque chose en elle.

— On a survécu une minute entière sans pleurer, dit Fox avec un sourire espiègle. Je suis sûr qu'il pense que vous êtes un excellent professeur.

— Le secret, c'est que vous vous sentiez détendu avec lui, répondit-elle.

Elle ouvrit une portière arrière de la camionnette et Fox lui tendit le bébé. Il avait une grosse tache sur l'épaule.

— Je vous laisse l'installer pendant que je change de chemise, lui dit-il.

Kelsey le suivit des yeux, le sourire aux lèvres, quand il rentra dans la grange.

Fox était fasciné par l'aisance avec laquelle Kelsey s'occupait du bébé.

— Tout a l'air tellement facile quand vous le faites, lui dit-il.

— J'ai de l'entraînement, c'est tout, répéta-t-elle.

Il aimait le calme et la douceur dont Kelsey faisait preuve, aussi bien avec les chevaux qu'avec le bébé. Bien sûr, il n'espérait pas en bénéficier personnellement. Elle était là pour travailler. Il n'aurait pas pu s'occuper du bébé tout seul, même avec l'aide d'Internet. Il ne devait surtout pas faire fuir Kelsey. Les chances qu'une autre nounou tombe du ciel étaient bien trop minces.

Il était rare qu'il prenne une décision sur un coup de tête, mais il ne regrettait pas de l'avoir fait la veille au soir. L'avenir dirait si elle était aussi douée pour élever des chevaux que pour veiller sur un bébé.

— Avez-vous déjà fait de la reproduction ? demanda-t-il.

— Pardon ? s'écria-t-elle, les yeux écarquillés.

Il réprima un juron.

— Je parle des chevaux, expliqua-t-il en se sentant rougir. Avez-vous travaillé sur des saillies ?

— La dernière fois, c'était pendant ma formation de vétérinaire, à la fac. Ces derniers temps, je n'ai travaillé que dans des laboratoires.

— Et avant ça ?

Quand elle se tourna pour sourire au bébé, Fox crut sentir que sa question l'embarrassait – mais il n'avait jamais été très doué pour deviner ce que les gens ressentaient.

— J'ai grandi dans une ferme dans un coin perdu au nord d'ici, répondit-elle.

Ce qui était très vague. Il y avait des centaines de kilomètres carrés de coins perdus au nord du ranch. Il eut envie de lui demander de préciser et se l'interdit par politesse.

Il suivit ses indications jusqu'à sa voiture et consulta le compteur kilométrique.

— Vous avez fait douze kilomètres à pied hier ? s'écria-t-il.

— J'ai été prise en stop sur une partie du trajet, lui rappela-t-elle. Et me faire embaucher par le célèbre Fox Colton le valait bien.

Comme nounou, songea-t-il. Un poste pour lequel elle était largement surqualifiée.

— Quand nous aurons mis vos affaires dans la camionnette, nous… C'est tout ? s'écria-t-il.

Elle avait sorti du coffre un ordinateur portable dans un étui qu'elle avait glissé sur son épaule et une valise à roulettes. Il l'aida à les ranger dans le coffre de la camionnette.

Elle avait trente ans. N'était-elle pas censée posséder plus de choses ?

— Oui, c'est tout, répondit-elle. Ne soyez pas aussi surpris. Ça fait des années que je vis dans des dortoirs ou des chambres d'étudiant.

— Mais…

Il était allé à l'université et avait fait quelques stages. Il savait qu'il n'était pas pratique d'avoir beaucoup d'affaires quand on était à l'étroit. Néanmoins, il n'en avait jamais eu aussi peu et il était un homme.

— Vous n'imaginez pas tout ce que je peux faire rentrer dans cette valise, ajouta-t-elle. Et il vaut mieux voyager léger quand on déménage souvent.

— C'est vrai, concéda-t-il.

Après tout, ce qu'il lui était arrivé avant qu'il l'engage ne le regardait pas. Il prit des photos de sa voiture et appela le garage de la ville.

Il fournit son numéro de téléphone au garagiste et lui demanda d'établir la facture à son nom. Il jeta un dernier coup d'œil à la voiture de Kelsey avant de remonter dans sa camionnette. Si elle était d'accord, il valait sans doute mieux la vendre en pièces détachées. Avec ce qu'il avait l'intention de la payer, elle aurait les moyens de s'acheter un véhicule plus adapté aux routes du Colorado.

Quand il redémarra, il faillit prendre la route du ranch et se rappela de justesse qu'ils avaient des courses à faire.

— Vous n'aurez qu'à vous servir de l'une des camionnettes du ranch en attendant, lui dit-il.

— C'est très généreux. Merci.

— J'ai donné mon numéro de téléphone au garagiste, ajouta-t-il.

— Oh ! désolée de ne pas avoir pensé à ça.

— Ce n'est pas grave. Vous serez à portée de main quand il appellera.

Il eut envie de se gifler pour avoir bien mal choisi ses mots une fois de plus. Bien sûr, sa nouvelle assistante et nounou était magnifique, mais elle ne pouvait pas être littéralement à portée de sa main. Le fil de ses pensées prouvait qu'il n'avait pas fréquenté de femme depuis trop longtemps. Il n'était même plus capable de faire correctement la conversation.

— Avez-vous préparé une liste ? demanda-t-il. Je n'en reviens pas de ce que je m'apprête à faire.

— La liste est sur mon téléphone et je vous promets d'être aussi rapide que possible. Avez-vous un budget ? Tout serait pratique, mais tout n'est pas nécessaire.

— Achetez ce qu'il lui faut. L'argent n'est pas un problème. Je donnerai tout au vrai père quand on le trouvera.

— Hum.

— Qu'est-ce que ça veut dire ? demanda-t-il en se garant devant le magasin. Je ne suis pas doué pour ça.

— Pour parler ?

— Oui.

C'était tout en haut de la liste des choses qu'il faisait mal.

Elle fronça les sourcils, ce qu'il trouva plus mignon qu'intimidant – et il n'aurait pas dû.

— Vous savez parler, répondit-elle. J'ai regardé des vidéos de vos conférences.

— Je peux parler de chevaux et de génétique jusqu'à ce que les gens s'évanouissent d'ennui. Je préfère éviter tous les autres sujets.

— Wow, répondit-elle.

Il décida de ne pas lui demander de développer et inspira profondément.

— Je vous le répète : ne vous inquiétez pas pour

l'argent. On entre dans le magasin, vous prenez ce qu'il vous faut et on retourne au ranch.

— Comptez sur moi, répondit-elle en se redressant comme si elle se mettait au garde-à-vous.

Il prit Bébé John dans le porte-bébé en espérant que cela aiderait Kelsey à aller plus vite. Il ne voulait pas s'en mêler. Il était incapable de comparer les mérites des pyjamas à boutons-pressions et à fermeture Éclair.

Il ne s'était retrouvé aussi près de matériel de puériculture qu'une seule fois, quand sa sœur était enceinte. Pour Wyatt et Bailey, il avait acheté ses cadeaux en ligne et les avait fait livrer chez eux. Jamais il n'aurait imaginé apporter des objets de ce genre chez lui.

Il suivit Kelsey dans les rayons tandis qu'elle remplissait un caddie. S'il avait eu le choix, il n'aurait jamais fait les courses de cette manière. Il n'achetait rien de cette manière. Il commençait par faire des recherches et lire attentivement les notices. Kelsey prit plusieurs biberons et des paquets de couches – dont un de la taille supérieure à celle de Bébé John. Ils eurent une discussion sur l'intérêt d'une table à langer. Il finit par céder parce qu'il y avait des étagères en dessous où ils pourraient ranger les affaires du bébé.

— Je ne pense pas qu'il soit nécessaire d'investir dans un vrai berceau, dit-elle quand ils arrivèrent dans le rayon des options de couchage.

— Vous voulez qu'il reste dans le bac à fourrage ? s'étonna-t-il.

— Non, répondit-elle. Je pensais à l'une de ces choses.

Il leva la tête vers une rangée de berceaux portables de toutes les couleurs et ornés des motifs les plus variés. Il eut envie de se couvrir les yeux ou de s'enfuir en courant.

— C'est sans danger, nous n'aurons pas besoin de l'assembler et nous pourrons facilement l'emporter dans le bureau, argumenta-t-elle. C'est aussi moins cher et ça vous épargnera une dispute avec votre femme.

— Une dispute ?

De quoi parlait-elle ?

— Je suis sûre que votre femme ne voudra pas décorer sa nurserie avec des objets de seconde main.

— Je ne suis pas marié, répliqua-t-il.

Les femmes avaient tendance à vouloir des enfants et il n'en voulait pas.

— Pas encore, répondit Kelsey. Mais…

— Prenez-en deux, la coupa-t-il. Un pour la chambre, le deuxième pour le bureau. On en aura vite marre de déplacer ce truc d'un étage à l'autre.

Kelsey cligna des yeux.

— D'accord. Avez-vous une préférence pour la couleur ?

— Non.

— Très bien.

Pendant qu'elle examinait les berceaux, il ne put s'empêcher d'admirer la finesse de sa gorge et la délicatesse de son teint.

Kelsey prit deux étiquettes sur le présentoir et se remit en route. Il espéra qu'ils avaient terminé et fut déçu. Elle s'engagea ensuite dans le rayon consacré à la toilette.

À son grand soulagement, elle choisit une baignoire

sans lui poser de questions. Elle prit aussi des serviettes, des gants de toilette, du savon et une lotion. Il repéra un peignoir sur lequel était dessiné un cheval qui faisait une grimace et le mit dans le caddie sans qu'elle s'en aperçoive.

— Avez-vous un fauteuil à bascule ? demanda Kelsey.

— Celui du porche. Je peux le nettoyer et l'installer dans votre chambre.

— Très bien. Merci.

Il la vit caresser un fauteuil à bascule en noisetier qui ressemblait à un objet ancien.

— Je crois que Bailey avait choisi celui-là, dit-il en lui montrant un fauteuil blanc à décor de jungle.

— Bailey ? répéta Kelsey.

— Ma belle-sœur, expliqua Fox. Elle a accouché d'Hudson Earl Colton il y a trois jours.

— C'est un nom qui en impose, commenta Kelsey.

— C'est vrai, reconnut-il. Ils ont ajouté Earl en mémoire de notre grand-père.

Elle hocha la tête, puis elle regarda les fauteuils à bascule d'un air pensif.

— La plupart des mères y passent des heures, dit-elle.

— Pas les nounous ?

— Ça dépend du client et de l'âge de l'enfant, répondit-elle en se remettant en route.

Fox prit l'étiquette du fauteuil à bascule qu'elle avait admiré avant de la suivre. Ils avaient enfin fini – juste à temps parce que le bébé commençait à s'agiter.

— Je peux vous laisser passer en caisse ? demanda Kelsey en le prenant dans ses bras.

Il acquiesça. Elle s'éloigna avec le bébé et un sac de couches.

Il passa à la caisse et survécut par miracle aux joyeux babillages qui l'entouraient.

— Un berceau pour la maison de la grand-mère, c'est ça ? demanda la caissière en s'apercevant qu'il y en avait deux. C'est malin.

Il ne prit pas la peine de la corriger.

— Merci, répondit-il.

Ses parents étaient morts depuis longtemps et il n'avait jamais vu Mara comme une grand-mère, même si elle gâtait ses petits-enfants.

Il faillit avoir un malaise quand il vit le montant de l'addition.

— Les agents de l'entrepôt vous donneront les objets volumineux, dit la caissière lorsqu'il lui tendit sa carte. Quel coussin voulez-vous pour le fauteuil ?

Il n'en avait aucune idée.

— Quelque chose de simple, répondit-il.

— Voilà ce qu'on a, dit-elle en lui montrant des échantillons de tissus.

Ce n'était clairement pas la première fois qu'elle avait affaire à un client débordé par la situation.

Il choisit un tissu marron à rayures vertes.

— Celui-ci.

— Parfait, dit-elle en lui tendant le ticket. Vous n'avez qu'à vous garer devant la porte de l'entrepôt.

— Merci.

Il sortit avec le caddie et plaça les achats à côté de la valise de Kelsey. Elle n'avait que quelques années de moins que lui. Il s'était lassé des dortoirs dès le début de la vingtaine. Comment avait-elle supporté cette vie de nomade si longtemps ?

Bien sûr, Wyatt lui avait vendu des terres à un bon prix et l'avait aidé à monter son entreprise. Fox savait qu'il avait de la chance.

Il ferma le coffre et rangea le caddie.

— Fox ! s'écria Kelsey en courant vers lui, les joues rouges et le bébé dans les bras. J'ai essayé de faire vite. M'attendez-vous depuis longtemps ?

— Non, répondit-il, surpris de la voir au bord des larmes. Que s'est-il passé ?

— Rien, soupira-t-elle. C'est juste…

Elle lui offrit un sourire tremblant.

— Je me suis inquiétée pour rien, reprit-elle. Je ne voulais pas vous faire attendre. Je sais que vous avez mieux à faire que de meubler une nurserie.

— Ce n'est pas le cas, répondit-il parce qu'elle avait visiblement besoin qu'on la rassure. Ce que j'ai à faire de plus urgent, c'est de retrouver les parents de ce petit gars.

Il lui prit le bébé et l'installa dans le siège – plus rapidement que les fois précédentes.

Ils montèrent en voiture et il se gara devant l'entrepôt.

— Restez là, dit-il à Kelsey.

Pendant que les agents chargeaient le reste de leurs achats dans le coffre, il se demanda pourquoi Kelsey s'était autant affolée.

— Avez-vous vraiment cru que je partirais sans vous ? demanda-t-il en se remettant au volant.

— Vous ? Non, pas vraiment, répondit-elle en

évitant son regard. C'est une jolie ville. Avez-vous toujours vécu ici ?

Il ne se laissa pas distraire.

— Ça s'est déjà produit, dit-il.

— Oui, soupira-t-elle. Plusieurs fois. C'est devenu une crainte irrationnelle.

— Racontez-moi la vôtre et je vous raconterai la mienne.

— Vous êtes sérieux ? demanda-t-elle en tournant enfin la tête vers lui.

Il acquiesça.

— Aussi sérieux qu'un bébé sur un perron.

Il fut ravi de l'entendre pouffer.

— La première fois, je devais avoir sept ou huit ans, expliqua-t-elle. On était allés faire des courses et je me suis éloignée parce que je lisais ce qui était écrit sur tous les emballages. D'après ma mère, elle m'a appelée et j'ai refusé de lui obéir.

Ses parents l'avaient abandonnée parce qu'elle s'était conduite comme une enfant ?

— Vous avez dû être terrifiée, commenta-t-il.

— Oui, reconnut-elle. Mais la désobéissance n'était pas tolérée dans ma famille.

— Vos parents vous frappaient-ils ? demanda-t-il.

Il n'oublierait jamais la force des coups de son père.

— De temps à autre. Mon père, jamais. C'était ma mère qui s'en chargeait.

Fox déglutit. Il ne lui revenait pas de juger les parents de Kelsey et il avait ses propres démons.

— Je ne me suis plus jamais éloignée de mes parents après ça, ajouta-t-elle.

— Alors qui d'autre vous a abandonnée ?

— Une fois, au lycée, j'ai raté un bus avec quelques camarades. Au moins, je n'étais pas seule.

— C'est tout ?

— Non, répondit-elle en baissant les yeux. Il y a aussi eu un employeur qui m'a laissée me débrouiller parce qu'il en avait assez de m'attendre.

— Je ne le ferai pas, dit-il. C'est peu probable, du moins.

— Qu'est-ce que ça veut dire ?

— Je n'en suis pas fier, mais il m'est arrivé une fois ou deux de laisser tomber mes frères. Je réfléchissais à un problème qui me tracassait et je suis parti le résoudre.

Elle éclata de rire.

— Ce n'est pas la même chose.

— Vous n'arriverez pas à en convaincre mes frères. C'était moi qui avais la voiture.

— Je m'estime avertie, répondit-elle. Je ne vous accompagnerai nulle part si vous êtes plongé dans vos réflexions.

Alors ils ne sortiraient pas souvent ensemble. Il n'était pas doué pour contrôler le fil de ses pensées. Dans l'immédiat, c'était l'identité des parents du bébé qui le tracassait le plus.

Il devrait aller parler à ses frères quand ils auraient arrangé la chambre. Il aurait préféré marcher sur des charbons ardents, mais il le fallait. Il ne pouvait pas garder Bébé John indéfiniment.

4

Kelsey écouta attentivement Fox, qui lui indiquait différents lieux et commerces dans Roaring Springs. Bébé John babillait joyeusement derrière eux.

Ils passèrent devant le garage que Fox avait appelé et elle fut surprise de voir que sa voiture s'y trouvait déjà.

— Ils ont fait vite, lui fit-elle remarquer. On dirait qu'il n'est pas inutile de s'appeler Colton.

Elle n'avait jamais joui d'aucune forme de réputation – d'abord parce qu'elle avait tout fait pour ne pas se faire remarquer. Elle espérait être un jour reconnue pour son travail, mais elle ne pouvait pas se permettre de prendre des risques inutiles.

— Malheureusement, vous n'avez pas tort, répondit Fox.

— Pourquoi malheureusement ?

Bébé John poussa un petit cri. Fox jeta un coup d'œil dans le rétroviseur et sourit. Se rendait-il compte que le bébé avait déjà gagné son cœur ?

— J'essaie de ne pas abuser de l'influence familiale, répondit-il. Il n'y a pas que des fans des Colton dans la région. Mes parents adoptifs se sont fait quelques ennemis au fil de leurs carrières.

— Je ne peux pas m'imaginer dans votre situation, reconnut-elle.

Quand elle était partie de chez elle, elle n'avait pas changé de nom, seulement d'adresse. Elle n'avait parlé de sa famille à personne et avait essayé de se faire des amis. Fox semblait être dans la situation inverse.

— Ma sœur s'est adaptée plus facilement, poursuivit-il. Ma tante avait déjà trois garçons quand on est entrés dans la famille.

Il pouffa.

— J'ai trente-trois ans et ma mère me manque encore, avoua-t-il.

— Je crois qu'on ne fait jamais vraiment ce genre de deuil.

Qu'ils soient bons ou mauvais, les parents avaient une grande influence sur leurs enfants. Elle devait admettre que sa mère lui manquait de temps à autre, en général quand ses frères faisaient quelque chose de stupide dans l'espoir de la ramener à la maison – ce qu'elle ne pouvait pas dire à Fox.

— Et lui ? demanda Fox en indiquant le bébé du pouce. S'adaptera-t-il ?

— Il ne se souviendra que des parents qui l'élèveront. Ce seront eux qui devront décider de lui parler ou non de cette période de sa vie.

Fox laissa échapper un grognement. Elle était prête à parier son premier salaire qu'il se demandait de nouveau qui était le père de Bébé John. Elle ne lui enviait pas la tâche qui l'attendait. Elle aussi serait nerveuse si elle devait interroger ses frères sur une éventuelle paternité.

— Je suppose que ça vaut mieux, finit-il par dire alors qu'ils entraient dans le ranch. La famille qu'il connaîtra aura voulu de lui, contrairement à sa mère.

L'amertume qu'elle entendit dans sa voix éveilla la curiosité de Kelsey, mais elle estima qu'une employée n'avait pas à poser des questions personnelles à son nouveau patron.

Deux heures plus tard, Fox serra le dernier boulon de la table à langer et la retourna.

— Qu'en pensez-vous ? demanda-t-il en n'en revenant pas que Kelsey ait réussi à empêcher le bébé de piquer une crise pendant tout ce temps.

Elle arrêta de plier du linge pour venir éprouver la solidité de son œuvre.

— Bien joué, répondit-elle.

Il esquissa un sourire.

— On dirait que je ne suis pas doué que pour manier des microscopes, dit-il avant d'avoir honte de se jeter des fleurs.

Kelsey ne fit aucun commentaire.

— Mettons-la sous la fenêtre, suggéra-t-elle.

Il déplaça la table. Le moment était venu d'apporter le fauteuil à bascule. Parce que Bébé John avait eu faim à leur retour, elle ne l'avait pas vu le sortir du coffre. Lui offrirait-elle l'un de ses sourires éblouissants quand elle le découvrirait ?

Il se sermonna en rangeant ses outils. Il n'aurait pas dû s'en soucier. Comme la place manquait, il emporta le fauteuil de la chambre d'amis dans la sienne, puis il plaça le nouveau fauteuil à bascule entre le berceau et la table à langer.

Kelsey écarquilla les yeux, puis fronça les sourcils.

— Pourquoi ? demanda-t-elle.

— Parce que c'est pratique. Vous l'avez dit vous-même.

— Et vous avez dit que vous monteriez celui du perron, répondit-elle en rangeant des sacs de couches sous la table à langer.

— Comme ça, je n'aurai pas à le nettoyer, mentit-il avant d'estimer que la fuite était sa meilleure option. Je ferais bien d'aller voir mes frères. On a besoin d'échantillons d'ADN. Vous pouvez vous débrouiller toute seule ?

— Oui, tout va bien, répondit-elle. Je suis sûre qu'il vous sera plus facile de parler à vos frères sans nous avoir dans les pattes.

Il faillit changer d'avis parce qu'il ne voulait pas qu'elle se sente de trop, mais il perdit le fil de ses pensées quand elle se pencha pour poser quelque chose sur l'étagère la plus basse de la table à langer.

Cela ne lui arrivait jamais. Ses frères le taquinaient en lui disant que tout un ballet de danseuses nues ne suffirait pas à le distraire. Mais il était impossible de ne pas remarquer Kelsey. Ses courbes étaient si parfaites qu'il eut envie de poser les mains sur sa taille.

Que lui arrivait-il ? C'était sa nouvelle assistante et sa nounou. Il n'avait pas le droit de la dévorer des yeux. Mais cette situation n'était que temporaire… Quand il aurait retrouvé le père du bébé, Kelsey irait vivre ailleurs et il ne la verrait plus que pendant leurs heures de travail. Cela devrait calmer ses pulsions déplacées.

— À moins que vous ne vouliez qu'on vous accompagne, ajouta-t-elle.

— Quoi ?

Il secoua la tête.

— Pardon. Non merci. Je procrastine, c'est tout. Je vous appellerai sur la route du retour. Vous me direz ce que vous voulez que j'apporte pour le dîner.

Le sourire qu'elle lui offrit l'hypnotisa.

— Je peux cuisiner, si vous voulez, répondit-elle.

— Non, dit-il trop sèchement, ce qui fit sursauter le bébé.

Par miracle, celui-ci ne se mit pas à pleurer.

— Ce que je veux dire, c'est que vous en faites déjà assez, reprit-il.

— C'est l'impression que vous avez maintenant, mais ça s'équilibrera, lui assura-t-elle. J'ai hâte d'avoir le meilleur éleveur de quarter horses comme professeur.

Il apprécia la légèreté avec laquelle elle prenait le chaos dans lequel il l'avait plongée, mais son compliment le mit mal à l'aise.

— J'ai déjà perdu assez de temps, grommela-t-il avant de prendre une photo du bébé avec son téléphone. Merci, Kelsey.

Il s'enfuit sur ces mots. Une fois dehors, il inspira profondément avant de monter dans sa camionnette. Cela le contrariait de laisser Kelsey sans moyen de transport, mais il était sûr qu'elle pouvait gérer n'importe quel problème du bébé.

Le plus logique aurait été de commencer par Wyatt, qui n'habitait pas loin. Bailey et lui étaient rentrés de l'hôpital dans la journée. Mais Fox n'avait pas envie de voir un autre humain miniature pour le moment.

Il décida de commencer par son frère Decker. Decker, qui était doué pour les affaires, occupait le poste de directeur des opérations au Chalet. Comme il travaillait moins depuis qu'il s'était marié, Fox appela le Chalet pour s'assurer que son frère était dans son bureau avant de s'y rendre. Sur le trajet, il se demanda comment formuler sa requête sans l'offenser.

Mieux valait qu'il s'en tienne à ce qu'il savait faire : un exposé simple et rapide de la situation suivi de quelques questions. Ensuite, il répéterait l'opération avec ses deux autres frères avant de rentrer.

Le Chalet, perché dans la montagne, lui avait toujours semblé masculin et le Château, niché au creux de la vallée, féminin. Les deux étaient extrêmement luxueux et attiraient des touristes fortunés. En entrant dans le Chalet, Fox regretta de ne pas s'être changé avant de venir pour mettre quelque chose de plus habillé que son jean délavé et sa chemise à carreaux.

Tant pis. Il frappa à la porte du bureau de Decker.

— Fox ! s'écria Decker en souriant, ce qui lui arrivait rarement avant qu'il épouse Kendall. Qu'est-ce qui t'amène ?

— J'ai un problème et ton aide peut m'être utile, commença Fox.

— Tout ce que tu voudras, répondit Decker. Entre !

Fox ferma la porte derrière lui et s'efforça d'exposer la situation le plus clairement possible.

— Avant-hier soir, quelqu'un a abandonné un bébé devant ma porte.

— Quoi ? s'écria Decker. Toi ? Tu plaisantes ? Qui est la mère ?

— Je ne suis pas le père, grommela Fox avant de lui montrer les photos qu'il avait prises. Est-ce que ce bébé te dit quelque chose ?

Decker regarda les photos et se remit à sourire.

— Il est mignon, même quand il fait la tête, dit-il. Mes félicitations !

— Pour quoi ?

— Pour t'être intéressé à autre chose qu'à un microscope.

— Ce bébé n'est pas le mien, répéta Fox. Je suis venu te demander s'il pouvait être le tien.

Decker recula comme s'il venait de recevoir un coup de poing dans la mâchoire.

— Tu crois vraiment que la mère aurait pu *nous* confondre ?

— La mère aurait pu confondre nos adresses, répondit Fox. J'avais oublié à quel point tu pouvais être désagréable.

— Moi ? s'écria Decker en posant une main sur son torse. Je suis le charme incarné.

Avait-il jamais apprécié de récupérer des frères en se faisant adopter ? se demanda Fox.

— Dans ce cas, charme-moi en me donnant un échantillon d'ADN, répliqua-t-il.

— Pourquoi ? demanda Decker. Je ne suis pas le père non plus.

— Il a forcément un père et quelqu'un pense qu'il s'agit d'un Colton.

— As-tu parlé à Wyatt ? C'est lui qui vit le plus près de chez toi.

— Je vous verrai tous. As-tu une raison de ne pas vouloir te prêter au test ?

— Je préférerais ne pas être cloné, répondit Decker en haussant un sourcil.

Fox déballa son matériel.

— Ne t'inquiète pas pour ça. Je n'aimerais pas qu'il y en ait deux comme toi dans le monde, plaisanta-t-il.

Decker pouffa.

— Si tu n'es pas le père, pourquoi a-t-on abandonné le bébé devant chez toi ? demanda-t-il avant d'ouvrir la bouche pour laisser Fox frotter un coton-tige à l'intérieur de sa joue. Et où est-il, maintenant ?

Fox prit une goutte de sang à son frère et étiqueta les deux échantillons.

— Chez moi, avec une… nounou, répondit-il.

— Pourquoi ne l'as-tu pas confié aux services sociaux ?

Fox secoua la tête.

— Je n'ai pas pu. Tu as le droit de dire que je suis idiot.

— Tu es idiot, répondit Decker. Tu n'y connais rien en matière de bébés.

— Je sais qu'ils sont petits et qu'ils crient fort.

Il savait aussi qu'ils étaient mignons quand ils dormaient…

— Je parie sur Wyatt, dit Decker.

C'était aussi l'hypothèse de Fox, puisque le bébé avait été abandonné dans le ranch.

— Plus j'aurai d'échantillons, plus j'aurai de chances de trouver le père, répondit-il.

— Ça m'innocentera, au moins, n'est-ce pas ?

— Si tu es innocent, oui.

— Bien. Maintenant, tu peux arrêter de me regarder comme si j'étais un menteur, conclut Decker. Que feras-tu si tu ne trouves pas le père ?

— Je ne sais pas, répondit Fox en rangeant son matériel. Tout le monde sait que je ne suis pas fait pour élever un enfant.

Decker secoua la tête.

— Que tu peux être stupide, parfois, pour quelqu'un d'aussi intelligent !

— Pardon ?

— Tu m'as bien entendu. Ce n'est pas parce que ton père était violent que tu le seras aussi.

Fox se sentit rougir.

— Je ne savais pas que tu étais au courant, balbutia-t-il. Il n'en avait parlé à personne. Il avait préféré être discret après l'adoption et il en avait gardé l'habitude.

Decker haussa les épaules.

— Les enfants ont une ouïe exceptionnelle. Les adultes ont tendance à l'oublier. Papa et maman en ont parlé une fois ou deux.

— Il est bien dommage que le bébé n'ait pas une faculté de communication exceptionnelle, répliqua Fox. J'adorerais savoir où est sa mère.

Decker le raccompagna jusqu'à la porte.

— Bonne chance, dit-il.

— Merci pour ton aide. Si tu entends parler de quelque chose, préviens-moi.

— C'est promis, répondit Decker en posant une main sur son épaule.

Fox remonta dans sa camionnette un peu plus détendu et envoya un texto à Kelsey pour prendre de ses nouvelles. Elle répondit aussitôt en incluant une photo du bébé endormi dans le message.

Il envoya un autre texto :

Frimeuse.

Même s'il préférait la solitude, échanger des textos avec Kelsey lui donnait l'impression de partager un secret avec quelqu'un.

Il démarra, le sourire aux lèvres, et prit la direction de la maison que Blaine venait de construire pour sa famille.

Il souriait toujours quand il frappa à la porte. Leur conversation ressembla beaucoup à celle que Fox avait eue avec Decker. Bébé John ne disait rien à Blaine, qui n'était même pas aux États-Unis au moment où l'enfant devait avoir été conçu. Blaine donna des échantillons à Fox sans hésiter pour l'aider dans ses recherches.

— As-tu envisagé la possibilité qu'on t'ait confié le bébé pour que tu le gardes ? demanda Blaine. Ton adoption n'est pas un secret.

Mal à l'aise, Fox évita de répondre.

— Il faisait trop froid pour laisser un bébé dehors, dit-il.

— Arrête, insista Blaine, qui était rarement aussi sérieux. Tu penses que ce bébé est un Colton.

— Je pense que quelqu'un le pense.

— Tu n'as pas à t'occuper de ça, dit Blaine. Ce « quelqu'un » se trompe.

— Si c'est vrai, les tests le diront.

Comment son frère pouvait-il voir aussi clair en lui ? Ils n'avaient jamais été particulièrement proches.

— Tu n'as pas une dette envers l'univers parce que tu as été adopté, ajouta Blaine. Papa et maman te diraient la même chose.

Russ, peut-être, mais Fox n'aurait pas été surpris que Mara estime qu'il avait une dette envers elle.

— Ce n'est pas ça, protesta-t-il. On a déposé un bébé devant ma porte. Un bébé ne peut pas se défendre. Il a besoin de sa famille et j'essaie de la trouver.

— Alors t'occuper d'un bébé inconnu n'a rien à voir avec le fait que mes parents vous aient adoptés, Sloane et toi, quand les vôtres sont morts ? insista Blaine.

Fox secoua vivement la tête.

— Allons, Fox ! Ça te ferait du bien d'en parler, lui assura Blaine.

— Je n'ai rien à dire, grommela Fox. Je garde juste ce bébé jusqu'à ce que j'aie trouvé sa famille.

— Il a l'air d'être un peu petit pour que tu le mettes au travail, plaisanta Blaine.

Fox apprécia son effort pour alléger l'atmosphère.

— Il grandira, répondit-il. Merci pour ton aide.

Il s'empressa de filer et prit des nouvelles de Kelsey avant de redémarrer. Cette fois, elle lui envoya la photo d'un plat dans le four et lui annonça que ce serait prêt dans quarante minutes.

L'estomac de Fox gargouilla. Elle n'aurait pas dû cuisiner, mais cela semblait délicieux… Comment faisait-elle pour le mettre autant à l'aise ? Elle avait peut-être un pouvoir magique, aussi efficace sur lui que sur le bébé.

Il ne lui restait plus qu'un frère à voir. Il prit le chemin de la maison de Wyatt. Une fois garé devant, il envoya un nouveau texto à Kelsey :

Dernier arrêt.

La semaine précédente, il aurait sonné sans réfléchir, mais une nuit avec un bébé qui ne dormait pas avait suffi à lui apprendre certaines choses. Il ne voulait surtout pas contrarier celui de Wyatt. Il frappa doucement.

Son frère ouvrit quelques instants plus tard. Il semblait un peu fatigué, mais Fox ne l'avait jamais vu aussi heureux.

— Salut ! Tu es le comité d'accueil ?

Fox regretta de n'avoir rien apporté d'utile comme de la nourriture, des couches, ou bien des bières et des cigares.

— Désolé, dit-il. Je suis venu les mains vides. J'apporterai quelque chose la prochaine fois.

Wyatt l'invita à entrer.

— Ce n'est pas grave, répondit-il. On a tout ce qu'il nous faut. Maman a apporté de la soupe, des lasagnes et des brownies.

— Je ne resterai qu'une minute, dit Fox. C'est un problème personnel.

Comme il avait déjà eu cette conversation deux fois, il s'en sortirait sûrement comme un pro.

— Laisse-moi m'assurer que Bailey n'a besoin de rien, répondit Wyatt.

— Bien sûr.

— Il y a des bières dans le frigo, si ça t'intéresse ! lança son frère en s'éloignant.

Fox entra dans la cuisine. Il voulait un échantillon d'ADN, pas une bière – d'autant moins si c'était Mara qui les avait apportées. Sa tante n'avait jamais été aussi chaleureuse envers lui qu'envers sa sœur. Il pouvait comprendre qu'il lui ait été difficile de s'occuper des enfants de sa sœur tout en gérant son propre chagrin, mais il ne savait pas pourquoi ils n'avaient jamais été proches. Il avait peut-être repoussé son affection sans s'en rendre compte.

De l'eau avait coulé sous les ponts. Les enfants et les parents étaient des gens et les gens ne s'entendaient pas tous. Fox le savait et cela ne le dérangeait pas de ne se sentir vraiment proche que de Sloane. Wyatt entra dans la cuisine pour remplir un verre d'eau et en ressortit.

À son retour, il prit deux bières dans le frigo et en posa une devant Fox sans lui demander son avis.

— Alors, que se passe-t-il ? demanda-t-il.

— On a déposé un bébé devant ma porte le lendemain de la naissance d'Hudson, expliqua Fox. Il doit avoir dans les six mois, d'après les recherches que j'ai faites sur Internet.

Wyatt se frotta les yeux.

— Évidemment, tu as fait des recherches sur Internet.

— Ce n'est pas comme si sa mère m'avait laissé un certificat de naissance ou un dossier médical, grommela Fox. Il est évident que ce bébé m'a été confié par erreur.

— Tu en es sûr ?

— Je me souviens de la manière dont on fait les bébés.

— Et tu n'as pas… ? demanda Wyatt en haussant un sourcil.

Fox leva les yeux au ciel.

— Non.

Depuis trop longtemps, ce qui expliquait sûrement le désir que lui inspirait Kelsey.

— Pourquoi quelqu'un abandonnerait-il un bébé devant ta porte si tu n'as pas… ?

— J'ai d'abord pensé que ce quelqu'un cherchait *ta* porte, pas la mienne.

La stupeur, l'indignation et la colère se succédèrent sur le visage de Wyatt.

— C'est impossible ! s'écria-t-il avant de jeter un coup d'œil derrière lui comme s'il s'attendait à voir Bailey surgir pour le gifler. Mon seul bébé est avec sa mère dans la pièce d'à côté.

— Je te crois, lui assura Fox. Mais il est logique de supposer que la personne qui a déposé ce bébé cherchait un Colton.

— Decker, répondit Wyatt en le fusillant du regard.

— Je lui ai déjà parlé. Il dit que ce n'est pas lui.

Wyatt ne parut pas convaincu.

— Alors laisse les services sociaux régler le problème, suggéra-t-il. Tu n'es pas fait pour t'occuper d'un bébé.

Fox crut recevoir un coup de poing – parce que c'était vrai.

— J'ai engagé quelqu'un pour m'aider, répondit-il avant de montrer les photos de Bébé John à son frère. Est-ce qu'il te dit quelque chose ?

— Tu te fous de moi ? s'écria Wyatt en regardant les photos. Il est mignon, mais je *te* reconnais à peine après mon séjour à la maternité.

Fox soupira.

— Peux-tu me donner un échantillon d'ADN, s'il te plaît ? demanda-t-il. Ça m'aidera à déterminer à quel Colton il revient.

— Pas à moi, insista Wyatt.

— Je te crois, répéta Fox, qui croyait à la sincérité de ses trois frères. Néanmoins, un échantillon d'ADN m'aiderait dans mes recherches.

— Très bien, grommela Wyatt avant d'ouvrir la bouche.

Fox effectua le prélèvement et l'étiqueta.

— Merci.

— Ça prendra combien de temps ? demanda Wyatt.

— Ces analyses peuvent être assez longues, mais j'espère accélérer le processus, répondit Fox. J'appellerai l'agent Stefan Roberts dans la matinée.

Depuis que l'adjointe du shérif lui avait parlé, il lui semblait que le FBI serait prêt à l'aider, ne serait-ce que pour distinguer l'apparition du bébé de leur enquête sur le Tueur de l'Avalanche.

— S'appeler Colton a des avantages, commenta Wyatt.

Fox entendit le bébé se mettre à pleurer. Il félicita son frère une fois de plus et le laissa profiter de sa première nuit de paternité à la maison. En partant, il ne put s'empêcher d'envoyer un autre texto à Kelsey :

J'arrive. Besoin de quelque chose ?

Il attendit quelques secondes, mais Kelsey ne répondit pas. S'était-il passé quelque chose ? Même s'il n'avait pas de véritable raison de s'inquiéter, il roula plus vite qu'il n'aurait dû. Son téléphone finit par tinter. Il s'arrêta pour lire la réponse de Kelsey.

Tout va bien. Je viens de découvrir que Bébé John adore prendre des bains.

Fox soupira profondément et regarda une ou deux fois – peut-être trois – la vidéo qu'elle avait ajoutée au message. Le bébé était adorable et la voix de Kelsey, chaleureuse et compétente…

Il devait se ressaisir.

Un dîner l'attendait. Il avait été préparé par une femme intelligente qu'il trouvait extrêmement désirable. Malheureusement, les circonstances lui interdisaient de la courtiser. Il serait bon pour l'un comme pour l'autre qu'il s'en souvienne plus qu'une minute de temps à autre.

Kelsey avait pris un risque en préparant le dîner. Il était tout à fait possible que son nouveau patron n'apprécie pas qu'elle fouille dans les placards pour trouver des ingrédients.

Même s'il pouvait sembler naturel de faire à manger quand on gardait des enfants, plusieurs de ses anciens employeurs lui avaient imposé des limites bien précises. Il était arrivé qu'elle n'ait accès qu'à un placard ou une partie du réfrigérateur. Une fois, elle avait eu un mini-réfrigérateur dans sa chambre et il lui avait été interdit d'entrer dans la cuisine.

Malgré les bizarreries de ses patrons, cela avait

toujours mieux valu que la vie qu'elle aurait menée si elle était restée chez ses parents.

De manière parfaitement inappropriée, son cœur manqua un battement quand elle entendit le moteur de la camionnette de Fox. Ses textos ne lui avaient fourni aucun indice sur la manière dont s'étaient passées ses discussions avec ses frères. Évidemment, cela ne la regardait pas et il lui faudrait tenir sa curiosité en laisse.

Elle avait couché le bébé après l'avoir baigné et lui avoir donné le biberon. La nuit précédente, il avait dormi presque cinq heures d'affilée. Elle était sûre de pouvoir lui faire prendre un rythme qui ne perturberait pas trop Fox – ni elle – en quelques jours.

Les analyses d'ADN pouvaient prendre des semaines et Fox ne semblait pas vouloir confier le bébé à quelqu'un d'autre avant d'avoir les résultats.

Le four sonna. Elle en sortit le plat au moment où Fox entrait dans la cuisine.

— Ça sent bon ! lança-t-il.

— Vous arrivez juste à temps, répondit-elle.

Elle retira les gants de cuisine, se retourna et faillit percuter Fox.

Elle avait déjà retrouvé l'équilibre quand il la retint par le bras. Ce bref contact suffit à la faire frissonner de plaisir.

— Qu'est-ce que c'est ? demanda-t-il en se penchant au-dessus du plat.

Elle s'était aventurée à associer ce qui lui était tombé sous la main.

— Je ne savais pas ce que vous aimiez, alors…

— Je suis sûr d'adorer, la coupa-t-il. Je n'ai jamais été difficile.

Il sortit deux assiettes d'un placard, puis fixa le comptoir dégagé.

— Qu'est-il arrivé aux affaires du bébé ? demanda-t-il.

Zut. Elle aurait dû demander sa permission avant de déplacer des choses. Elle n'était que la nourrice.

— Je peux les rapporter là, si vous voulez, balbutia-t-elle. Je les ai rangées dans la nurserie.

— La nurserie provisoire, la corrigea-t-il.

— C'est vrai. J'ai tendance à organiser les choses. Je suis désolée si j'ai pris des libertés inappropriées.

— Ce n'est pas le cas, répondit-il en ayant l'air aussi mal à l'aise qu'elle. Vous n'avez pas à marcher sur des œufs chez moi, Kelsey. Je vous suis reconnaissant de m'aider à m'occuper du bébé. Puisque vous vivez ici pour le moment, j'aimerais que vous fassiez comme chez vous. Je m'y habituerai.

— D'accord. Merci.

Elle servit son mélange de riz, de poulet, de fromage et de sauce salsa, puis se remplit un verre d'eau. Elle avait remarqué une bouteille de thé glacé dans le réfrigérateur.

— Voulez-vous du thé glacé ? proposa-t-elle. Quelque chose de plus fort ?

— Juste un verre d'eau, merci. J'ai bu une bière chez Wyatt.

— C'est celui de vos frères qui vient d'avoir un bébé, c'est ça ?

— Oui. Vous avez une bonne mémoire, dit-il avant

de prendre une bouchée. Vous avez fait ça avec ce que vous avez trouvé dans les placards ?

Elle acquiesça.

— Est-ce votre mère qui vous a appris à cuisiner ? demanda-t-il.

Il essayait de lui soutirer des informations qui ne se trouvaient pas dans son CV.

— Oui. Maman voulait qu'on l'aide dans la cuisine. C'est nécessaire quand on appartient à une grande famille.

— Alors dites-lui que je la remercie, la prochaine fois que vous lui parlerez.

Elle prit une bouchée pour éviter de répondre et éprouva de la gratitude envers les employeurs qui ne s'étaient pas souciés de sa vie privée.

— Est-ce que j'ai commis une boulette ? demanda timidement Fox.

— Pas du tout, s'empressa-t-elle de répondre.

— Vous avez rougi.

— C'est à cause de la sauce salsa, répondit-elle en haussant les épaules. Le soleil et le vin ont le même effet. C'est la malédiction des peaux claires.

— D'accord. Mais dites-le-moi si je fais une bêtise.

— D'accord.

Il lui semblait le patron le plus étrange qu'elle ait jamais eu, mais elle ne savait pas si c'était bien le cas ou un effet de sa fascination.

— Je suis très contente de travailler avec les chevaux et vous, dit-elle.

Comme il fronçait les sourcils, elle ajouta :

— Avec le bébé aussi.

— Alors au moins l'un de nous y trouve du plaisir, grommela-t-il. Il aime vraiment les bains ?

— Il a aimé celui de ce soir.

— J'aurais sans doute dû le faire hier soir…

Il semblait particulièrement stressé par le fait de devoir s'occuper d'un enfant.

— Je suis sûre que vous vous en êtes très bien sorti, l'encouragea-t-elle. Les enfants et les poulains ne sont pas si différents, au début : ils mangent, ils font caca, ils jouent et ils dorment.

Le rire de Fox lui procura autant de joie et de fierté que le premier prix qu'elle avait gagné à un concours de science – plus, même, parce que son père ne pouvait pas le jeter.

Elle finit son assiette et fut ravie de voir Fox se resservir.

— Je n'ai pas eu le temps de faire un dessert, dit-elle.

— Je ne m'attendais pas à ce que vous prépariez le dîner, répondit-il.

— Vous aviez l'air contrarié de devoir parler à vos frères. Je voulais faire quelque chose pour vous aider et j'avais du temps entre les lessives.

Il fronça les sourcils.

— Je n'ai pas eu une minute à moi quand j'étais seul avec le bébé.

— Ça viendra, lui assura-t-elle. À quelle heure commencez-vous à travailler, en général ?

— Je me lève vers 6 heures, je m'occupe des chevaux avant le petit déjeuner, puis je vais dans le bureau vers 8 heures, répondit-il.

Des dizaines de questions vinrent à l'esprit de Kelsey, mais elle s'interdit d'être trop curieuse.

— Êtes-vous sûr de vouloir mettre le deuxième berceau dans le bureau ? demanda-t-elle. Puisqu'on a un babyphone, ce n'est pas nécessaire.

— Oui, j'en suis sûr. Je ne veux pas que vous vous épuisiez à monter et descendre l'escalier.

Sa voix douce et grave la fit frissonner.

Elle voulut ramasser son assiette quand il eut fini de manger.

— Que faites-vous ? demanda-t-il en lui saisissant le poignet.

Elle lui arracha immédiatement sa main, mais le plaisir que ce contact lui avait procuré perdura.

— Je voulais débarrasser pour faire la vaisselle, c'est tout, balbutia-t-elle.

— Non, dit-il. Vous avez cuisiné en plus de vos responsabilités de nounou. C'est moi qui ferai la vaisselle.

Quelque chose en elle résista et cela l'irrita. Elle n'avait pas perdu ses vieilles habitudes alors qu'elle avait quitté la maison de ses parents quinze ans plus tôt. Ce n'était pas parce qu'elle était revenue dans un ranch que Fox avait la même mentalité arriérée que son père et ses frères.

— Très bien, répondit-elle. Merci.

Fox la regarda bizarrement avant d'emporter les assiettes dans l'évier. Par chance, le babyphone s'alluma et Bébé John commença à gémir à cet instant.

— Moi qui espérais que vous auriez une pause…, murmura Fox. Vous préférez vous occuper de la vaisselle ou du bébé ?

Les concevait-il vraiment comme une équipe ?

— Je m'occupe du bébé, répondit-elle. Il se rendormira peut-être.

Fox croisa les doigts.

— Vous l'espérez réellement ? demanda-t-il.

Elle esquissa un sourire.

— Vous arrive-t-il de vous réveiller en pleurant au milieu de la nuit ?

— Seulement une ou deux fois par an, répondit-il en lui décochant un clin d'œil. Et vous avez raison : je me rendors.

Sa réponse la surprit, mais elle répondit avec légèreté :

— Vous voyez ? Le sommeil est une compétence qui s'apprend. Il progressera vite.

Elle quitta la cuisine en continuant à songer à la réponse de Fox. Malgré le clin d'œil, elle n'était pas tout à fait sûre qu'il s'agissait d'une plaisanterie. Si ce n'en était pas une, à cause de quelles craintes ou de quelles souffrances un homme comme Fox Colton pouvait-il se réveiller en larmes au milieu de la nuit ?

Même si elle brûlait de curiosité, sa situation lui interdisait de l'interroger à ce sujet.

5

Fox avait appris à reconnaître un trésor quand il en voyait un, qu'il s'agisse de chevaux ou d'humains. Kelsey en était un auquel on avait ajouté une touche de magie. Dans son programme d'élevage, il appelait cela le facteur X, une qualité intangible dont la génétique ne pouvait pas rendre compte.

Il ne lui avait fallu que quelques jours pour faire prendre au bébé un rythme qui leur permettait de dormir presque sans interruption. Et elle n'avait jamais l'air fatigué le matin – contrairement à son frère et sa belle-sœur.

Elle s'était vite adaptée à sa routine, à la fois au bureau et dans le ranch. Elle s'était occupée des tests de grossesse des juments en un temps record. Après s'être assuré qu'elle savait monter à cheval, il l'avait encouragée à aller se promener pendant que le bébé faisait la sieste dans le bureau.

Bébé John adorait les chevaux. De temps à autre, Fox s'interrompait dans son travail pour faire des recherches sur des porte-bébés ventraux qui auraient permis de l'emmener en promenade, mais il fermait toujours la fenêtre avant d'en avoir acheté un. Bébé

John n'était là que de manière temporaire. Fox aurait tout le temps de se promener avec Kelsey quand il aurait rendu l'enfant à ses parents.

Les résultats des analyses de sang n'étaient pas concluants. Grâce à la bonne volonté de l'agent Roberts, ils auraient sans doute bientôt ceux des échantillons d'ADN.

Fox jeta un coup d'œil à Kelsey, qui lisait un document assise par terre, adossée à son bureau. Devant elle, le bébé s'agitait joyeusement sur une couverture.

Ces moments de la vie quotidienne rappelaient sa propre enfance à Fox, l'époque où l'existence lui semblait parfaite. *Presque* parfaite. À quoi aurait ressemblé sa vie si ses parents n'étaient pas morts ?

Tout en lisant, Kelsey rendait au bébé un anneau en caoutchouc à chaque fois qu'il le lançait hors de sa portée. Pourquoi avaient-ils acheté cela ? Pour aider le bébé à faire ses dents et pour développer ses facultés manuelles et cognitives, se souvint Fox.

Il était sûr que les jouets n'étaient pas aussi sophistiqués ni scientifiquement justifiés à son époque. Cela ne l'avait pas empêché de grandir à peu près correctement.

— Je ne me souviens pas quand mon père a commencé à me battre.

Sûrement pas quand il était bébé…, songea-t-il. Sa mère ne l'aurait pas laissé faire.

— Fox ?

L'horreur qu'il entendit dans la voix de Kelsey le tira de ses pensées.

— Désolé. Quand je le regarde, je n'arrive pas à m'imaginer lui faire du mal, mais…

L'horreur de Kelsey se mua en compréhension.

— Mais vous vous demandez quand vous allez perdre les pédales et devenir violent, acheva-t-elle à sa place.

Il releva ses lunettes et se massa l'arête du nez. Cela semblait ridicule dans sa bouche.

— Je parie sur jamais, ajouta-t-elle avant de reporter son attention sur sa lecture.

— Vous êtes bien sûre de vous, lui fit-il remarquer.

Elle plongea son regard dans le sien.

— Picasso a eu quatre enfants, répondit-elle. Aucun d'eux n'est devenu un grand peintre.

— Je vous crois sur parole.

— Chacun d'eux avait des compétences et des talents sans rapport avec leurs gènes, poursuivit-elle. Aucun de nous n'est la somme de ses parents.

Son assurance apaisa un peu Fox.

— Je vous ai déçue, dit-il. Pardonnez-moi d'être humain.

— C'est fait, répondit-elle. Nous avons tous peur de ressembler à nos parents.

— Et encore plus quand ils étaient de mauvais exemples.

— C'est vrai, reconnut-elle. Mais quelqu'un qui serait capable de frapper un enfant n'en aurait pas recueilli un comme vous l'avez fait.

Elle se leva, souleva le bébé et s'approcha pour le lui mettre dans les bras sans lui demander son avis.

— Moi non plus, je n'ai pas eu de très bons exemples, ajouta-t-elle.

— Je sais que c'est idiot, murmura-t-il en regardant le bébé jouer avec un bouton de sa chemise.

— Non, ce n'est pas idiot, c'est normal, lui assura-t-elle. Un été, j'ai travaillé pour une famille qui attendait son troisième enfant. Les deux premiers étaient des garçons et la femme attendait une petite fille. Elle était terrifiée.

— Pourquoi ?

— Parce que sa mère et sa grand-mère étaient obsédées par une certaine image du corps féminin. Elle avait passé sa vie à essayer de s'en délivrer et elle avait peur de reproduire le modèle.

Il comprit ce qu'elle essayait de lui démontrer.

— Il ne s'agit pas de génétique, mais de reproduction de comportement, murmura-t-il. Ma mère était une femme formidable. Quand j'ai découvert que tous les pères n'étaient pas comme le mien, j'ai été incapable de comprendre pourquoi elle avait épousé un homme violent.

— Ah.

— Pouvez-vous développer ? demanda-t-il alors qu'elle se lançait dans la préparation d'un biberon.

— Vous avez vraiment peur que le Dr Jekyll devienne Mr Hyde quand vous êtes en présence d'un enfant.

— Oui.

— Avez-vous juste besoin d'évacuer vos craintes ou voulez-vous mon opinion ? demanda-t-elle.

Il apprécia qu'elle lui laisse le choix.

— Quelle est votre opinion ?

Elle tendit le biberon au bébé, qui le téta avec enthousiasme.

— J’ai onze frères et sœurs et il n’y avait que des familles nombreuses, là où je vivais.

Elle lui avait dit qu’elle avait des frères et sœurs, mais *onze* ? Le seul fait de penser au bruit et au désordre faillit lui donner la migraine.

— De quelle planète venez-vous ?

— Je ne suis pas autorisée à le révéler, répondit-elle, les yeux pétillants de malice. Et j’ai payé mes études en travaillant comme baby-sitter, ce qui m’a permis de rencontrer beaucoup de parents. Personne n’est parfait, mais je sais que la plupart des gens violents ont un problème psychiatrique.

— Le cerveau est une chose extraordinaire et terrible, répondit-il en se souvenant du mantra de l’un de ses professeurs.

— C’est vrai. Ce que je pense, c’est que vous étiez trop jeune pour comprendre le mariage de vos parents et que ça n’a aucune importance.

— Comment pouvez-vous dire ça ?

Il se leva par réflexe, mais fuir n’était pas une option.

— Parce que vous n’êtes pas votre père, Fox, dit-elle en lui reprenant le bébé. Vous avez hérité d’une partie de son ADN, mais vous êtes *vous*. C’est vous qui choisissez la manière dont vous exprimez votre déception et votre colère. Vous êtes libre de choisir la maîtrise de vous-même ou la destruction.

Elle avait raison. Sa tête le savait, mais le reste de sa personne avait du mal à l’accepter.

Kelsey plaça le bébé sur son épaule pour le faire roter. Quelques secondes plus tard, Bébé John dormait dans ses bras.

— Avez-vous souvent joué les psys pour vos clients ? demanda-t-il.

— Seulement pour les plus intelligents.

Son sourire espiègle éveilla la libido de Fox. Il posa une main sur son bras et se pencha vers elle sans vraiment s'en rendre compte. Au dernier instant, il tourna la tête et déposa un baiser sur le front du bébé avant de battre en retraite vers son bureau.

Il était trop à l'aise en présence de Kelsey. Se rendait-elle compte qu'il avait toutes les peines du monde à contrôler le désir qu'elle lui inspirait ?

C'était son employée. Elle l'aidait déjà beaucoup. Il ne pouvait pas mettre une collaboration aussi précieuse en danger pour explorer une simple attirance physique.

Kelsey coucha Bébé John et lui caressa le dos jusqu'à ce qu'il se mette en position fœtale – ce qui l'aida à masquer l'affolement de ses pensées.

Fox l'avait presque embrassée et elle en avait eu terriblement envie. Elle pinça les lèvres. Ça aurait été aussi merveilleux qu'inapproprié.

C'était son patron et elle commençait juste à comprendre comment elle pouvait lui être utile. Qu'elle en ait envie ou non, il n'y avait pas de place pour des baisers dans cette situation.

— Pensez-vous qu'il s'adaptera ? demanda Fox lorsqu'il se rassit à son bureau.

Ils avaient déjà eu cette conversation… Il était décidément très inquiet.

— C'est le roi de l'adaptation, répondit-elle.

Son cœur s'affola quand il la regarda par-dessus ses lunettes. Pourquoi trouvait-elle cela si sexy ?

— À sa vraie famille, je veux dire, précisa Fox. Ses parents ne feront pas les choses comme nous. Je me souviens que j'ai eu du mal à m'y faire lorsque ma sœur et moi nous sommes retrouvés avec les enfants de Russ et Mara.

— Vous étiez en deuil et lui n'est qu'un bébé. Il ne se souviendra pas de nous.

— Peut-être, marmonna Fox.

Alors qu'elle se replongeait dans sa lecture, il ajouta :

— J'apprécie l'aide que vous m'apportez. Je n'aurais pas pu le confier à des inconnus.

— Vous avez fait le bon choix, lui assura-t-elle. Je suis sûre que son père vous sera reconnaissant de tout ce que vous avez fait pour lui quand nous l'aurons retrouvé.

— Ça m'ennuie que le père n'ait pas encore frappé à ma porte, dit Fox en se levant pour faire les cent pas. Ce n'est pas comme si on vivait à New York. Les nouvelles vont vite, par ici.

Kelsey posa l'article qu'elle lisait et accorda toute son attention à Fox – ce qui n'était pas forcément une bonne idée, parce qu'elle eut du mal à ne pas se laisser hypnotiser par ses mouvements.

— Tout le monde trouve peut-être plus confortable de croire qu'il est votre fils, suggéra-t-elle.

Il fronça les sourcils.

— Vous devez avoir raison, lui accorda-t-il. Je le rendrai quand même à son père quand on aura les résultats. Bébé John a besoin d'être avec sa vraie famille. Avec un peu de chance, je comprendrai du même coup pourquoi on l'a laissé devant ma porte.

— Avez-vous l'intention de rester dans sa vie ? demanda-t-elle.

Il la regarda avec stupeur.

— Je n'y avais pas réfléchi. Je suppose que ce sera le cas si je suis son oncle.

— Tant mieux.

— Pourquoi ?

— Parce que vous vous êtes attaché à lui. Et parce qu'il n'y a pas que les parents qui comptent, dans une famille. Ma tante m'a aidée à…

Elle faillit dire « m'échapper » et s'interrompit net.

— … À me préparer pour l'université, reprit-elle. Je passais autant de temps que je pouvais avec elle.

C'était au courage de sa tante qu'elle devait toutes les bonnes choses qu'il y avait dans sa vie.

— Vous l'avez prise comme modèle, dit Fox en se rasseyant.

— C'est vrai. Qu'est-ce qui a été le plus dur pour vous après la mort de vos parents ?

— D'avoir trois frères en plus d'une petite sœur, pouffa-t-il. Mais je suis reconnaissant envers Russ et Mara de ne pas avoir laissé les services sociaux s'occuper de nous.

— On dirait que vous savez vous soutenir les uns les autres, dans votre famille.

— Oui, reconnut-il. Ce sont des gens bien. Mais c'est toujours de Sloane que je suis le plus proche. Certains jours, j'ai l'impression que la vie l'a arnaquée parce qu'elle n'a aucun souvenir de notre mère.

— Vous m'avez dit que Mara l'avait gâtée.

— Plus que moi, en tout cas… J'ai toujours eu

l'impression de taper sur les nerfs de Mara. Mais on s'est débrouillés.

Kelsey n'aima pas ce que cela sous-entendait.

— Russ m'a pris sous son aile, poursuivit-il. Il est possible que Mara m'en ait voulu parce qu'il ne trouvait pas toujours du temps à passer avec ses propres fils. Après le lycée, je suis allé dans une école de commerce pour prendre ma place dans l'empire des Colton.

— C'est vrai ? s'écria-t-elle. Je n'arrive pas à vous imaginer dans un bureau.

Il la regarda encore par-dessus ses lunettes et haussa un sourcil.

— Soit. Nous sommes dans un bureau, se corrigea-t-elle en faisant une grimace. Mais vous voyez ce que je veux dire. Je ne vous imagine pas dans une tour en verre en face de clients fortunés.

Il éclata de rire, ce qui fit tomber ses lunettes sur son bureau.

— Russ est le seul à avoir imaginé cet avenir pour moi, admit-il. Mais j'ai suivi ses conseils jusqu'au moment où j'ai découvert que la biologie et la chimie m'intéressaient plus que les profits et les phrases creuses.

— Tant mieux pour moi, conclut-elle avec un grand sourire.

Mais il avait déjà reporté son attention sur son ordinateur.

Ils travaillèrent en silence pendant un moment. Elle éplucha une vieille étude sur des chevaux de rodéo qu'on avait essayé de rendre plus rapides. Ce n'était pas le but de Fox, mais la manière dont ils avaient été croisés était intéressante. L'étude contenait des photos de poulains qui ramenèrent les pensées de Kelsey vers Bébé John.

— Avez-vous des photos de vous quand vous étiez bébé ? demanda-t-elle.

— Sans doute dans un carton, quelque part, répondit-il après quelques instants de réflexion. Ma mère aimait faire des albums.

Il l'impressionnait tant qu'elle avait du mal à l'imaginer bébé.

— Vous voulez les comparer à Bébé John ? demanda-t-il.

— Non, répondit-elle. Vous avez dit que vous n'étiez pas son père. J'étais juste curieuse. On devrait peut-être faire des photos de lui pour qu'il les ait plus tard…

— C'est une bonne idée.

Il posa ses lunettes, sortit son téléphone et alla prendre quelques photos du bébé endormi.

Sa réaction émut Kelsey. Elle n'avait aucune trace des quinze premières années de sa vie. Si sa mère avait suivi les directives de la communauté, tout avait été détruit pour reconstituer une famille idéale dont elle n'avait jamais fait partie.

— Je pense que les garçons ne sont pas comme les filles, dit Fox en retournant à son bureau.

— Si c'est la première fois que cette idée vous vient, il est certain que vous n'êtes pas le père de Bébé John, plaisanta-t-elle. Faut-il que nous ayons une conversation à ce sujet ?

Il pouffa, puis leva les yeux vers le plafond.

— Ce que je veux dire, c'est que je pense que les hommes et les femmes portent un regard différent sur leur histoire, expliqua-t-il. Et les femmes transmettent la vie, bien sûr.

— Certaines femmes n'aspirent pas qu'à être mères, murmura-t-elle.

— Et elles ont bien raison !

Même si cette conversation touchait un point sensible, Kelsey était intriguée par l'opinion de Fox sur les rôles des deux sexes.

— Je ne formule pas bien les choses, grommela-t-il. Les filles s'intéressent aux gens qui composent la famille, tandis que les garçons la voient davantage comme un héritage et une responsabilité. Bien sûr, je sais que les gens sont tous différents et que cette manière de présenter les choses est trop tranchée.

— Vous vous demandez si les garçons – en général – estiment davantage avoir le devoir de garantir la sécurité matérielle de leur famille parce qu'ils ont vu leurs pères le faire ?

— C'est ça. Il s'agit sans doute plus de reproduction de comportement que de génétique, comme vous le disiez tout à l'heure. Mais j'ai du mal à imaginer mes frères regarder des photos de bébés pendant des heures, comme les femmes de ma famille peuvent le faire. Et dans la vôtre ? Le font-elles ?

— Oui, répondit-elle. Et les garçons, en général, n'y jettent un œil que pour se moquer de tout le monde.

— Ils ne devaient pas se moquer de vous. Je suis sûr que vous étiez trop adorable.

Elle se sentit rougir.

— Ils adoraient se moquer de moi, le corrigea-t-elle. Ils disaient que je ressemblais à une tomate blanche.

Il éclata de rire.

— Alors je veux voir les photos !

— Aucune chance, répondit-elle. Je n'ai pas pensé à en emporter quand je suis partie.

Elle n'avait mis que des vêtements et ses cahiers de science dans son sac et ne songeait qu'à franchir le portail sans se faire prendre.

— Quand avez-vous rendu visite à vos parents pour la dernière fois ?

— Je ne leur rends jamais visite.

Son départ avait été un aller simple. Malheureusement, ses frères faisaient tout ce qu'ils pouvaient pour la forcer à réintégrer la famille.

Dans vos rêves, les gars, songea-t-elle.

— Vous n'avez *aucun* contact avec votre famille ?

Elle n'osa pas soutenir son regard.

— Je ne vous juge pas, s'empressa-t-il d'ajouter.

— Je sais, murmura-t-elle.

Ce n'était pas son genre. Fox était peut-être le meilleur être humain qu'elle ait jamais rencontré.

— Kelsey ?

— Les membres de ma famille ne sont pas… indulgents. C'est un sujet que je n'aime pas aborder. Je suis partie parce que… J'avais plusieurs raisons.

Quel exploit d'honnêteté ! songea-t-elle ironiquement.

Elle rencontra brièvement le regard curieux et compatissant de Fox. Aïe. Elle voulait qu'il la voie comme une égale, pas comme un sujet d'étude. Aucune famille n'était parfaite.

— Je suis ici, maintenant, reprit-elle. Je suis partie

il y a longtemps et j'ai pris l'habitude de vivre dans le présent.

— Mais vous avez fait des études, envisagé une carrière…

— C'est vrai.

Où voulait-il en venir ?

— Ça prouve que vous ne vivez pas toujours dans l'instant présent.

Sans faire d'études, elle n'aurait pu travailler que comme nourrice – une vie assez semblable à celle que sa famille lui réservait.

— L'une des raisons pour lesquelles je suis partie est que mes parents ne m'auraient pas laissée aller à la fac.

— Vous plaisantez ? demanda-t-il en fronçant les sourcils.

— Non. Je voulais continuer à apprendre.

— Kelsey, c'est…

Il semblait avoir du mal à trouver ses mots.

— Archaïque ? suggéra-t-elle. Arriéré ?

— Non, dit-il en secouant la tête. Enfin, si. Mais c'est surtout cruel envers quelqu'un qui a un esprit comme le vôtre.

On ne lui avait sans doute jamais fait un aussi beau compliment. Elle se sentit rougir.

— Ma famille a des valeurs très strictes, expliqua-t-elle. Le fait que j'aille à la fac les aurait trop bousculées.

— Ça aurait été plus grave que de vous perdre tout à fait ? balbutia-t-il.

— Pouvons-nous changer de sujet, s'il vous plaît ?

— J'ai encore une question à poser, si vous me le permettez.

Elle acquiesça. C'était son patron. Il pouvait lui demander presque tout ce qu'il voulait.

— Vous arrive-t-il de regretter d'être partie ?

Comme elle ne s'attendait pas à cette question, il lui fallut quelques instants pour répondre :

— Non. C'était le bon choix.

Mieux valait être seul que n'être qu'un rouage dans une machine. Si seulement ses frères pouvaient l'accepter…

— Est-ce que votre famille vous manque ?

— Les bagarres autour de la dernière portion ne me manquent pas, ironisa-t-elle. Et ça fait deux questions.

— J'en ai d'autres, répondit-il. Mais je ne vous harcèlerai pas.

— Merci.

Parler de sa famille lui donnait toujours l'impression d'être sur le point de se faire engloutir par des sables mouvants.

— Ça vous ennuie si je sors prendre l'air ? demanda-t-elle.

— Bien sûr que non.

Une fois dehors, elle marcha jusqu'au carré de pelouse le plus proche et inspira profondément.

Fox était peut-être curieux, mais elle était en sécurité auprès de lui. Il ne lui en voudrait pas pour les bizarreries de sa famille – même si elle préférait que ses frères ne viennent pas tester les limites de sa patience.

Elle fit la série de mouvements qu'elle avait élaborée au fil des ans en mélangeant ce que ses cours de yoga, d'autodéfense et d'arts martiaux lui avaient appris.

Elle l'exécutait régulièrement pour conserver sa force et sa souplesse.

Quelques minutes plus tard, alors qu'elle pressait ses mains l'une contre l'autre, les yeux fermés, elle entendit un bruit de moteur. Elle les ouvrit juste à temps pour voir une voiture noire disparaître entre les arbres.

Fox ne pouvait plus quitter Kelsey des yeux. Elle s'était arrêtée à un endroit qu'il voyait de son bureau. Il identifia quelques poses de yoga, mais la plupart de ses mouvements lui étaient inconnus. Sa gymnastique était un spectacle fascinant.

Il l'avait mise mal à l'aise en l'interrogeant, même si ce n'était pas son intention. Il voulait juste mieux la connaître. Il se sentait si détendu en sa présence... Elle lui rendait facile de se confier. Même son habitude de se perdre dans ses pensées ne semblait pas la déranger.

Il se força à reporter son attention sur la requête d'un nouveau client. Quelques minutes plus tard, Kelsey rentra et se remit au travail sans dire un mot.

Quand le bébé se réveilla, Fox décida de s'en occuper. Il avait besoin de faire quelque chose de ses mains pendant que ses idées s'organisaient dans sa tête. Il fut surpris de voir Bébé John sourire quand il s'approcha de lui.

C'était Kelsey qui avait rendu cela possible en apaisant l'essentiel de ses craintes. Il avait changé le bébé et chauffait un biberon quand elle s'approcha.

— Je pense avoir trouvé quoi suggérer à ce client, dit-elle. J'ai posé mes recommandations sur votre bureau. Voulez-vous que je prenne le relais ?

— Ça va, merci, répondit-il avant de retourner à son bureau avec le bébé, le biberon et un chiffon.

Il partagea son attention entre le rapport de Kelsey et Bébé John. Du coin de l'œil, il vit qu'elle le surveillait discrètement, mais il ne se produisit aucune catastrophe.

— Vos recommandations me paraissent bonnes, dit-il après sa lecture.

Bébé John, qui avait fini son biberon, était en pleine forme.

— Si on allait se promener ? suggéra Fox.

— Je vais chercher son manteau, répondit Kelsey.

Fox enfila le sien pendant que Kelsey habillait Bébé John et le mettait dans la poussette.

Dès qu'ils sortirent, il eut l'impression d'être un personnage d'un tableau romantique. Ce confort domestique n'était vraiment pas l'image de sa vie qu'il avait jusque-là. Ils se promenèrent en parlant de chevaux. De temps à autre, Bébé John émettait un son et ils lui répondaient comme s'il avait dit quelque chose d'intelligible.

Seules une ou deux juments s'arrondissaient, mais Fox était déjà impatient de rencontrer leurs poulains. Dans un autre enclos, ceux de l'année précédente s'ébattaient dans l'air frais de l'automne. Leurs personnalités s'affirmaient et certains avaient clairement copié des traits de leur mère.

— À quel point les enfants copient-ils leurs parents ? s'interrogea-t-il à voix haute.

C'était une question qu'il se posait depuis longtemps, sans doute parce qu'il n'avait pas eu que de bons exemples. Son père frappait fort et sans prévenir.

Fox avait fait de son mieux pour être obéissant et ne pas se faire remarquer, mais cela n'avait pas changé grand-chose. De l'autre côté, l'amour et le soutien de sa mère lui avaient toujours paru sincères.

— En matière de comportement ou d'émotions ? demanda Kelsey.

— Les deux, je suppose. Tous les ans, les adultes du troupeau guident les poulains.

— Vous comparez les chevaux et les humains ?

— Peut-être un peu, admit-il. Les chevaux sont des animaux sociaux.

— C'est vrai, mais les chevaux agissent par instinct. Les humains ont l'avantage de posséder la raison.

— Quand ils s'en servent, la corrigea-t-il.

— Soit.

— Ma mère n'a jamais essayé de justifier le comportement de mon père, dit-il en recommençant à penser à voix haute. Mais elle aurait peut-être fini par le faire si elle avait vécu plus longtemps…

Ses parents étaient morts et il croyait s'être bien adapté à sa nouvelle famille. Même s'il travaillait beaucoup, Russ s'était montré chaleureux avec tous ses enfants. Mara, par contre, lui avait toujours trouvé des défauts – ce qui l'avait incité à continuer à faire profil bas.

Il aurait été inconcevable qu'il ne se demande pas ce qu'il avait intériorisé de ces exemples contradictoires.

Fox baissa les yeux vers Bébé John.

— Vous connaissez mieux les bébés que moi, dit-il. Ont-ils un instinct de survie qui les pousse à tomber amoureux de tous les gens qu'ils rencontrent ?

Kelsey pouffa.

— Je pense que c'est simplement dans sa nature, répondit-elle. Certains bébés font des otites, d'autres non. Certains sont naturellement plus joyeux que d'autres.

— À cause de leurs gènes ou de leur environnement ?

— Un pédiatre vous répondrait que Bébé John est heureux parce qu'il se sent aimé et en sécurité.

Et le pédiatre se tromperait, songea Fox. Il pouvait garantir la sécurité de Bébé John, mais il ne pouvait pas l'aimer. Il espérait que son vrai père, quand ils l'auraient retrouvé, s'en chargerait.

— Alors je dirais au pédiatre que la sécurité l'emporte sur l'amour, à cet âge, répondit-il. Je me soucie de lui, mais je serais stupide de tomber amoureux de lui alors qu'il a besoin de sa vraie famille.

— Vous êtes-vous senti aimé quand votre oncle et votre tante vous ont adopté ? demanda Kelsey.

— Ce n'est pas la même chose. J'étais leur neveu.

— D'après les analyses de sang, il se pourrait très bien que Bébé John soit votre neveu, lui rappela-t-elle.

Mais ce n'était encore qu'une hypothèse. Il réfléchirait à la suite de sa relation avec Bébé John quand il aurait des certitudes. L'une des juments s'approcha, ce qui ravit le bébé.

— Voulez-vous des enfants ? demanda-t-il à Kelsey.

— Je ne sais pas, répondit-elle après quelques secondes d'hésitation. Dans ma famille, ça semblait inévitable. Mes études m'ont permis de penser à autre chose – sauf quand j'avais des factures à payer. J'aurais peut-être dû parvenir à une conclusion en quinze ans, mais j'ai l'impression d'avoir encore besoin d'y réfléchir.

Et il lui avait donné l'emploi qu'elle essayait d'éviter. Il s'en voulut.

— Vous devriez peut-être m'aider à embaucher une nounou, suggéra-t-il.

— Ne vous en faites pas. J'ai accepté ce travail et je ne le regrette pas.

— Merci. Vous n'imaginez pas à quel point je vous en suis reconnaissant.

— Si, je l'imagine, pouffa-t-elle. J'ai bien vu que Bébé John et vous paniquiez, quand je suis arrivée.

Il baissa les yeux vers l'enfant, qui commençait à s'endormir.

— Pourquoi sa mère l'a-t-elle abandonné ?

— Pourquoi l'avez-vous recueilli ? répliqua Kelsey.

— Parce que ça me semblait la meilleure chose à faire, répondit-il en haussant les épaules.

— Sa mère s'est peut-être dit la même chose.

Kelsey marquait un point, mais il lui aurait été plus facile de l'accepter si la mère ne s'était pas trompée de porte ou si elle avait fourni plus d'informations avec le bébé.

— Que ferez-vous si son père ne veut pas de lui ? demanda Kelsey.

— Je suppose que je le remettrai aux services sociaux.

— Vous n'envisagerez pas de l'adopter vous-même ?

Sa question le mit très mal à l'aise.

— Le feriez-vous, à ma place ?

Elle soupira et laissa son regard se perdre au loin.

— Un homme avec un bébé ? Il paraît que les femmes trouvent ça irrésistible.

Il éclata de rire.

— Je suis un cow-boy, répliqua-t-il. Je n'ai qu'à cirer mes bottes et à aller en ville à cheval pour qu'on me trouve irrésistible.

Elle éclata de rire à son tour, ce qui attira l'attention de Fox sur ses lèvres. Elles étaient de la couleur des pêches. Avaient-elles aussi leur douceur ?

Il n'aurait vraiment pas dû remarquer ce genre de choses, mais observer Kelsey à la dérobée était devenu son loisir préféré. Il savait qu'elle se mordillait la lèvre quand elle réfléchissait et se massait le front quand elle avait lu trop longtemps.

Leur proximité rendait inévitable qu'il perçoive ces choses, songea-t-il pour se rassurer. Mais ce n'était pas parce qu'ils vivaient sous le même toit qu'ils étaient intimes ou formaient une famille. Elle était là pour s'occuper du bébé. Si elle n'avait été que son assistante, elle aurait loué un appartement en ville.

Et c'est ce qu'elle ferait quand Bébé John aurait retrouvé ses parents. L'estomac de Fox se noua. L'idée de ne plus prendre ses repas avec elle le contrariait profondément. Ils n'avaient passé que quelques jours ensemble, mais il savait que l'attendre le matin et la regarder partir le soir seraient des tortures.

Il soupira. Le travail était le meilleur moyen de reprendre le contrôle de son esprit.

— On ferait bien de se remettre au boulot, dit-il.

— Au cas où je ne l'aurais pas déjà dit, c'est vraiment le travail de mes rêves, répondit-elle avec un grand sourire. Merci de m'avoir embauchée.

À la réflexion, il valait peut-être mieux qu'il s'éloigne d'elle.

— Si vous pouvez vous débrouiller toute seule pendant une heure ou deux, j'aimerais aller prendre des nouvelles de Wyatt, dit-il.

C'était un mensonge, mais il était dans l'intérêt de tous.

— Prenez votre temps, répondit-elle. Tout ira bien.

6

Pendant les jours qui suivirent la conversation qu'ils avaient eue en se promenant, Fox se renferma et Kelsey n'essaya pas de l'en empêcher. Il était évident qu'il réfléchissait à des problèmes personnels. Pour sa part, elle estimait qu'il avait eu beaucoup de chance d'échapper à un père violent.

Bébé John s'adapta vite à leur rythme de travail et elle s'émerveillait toujours de la tournure que sa vie avait prise, même si elle avait de plus en plus de mal à lutter contre le désir que Fox lui inspirait.

Leurs conversations étaient aussi plaisantes qu'intéressantes. Leur spécialité et la situation les incitaient à parler souvent des poids respectifs de l'hérédité et de l'acquisition dans le développement des chevaux et des humains.

Les enfants étaient de petits miroirs de ce qu'ils voyaient. Imiter était leur première manière d'apprendre et de trouver leur place dans le monde – mais cela ne signifiait pas qu'ils reproduiraient toutes les actions de leurs parents à l'âge adulte.

Il était évident que Fox avait peur d'avoir hérité de la violence de son père. Sauf qu'elle ne l'imaginait pas un instant frapper un enfant. Il était tout sauf cruel. Il était doux, protecteur et drôle. Elle réussirait peut-être, avec le temps, à lui faire prendre conscience qu'il serait un très bon père.

Après la sieste du matin de Bébé John, elle le mit dans la poussette pour leur promenade quotidienne.

À peine sortie de la maison, elle tressaillit en entendant un moteur se mettre en route. Elle tourna la tête et reconnut l'une des camionnettes du ranch. Le conducteur, un employé jovial prénommé Luis, la salua en passant.

Elle s'en voulut d'être aussi nerveuse. Il y avait beaucoup d'allées et venues dans un ranch. Néanmoins, cela n'expliquait pas la voiture qu'elle avait suspectée de la suivre quand elle était allée faire des courses, quelques jours plus tôt. La voiture n'était pas entrée sur le parking du supermarché, mais Kelsey n'avait pas cessé de craindre que ses frères ne la coincent entre les pommes de terre et les salades.

— Il est rare qu'ils me laissent tranquille aussi longtemps, confia-t-elle à Bébé John.

Ses frères avaient un don pour la retrouver – mais ils ne réussiraient jamais à la ramener. Elle s'arrêta devant l'écurie et prit Bébé John sur sa hanche.

— Allons voir les chevaux ! lui dit-elle.

Il ne grandirait peut-être pas là, avec Fox, mais il n'était jamais trop tôt pour familiariser les enfants avec les animaux.

Pepper, l'une des plus gentilles juments du ranch, apparut à la porte de sa stalle. Kelsey lui donna un morceau de carotte, ce qui fit la joie de Bébé John.

Après avoir fait le tour de l'écurie, elle repartit vers la maison. C'était une journée magnifique.

— Je me demande ce que tu penseras de la neige, dit-elle à Bébé John.

Elle avait suggéré à Fox de lui acheter des vêtements plus chauds pour l'hiver, qui approchait.

Elle trouva un coin de pelouse ensoleillé où donner le biberon au bébé. Pendant qu'il tétait, elle regarda les arbres frémir sous la brise. Comme cela ne l'empêchait pas de faire le travail qu'elle aimait en parallèle, elle en était arrivée à apprécier de s'occuper d'un enfant.

Bien sûr, le charme de son patron y était sans doute pour beaucoup, songea-t-elle en souriant.

Alors qu'elle essuyait les coins de ses lèvres, la joue de Bébé John s'illumina brusquement, ce qui la fit tressaillir. Le soleil avait dû se refléter sur quelque chose.

— Tu es trop nerveuse, se sermonna-t-elle.

Elle se leva quand le phénomène se reproduisit. Quelques secondes plus tard, le flash lumineux tomba sur le mur de la maison. Elle était prête à parier son premier salaire que quelqu'un l'observait avec des jumelles.

Elle résista à une envie familière de fuir. Si c'étaient ses frères qui l'observaient, elle leur donnerait un avantage en leur prouvant qu'elle les avait repérés.

Elle plaça le bébé sur son épaule pour le faire roter, ramassa le biberon et se dirigea vers la porte. Fox n'avait pas besoin que ses frères lui compliquent la vie, mais il devait connaître les risques qu'il courait.

Elle tomba sur lui à l'angle du bâtiment.

— Vous êtes là ! dit-il en se passant la main dans les cheveux. Je croyais que vous étiez encore dans l'écurie.

Le bébé tendit les bras vers lui et Fox le laissa jouer avec ses doigts.

— Non, on prenait le soleil sur la pelouse, répondit-elle.

— La journée s'y prête.

Ils rentrèrent dans le bureau. Dès qu'ils furent à l'intérieur, elle rassembla son courage et déclara :

— Je crois que quelqu'un observe le ranch depuis le bois, derrière la maison. Je peux me tromper, bien sûr…

— Racontez-moi ce qui s'est passé, répondit-il en lui prenant Bébé John.

— Je m'inquiète peut-être pour rien, commença-t-elle. Alors que je nourrissais Bébé John, j'ai vu un reflet sur sa joue. Quand ça s'est reproduit…

— Ça s'est produit combien de fois ? la coupa-t-il.

— Trois, répondit-elle. La dernière fois, c'était sur le mur. Un reflet ovale – trop parfait pour venir de quelque chose de naturel. Croyez-vous que quelqu'un surveille le bébé ?

Elle préférait cela à l'hypothèse que ses frères l'aient retrouvée.

— Je ne sais pas, mais on le découvrira, répondit-il.

Son assurance la calma instantanément.

— J'en parlerai au shérif, ajouta-t-il. Avez-vous vu d'autres choses bizarres ?

Sa question lui rappela que le Tueur de l'Avalanche courait toujours et que ses frères n'étaient pas la seule menace qui planait sur elle.

— J'ai aussi vu une voiture noire que j'ai trouvée bizarre, répondit-elle.

— Près de la maison ? Quand ça ?

— Non, en ville, il y a quelques jours, répondit-elle en lui reprenant Bébé John, qui commençait à s'agiter. C'est une voiture en bon état, presque neuve.

Une voiture trop chère pour ses frères.

— C'est peut-être la mère qui a mauvaise conscience, suggéra-t-il.

Il tira son téléphone de sa poche.

— Tu as une nounou bien émotive ! dit-elle à Bébé John avant de le poser par terre et de lui donner un livre en tissu aux couleurs vives.

— Je ne suis pas d'accord, déclara Fox. Vous avez peut-être eu peur, mais le bébé ne s'est aperçu de rien. C'est impressionnant.

Impressionnant ? Ce n'était que de l'instinct de survie. Dans sa famille, il fallait s'occuper du confort du dernier bébé avant toute chose. Néanmoins, son compliment lui fit chaud au cœur.

— J'appelle mon cousin Trey pour qu'il vienne jeter un coup d'œil dans les environs, annonça-t-il.

Le sentiment de sécurité que Fox lui procurait était aussi puissant qu'une étreinte, au point qu'elle s'imagina blottie dans ses bras pendant qu'il appelait le shérif.

Fox voyait bien que Kelsey était inquiète, même si elle chatouillait joyeusement le bébé.

— Le shérif arrive, dit-il après avoir raccroché. Voulez-vous que je m'occupe de lui ?

— Ça lui fait toujours plaisir que vous veniez jouer avec nous, répondit-elle.

— Ça me fait toujours plaisir de le faire, répliqua-t-il sincèrement.

Depuis que Kelsey était là, les journées lui semblaient bien plus intéressantes et beaucoup moins terrifiantes.

— Grâce à vous, j'ai presque oublié que les bébés me faisaient peur, ajouta-t-il.

— C'est un bon bébé d'entraînement, dit-elle avant de froncer les sourcils. Ou peut-être pas…

— Que voulez-vous dire ?

— Qu'il est facile à satisfaire. Vous pourriez avoir de mauvaises surprises quand vous aurez des enfants.

— Comme Wyatt et Bailey ?

Leur bébé ne semblait toujours pas avoir l'intention de dormir plus de quelques minutes d'affilée. Wyatt était parfaitement heureux, mais Fox le trouvait de plus en plus fatigué à chaque fois qu'il lui rendait visite.

Kelsey pouffa.

— Certains bébés ont du mal à dormir, au début, dit-elle. Ils finissent par comprendre. L'un de mes petits frères ne voulait pas dormir dans son berceau. Il fallait que maman le tienne dans ses bras. Un jour, on a eu l'idée de l'emmailloter dans l'un de ses pulls et on a tous bien mieux dormi.

— L'avez-vous suggéré à Bailey ?

Elle esquissa un sourire.

— Vous devriez le faire. Vous seriez son héros.

— Allons ! Ils sauront que l'idée vient de vous.

Le bébé roula sur le dos et brandit le livre en riant.

— Est-il normal que j'aie l'impression de le voir changer de jour en jour ? demanda Fox.

— Oui – surtout pour quelqu'un d'aussi observateur que vous, répondit-elle.

Il entendit une portière claquer devant la maison et

chatouilla le pied du bébé avant d'aller ouvrir à son cousin. Il le présenta à Kelsey.

— Merci d'être venu, Trey, lui dit-il.

— Comment va ton petit John Doe ? demanda le shérif.

— Bien, en grande partie grâce à Kelsey, répondit Fox.

Bébé John offrit un grand sourire à Trey.

— Ça en a tout l'air, dit celui-ci. As-tu progressé dans ta recherche des parents ?

— Non. On attend toujours les résultats des analyses d'ADN.

— Si tu vas bien aussi, c'est le meilleur endroit possible pour lui en attendant, dit Trey.

— C'est ce que sa mère a dû se dire.

— À condition que ce soit elle qui l'ait déposé devant ta porte, lui fit remarquer Trey en haussant un sourcil.

Son cousin marquait un point.

— Je t'ai appelé parce que Kelsey a vu des reflets bizarres, tout à l'heure, et une voiture qui lui a paru étrange en ville, dit Fox.

— Quel genre de reflets ?

— Un reflet de soleil sur du verre, répondit Kelsey. Je pense que quelqu'un observait la maison.

— Montrez-moi d'où ça venait.

Ils sortirent et contournèrent la maison. Kelsey montra les bois à Trey et lui expliqua ce qu'elle avait vu tandis qu'il prenait des notes.

— Ce n'est sans doute rien, comme vous avez dit, mademoiselle Lauder, dit Trey quand ils rentrèrent.

Mais nous avons un tueur en série sur les bras et ça m'ennuie que Fox n'ait pas été avec vous.

— Tu ne la crois pas ? s'écria Fox.

— Du calme, répondit Trey. D'abord, ça fait partie de mon travail d'être sceptique. Ensuite, ce n'est pas toi que le tueur menace le plus, c'est elle.

Fox se calma aussitôt.

— Je n'y avais pas pensé, murmura-t-il.

— Je vais jeter un œil là-haut, dit Trey. Mon adjointe doit me rejoindre. Je repasserai sur le chemin du retour.

Fox le raccompagna à sa voiture.

— Tu crois que le tueur rôde autour du ranch ? demanda-t-il.

— Tout est possible, répondit Trey. Tu as bien fait d'appeler. Et ce que tu fais pour ce bébé est admirable, mais n'hésite pas à faire appel aux services sociaux si tu en as besoin.

Fox rentra contrarié par les derniers mots de son cousin alors qu'ils étaient sans doute encourageants. Il trouva Kelsey en train de faire la lecture au bébé.

Elle leva aussitôt les yeux.

— Merci de l'avoir appelé, dit-elle.

— Il ne trouvera peut-être rien, l'avertit-il.

— C'est rassurant de savoir que quelqu'un essaie d'aider, au moins, répondit-elle en haussant les épaules.

Qui, dans son passé, n'avait fait aucun effort alors qu'elle avait besoin d'aide ? se demanda-t-il. Il s'accroupit devant elle et lui jura :

— Je ne laisserai personne vous faire du mal.

Les yeux de Kelsey brillèrent d'émotion. Il était

sincère. Elle travaillait pour lui et il se sentait responsable de tous ses employés.

— Je suis capable de me défendre, répondit-elle. Et je ne laisserai personne faire du mal à John.

Il la croyait. Elle était mince et délicate, mais ses exercices de gymnastique l'avaient impressionné.

— Le shérif a raison, ajouta-t-il. Tant qu'il y aura un tueur dans la nature, nous devrons rester vigilants.

Le bébé s'agita et Fox ressortit pendant que Kelsey le changeait. Il essaya vainement d'apercevoir Trey ou son adjointe entre les arbres.

Pourquoi surveillerait-on son ranch ?

Quelqu'un qui voudrait espionner ses activités ferait mieux de pirater son ordinateur. Il ne savait pas comment marchait le cerveau d'un tueur – et il ne voulait pas le savoir. Il ne savait pas non plus s'il avait plus peur qu'on fasse du mal à Kelsey ou qu'on enlève Bébé John.

Les deux hypothèses le terrifiaient.

Kelsey lui avait fait remarquer plusieurs fois qu'il s'attachait au bébé. Se rendait-elle compte qu'il s'attachait aussi à elle ?

Son rire était contagieux et ses conversations passionnantes. Il avait un mal fou à se retenir de la toucher et de l'embrasser. Il lui arrivait même de rêver d'elle. Alors qu'il avait toujours apprécié la solitude, il commençait à trouver du charme à la vie de famille.

Trey revint.

— Rien, dit-il en sortant de sa voiture. Je peux t'assurer que je paierais cher pour une empreinte ou une trace de pneu.

— Merci d'être venu, répondit Fox en lui serrant la main. Ça me tranquillise.

— Tu ne devrais pas être tranquillisé tant que le tueur est en liberté. Reste sur tes gardes.

— C'est promis, dit Fox.

— Et tiens-moi au courant pour le bébé, conclut Trey avant de remonter en voiture.

Fox le lui promit aussi et le regarda s'éloigner avant de rentrer. Il essaya de se plonger dans les rapports sur les grossesses qui n'étaient pas arrivées à terme l'année précédente, mais son esprit ne cessa pas un instant de se demander comment il pouvait protéger la femme et l'enfant qui vivaient sous son toit.

Le cœur tambourinant dans la poitrine, il regardait le shérif et son adjointe fouiller les bois derrière la maison de Fox. Ils ne trouveraient rien – il était trop prudent.

La poussée d'adrénaline qu'il ressentait à cet instant était presque aussi jouissive que le moment où il passait à l'action.

Toutes les étapes du processus lui procuraient un plaisir immense : la peur qu'il lisait sur un beau visage, les supplications qui prouvaient sa puissance, puis la résignation qui lui offrait un calme et une assurance merveilleux.

Enfin, quand c'était terminé, il tirait du plaisir de l'autre facette du jeu, qui consistait à se montrer plus malin que tous ceux qui essayaient de l'arrêter.

7

Kelsey avait les nerfs à vif après un cauchemar dans lequel ses frères la pourchassaient. Elle préférait nettement la variété de nervosité qui suivait les rêves dans lesquels Fox l'embrassait. Elle se leva tôt pour avoir le temps de reprendre ses esprits.

Encore sous le coup de l'incident de la veille, elle ne sortit que sur le perron pour donner son premier biberon à Bébé John.

Cet emplacement eut aussi l'avantage de lui permettre de voir un beau cavalier revenir de chez Wyatt. Son cœur s'affolait comme celui d'une adolescente dès qu'elle posait les yeux sur Fox.

Celui-ci lui offrit un sourire et la salua avant d'entrer dans l'écurie.

Le bébé lui tapota la main en babillant. Il serait sans doute bientôt capable de tenir son biberon tout seul.

— On dirait que tu respectes le programme, dit-elle en lui essuyant le menton.

Fox les rejoignit quelques minutes plus tard et s'appuya contre un poteau du perron.

— Belle journée ! lança-t-il.

— Je suis d'accord, répondit-elle. Comment ça va, chez Wyatt ?

— Le troupeau va bien et Wyatt est terriblement jaloux quand je lui parle du rythme de Bébé John, répondit Fox avec un sourire espiègle.

— Vous avez autre chose à l'esprit, constata-t-elle.

Il fronça les sourcils et sortit son téléphone de sa poche.

— Je viens de recevoir les résultats des analyses d'ADN.

— Déjà ? s'étonna-t-elle. Votre agent Roberts est vraiment efficace.

— On peut le dire.

Étrangement, il ne semblait pas pressé de prendre connaissance des résultats.

— Voulez-vous qu'on y jette un œil maintenant ? demanda-t-elle prudemment.

Il tourna la tête vers les montagnes.

— Dans une minute, répondit-il.

Ces résultats changeraient la situation. Le père du bébé serait obligé d'en assumer la responsabilité. Et Fox s'était attaché à Bébé John, même s'il prétendait vouloir résoudre le problème au plus vite.

Elle ne savait pas s'il retardait l'inévitable parce qu'il ne voulait pas découvrir que l'un de ses frères avait menti ou parce qu'il n'était pas prêt à se séparer du bébé.

— Que ferez-vous des affaires du bébé quand il aura retrouvé sa famille ? demanda-t-elle.

— Je donnerai ce dont ses parents ne voudront pas

à Wyatt et Bailey. S'il reste encore des choses après ça, je ne sais pas…

— Y a-t-il un foyer pour mères célibataires dans les environs ? Ça pourrait leur être utile.

— Bonne idée, répondit-il.

Il chatouilla les pieds de Bébé John, puis ajouta :

— J'imagine qu'on ferait bien de s'y mettre.

— Vous avez l'air nerveux, dit-elle en se rendant bien compte que ce n'était pas très délicat.

— Je le suis, admit-il. Ça m'ennuierait qu'un de mes frères m'ait menti.

— La mère n'a peut-être dit à personne qu'elle était enceinte, lui rappela-t-elle.

— Sous-entendez-vous qu'il pourrait être mon fils ?

— Non. Vous m'avez dit qu'il ne l'était pas et je vous crois.

Elle s'occupa du bébé pour se distraire des sentiments que Fox lui inspirait. Ils s'intensifiaient de jour en jour et elle était certaine qu'il ne s'agissait pas que d'attirance physique. C'était l'homme le plus généreux qu'elle ait jamais vu.

Il ne s'énervait jamais, contrairement à la plupart des hommes de sa famille. Elle adorait aussi sa manière de se perdre dans ses pensées – ce qui ne l'empêchait pas d'en sortir pour s'occuper du bébé quand celui-ci en avait besoin. Fox ne s'en rendait peut-être pas compte, mais il ferait un merveilleux père.

Il la tira brutalement de ses pensées en posant une main sur son bras.

— Kelsey ?

Elle se sentit rougir.

— Désolée, balbutia-t-elle. Vous disiez ?

Le bébé tendit les bras vers Fox, qui le prit pour le bercer.

— Je vous demandais pourquoi vous m'aviez accordé votre confiance si facilement, dit-il.

— On ne se connaît pas depuis longtemps, mais je sais que vous êtes un homme de parole, répondit-elle.

Fox pinça les lèvres.

— J'ai connu deux manières de tenir sa parole, répondit-il amèrement. La plupart du temps, mon père tenait les mauvaises promesses. Il a annulé pas mal de projets amusants, mais quand il me disait de faire quelque chose, *sinon*… Le « sinon » était toujours suivi d'effet.

Il parlait d'une voix douce pour que le bébé s'endorme, ce qui contrastait vivement avec ce dont il parlait.

Il lui avait raconté plusieurs anecdotes de son enfance avec Russ et Mara, mais il parlait rarement de ce qu'il lui était arrivé avant.

— Je vous répète que la violence n'est pas héréditaire, dit-elle d'un ton ferme.

Il haussa les épaules.

— D'un autre côté, oncle Russ ne nous a jamais frappés et il tenait toujours ses promesses, ajouta-t-il.

— Il est bon que vous ayez eu un exemple positif, répondit-elle.

— Vous croyez que ça suffit ?

— Regardez-vous dans un miroir, conclut-elle.

Elle ouvrit la porte du bâtiment et celle du bureau pour qu'il pose le bébé dans son berceau, puis elle s'empressa de changer de sujet :

— Si on jetait un œil sur ces résultats ?

— On va y venir, répondit-il, mais j'ai d'abord un aveu à vous faire : dès que je pose les yeux sur vos lèvres, je ne songe plus qu'à vous embrasser.

— Fox…

Était-elle en train de rêver ? Subitement, elle ne savait plus ni quoi dire ni quoi faire.

Lui n'avait pas ce problème, apparemment. Il se pencha lentement vers elle, comme pour lui laisser le temps de fuir. Quand leurs lèvres se rencontrèrent, le cœur de Kelsey s'affola.

Il s'écarta presque aussitôt et elle dut mobiliser toute sa volonté pour ne pas agripper sa chemise et réclamer plus.

— Je n'ai jamais embrassé personne dans un bureau ou un laboratoire, murmura-t-il en prenant ses mains. Je n'en ai jamais eu envie.

— Avez-vous embrassé quelqu'un dans l'écurie ? demanda-t-elle.

Il pouffa.

— Juste quelques chevaux.

La plaisanterie aida Kelsey à retrouver un semblant de calme.

— Puis-je vous demander pourquoi moi et pourquoi maintenant ?

— Je ne sais pas. Je voulais attendre qu'on ait retrouvé le père du bébé pour que vous ne pensiez pas qu'il ne s'agit que de gratitude.

— Ne vous inquiétez pas : je sais ce que ça fait d'être instrumentalisée, répondit-elle.

Les traits de Fox se durcirent brusquement.

— Qui s'est servi de vous ? demanda-t-il.

Elle le repoussa pour inspirer profondément sans être étourdie par son parfum.

— Personne ne peut revenir en arrière pour réparer les injustices, lui dit-elle.

— J'aimerais quand même essayer.

Cela émut Kelsey presque autant que le baiser.

— On se connaît à peine, répondit-elle. C'est parce qu'on s'occupe du bébé ensemble qu'on a l'impression d'être plus proches.

— Vous êtes sur le point de tout savoir sur mon ADN, plaisanta-t-il. En échange, je voudrais mieux vous connaître personnellement.

Le cœur de Kelsey manqua un battement, ce qui n'était pas bon signe. Si elle s'attachait à Fox, trouverait-elle le courage de le quitter quand ses frères la retrouveraient ?

Ce n'était qu'un baiser, s'assura-t-elle. Cela ne remettait pas tout en cause.

— Et si on regardait ces résultats ? suggéra-t-elle une fois de plus.

— Oui, soupira-t-il.

Il alla les imprimer et lui tendit une liasse quelques minutes plus tard.

— Votre copie, déclara-t-il.

Encore troublée, Kelsey se força à reporter son attention sur les documents. Elle avait un travail important à faire. Les relations des différents membres de la famille de Fox risquaient d'être gravement perturbées s'ils parvenaient à une conclusion claire.

Les analyses confirmèrent immédiatement que

Bébé John n'était pas le fils de Fox. Cela ne la surprit pas – elle était certaine qu'il ne lui avait pas menti. Ce qui la surprit davantage, c'était qu'aucun des frères de Fox n'était le père. Alors pourquoi Bébé John avait-il été abandonné devant la porte de Fox ?

Il y avait un lien familial, c'était certain, mais il était plus éloigné. Un cousin, peut-être ?

— Des idées ? demanda Fox sans lever les yeux.

— Ce n'est pas votre neveu, répondit-elle. Je dirais qu'il peut être le fils de l'un de vos cousins.

Il émit un son qu'elle interpréta comme un accord. Elle l'observa à la dérobée et ne put s'empêcher de s'imaginer assise sur ses genoux en train de couvrir sa gorge de baisers.

Son cœur s'affola et ses joues s'enflammèrent. Ce n'était vraiment pas le moment de fantasmer. Comment réussiraient-ils à identifier le bon cousin ?

En parcourant les analyses une nouvelle fois, elle tomba sur un résultat inattendu et jeta un bref coup d'œil à Fox. S'était-il rendu compte que Russ Colton était son père biologique ?

Quand il grommela quelque chose, elle crut qu'il venait de le voir.

— Ça va ? demanda-t-elle prudemment.

— Oui, répondit-il en se passant la main dans les cheveux. Je pense que le père de Bébé John est mon cousin Mason Gilford.

Elle fronça les sourcils et compta les analyses.

— Avez-vous prélevé un échantillon de son ADN ? demanda-t-elle.

Il releva ses lunettes sur son front et se frotta les yeux.

— Non – et j'ai beaucoup de cousins, répondit-il. Mais Mason et sa femme avaient du mal à avoir un enfant, au point que sa femme a perdu la tête et enlevé la sœur de Mason, Molly, qui était enceinte, pour lui voler son bébé.

— C'est horrible ! s'écria-t-elle.

— Oui. Leur mariage battait déjà de l'aile avant.

— Assez pour qu'il soit allé voir ailleurs ? demanda-t-elle.

Fox acquiesça.

— Mais ça n'explique pas pourquoi on a déposé le bébé devant ma porte.

— Vit-il dans la région ? demanda-t-elle.

Fox hocha la tête.

— Mais il travaille pour l'empire des Colton et il voyage beaucoup, répondit-il. La mère a peut-être déposé le bébé ici parce qu'elle a eu peur qu'il ne soit pas chez lui.

Ignorait-il sciemment l'autre information que livraient les analyses ? Cela ne la regardait pas. Il n'avait pas essayé de sortir les cadavres qu'elle avait dans ses placards. Elle lui devait d'en faire autant.

Peut-être n'en parlait-il pas parce que c'était ce qu'il s'attendait à voir. S'agissait-il de l'un de ces secrets de famille que tout le monde connaissait et que personne ne mentionnait ?

— À quoi pensez-vous, Kelsey ? demanda-t-il.

Elle essaya d'être à la fois honnête et délicate.

— Ce chiffre est plus élevé que je ne m'y attendais, dit-elle en lui montrant une colonne sur les analyses de son échantillon et de ceux de ses trois frères.

Voilà. Il pouvait aussi bien l'expliquer que l'ignorer.

Elle perçut l'instant précis où il comprit. Il écarquilla les yeux, puis il jura entre ses dents.

— Ça n'a aucun sens, grommela-t-il avant de plonger son regard dans le sien. Quelle conclusion tirez-vous de ces chiffres ?

Il la forçait à l'exprimer clairement.

— Je dirais que ces trois hommes sont frères, dit-elle en montrant les analyses de ses frères, et que celui-ci est leur demi-frère.

Fox se leva d'un bond.

— Et si je vous répondais que c'était impossible ?

— Ça va ? s'inquiéta-t-elle en lisant de la peur dans son regard.

— Répondez à ma question, grommela-t-il.

— Si le résultat me semblait impossible, je commencerais par me demander si les échantillons ont été collectés convenablement et n'ont pas été mélangés, répondit-elle.

— Vous savez que c'est le cas.

— Je me demanderais ensuite si le laboratoire n'a pas commis une erreur.

Il se mit à marcher de long en large en faisant rouler son stylo entre ses doigts.

— Le laboratoire du FBI ne commet pas d'erreurs aussi grossières, dit-il. Avec de bons échantillons et un bon laboratoire, on a des résultats fiables.

— Oui, murmura-t-elle même si ce n'était pas une question.

Elle avait l'impression de voir l'univers de Fox s'écrouler autour de lui.

— Je n'ai pas été élevé avec mes cousins et cousines, reprit-il en jetant le stylo sur son bureau. J'ai été élevé avec mes demi-frères et mes demi-sœurs. Russ Colton est mon père biologique.

Blême, il s'effondra sur sa chaise et se cacha le visage dans les mains.

Se sentant terriblement impuissante, elle se leva et mit une main sur son épaule. Au lieu de la repousser, Fox posa sa main sur la sienne.

— Merci, dit-il.

— Pour quoi ? demanda-t-elle.

— Merci de ne pas me juger.

Pourquoi l'aurait-elle jugé ? Ce n'était pas de sa faute s'il ignorait qui était son père biologique.

— Vous pouvez me croire : toutes les familles ont des secrets, répondit-elle.

Il esquissa un sourire amer.

— La sagesse d'une nounou expérimentée, commenta-t-il.

Pas seulement, songea-t-elle.

— Vous savez aussi bien que moi que le monde n'est pas parfait, ajouta-t-elle.

— C'est vrai.

Fox se releva. Il avait retrouvé des couleurs, mais elle ne le prit pas pour un bon signe.

— Vous êtes en colère, dit-elle.

— Absolument, répondit-il. Quelqu'un le savait – ma mère, au minimum.

L'idée qu'il en veuille à une femme qu'il avait aimée de tout son cœur attrista Kelsey.

— Ne croyez-vous pas qu'on vous l'aurait dit,

depuis tout ce temps, si quelqu'un l'avait su ? demanda-t-elle. Vous êtes un adulte, maintenant. Pourquoi vous protégerait-on des erreurs que vos parents ont commises ?

— Est-ce pour ça que Russ et Mara m'ont adopté, à votre avis ?

— Ils ont aussi adopté votre sœur, lui rappela-t-elle. Et ils vous ont aimés tous les deux. Je pense qu'ils ne vous ont adoptés que pour de bonnes raisons.

Elle se donna mentalement un bon point pour sa diplomatie.

— Il faut que j'y aille, grommela-t-il.

Il roula les analyses et les fourra dans une poche arrière de son jean.

— Vous pouvez vous occuper du bébé ? demanda-t-il.

N'était-ce pas l'une de ses fonctions ?

— Bien sûr ! Allez-vous voir Mason ? demanda-t-elle en le suspectant d'avoir une autre destination à l'esprit.

— Non, répondit-il en ramassant les clés de sa camionnette. Je vais voir Russ et Mara. Ils me doivent une explication.

Il sortit du bureau et y rentra deux secondes plus tard pour prendre d'autres clés.

— Il vaut mieux que je ne prenne pas la voiture où il y a le siège du bébé. Vous pourriez en avoir besoin, expliqua-t-il.

Un homme qui était capable de penser aux autres alors qu'il était en colère était un oiseau rare, songea Kelsey.

— Voulez-vous qu'on vous accompagne ? proposa-t-elle.

— Non merci, répondit-il. Ça m'étonnerait qu'ils aient envie de parler de ça devant une étrangère.

— Je comprends.

— Mais vous n'êtes pas une étrangère pour moi, ajouta-t-il.

Il déposa un baiser sur ses lèvres et disparut sans lui laisser le temps de réagir.

8

Fox se gara devant le manoir des Colton, qui témoignait du succès de l'empire familial. Russ et Mara l'avaient fait construire après son départ pour l'université et il ne s'y était jamais vraiment senti chez lui – même si la bâtisse luxueuse ne manquait pas de pièces discrètes et de corridors où passer inaperçu.

Il s'était toujours demandé pourquoi Mara ne lui avait pas donné autant d'affection qu'à Sloane. Était-ce parce qu'elle avait toujours su ce qu'il venait de découvrir ? Une nouvelle vague de colère l'assaillit.

Il essaya de mettre de l'ordre dans ses pensées en montant les marches du perron. Les conclusions hâtives ne lui rendraient pas service. Ce fut Russ qui lui ouvrit.

— Bonjour, dit Fox.

Il ne réussit pas à ajouter « oncle Russ », ce qui le mit mal à l'aise. Russ avait pris de l'embonpoint. Ses cheveux grisonnants étaient autrefois de la même couleur que ceux de Fox. En revanche, les yeux de Fox étaient bleus et ceux de Russ marron – la couleur dont ses autres fils avaient hérité.

— Tu as l'air tendu, dit Russ en s'écartant pour le laisser entrer. Le bébé t'empêche de dormir ?

Ils avaient entendu parler du bébé, bien sûr…

— Non, il dort bien, répondit-il. Kelsey lui a fait prendre des habitudes qui conviennent à nos journées de travail.

— Ça remonte à loin, pour nous…, commenta Russ. Je ne peux pas dire que ça me manque.

Il l'entraîna dans le grand salon. Mara se leva quand ils y entrèrent.

— Tante Mara, la salua Fox sans prendre la peine de la serrer maladroitement dans ses bras.

Même si elle avait rempli son rôle de mère du mieux qu'elle le pouvait, c'était en tant que directrice du Château qu'elle s'était épanouie. Ses cheveux blonds étaient parfaitement coiffés et elle était aussi élégante que d'habitude.

— Bonjour, Fox, répondit-elle en l'observant de la tête aux pieds. Tu as l'air fatigué.

Il haussa les épaules.

— Le bébé et moi nous levons tôt, dit-il.

— Je n'en reviens pas que tu aies recueilli cet enfant.

— Il fait partie de la famille, grommela Fox. Vous avez fait la même chose, non ? J'ai suivi votre exemple.

Mara se rassit dans son fauteuil comme si c'était un trône.

— La différence, c'est qu'on savait qui vous étiez, répliqua-t-elle.

— Vraiment ?

Elle fronça les sourcils.

— Bien sûr. Vous étiez les enfants de ma sœur. Vous lui ressembliez tant quand vous étiez plus jeunes…

Fox fut surpris de voir des larmes briller dans ses yeux.

— Avez-vous trouvé le père ? demanda Russ en invitant Fox à prendre place sur le canapé.

— Je pense, répondit Fox. Et je te remercie d'avoir fourni un échantillon d'ADN pour qu'on ait plus de données.

Du coin de l'œil, il vit Mara agripper les bras de son fauteuil.

— Ça vous a aidés ?

— Oui, dit Fox en sortant les résultats de sa poche. D'après les analyses, le bébé est le fils de l'un de mes cousins.

— Alors pourquoi l'a-t-on déposé devant ta porte ? demanda Mara. Tu aurais dû laisser les services sociaux s'occuper de lui.

— Maintenant, ça dépendra de ce que le père décide, répondit-il.

— Fox…, commença Mara.

— As-tu peur de ce que je m'apprête à dire ? la coupa-t-il.

Elle recula comme s'il l'avait giflée.

— Tu ne sais pas mieux te contrôler que ton père, répliqua-t-elle. J'avais prévenu Dana avant son mariage. On a pourtant essayé de te donner un meilleur exemple…

— Mara ! intervint Russ.

— C'est un adulte, insista-t-elle. Il peut bien entendre que son père ne devait pas être facile à vivre.

— As-tu eu peur que j'hérite de sa violence ? la provoqua Fox.

— C'est toi l'expert en génétique, répliqua-t-elle en levant le menton.

Alors qu'une nouvelle vague de colère assaillait Fox, il songea aux exercices de yoga de Kelsey et à son art de rester calme en toutes circonstances. Cela l'apaisa un peu.

— Vous savez que j'aime mes parents, même s'ils n'étaient pas parfaits. Et je vous aime et je vous suis reconnaissant de nous avoir élevés, déclara-t-il en soutenant le regard de Mara.

— Arrête de tourner autour du pot, dit Russ. Tu sais qu'on sera toujours là pour toi.

Cela serait-il encore vrai quand il aurait dit ce qu'il avait sur le cœur ? se demanda Fox.

— Les analyses ont révélé quelque chose de bizarre, dit-il. Elles montrent que je ne suis pas le cousin de Wyatt, Decker et Blaine, mais leur demi-frère.

Mara le fusilla du regard et Russ fronça les sourcils.

— Je ne comprends pas, balbutia Russ.

— On dirait bien que je suis ton fils, moi aussi, clarifia Fox.

Russ bondit de son siège.

— C'est impossible ! s'écria-t-il en secouant la tête.

— Ce n'est pas la peine de monter sur tes grands chevaux ! lui lança sèchement Mara. Je sais bien ce que tu ressentais pour elle.

— C'est *toi* que j'ai épousée !

— Évidemment. C'était ce que voulaient nos parents et tu as fait ton devoir. J'ai vraiment eu de la chance…

Russ tourna la tête vers Fox.

— Il doit y avoir une erreur, insista-t-il. Si tu avais été mon fils, Dana me l'aurait dit. Elle n'aurait pas…

— Bien sûr que c'est ton fils ! le coupa Mara. Ne le vois-tu pas sur son visage ?

Fox regarda son oncle – son *père*, puis sa tante.

— Tu le savais, lui dit-il.

— Je m'en doutais depuis le début, répondit Mara. Et ma sœur me l'a avoué avant de mourir, à l'hôpital. Elle m'a suppliée de vous adopter et de garder son secret.

Elle se leva pour aller planter un doigt au milieu du torse de son mari.

— Je t'ai été fidèle pendant tout ce temps et j'ai élevé ton fils sans me plaindre, alors que j'avais les meilleures raisons du monde de te quitter ! cria-t-elle.

— Tu voudrais que je te remercie ? aboya Russ. Tu n'aurais pas dû nous cacher ça !

— J'ai respecté le vœu de ma sœur, répliqua Mara. Ce n'était pas un accident. Harrison a découvert la vérité et il a voulu la punir, même s'il devait y laisser la vie.

Le sang de Fox se glaça dans ses veines, puis une violente nausée le gagna.

— Arrête, Mara ! ordonna Russ en posant une main sur l'épaule de Fox.

— Non, je n'arrêterai pas ! rugit Mara. Harrison était inutile, faible et hargneux. Il a tué ma sœur ! J'étais folle de rage, mais ça ne m'a pas empêchée d'élever Fox avec mes fils, comme Dana le voulait.

Elle tourna la tête vers Fox.

— À chaque fois que je te regarde, je vois la trahison de mon mari !

— Voilà pourquoi je n'ai jamais réussi à te satisfaire, quoi que je fasse, balbutia Fox.

— C'est absurde ! répliqua Mara. Je t'ai aimé comme Dana l'aurait fait. Ta mémoire te joue des tours.

— Non, il a raison, intervint Russ.

— C'est bien le moment de la ramener ! cria Mara. Ton empire est toujours passé avant *nos* enfants. Et tu deviens brusquement le père de l'année quand celui-là rapplique ? Tu ne me convaincras jamais que tu ne savais pas que tu étais son père.

Fox en était convaincu, lui. La surprise et le chagrin qu'il lisait sur le visage de Russ ne pouvaient pas être feints.

— Je te jure que je n'en savais rien, Fox, se défendit Russ. Si Dana était encore en vie, j'exigerais des réponses…

Il fusilla sa femme du regard.

— Je lui ai accordé plus d'attention qu'aux autres parce que tu le négligeais ! lui lança-t-il.

— Tu lui as accordé plus d'attention qu'aux autres parce qu'il était le fils de Dana ! riposta Mara avant de tourner les yeux vers Fox. Alors, tu es content d'avoir plongé la famille dans le chaos ?

Une fois de plus, c'était *lui*, le problème.

— Les informations et les réponses sont de bonnes choses, tante Mara, grommela-t-il.

— Que comptes-tu faire, maintenant ? demanda Russ.

— Que suis-je censé faire ? répliqua Fox. J'ai toujours six frères et sœurs. On est toujours une famille.

Alors pourquoi se sentait-il si seul ?

— Vas-tu le leur dire ? demanda Mara.

— Ai-je une bonne raison de ne pas le faire ?

— Tu crois que j'ai envie que tout le monde sache que mon mari m'a trompée et que j'ai dû élever le résultat de sa trahison ?

Fox secoua la tête. Comment Mara réussissait-elle à le blesser toujours autant ?

— Je m'en vais, dit-il calmement.

Mara le retint par le bras.

— À qui le diras-tu ? insista-t-elle.

— Qui s'en soucie ? répondit-il. Et puis tu n'es pas en faute. Tu es la victime, dans cette affaire. Tu es héroïque de m'avoir élevé dans ces conditions. Ne veux-tu pas que tout le monde le sache ?

Elle le gifla.

Russ s'interposa et la força à reculer.

— Présente-lui tes excuses, Mara ! ordonna-t-il.

— Certainement pas !

— C'est à moi que tu en veux. Si tu as besoin de frapper quelqu'un, frappe-moi, lui dit calmement Russ en écartant les bras.

Fox ramassa sa veste et quitta la pièce.

— Ton vieux béguin pour Dana me perdra, si ça se sait ! hurla Mara.

Fox entendit la voix plus posée de Russ, mais pas ce qu'il répondit. Cela ne le regardait pas. Il sortit et monta dans sa voiture. Il était venu en quête de réponses et il les avait eues. Malheureusement, il ne se sentait pas mieux.

Il se mit en route en maudissant sa tante. À qui le dirait-il ? À tous ceux qui voudraient l'entendre !

Quand on saurait qu'il était le fils de Russ Colton, on arrêterait peut-être de craindre qu'il ne devienne violent, comme son « père ».

Fou de chagrin, il se gara au bord de la route. Il avait roulé au hasard et se trouvait sur le lieu de l'accident.

Le lieu du meurtre.

Il avait entendu ses parents se dire « Je t'aime ». Comment pouvait-on tuer une femme à qui l'on avait dit cela ?

La nausée le gagna de nouveau. Il ne pouvait pas le comprendre, alors qu'il était lui-même furieux. Mara l'avait giflé et il n'avait pas eu la moindre envie de riposter.

Alors, très lentement, comme le soleil se lève dans la brume, le soulagement remplaça la colère. Il n'avait pas de prédisposition génétique à la violence.

Après la sieste de Bébé John, Kelsey le changea et lui donna un biberon, puis elle l'emmena dehors pour qu'ils prennent un peu l'air et le soleil.

Comme il était encore trop petit pour jouer sur le portique que Fox avait installé pour sa nièce, Kelsey s'assit sur la balançoire en le prenant sur ses genoux. Bébé John rit et s'agita quand elle se balança doucement.

— Tu prendras vite le coup, lui dit-elle avant de déposer un baiser sur sa tête.

Après quelques minutes de balançoire, elle le promena autour de la maison. Elle lui montra des plantes et des objets en lui disant leurs noms, même s'il était bien trop jeune pour les mémoriser. Alors qu'elle s'apprêtait à l'emmener voir les chevaux, elle remarqua la voiture noire garée derrière des arbres.

Un frisson la parcourut. Elle aurait dû la voir plus tôt. La voiture était trop loin pour qu'elle distingue ses occupants. Il n'y avait presque aucune chance pour que ses frères aient loué ou acheté une voiture aussi luxueuse – du moins pas avant d'avoir encaissé la fortune qu'elle était censée leur rapporter.

Mais elle se sentait trop exposée, surtout avec un bébé dans les bras.

Son premier réflexe fut d'appeler Fox, mais elle résista à la tentation. Être surveillée n'était pas la même chose qu'être en danger. Il pouvait y avoir n'importe qui dans cette voiture et Fox avait assez de problèmes à gérer pour la journée. Elle ne voulait pas y ajouter sa paranoïa.

Elle appela la maison de Wyatt et Bailey.

— Allô ? répondit Bailey.

— Bonjour, c'est Kelsey. Avec Bébé John, on se demandait si Hudson et toi étiez d'humeur pour une visite.

— Si c'est un code pour « maman peut faire une sieste », absolument. Pourquoi mon fils ne dort-il jamais ?

Kelsey pouffa.

— Je peux m'occuper de lui pendant que tu fais une sieste, répondit-elle.

— Tu es sérieuse ? s'écria Bailey.

— Oui.

Bailey ne le savait pas, mais elle lui fournirait un sentiment de sécurité en échange.

— Ça paraît divin, mais je ne peux pas te demander

ça, soupira Bailey. Viens. Je me contenterai d'une conversation.

Kelsey rentra récupérer les affaires de Bébé John et les chargea dans la camionnette. Quand elle jeta un coup d'œil vers les arbres, la voiture noire n'était plus là.

Kelsey trouva Bailey sur la balancelle du porche, son fils dans les bras.

— Nous devons être discrets, dit-elle à Bébé John en le sortant de la voiture. Bailey et Hudson ont besoin de calme.

Bébé John la regarda avec de grands yeux. Elle aimait croire qu'il la comprenait, d'une certaine manière, même si les experts prétendaient le contraire.

Bailey leur offrit un sourire quand ils approchèrent.

— Hudson pique du nez, chuchota-t-elle.

— L'air frais les épuise, répondit Kelsey en s'asseyant sur les marches du perron.

Bailey bâilla.

— Fox et toi avez bien de la chance d'avoir un bébé qui dort, dit-elle.

Kelsey pouffa, mais elle ne put s'empêcher d'aimer entendre Bailey parler de Fox et d'elle comme d'un couple.

— À part ses problèmes de sommeil, comment va Hudson ? demanda-t-elle.

— Très bien, répondit Bailey. On m'a mise en garde contre toutes sortes d'irritations et de maladies, mais il est en pleine forme. Il refuse tout simplement de dormir plus de quelques minutes d'affilée.

— Il finira par le faire, lui assura Kelsey.

— Merci de me réconforter, Kelsey.

— Je ne plaisantais pas quand je t'ai proposé de m'occuper de lui le temps que tu fasses une sieste, tu sais.

— Non merci. C'est idiot. Wyatt rentrera plus tôt pour que j'en fasse une avant le dîner. Je préfère en profiter pour discuter avec une adulte.

Kelsey esquissa un sourire.

— Je suis peut-être une adulte, mais je passe l'essentiel de mes journées à m'occuper de ce bambin, dit-elle avant de faire une grimace à Bébé John, qui en fut ravi.

— Ça ne durera pas, lui rappela Bailey.

— C'est vrai.

Et, même si elle avait essayé de ne pas trop s'attacher à Bébé John, elle savait qu'il lui manquerait terriblement quand Fox aurait trouvé sa famille ou une solution appropriée.

— Tu as un faible pour lui, dit Bailey.

— Bien sûr. C'est un bébé adorable.

Bailey haussa un sourcil.

— Tu sais très bien que je parle de Fox.

— C'est une bonne chose d'apprécier son patron, se défendit Kelsey.

Le réveil d'Hudson empêcha Bailey d'insister.

— C'est parti pour le round deux cent quarante-deux, soupira celle-ci. Et je ne parle que d'aujourd'hui.

Kelsey la suivit à l'intérieur. Quand Bailey eut changé et nourri Hudson, Kelsey lui proposa encore de le garder.

— Va au moins prendre une douche, insista-t-elle. Ça te fera du bien.

— Tu es sûre que tu ne m'en voudras pas de te laisser seule avec lui ?

— Bien sûr que non, puisque c'est mon idée, répondit Kelsey en lui prenant Hudson.

Bailey écarta les bras.

— Ils sont vides ! s'écria-t-elle. Ça fait tout drôle.

— Profites-en bien, lui conseilla Kelsey.

— J'en ai pour dix minutes – un quart d'heure maximum, lança Bailey avant de disparaître.

Kelsey observa Hudson, qui ressemblait beaucoup à son père. Par contre, ses traits étaient assez différents de ceux de Bébé John.

Dans combien de temps Fox irait-il voir son cousin ? Il ne semblait pas pressé… Bien sûr, découvrir qu'on vous avait menti presque toute votre vie pouvait distraire.

Elle pressa son nez contre celui d'Hudson.

— Tu es bien mignon, lui dit-elle.

Elle chatouilla le ventre de Bébé John quand celui-ci s'agita pour attirer son attention.

— Ne t'inquiète pas, tu es mon bébé de six mois préféré, lui dit-elle. Et on se fait des amis. N'est-ce pas merveilleux ?

— Toi aussi, tu es merveilleuse, dit Bailey, ce qui fit sursauter Kelsey. Hudson et John t'adorent.

— C'est réciproque.

— Je m'inscris officiellement dans ton fan-club, annonça Bailey en la rejoignant. Que c'était bon de prendre mon temps sous la douche !

— Sauf que tu es revenue bien trop vite, répondit Kelsey. Je gère la situation.

— Et j'aimerais bien savoir comment tu fais.

— Je viens d'une grande famille, lui dit Kelsey. J'ai onze frères et sœurs. Comme je suis l'une des plus âgés, j'ai eu beaucoup d'entraînement.

— Douze enfants ? s'écria Bailey en posant une main sur son ventre. Je crois avoir entendu mon utérus gémir.

Kelsey pouffa.

— Je reviens, annonça Bailey.

Elle alla dans la cuisine et en ressortit quelques secondes plus tard avec une bouteille d'eau et un soda, qu'elle tendit à Kelsey.

— Ça te va ? demanda-t-elle.

— Très bien, merci.

Kelsey ouvrit la canette et but une longue gorgée. Quand elle avait bu son premier soda, après sa fugue, elle avait décidé que c'était sa boisson préférée. Elle ne se doutait pas qu'une boisson pouvait être aussi amusante. Comme elle ne connaissait que les règles strictes de sa famille, bien des choses avaient été de merveilleuses découvertes.

— Avez-vous identifié le père de Bébé John ? demanda Bailey.

— Fox pense que c'est l'un de ses cousins, répondit prudemment Kelsey.

Elle ne voulait pas livrer trop d'informations sans la permission de Fox.

— C'est sa mère qui a abandonné le bébé, à ton avis ? demanda Bailey.

— Ça paraît le plus probable, répondit Kelsey.

— Elle se doutait peut-être que Fox ne le confierait

pas aux services sociaux alors qu'il avait été lui-même adopté…

— Tu as l'air de bien connaître Fox, commenta Kelsey en regardant Bébé John essayer de s'asseoir, ce dont il serait bientôt capable.

Bailey esquissa un sourire.

— Wyatt et lui sont proches, répondit-elle.

Encore plus proches qu'elle ne l'imaginait, songea Kelsey.

— Je suis contente de voir Fox heureux, ajouta Bailey. Il a toujours aimé son travail, mais avec le bébé et toi…

Kelsey baissa les yeux.

— Est-ce que j'ai dit une bêtise ? demanda Bailey. Je croyais que tu l'aimais bien.

Elle avait dépassé le stade où elle « l'aimait bien » depuis longtemps, et le baiser n'avait fait qu'aggraver les choses.

— Je ne suis que son assistante et sa nounou, lui rappela Kelsey en sentant ses joues s'embraser parce qu'elle pensait à leur baiser.

Bien sûr, Bailey ne s'y laissa pas prendre.

— Il te plaît *vraiment*, pouffa-t-elle. Tu es toute rouge. Et ce n'est pas un tort !

— D'être toute rouge ?

— D'avoir un faible pour Fox. C'est quelqu'un de bien.

— C'est vrai, admit Kelsey. Mais avant que tu ne te lances dans des rêves d'entremetteuse…

— Trop tard.

— Je tiens à te dire que je prends ses projets d'élevage très à cœur, insista Kelsey. Si je devais choisir entre le travail et l'homme, je choisirais le travail.

Bailey plissa les yeux.

— Je te crois presque, répondit-elle.

Comme Hudson s'agitait, Kelsey le tendit à Bailey pour qu'elle lui donne le sein. Elle était honnête. Tant pis si Bailey ne voulait pas la croire. Bébé John réussit à s'asseoir et fit un grand sourire.

— Regarde-toi ! Quel grand garçon ! le félicita Kelsey.

— Ça alors ! s'écria Bailey. Il a réussi.

— Il marchera à quatre pattes d'ici un ou deux mois, dit Kelsey.

Alors ils devraient s'organiser autrement, parce que le bureau ne s'y prêtait pas. Il faudrait peut-être qu'elle adapte ses horaires, ou…

Non ! s'ordonna-t-elle.

Son rôle de nounou n'était que provisoire. Fox irait bientôt voir le père de Bébé John et elle pourrait se concentrer sur son travail d'assistante.

— Que fera Fox si le père ne veut pas assumer ses responsabilités ? demanda Bailey comme si elle avait lu dans ses pensées.

— Il ne m'en a pas parlé, répondit Kelsey. On essaie de rester concentrés quand on travaille.

Ce qui n'était pas facile avec le bébé et le secret que Fox venait de découvrir.

— Russ a enseigné une solide éthique professionnelle à tous ses enfants, dit Bailey. Mais il a toujours trop travaillé, pour être honnête. Wyatt essaie de trouver un meilleur équilibre entre ses vies professionnelle et familiale.

— A-t-il peur de reproduire les erreurs de son père ? demanda Kelsey.

— N'est-ce pas notre cas à tous ? répliqua Bailey.

— Je présume…

Kelsey était à peu près sûre que ses frères tenaient plus à avoir des femmes obéissantes qu'à être de bons pères. Ils voulaient aussi que leur sœur remplisse son devoir en apportant la stabilité financière à la famille. Quant à elle… Elle avait toujours su qu'elle ne pourrait pas suivre l'exemple de sa mère. Avoir des enfants ne suffirait jamais à son bonheur.

Kelsey discuta encore un peu avec Bailey et lui promit de revenir bientôt lui rendre visite.

Sur le chemin du retour, la question de Bailey la hanta. Que ferait Fox si le père de Bébé John ne voulait pas élever son fils ?

Elle n'imaginait pas Fox confier le bébé aux services sociaux. De coup, elle devait bien lui faire comprendre que c'était pour élever des chevaux qu'elle était venue à Roaring Springs. Elle adorait Bébé John, mais le rôle de la nounou ne pouvait pas suffire à son épanouissement.

Les mains moites, elle s'arrêta au bord de la route pour se calmer. Elle n'avait aucune raison de s'inquiéter, se répéta-t-elle. C'étaient ses vieilles angoisses qui resurgissaient. Fox appréciait son travail d'assistante et ne lui avait donné aucune raison de douter de l'avenir qu'il lui réservait au ranch.

9

Fox se gara devant chez lui abasourdi, frustré et plus blessé par les paroles de Mara qu'il ne voulait l'admettre.

Il ne pouvait pas rentrer dans cet état. Comment ferait-il face au bébé innocent dont l'arrivée avait tout mis en branle et à la femme qui l'avait regardé avec compassion quand il était parti ?

Sa raison lui disait qu'il avait besoin de se calmer, mais quelque chose de plus puissant l'incita à retrouver Kelsey.

Il rentra et trouva le bureau désert. À l'étage, il découvrit un mot qui l'informait que Kelsey était allée rendre visite à Bailey et Hudson avec Bébé John.

Fox chiffonna le mot. Puisqu'il avait du temps devant lui, autant en faire bon usage.

Il fonça vers l'écurie et sella Mags pour s'éclaircir les idées en galopant. Malheureusement, il continua à ruminer, le regard fixé sur l'horizon.

Il avait poussé les deux personnes qui l'avaient élevé à se disputer. Et pour quoi ? Cela le contrariait profondément, mais Mara avait raison. Rendre cette nouvelle publique ne changerait rien.

À présent, dans la lumière dorée de la fin du jour, il n'arrivait plus à se rappeler ce qu'il espérait tirer de cette confrontation.

Qu'est-ce que cela changeait que ses cousins et cousines soient ses demi-frères et demi-sœurs ? Ils avaient toujours les mêmes souvenirs d'enfance.

Il n'avait gagné qu'une explication de la froideur de Mara. Quelqu'un d'autre aurait-il fait mieux dans les mêmes circonstances ? S'il était parfaitement honnête, il n'en était pas sûr.

Il devait sans doute appeler Sloane. Il ne voulait pas qu'elle apprenne cela par quelqu'un d'autre. Il mit la jument au pas, la laissa se promener au bord du chemin qui séparait sa propriété de celle de Wyatt et tira son téléphone de sa poche.

— As-tu une minute ? demanda-t-il à sa sœur quand elle décrocha.

— Pour toi, toujours, répondit Sloane. Chloe et moi jouions à nous déguiser avant le retour de Liam.

Fox entendit sa nièce hurler de joie. Cela le fit sourire, mais il écarta le téléphone de son oreille pendant quelques secondes.

— Est-ce que tout va bien avec le bébé ? demanda Sloane.

— Oui, grâce à Kelsey.

Sa sœur éclata de rire.

— Tu as vraiment eu un coup de chance ! Lui as-tu déjà offert son premier Stetson ?

— Je pensais lui apprendre à fumer d'abord, répondit Fox.

Qu'il était bon de plaisanter avec Sloane… Elle était l'élément le plus stable de toute son existence.

— Je suis désolé de gâcher l'ambiance, mais j'ai quelque chose à te dire, ajouta-t-il.

Sloane poussa un petit cri.

— C'est bien toi le père du bébé !

— Non. Les analyses nous ont donné une idée assez précise de l'identité du père.

— Tant mieux.

— Oui, mais nous avons découvert autre chose. Je pense qu'il faut que ce soit moi qui te l'apprenne.

— Qu'y a-t-il, Fox ? Tu me fais peur.

Il valait mieux cracher le morceau d'un coup, comme on décolle un pansement.

— Les analyses ont prouvé que je ne suis que ton *demi*-frère, répondit-il. Russ est mon père biologique. Je suppose qu'il avait une liaison avec maman.

Sa sœur ne répondit rien.

— Sloane ?

— Je suis là… C'est juste que je ne sais pas quoi dire.

— Tu n'as pas besoin de dire quoi que ce soit. Je voulais juste que tu l'apprennes de ma bouche, répéta-t-il. Je viens de parler avec Russ et Mara.

— Ils étaient au courant ?

— Mara oui, mais pas Russ. Mara a gardé le secret de maman. Il semblerait que notre père l'ait découvert et que ce soit la cause de l'accident.

Il ne trouva pas le courage de dire clairement que leur père avait tué leur mère.

Sloane se mit à pleurer.

Génial. Il aurait pu passer la voir ou attendre que

Liam soit là pour la réconforter, mais il lui avait juste annoncé la nouvelle de but en blanc. Quel manque de délicatesse !

— Je suis désolé, murmura-t-il.

— Ça va, toi ? demanda-t-elle.

— Pas vraiment, mais je m'en remettrai. C'est seulement…

— Une grosse surprise, acheva-t-elle à sa place. Ça ne change rien. Tu es toujours le meilleur frère du monde.

— Merci. Fais un câlin à Chloe de ma part.

— C'est promis. Et n'oublie pas qu'on est là pour toi, si tu as besoin de quoi que ce soit. Je t'aime.

— Moi aussi, je t'aime, répondit-il avant de s'empresser de raccrocher.

Fox resta un long moment les yeux rivés sur les montagnes, mais il ne voyait que des images de son passé.

Sa mère lui manquait toujours. Ce sentiment aurait-il été moins poignant si Mara s'était montrée plus chaleureuse ? Cette question n'avait sans doute pas beaucoup d'importance. Même s'ils n'avaient pas été parfaits, ses parents adoptifs lui avaient fourni la stabilité qui lui avait permis de construire sa vie. Il espérait que Bébé John aurait autant de chance.

Le soleil commença à se coucher. Il était sorti plus longtemps qu'il n'en avait l'intention – mais cela l'avait calmé, comme il l'espérait.

Sur le chemin du retour, il remarqua des traces de pneus dans la poussière. Il ne voyait aucune raison pour qu'un employé du ranch soit passé par là.

Il en déduisit que la voiture noire avait dû revenir. Qui rôdait dans le coin et pourquoi ?

Et il avait laissé Kelsey seule avec le bébé... Furieux contre lui-même, il lança Mags au trot.

Il ne serait plus tranquille avant d'avoir Kelsey et Bébé John sous les yeux.

Quand Kelsey rentra, Fox n'était toujours pas là. Était-il allé voir le père du bébé ?

Bébé John avait somnolé pendant le trajet et s'était réveillé de mauvaise humeur. Elle s'empressa de lui donner un biberon et de s'assurer qu'il n'avait pas de fièvre. Ce devait être ses dents qui le faisaient souffrir.

Il s'apprêtait à se rendormir quand Fox rentra. Dès que Bébé John reconnut sa voix, il ouvrit grand les yeux et sourit.

Fox entra dans la pièce les sourcils froncés, mais ses traits se détendirent aussitôt et il rendit son sourire au bébé.

— Est-ce que je l'ai réveillé ? s'inquiéta-t-il.

— Pas vraiment, répondit-elle. Il passe une soirée difficile.

— Alors on est deux, grommela Fox avant d'aller allumer un feu.

— Votre oncle et votre tante n'ont pas bien pris la nouvelle ? demanda-t-elle timidement.

— Avez-vous dîné ? demanda-t-il au lieu de lui répondre.

— Pas encore. Préférez-vous cuisiner ou vous occuper de lui ?

Fox hésita, puis lui demanda :

— Vous êtes-vous attachée à lui ? Pourriez-vous le confier aux services sociaux ?

— Puisque je suis sa nourrice, il ne serait pas dans mon intérêt de me débarrasser de lui.

— Vous voyez très bien ce que je veux dire, insista-t-il.

Elle répondit plus sérieusement :

— Si on avait déposé Bébé John devant ma porte, je me serais sans doute occupée de lui le temps que ses parents soient identifiés.

— Ça ne répond pas à ma question. Vous êtes-vous attachée à lui ?

— Oui, ce qui n'est pas difficile, puisqu'il est adorable, dit-elle. Mais que voulez-vous réellement savoir ?

Fox prit le bébé dans ses bras. C'était à elle qu'il revenait de cuisiner, apparemment.

— Peut-on en parler quand il sera couché ? demanda Fox.

— Bien sûr.

Elle prépara un plat et le mit au four. Fox coucha Bébé John, mais il ne semblait pas plus loquace lorsqu'il prit place à table.

— J'ai passé un bon moment avec Bailey, aujourd'hui, dit-elle en espérant l'aider à se détendre. Les problèmes de sommeil d'Hudson les épuisent.

— On a de la chance avec Bébé John, répondit-il.

Elle esquissa un sourire.

— C'est vrai. Voulez-vous me dire comment ça s'est passé avec Mara et Russ ?

— Je ne sais pas par où commencer, soupira Fox avant d'emporter les assiettes dans l'évier.

— Essayez le commencement, suggéra-t-elle.

— J'étais furieux en arrivant, dit-il. Ce n'est jamais une bonne manière de commencer une discussion.

Elle pensait plutôt qu'il était blessé et perturbé, mais elle ne l'interrompit pas.

— J'ai découvert que des analyses d'ADN étaient un excellent moyen de briser la glace, ironisa-t-il. Russ n'était au courant de rien. Mara savait depuis le début.

— Vous plaisantez ? s'écria-t-elle.

Comment avait-elle pu le cacher à Fox alors qu'il avait si peur d'avoir hérité de la violence de son père ?

— J'aimerais… Ma mère lui a livré son secret sur son lit de mort. Elle lui a aussi dit que mon père avait fait exprès de sortir de la route.

— Je suis désolée, murmura-t-elle.

Que pouvait-elle dire d'autre ? Elle se retint difficilement de le prendre dans ses bras pour le réconforter.

Il alla s'asseoir dans un fauteuil devant la cheminée.

— Ils étaient en pleine dispute quand je suis parti, ajouta-t-il. Ils étaient furieux. Je viens peut-être de briser un mariage.

— Quoi qu'ils décident de faire, vous n'y serez pour rien, lui assura-t-elle. Ce sera une conséquence de leurs choix, pas des vôtres.

— J'ai choisi de leur demander des réponses, objecta-t-il.

— Même si vous étiez en colère, c'est un choix raisonnable. Je suis désolée que ça ne se soit pas passé comme vous l'espériez.

— À vrai dire, je ne sais pas ce que j'espérais, avoua-t-il. Au moins, je comprends pourquoi elle ne me traitait pas comme les autres, maintenant.

— Vous étiez un enfant, lui rappela-t-elle. Elle n'avait aucune excuse.

— Sauf qu'elle a dû beaucoup souffrir, répondit Fox. J'aimerais la haïr, mais je n'y arrive pas. Elle a dû se sentir horriblement trahie et elle devait y penser à chaque fois qu'elle me voyait.

— Ça ne justifie rien, insista Kelsey.

Heureusement qu'elle ne lui avait pas parlé de ses frères, songea-t-elle. Fox avait assez de soucis comme cela. Et, tels qu'elle les connaissait, ses frères se seraient déjà manifestés d'une manière ou d'une autre s'ils avaient été dans la voiture noire.

— La négligence peut faire autant de mal que la brutalité, ajouta-t-elle en s'asseyant sur le canapé.

— J'ai eu un peu des deux, grommela-t-il. Mais j'ai aussi eu de bons modèles… Pourquoi ne suis-je pas capable de me concentrer là-dessus ?

Ce n'était pas une question facile. Elle-même avait dû observer les gens pendant des années pour comprendre comment ils interagissaient positivement – et de quoi elle avait été privée.

— Il est naturel, pour un enfant, de désirer l'amour, l'attention et l'approbation de ses parents, dit-elle. Le fait d'en être privé change la manière dont on se perçoit.

— Je suis un adulte, maintenant, protesta-t-il. C'est de l'histoire ancienne.

— Pas pour vous, lui rappela-t-elle. Vous avez besoin d'un peu de temps pour encaisser la nouvelle.

Fox se leva, posa un coude sur le manteau de la cheminée et fixa le feu. Incapable de résister à son instinct plus longtemps, Kelsey alla enrouler les bras autour de sa taille et pressa une joue contre son dos.

— Les parents ne sont jamais parfaits, ajouta-t-elle. Les tragédies de votre passé ne vous ont pas empêché de devenir un homme formidable.

— Kelsey…

— Écoutez-moi, le coupa-t-elle. Je ne vous connais pas depuis longtemps, mais j'ai découvert que vous étiez l'un des hommes les plus intelligents, généreux et compatissants que j'aie jamais rencontrés. Ce n'est pas un produit de votre ADN ni de votre éducation. C'est ce que vous êtes, *vous*, parce que vous avez choisi de le devenir.

— Merci, murmura-t-il.

Elle se sentit brusquement très mal à l'aise et le lâcha. Que lui arrivait-il ? Quand Fox se retourna, elle ne réussit pas à soutenir son regard.

— Je devrais peut-être…, dit-elle en indiquant le couloir d'un signe de tête. Il se réveillera tôt.

Avec un peu de chance, elle serait moins embarrassée le lendemain. Elle pensait tout ce qu'elle avait dit, mais elle aurait sans doute mieux fait de se taire.

Fox était trop près et son parfum, qui l'enveloppait, trop enivrant. Elle se força à lever les yeux quand il lui prit les mains.

Allait-il l'embrasser une nouvelle fois ?

— Puis-je vous embrasser ? murmura-t-il.

Craignant de répondre qu'il pouvait faire tout ce qu'il voulait, elle se contenta de hocher la tête.

Il effleura ses lèvres, puis l'embrassa avec plus d'ardeur.

— J'ai envie de toi, Kelsey, dit-il d'une voix rauque en glissant ses doigts sous son pull.

— C'est réciproque, parvint-elle à répondre, étourdie par cette déclaration.

— Tu me donnes déjà tellement de choses…

— Toi aussi. Et je serai toujours ton assistante demain matin, promit-elle.

Le rire de Fox vibra contre sa poitrine.

— Alors nous n'avons rien à perdre.

Il s'écarta et attendit qu'elle soutienne son regard pour ajouter :

— Je serais perdu sans toi.

Elle le crut, parce qu'elle aussi avait l'impression qu'elle aurait été perdue sans lui. Fox n'était pas parfait, mais il était sincère et fiable. Elle s'abandonna à ses sensations lorsqu'ils se déshabillèrent pour découvrir le corps de l'autre.

Ils s'allongèrent sur le tapis, devant la cheminée, et se couvrirent de baisers. Jamais elle n'avait été aussi heureuse.

Fox glissa les doigts dans ses cheveux, lui mordilla les lèvres et lui embrassa la gorge en murmurant son nom. Quand il laissa courir sa langue sur ses seins, elle se cambra et gémit de plaisir. Elle ne pouvait plus attendre.

Il dut le sentir, parce qu'il sortit un préservatif de la poche de son jean et le déroula sur son érection. Caressé par la lumière des flammes, il était d'une beauté à couper le souffle.

Quand il agrippa ses hanches et la pénétra d'un seul coup, elle se sentit chérie. Ils trouvèrent vite un rythme qui les emporta vers la jouissance. Après l'orgasme le plus intense de sa vie, elle le serra dans ses bras tandis que son cœur se calmait et qu'elle regagnait lentement la réalité.

Une nouvelle réalité dans laquelle elle avait fait l'amour avec son patron.

— Ça va ? s'inquiéta-t-il quand il revint après avoir jeté le préservatif.

— Je suis pleinement satisfaite.

Elle caressa son épaule lorsqu'il se rallongea près d'elle.

— Alors on est deux, répondit-il.

Elle avait encore envie de lui, mais elle n'eut pas l'audace de lui demander de lui faire l'amour une deuxième fois et elle ne savait pas vraiment comment l'y inciter. Même si elle n'était pas vierge, son expérience était limitée. Elle se blottit contre lui.

— Veux-tu bien dormir avec moi, cette nuit ? demanda-t-il.

— Ici ?

Il pouffa.

— Je préférerais mon lit.

Le cœur de Kelsey manqua un battement. Cela lui semblait un bien grand pas, mais était-il vraiment plus grand que ce qu'ils venaient de faire ?

— Est-ce que je vais trop vite ? s'inquiéta Fox.

Elle se redressa pour l'embrasser.

— Non, c'est parfait, répondit-elle.

L'instant suivant, il la soulevait dans ses bras pour l'emporter dans sa chambre.

Fox se réveilla dans un lit vide imprégné du parfum de Kelsey. Il inspira profondément et sourit.

Il ne savait pas ce qu'il avait fait pour qu'une femme comme Kelsey entre dans sa vie, mais il s'en réjouissait. C'était sans doute sa réputation d'éleveur… Il pouffa en songeant à ce que Wyatt penserait du fait que son cerveau ait servi d'aimant. Impatient de les voir, le bébé et elle, il prit une douche rapide et s'habilla.

Même le fait de devoir parler à Mason dans la journée ne pouvait pas gâcher sa bonne humeur. Il avait fait l'amour à Kelsey – deux fois dans la nuit.

Il la trouva dans la cuisine en train de faire manger des céréales à Bébé John. Elle portait un pantalon en coton et un haut vert qui mettait ses yeux en valeur. Elle incarnait l'équilibre qu'il avait toujours cherché sans le savoir.

— Bonjour ! lui lança-t-elle.

Il déposa un baiser sur la tête de Bébé John, puis il embrassa tendrement Kelsey.

— Bonjour, répondit-il avant de se servir une tasse de café. On devrait aller voir Mason aujourd'hui. J'aimerais que vous veniez avec moi, le bébé et toi.

— Tu en es sûr ? demanda-t-elle.

— Absolument.

Il ne voulait plus aller nulle part sans elle. Mais c'était peut-être trop lui demander…

— Sauf si ça te dérange, ajouta-t-il.

— Tu y emmènerais le bébé sans moi ?

— Si c'était nécessaire.

Elle prit une expression indéchiffrable avant de répondre :

— Nous serons prêts en même temps que toi.

— Merci.

Quand il eut fini ses tâches matinales, il appela le bureau de Mason et apprit que celui-ci travaillait de chez lui. Russ lui avait accordé cette faveur parce que Mason était ébranlé par le meurtre de sa sœur, Sabrina, et par les crimes que sa femme avait commis.

Fox n'était jamais allé chez son cousin, qui habitait une banlieue chic. Il préférait nettement la simplicité de son ranch.

Il se gara devant la maison de Mason et Kelsey prit le bébé dans son siège. L'état de la pelouse confirmait que son cousin vivait un enfer. Il sonna à la porte en espérant trouver les mots justes. Devoir s'occuper d'un bébé adorable aiderait peut-être Mason à surmonter son chagrin…

Fox perdit cet espoir dès que son cousin ouvrit la porte. Mason avait les yeux rouges et les cheveux ébouriffés. Il buvait trop ou ne dormait pas assez – sans doute les deux.

— Bonjour, Mason, dit Fox. Je te présente ma nouvelle assistante, Kelsey. Peux-tu nous accorder quelques minutes ?

— Pourquoi ? demanda Mason. Je n'ai pas l'intention d'acheter un cheval.

— On a trouvé quelque chose d'autre qui pourrait t'intéresser.

Mason écarquilla les yeux.

— Savez-vous qui a tué Sabrina ?

— Pouvons-nous entrer une minute ? demanda Fox alors qu'il se mettait à pleuvoir.

— Bien sûr, répondit Mason en s'écartant. Ne faites pas attention au désordre.

— On ne restera pas longtemps, lui assura Fox.

Des odeurs de sueur, d'alcool et de pizza froide flottaient dans l'air. Tous les volets étaient fermés et la seule lumière provenait de la télévision, réglée sur une chaîne d'informations en continu.

Fox ne put s'empêcher de penser que son cousin s'apitoyait trop sur son sort. Pendant que Mason coupait le son de la télévision, Kelsey et lui s'assirent où ils purent.

Mason observa Kelsey de la tête aux pieds, puis baissa les yeux vers le bébé.

— Tu as fait un enfant à ton assistante ? s'écria-t-il.

— Non, grommela Fox.

Il essaya de retrouver son calme avant d'ajouter :

— Heureusement pour nous tous, Kelsey a de l'expérience avec les bébés.

— Qu'est-ce que tu racontes ?

— C'est ton fils, déclara Fox en lui montrant Bébé John.

— C'est impossible. Elaine a perdu la tête parce qu'on ne pouvait pas avoir d'enfant.

— Je peux t'assurer que c'était elle qui avait un problème de fertilité, répondit Fox. D'après les analyses d'ADN, tu es le père de ce bébé.

— C'est impossible, répéta Mason.

Fox ne se laissa pas désarçonner.

— Les analyses prouvent que c'est vrai. Sais-tu

qui est sa mère et pourquoi elle a déposé *ton* enfant devant ma porte ?

Mason serra les poings et regarda Fox avec fureur pendant quelques secondes avant de s'effondrer sur la chaise la plus proche.

— Je me moque de tes résultats, répondit-il. Je ne peux pas m'occuper d'un enfant.

Fox attendit qu'il crache le morceau. Les infidélités de Mason étaient de notoriété publique.

— Merde ! finit par soupirer son cousin. Je suppose qu'il est possible que je sois son père. Il m'est arrivé de me servir de ton nom quand j'étais en voyage.

Fox cligna des yeux.

— Quoi ?

— Comme pseudonyme, précisa Mason. Je suis marié. Je ne pouvais pas me servir de mon propre nom quand je voyais des filles pendant mes voyages d'affaires.

La fureur gagna Fox.

— Tu t'es servi de *mon* nom pour tromper ta femme ?

Mason eut l'élégance de prendre un air penaud.

— La mère a dû faire des recherches.

— C'est donc bien ton fils, insista Fox. Qui est la mère ?

— Comment le saurais-je ? répondit Mason avant de se mettre à pleurer dans ses mains.

Fox était à court de compassion. Kelsey et lui avaient donné tout leur amour au bébé et Mason ne se souciait que de lui.

Fox n'avait jamais brutalisé personne – les bagarres

entre frères ne comptaient pas. Pourtant, à cet instant, il avait une envie folle de traîner Mason sous une douche froide et de le secouer jusqu'à ce qu'il revienne à la raison.

— Tu vas assumer tes responsabilités et élever cet enfant ! ordonna-t-il.

— Je ne peux pas, protesta Mason. Regarde-moi ! Je n'ai jamais voulu avoir des enfants. Rendez-le à sa mère.

Si seulement cela pouvait être aussi simple…, songea Fox.

— Si j'en juge par son apparition devant ma porte, je dirai que sa mère pense que *tu* devrais l'élever, répondit-il.

— Sur le papier, Fox Colton présente beaucoup d'avantages, ironisa Mason.

Fou de rage, Fox estima plus prudent de se taire.

— Qui est la mère, à votre avis ? demanda Kelsey après quelques secondes de silence pesant.

— Je ne sais pas ! s'écria Mason.

Il se leva et sortit son portefeuille de sa poche.

— Je suis presque toujours passé par la même agence de call-girls, dit-il en en tirant une carte de visite. Tenez ! Si vous voulez tant trouver la mère, commencez donc par là.

Fox prit la carte avec réticence.

— As-tu un nom à suggérer ? demanda-t-il.

— J'en ai fréquenté plusieurs. Quel âge a le bébé ?

— Environ six mois, répondit Fox.

Mason jura et grimaça comme si réfléchir lui donnait la migraine.

— Candace, finit-il par dire. On s'est bien amusés, tous les deux, jusqu'à…

— Jusqu'à quoi ? le pressa Fox.

— Jusqu'à ce qu'elle arrête de répondre à mes messages et que l'agence me dise qu'elle n'était plus disponible parce qu'elle était enceinte. Mais comment pouvait-elle être sûre qu'il était de moi ?

— Je le lui demanderai quand on la trouvera, promit Fox. Que comptes-tu faire ?

— À propos de quoi ? demanda Mason, l'air surpris. Vous avez l'air d'avoir la situation en main.

— Tu es son père, lui rappela Fox.

— Je n'ai jamais demandé à l'être ! rugit son cousin.

Bébé John, qui s'agitait de plus en plus, se mit à pleurer. Kelsey se leva aussitôt.

— On t'attend dans la voiture, dit-elle avant d'emporter Bébé John hors de la maison.

— Tu dois te ressaisir, dit Fox à Mason lorsqu'ils furent seuls. Je sais que tu souffres. Mais il y a des gens qui sont prêts à t'aider – et des gens qui ont besoin de toi, comme ton fils.

— Je ne peux pas être père, grommela Mason. Fais ce qui te paraît le mieux. Maintenant, va-t'en !

Fox lui posa encore quelques questions sur Candace avant de le laisser tranquille.

Une fois dehors, il inspira profondément. La pluie avait cessé et Kelsey marchait de long en large sous un érable en faisant des grimaces à Bébé John.

Fox les rejoignit, enroula les bras autour d'eux et attendit que sa colère et sa frustration le quittent.

— Merci d'être aussi gentille avec lui, finit-il par murmurer.

— Je t'en prie, dis-moi que tu n'as pas réussi à le convaincre de le prendre, répondit-elle.

— Non. Il n'en est pas capable pour le moment. Allez, viens !

Il voulait s'éloigner le plus vite possible de Mason et de son chagrin.

— Et maintenant ? demanda Kelsey quand ils se mirent en route. Vas-tu dire au shérif que tu as trouvé le père du bébé ?

— Je préférerais essayer de trouver la mère d'abord, si tu veux bien m'aider.

— Je suis partante, répondit-elle.

Fox se demanda si le chaos au milieu duquel il se trouvait la navrait ou l'amusait. Non… Kelsey était trop compatissante pour rire de lui. Ils firent le trajet en silence.

— Tu dois être tentée de t'enfuir, soupira-t-il quand il se gara devant le ranch. Je n'ai pas oublié ce que tu es venue faire chez moi.

— Ne t'en fais pas pour ça, répondit-elle avant de l'embrasser avec tendresse. Rentrons et essayons de trouver la mère de Bébé John.

— Ça va demander des recherches et quelques coups de fil embarrassants.

— Alors on ferait bien de s'y mettre tout de suite.

Elle semblait presque impatiente. Parce qu'elle en avait assez de jouer les nounous ou parce qu'elle aimait autant résoudre des énigmes que lui ?

Il emporta Bébé John à l'intérieur en ayant l'impression qu'ils formaient une famille. Kelsey ne tenait pas plus que lui à avoir des enfants. Alors pourquoi lui semblait-il que le départ de Bébé John serait un déchirement ?

10

Kelsey trouvait que Fox et elle étaient d'une efficacité redoutable. Malgré tout ce qu'ils avaient d'autre à faire, il ne leur fallut que deux jours pour trouver Candace.

À leur surprise, celle-ci accepta aussitôt de les recevoir dans son appartement de Denver.

Fox était nerveux. Qui aurait pu le lui reprocher ? Aujourd'hui, ils auraient peut-être assez d'informations pour présenter un projet au shérif.

— Peut-on s'arrêter au supermarché sur le chemin du retour ? On va bientôt manquer de lait et j'aimerais faire des gâteaux, dit-elle en espérant que cela remonterait le moral de Fox après cette dure journée.

— Bien sûr, répondit-il.

Il faisait doux, aujourd'hui, au point qu'ils baissèrent un peu les vitres pour apprécier l'air de l'automne.

— On y est, annonça Fox en se garant sur le parking d'un immeuble de trois étages. C'est un endroit agréable… On dirait que les affaires vont bien.

— Tu t'attendais à ce qu'elle vive dans un quartier miteux ?

— Oui, admit-il. Si elle peut se permettre de vivre

dans un bel appartement, pourquoi n'a-t-elle pas embauché une nourrice ou changé de carrière ?

— Allons lui poser la question, répondit Kelsey.

Fox ferma les yeux et murmura :

— Ce n'est pas sa faute.

— Non, répondit Kelsey, qui luttait elle-même contre la tentation de condamner une mère qui avait abandonné son bébé. Nous ne sommes là que pour découvrir le reste de l'histoire.

— Et pour avoir son opinion, dit Fox. Que ferons-nous si elle veut le récupérer ?

— On verra bien, répondit-elle d'un ton encourageant.

Ils montèrent les trois étages et frappèrent à la porte de Candace.

Une rousse d'une beauté saisissante leur ouvrit. Elle les observa l'un et l'autre, puis baissa les yeux vers Bébé John. Son regard s'adoucit aussitôt. Ils avaient bien trouvé la mère, songea Kelsey.

— Candace ? demanda Kelsey.

— Oui, entrez, répondit la rousse.

L'appartement était gai et propre – bien plus agréable que bon nombre d'endroits dans lesquels Kelsey avait vécu les années précédentes.

— Je m'appelle Kelsey, dit-elle. Je suis… l'amie de Fox.

— Où est-il ? demanda Candace en regardant derrière eux comme si elle s'attendait à voir quelqu'un d'autre.

— Je suis Fox Colton, répondit Fox. L'un de mes cousins se servait de mon nom quand il… vous appelait.

— Oh ! dit Candace en fermant la porte. J'aurais dû m'en douter. Comment s'appelle-t-il ?

— Mason.

— Mason était si convaincant… mais j'aurais dû m'en douter, répéta Candace.

Elle regarda le bébé, les poings serrés, comme si elle avait peur de ne pas pouvoir s'empêcher de le toucher.

— Voulez-vous le prendre dans vos bras ? proposa Kelsey.

Les yeux de Candace s'emplirent de larmes.

— Non, je ne peux pas. Il est à vous, maintenant. À Mason, plutôt.

— Que s'est-il passé ? demanda Fox. Pourquoi l'avez-vous abandonné ?

— Les bébés ne sont pas un atout dans ma profession, répondit Candace. Asseyez-vous. Voulez-vous boire quelque chose ?

— Non merci, répondit Kelsey en forçant Fox à s'asseoir à côté d'elle sur le canapé.

Il était visiblement mal à l'aise.

— Il a grandi, murmura Candace.

— Il est en bonne santé, répondit Kelsey en lui souriant. Et c'est un charmeur. Il sait s'asseoir, maintenant. Comment l'avez-vous appelé ?

— Bébé…, murmura Candace en baissant les yeux. J'ai mis John sur le certificat de naissance, mais je n'arrivais pas à l'appeler comme ça, parce que c'est le surnom qu'on donne aux clients. Et vous, comment l'avez-vous appelé ?

— On a mis John Doe sur le rapport de police, répondit Fox.

Kelsey lui donna un coup de coude.

— On l'appelle Bébé John, précisa-t-elle.

— C'est logique, soupira Candace. Comment avez-vous trouvé son vrai père ?

— Grâce à une analyse d'ADN, expliqua Kelsey. Comme vous l'avez déposé sur la propriété des Colton, Fox a demandé des échantillons à ses frères. On est des généticiens équins.

— Mason a reconnu qu'il s'était servi de mon nom quand on l'a interrogé, ajouta Fox.

— Fox vous va bien – bien mieux qu'à lui, dit Candace avant de se mordiller la lèvre. J'aurais pu avorter… Certaines filles le font. Mais je n'ai pas trouvé le courage. Je l'ai gardé, même si je savais que je ne pourrais pas l'élever.

Bébé John se réveilla et tourna la tête vers Candace. Il semblait reconnaître sa voix. Le cœur de Kelsey se serra. Candace aimait assez son enfant pour l'avoir confié à d'autres dans l'espoir qu'il aurait une meilleure vie.

— Nous ne voulons pas vous rendre les choses difficiles, dit-elle.

— Ça va, murmura Candace. Mason était un client régulier. On a pris des précautions la plupart du temps, mais les accidents arrivent…

Bébé John commença à s'agiter.

— Il a faim, dit Kelsey en le prenant dans ses bras.

— J'avais l'impression qu'il avait toujours faim, pouffa Candace.

Kelsey donna un biberon à Bébé John, qui ne quittait plus sa mère des yeux.

— Vous êtes sûre de ne pas vouloir passer un peu de temps avec lui ? demanda Fox. Il a l'air de se souvenir de vous.

— Non, répondit Candace en baissant les yeux. C'est assez dur comme ça. Est-ce que vous m'en voulez ?

— Non.

La réponse de Fox surprit Kelsey.

— J'avoue que vous m'avez compliqué la vie, mais je ne vous en veux pas, ajouta-t-il. Je m'inquiète pour vous.

— Vous ne devez pas, dit Candace. Je suis rassurée, maintenant. Je ne l'ai pas déposé devant la bonne porte, mais il a eu de la chance. Je ne voulais faire de tort à personne… Quand j'ai fait des recherches sur vous, j'ai su que vous pourriez lui offrir une meilleure vie que moi. Est-ce que son père veut de lui ?

— Je n'en suis pas sûr, répondit Fox. Il est en pleine crise familiale.

Candace fronça les sourcils.

— Êtes-vous disposée à nous le confier ? demanda Fox.

— Oui. Il a l'air de vous aimer. Comptez-vous le garder ?

— Tout dépendra de la décision de Mason, répondit Fox. Mais ça faciliterait les choses que vous l'abandonniez officiellement, en le mettant par écrit.

— Si ça peut vous aider. Je sais que je dois vous paraître froide…, dit Candace.

— Pas du tout, la coupa Kelsey. On ne vous juge pas. C'est juste pour que tout soit clair du point de vue légal.

— Nous ferons tout pour qu'il ne manque de rien, même si Mason n'assume pas ses responsabilités, lui assura Fox.

— Merci, murmura Candace.

— Roaring Springs est un bon endroit où grandir, ajouta Fox.

— Même si on n'y est plus autant en sécurité qu'avant…, dit Candace. Mon amie Bianca s'est retrouvée au mauvais endroit au mauvais moment.

— Comment ça ? demanda Kelsey.

— J'ai entendu dire que c'était une victime du Tueur de l'Avalanche. J'avais arrêté de travailler à cause de la grossesse quand elle a disparu, mais on s'envoyait régulièrement des textos. Comme l'un de ses habitués lui avait posé un lapin, elle était allée au Chalet pour se faire un peu d'argent en dehors de l'agence. Je n'ai pas effacé ses messages. Elle me manque tellement…

Elle chercha les textos sur son téléphone, qu'elle tendit à Fox.

— Vous voyez, dit-elle. Elle l'avait appelé Beaux Yeux.

Le métier de Candace était vraiment risqué, songea Kelsey.

— Avez-vous songé à faire autre chose ? demanda-t-elle.

— Après la mort de Bianca, oui, répondit Candace. Mais il est un peu tard… Toutes mes amies sont dans cette branche. On se serre les coudes.

— Acceptez-vous de fournir ces informations à la police ? demanda Fox.

— Si vous croyez que ça peut aider, bien sûr. Je ne veux pas que Bianca soit oubliée, ni que ce tueur pense qu'il peut faire tout ce qu'il veut aux filles comme nous.

Avec sa permission, Fox transféra les messages vers son téléphone.

— Je donnerai ça et votre numéro aux enquêteurs, dit-il.

Candace rédigea une lettre pour officialiser l'abandon de Bébé John, puis Fox et Kelsey se levèrent. Avant qu'ils s'en aillent, Kelsey étreignit Candace.

— Vous êtes une bonne mère, lui dit-elle.

Candace ferma la porte les larmes aux yeux.

— Ça va ? demanda Kelsey à Fox alors qu'il installait le siège de Bébé John dans la voiture.

— Oui, répondit-il. Grâce à toi. Ça aurait été bien plus dur si tu n'avais pas été là.

Alors qu'elle se demandait quoi répondre, il l'attira dans ses bras et l'embrassa. La passion de son baiser l'étourdit et la força à s'agripper à ses épaules.

— Tu es merveilleuse, murmura-t-il contre ses lèvres avant de lui ouvrir sa portière.

Elle monta en voiture les joues en feu, avec l'impression que son amour pour Fox grandissait d'heure en heure.

— Tu n'es pas obligée de m'accompagner, dit Fox lorsqu'il se gara devant le bureau du shérif. Je n'en ai pas pour longtemps.

Il préférait qu'elle l'accompagne, mais Kelsey était son assistante, pas sa bouée de sauvetage.

— Bébé John adore rencontrer des gens, répondit-elle.

— Veux-tu que je sorte le siège ?

— Non merci. Je peux le porter.

Il tint la porte à Kelsey. Trey sortait de son bureau au moment où ils entrèrent dans le hall.

— As-tu une minute ? lui lança Fox.

— Oui, répondit le shérif. Viens.

Fox jeta un coup d'œil à Kelsey.

— On t'attend dans le coin, lui dit-elle. Il faut que je le change.

Fox s'éloigna d'elle à contrecœur pour entrer dans le bureau de son cousin.

— Assieds-toi ! lui dit Trey. Tu as du nouveau ?

— Oui, répondit Fox. La mère du bébé s'appelle Candace. C'est une call-girl qui vit à Denver.

Le shérif haussa les sourcils.

— Je n'imaginais pas que tu fréquentais ce genre de femmes.

— Tu sais très bien que ce n'est pas le cas, grommela Fox.

— Alors pourquoi a-t-elle déposé le bébé devant ta porte ?

— Parce que le père se servait de mon nom quand il la voyait…

Il s'interrompit parce que Trey avait un sourire idiot et suivit le regard de son cousin. Kelsey se tenait dans l'embrasure de la porte, Bébé John sur la hanche. Ils étaient l'incarnation du bonheur et de la normalité… Mais la vie n'était pas si simple.

— Désolée de vous avoir interrompus, dit Kelsey.

— Vous ne nous dérangez pas, répondit Trey.

Il se leva, incita Kelsey à entrer et s'assit sur un coin de son bureau.

— Alors votre petit bonhomme n'est plus anonyme ? demanda-t-il avant de faire des grimaces à Bébé John.

— Non. Sa mère nous a autorisés à nous occuper de lui, répondit Fox en tirant la lettre de Candace de sa poche. Elle est disposée à signer des documents d'adoption.

— Parce que tu veux l'adopter ? s'étonna Trey.

Oui ! songea Fox.

Son bon sens l'emporta de justesse.

— Non, répondit-il.

Il voulait que Kelsey fasse le métier qu'elle aimait et donner une chance à leur relation – ce qui serait plus simple s'ils n'avaient pas à s'occuper d'un bébé.

— Qui est le père, alors ?

— Mason Gilford, répondit Fox.

Trey siffla, ce qui fit rire Bébé John.

— Maintenant que tu le dis, il y a une certaine ressemblance, commenta-t-il. C'est Mason qui t'a permis de trouver cette Candace ? Le pauvre vieux traverse un enfer…

— Et j'ai l'impression qu'il n'en sortira pas de sitôt, répliqua Fox. L'idée d'assumer son rôle de père ne l'enthousiasme pas.

— J'imagine, puisque le bébé est encore avec vous, dit Trey. Veux-tu que j'appelle les services sociaux ?

Fox se raidit.

— J'ai dit à Mason qu'on s'en occuperait le temps qu'il réfléchisse, répondit-il.

— C'est très généreux de ta part, dit Trey. Puisque tu as les moyens de subvenir à ses besoins et l'accord de la mère, ça me va. Donne-moi cette lettre. Je vais en faire une copie pour le dossier.

— Tiens.

Quand ils se retrouvèrent seuls dans le bureau du shérif, Kelsey posa sa main sur celle de Fox.

— Merci d'être là, lui dit-il.

Bébé John tendit les bras vers lui. Fox lui chatouilla

le ventre en souriant. Pendant combien de temps jouerait-il encore le rôle de son père ? Combien de temps Mason mettrait-il à prendre une décision ?

Trey revint et lui rendit la lettre. Kelsey et Fox le saluèrent, puis quittèrent son bureau.

— Il faut que je voie Daria Bloom avant de partir, dit Fox à Kelsey.

— On t'attend dans le hall, répondit-elle.

Il regarda Kelsey s'éloigner, puis il se dirigea vers le bureau de la policière chargée de l'enquête sur le Tueur de l'Avalanche.

Il trouva la porte ouverte. Daria discutait avec l'agent Roberts, du FBI. Fox resta dans le couloir pour ne pas les déranger et entendit la fin de leur conversation malgré lui.

— J'ai trouvé la trace d'une Ava Bloom, en Arizona, dit Roberts. Elle a eu une fille de ton âge.

— Ava…, répéta Daria. Est-ce que je peux lui parler ?

— Malheureusement non, répondit Roberts. Elle est morte d'un cancer il y a dix ans.

Daria soupira de frustration.

— Merci, Stefan, dit-elle. Même si ce n'est pas ce que j'espérais.

L'agent Roberts sortit du bureau. Il tressaillit en découvrant Fox dans le couloir, le salua et s'éloigna.

Fox frappa à la porte.

— Daria ?

— Fox ! lui lança la policière. Où est le bébé ?

— Dans le hall, sans doute en train de séduire tes collègues, répondit-il. Je voulais te voir parce que j'ai peut-être quelque chose pour toi concernant le Tueur de l'Avalanche. As-tu entendu parler d'une call-girl prénommée Candace ?

— Ce prénom ne me dit rien, répondit Daria.

Elle ouvrit un dossier et le parcourut rapidement.

— Non, elle n'apparaît nulle part, confirma-t-elle. Tu crois qu'elle sait quelque chose ?

— Peut-être, répondit Fox. C'est la mère de Bébé John. Je viens de la rencontrer. C'était une amie de Bianca, l'une des victimes. Elles ont échangé des textos juste avant la mort de Bianca, qui était allée racoler au Chalet.

Il transmit les textos et donna le numéro de Candace à Daria.

— Merci, dit celle-ci. Je n'en reviens pas qu'on n'ait jamais entendu parler d'elle. Ça nous sera peut-être très utile… Merci encore, Fox.

Kelsey n'eut aucun mal à occuper Bébé John en attendant Fox. Tout le monde était attiré par son sourire adorable et sa curiosité naturelle. Elle n'avait jamais vu un bébé aussi doué pour se faire des amis.

Un courant d'air passa dans le hall quand la porte d'entrée s'ouvrit. L'apparition de Mason changea instantanément l'atmosphère. Bébé John se raidit et perdit son sourire.

Son père biologique semblait être la seule personne au monde qu'il n'était pas content de voir.

Mason fusilla tout le monde du regard, puis lança au shérif :

— Avez-vous fait des progrès dans l'enquête sur le meurtre de Sabrina ?

— L'enquête est en cours, répondit le shérif.

— C'est ça ! ironisa Mason. Vous êtes tous en train de vous amuser alors que le meurtrier de ma sœur court toujours. Sabrina – une Gilford – n'a jamais été votre priorité, shérif *Colton*.

Bébé John laissa échapper un gémissement. Kelsey le serra plus fort.

— Calme-toi et viens dans mon bureau, Mason, dit Trey.

— Pour ce que ça changera ! rugit Mason.

Bébé John se mit à pleurer. Les gens qui se trouvaient le plus près de Kelsey se placèrent instinctivement entre Mason et elle.

Fox et l'adjointe Bloom apparurent à l'autre bout du hall.

— Calme-toi, Mason ! lança Fox.

Mason se tourna vers lui.

— Sûrement pas ! hurla-t-il. Vous n'arriverez jamais à me convaincre que vous vous souciez de rendre justice à Sabrina.

— Tu fais partie de notre famille, dit Fox.

— Tu parles !

— Tu fais partie de notre famille, répéta Fox plus fermement.

Mason n'avait plus aucun contrôle sur lui-même et mettait tout le monde mal à l'aise. En face de lui, Fox ressemblait à un roc.

Quand il la chercha des yeux, Kelsey hocha discrètement la tête pour lui signifier que Bébé John et elle allaient bien, ce qui lui procura une sensation étrange. Toute sa vie, elle avait eu l'impression de ne pas être à sa place. Elle était trop curieuse pour sa famille et trop naïve pour le reste du monde. À la fac, elle aimait trop les sciences pour se faire des amis et elle avait trop peur que ses frères ne la retrouvent pour accorder sa confiance aux gens. Avec Fox, elle se sentait comprise et acceptée pour la toute première fois.

— Je veux que le meurtrier de Sabrina soit puni ! hurla Mason.

— On fait tout notre possible, je te le jure, dit l'adjointe Bloom.

Mason fonça vers elle. Fox l'attrapa par la chemise et le plaqua contre un mur avant qu'il ne l'atteigne.

— Ça suffit, Mason ! dit-il. Il faut que tu te calmes avant de dire ou de faire quelque chose que tu regretterais.

Mason perdit sa fureur d'un seul coup et se cacha le visage dans les mains.

— Viens dans mon bureau, Mason, dit calmement Trey.

Fox fit un signe de tête à Kelsey pour l'inviter à le suivre avant d'entraîner Mason dans le bureau du shérif.

Quand elle arriva devant le bureau, Trey, Mason et Bloom étaient déjà assis. Fox la rejoignit près de la porte et lui enroula un bras autour de la taille.

Son contact la réconforta comme par magie.

— Nous avons des pistes, Mason, dit Bloom. Ce n'est pas parce qu'on ne peut pas te parler de l'enquête qu'elle n'avance pas.

Mason, qui fixait le sol, ne répondit rien.

— Il y a un autre sujet dont nous devons te parler, dit le shérif. Fox t'a informé que tu avais un fils.

— Et alors ? grommela Mason. Tu vas me faire une leçon de morale sur les responsabilités paternelles ?

Du coin de l'œil, Kelsey vit un muscle se crisper sur la joue de Fox. Cette discussion lui déplaisait autant qu'à elle.

— Non, répondit Trey. Néanmoins, il t'appartient de décider de l'avenir de cet enfant. Veux-tu le prendre en charge ?

— Qu'est-ce que je ferais d'un enfant ? répliqua Mason.

Le shérif haussa un sourcil.

— Compte tenu de ta situation, je te laisse un peu de temps pour te décider. Tu as perdu beaucoup et tu peux très bien renoncer à tes droits paternels, mais n'oublie pas qu'un bébé est un rayon de soleil.

Mason secoua la tête.

— Je n'en veux pas, dit-il.

Le cœur de Kelsey se serra. Heureusement, Bébé John ne se souviendrait pas de cette scène horrible.

— Je te laisse un peu de temps pour réfléchir, répéta le shérif. En attendant, je veux t'entendre autoriser Fox à s'occuper du bébé.

— Oui, répondit Mason. Que Fox le garde.

Le shérif fit un signe de tête à Fox et à Kelsey pour leur demander de partir.

Kelsey soupira de soulagement quand ils remontèrent en voiture.

— Trey n'aurait pas confié le bébé à Mason, n'est-ce pas ? demanda-t-elle.

— Pas tant que Mason est dans cet état, lui assura Fox.

— Il n'arrivait même pas à regarder Bébé John, dit-elle, la gorge serrée.

— On peut difficilement lui en vouloir, vu ce que sa femme a fait pour avoir une famille, répondit Fox.

— Cet enfant a eu beaucoup de chance d'atterrir devant ta porte, soupira-t-elle en caressant la tête de Bébé John.

— Et encore plus que tu y frappes, répondit Fox. Allons manger quelque chose avant de faire les courses.

— Bonne idée, dit-elle, même si c'était peut-être imprudent.

Et si ses frères étaient dans le coin ?

Ils entrèrent dans le restaurant avec Bébé John dans son siège. Il y flottait une odeur délicieuse et l'estomac de Kelsey gargouilla tandis qu'ils attendaient une table. Quelques minutes plus tard, on les installa près d'une fenêtre. Décidément, elle aimait Roaring Springs, songea Kelsey en regardant les passants.

Elle lut le menu pendant que Fox amusait Bébé John. Subitement, elle prit conscience qu'elle aimait les choses simples de la vie. Trouverait-elle jamais un équilibre entre son travail et les aspirations de son cœur ?

— Mason t'a perturbée, dit Fox.

— Il est si triste…, répondit-elle en levant les yeux du menu. J'espère que le meurtrier de sa sœur sera arrêté.

— Le shérif et son adjointe font tout ce qu'il faut pour.

La serveuse vint prendre leur commande.

— Combien de temps Trey laissera-t-il à Mason

pour se décider, à ton avis ? demanda Kelsey quand celle-ci s'éloigna.

— Le temps qu'il faudra.

— Voilà une vraie réponse de cow-boy, plaisanta-t-elle.

Fox lui offrit un sourire.

— On sait qu'on ne peut pas tout contrôler, dit-il. Je sais que tu es arrivée dans des circonstances exceptionnelles, mais as-tu l'intention de rester ?

— Le travail que tu fais est très important, répondit-elle. Je suis ravie de t'assister, et oui : j'ai l'intention de rester.

— Tu n'imagines pas à quel point tu as déjà été utile…

Se sentant rougir, elle tourna la tête vers la fenêtre et vit passer une camionnette cabossée. *Voilà* le genre de véhicules que ses frères conduisaient. Ils ne gaspillaient pas d'argent – pour le moment, du moins.

— Tu connais bien les chevaux et les ranchs, dit Fox. Ta famille a-t-elle du bétail ?

Ma famille a surtout des règles, songea-t-elle amèrement.

— Mon père voulait qu'on se suffise à nous-mêmes, répondit-elle. Ma famille a un troupeau et un grand jardin.

— Assez grand pour nourrir quatorze personnes ? s'étonna Fox.

La plupart du temps…

— On appréciait de manger ce qu'on cultivait. Ma mère disait que l'effort rendait les aliments plus savoureux.

— Mais tu n'étais pas d'accord ?

Elle haussa les épaules.

— Le travail et les responsabilités sont des choses importantes, dit-elle.

— Ça forge le caractère, répliqua Fox.

— C'est vrai.

Mais les choix étaient importants aussi. Son esprit et ses facultés analytiques auraient dépéri si elle s'était contentée des projets que son père avait pour elle – et elle ne serait pas hors de danger tant qu'elle n'aurait pas découragé ses frères pour de bon.

Comment pouvait-elle expliquer la situation sans inquiéter Fox ? Il avait assez de soucis comme cela. Elle aurait sans doute dû lui en parler le jour de son arrivée, mais elle avait eu peur que cela ne le dissuade de l'embaucher.

— Je pose des questions indiscrètes, désolé, dit Fox en lui prenant la main. J'ai juste envie de mieux te connaître.

C'était légitime, vu leur proximité. Ils travaillaient ensemble, s'occupaient de Bébé John ensemble et dormaient dans les bras l'un de l'autre.

Elle n'avait jamais espéré être aussi heureuse qu'elle l'était avec Fox.

— Très bien, répondit-elle en se forçant à sourire. Je suis la troisième de la fratrie. La plupart des gens n'imaginent pas ce que c'est que de vivre dans une famille aussi grande. Pour moi, c'était juste la réalité. On s'aimait, on riait et on prenait chaque journée comme elle venait.

— Jusqu'à ce que tu décides de t'en aller, intervint-il.

Ça suppose une volonté remarquable. J'avoue que je ne comprends pas comment tu as fait ce choix, mais j'en suis ravi.

Leurs assiettes étaient à peine arrivées quand Bébé John se mit à pleurer.

Fox se leva aussitôt.

— Je m'en occupe, dit-il en ramassant le sac de couches. Mange pendant que c'est chaud. C'est une affaire d'hommes.

Elle pouffa et le regarda s'éloigner. Fox était une perle rare. Aucun des hommes de sa famille n'aurait fait cela. Tout le monde considérait que c'était aux femmes qu'il revenait de s'occuper des enfants. Quand elle s'était enfuie, découvrir que les rôles des deux sexes n'étaient pas aussi tranchés dans le reste du monde avait été une révélation. Comme sa tante Greta le lui disait souvent, fuir sa famille fermait une porte, mais cela en ouvrait beaucoup d'autres.

Kelsey en avait franchi plusieurs. Celle qui lui avait permis d'entrer dans le monde de Fox était de loin la meilleure.

11

Lorsqu'ils sortirent du supermarché, Fox se sentait de nouveau normal. Kelsey éclata de rire quand Bébé John éternua.

— Ma mère, Dana, l'aurait accusé d'être allergique au soleil, commenta Fox.

— À t'entendre, c'était une femme merveilleuse, dit Kelsey.

Fox se demanda ce que sa mère aurait pensé du bébé qui avait atterri devant sa porte et de la femme qui était arrivée juste à temps pour calmer ses angoisses.

— C'était une femme merveilleuse, répondit-il. Ça me rend triste quand je pense que Sloane ne se souvient pas d'elle. Pour me consoler, je me dis que Mara a fait plus d'efforts avec elle qu'avec moi.

— Il vaut toujours mieux que les parents accordent autant d'amour à tous leurs enfants, dit Kelsey. Dans ma famille, les garçons étaient clairement préférés aux filles, qui n'étaient vues que comme des… soutiens.

Décidément, l'éducation qu'elle avait reçue était archaïque.

Fox inspira profondément l'air de l'automne en poussant le caddie. La vie de famille… Il devait admettre qu'il y trouvait du plaisir alors qu'il n'y aspirait absolument pas avant que Bébé John atterrisse devant sa porte. Le rôle d'oncle lui semblait bien assez stressant.

Kelsey rangea les courses dans le coffre pendant qu'il installait Bébé John à l'arrière de la voiture.

— Allons-nous-en ! dit Kelsey d'une voix tremblante en ouvrant sa portière.

Elle jetait des coups d'œil inquiets à l'autre bout du parking.

— Que se passe-t-il ? demanda-t-il en suivant la direction de son regard.

— Le type, là-bas… C'est l'un de mes frères.

Après avoir vainement cherché des yeux une voiture noire, Fox repéra un homme qui avait une épaisse barbe rousse et qui portait une casquette de base-ball usée. Il avait l'air de les regarder – mais il n'y avait pas qu'eux de ce côté du parking.

— Je vais lui dire de te laisser tranquille, répondit-il.

— Non ! s'écria Kelsey. Partons. Il ne nous suivra pas jusqu'au ranch.

Fox n'en était pas aussi certain qu'elle, mais il démarra pour ne pas la contrarier.

— Je ne peux pas rester sans rien faire alors que tu es terrifiée, grommela-t-il.

— C'est pour le bébé et pour toi que j'ai peur, répondit-elle. J'ai l'habitude de me défendre.

Qu'est-ce que cela voulait dire ?

— J'appelle le shérif et on l'attend ici, déclara-t-il.

— Non ! répéta-t-elle. Si on parle à mes frères en public, ils feront une scène. Ils essaieront de me discréditer pour me faire perdre les soutiens que je pourrais avoir.

— Quoi ?

Elle lui jeta un regard suppliant.

— S'il te plaît, Fox. Je te raconterai tout quand on sera au ranch, c'est juré, mais allons-nous-en.

Alors qu'il sortait du parking, Fox vit un autre rouquin qui portait des lunettes de soleil s'approcher du premier.

— Dépose-moi au bureau du shérif, dit Kelsey. Trey leur fera perdre du temps. Comme ça, le bébé et toi ne risquerez plus rien et j'aurai une longueur d'avance.

— Il n'en est pas question, chérie.

Maintenant qu'il avait trouvé la femme qu'il voulait avoir dans sa vie, il ne la laisserait pas s'enfuir.

— Explique-moi ce qu'il se passe, demanda-t-il.

— C'est compliqué… Mais c'est *mon* problème. Dépose-moi au bureau du shérif et reste en dehors de ça.

— Non, Kelsey. Tu ne partiras pas. Tu m'as soutenu dans mes problèmes compliqués.

Il voulait lui faire comprendre qu'elle n'était plus seule, qu'il ne demandait qu'à l'aider.

Fox jeta un coup d'œil dans le rétroviseur et tourna au lieu d'aller tout droit. Une camionnette cabossée tourna aussi.

Kelsey jeta un coup d'œil par-dessus son épaule.

— Je savais bien que la voiture noire était trop chic pour eux.

Alors qui surveillait le ranch dans la voiture noire ? se demanda Fox.

Mais il ne pouvait s'occuper que d'un problème à

la fois. Il entra dans la station-service qui se trouvait à côté du bureau du shérif. La camionnette passa assez lentement pour qu'il reconnaisse l'un des deux rouquins au volant.

Fox fit le plein. Quand il quitta la station-service, la camionnette réapparut dans le rétroviseur.

— Je t'écoute, dit-il à Kelsey.

Il voulait savoir à quoi il avait affaire.

— L'histoire de ma famille est longue et pas très belle, commença-t-elle. Je suis née dans une communauté séparatiste, au nord d'ici. C'est une région rurale et très isolée. Ça pourrait aussi bien être un autre pays. J'ai onze frères et sœurs et j'ai aidé ma mère à élever ceux qui étaient plus jeunes que moi. Tout ce que je t'ai dit est vrai. J'ai fugué à quatorze ans parce que je voulais être plus qu'une mère.

Il ne l'avait jamais suspectée de lui avoir menti.

— C'est bien normal, répondit-il.

— Pas là d'où je viens.

— Que veux-tu dire ?

— J'ai fugué, répéta-t-elle. Mes frères essaient de me ramener à la maison depuis ce jour-là. Ils vous laisseront tranquilles, le bébé et toi, si nous ne sommes plus ensemble.

— Tu as peur d'eux, constata-t-il.

— Je ne suis pas impatiente de les revoir, plus précisément. Mais je peux les gérer. Je l'ai déjà fait. C'est comme ça que je suis arrivée jusque-là.

— Tu t'es bien débrouillée, je le reconnais volontiers, mais je suis ravi de te donner un coup de main cette fois-ci, répondit-il.

— Mais le bébé ?

— Il ne se rendra compte de rien, lui assura-t-il même si cela l'inquiétait aussi.

Elle soupira profondément.

— Je n'aurais jamais accepté de m'occuper de Bébé John si j'avais su que mes frères me retrouveraient aussi vite, dit-elle.

— C'est peut-être de ma faute… J'ai parlé de toi aux employés du ranch et en ville.

Elle secoua la tête.

— J'en doute. Mes frères sont doués pour traquer les gens et on est allés en ville plusieurs fois.

Il ne se sentit pas moins coupable. S'il l'avait gardée dans son bureau comme assistante – l'emploi auquel elle avait postulé –, ils n'en seraient peut-être pas là.

Elle lui tapota la cuisse.

— Je t'assure qu'ils me retrouvent toujours. Je ne serais pas là si je n'avais pas élaboré des tactiques d'évasion à chaque fois. Je peux leur échapper encore.

— Est-ce que ça suppose que tu quittes le ranch ?

— Ce serait le mieux pour toi, murmura-t-elle.

Il admira son honnêteté, mais il n'avait aucune envie de la voir partir.

— Si tu continues à faire la même chose, tu obtiendras le même résultat, dit-il.

— Je sais, soupira-t-elle. Mais ça vaut aussi pour eux.

— On est presque arrivés au ranch. S'ils rentrent dans la propriété, on appelle Trey et je porte plainte pour intrusion.

— C'est une mauvaise tactique, Fox…

— Dis-moi qui ils sont.

— Celui qui a les lunettes de soleil s'appelle David. C'est l'aîné. Il est venu avec Saul, cette fois-ci. David est violent. Saul le calme, en général, mais il est rusé.

— C'est bon à savoir.

La camionnette le suivit sur les terres du ranch. Fox avança assez pour qu'il n'y ait aucun doute sur l'intrusion, puis il s'arrêta.

— Je vais leur parler, dit-il. De ton côté, appelle Trey et rentre à la maison.

— Il vaudrait mieux que ce soit moi qui leur parle, protesta-t-elle.

Mais sa voix tremblait. Elle avait besoin d'un allié.

— Va-t'en ! dit-il en sortant de la voiture. Rentre et occupe-toi de Bébé John.

— Mais…

— Va-t'en ! répéta-t-il.

Il claqua la portière et se dirigea vers la camionnette en espérant qu'elle lui obéirait.

Ses frères s'étaient arrêtés un peu plus loin. Au moins, ils ne semblaient pas vouloir lui rouler dessus.

Fox eut l'impression de remporter une première victoire quand il entendit Kelsey se mettre en route.

Il s'approcha de la portière du conducteur.

— Vous êtes perdus ? demanda-t-il à David, qui était un peu plus musclé que Saul.

— On sait très bien où on est, répondit Saul.

— Vous avez quelque chose qui nous appartient, dit David. On est venus le récupérer.

— Je ne vois pas de quoi vous parlez.

— La femme qui élève votre enfant est notre sœur ! aboya David.

— Du calme, intervint Saul avant de s'adresser à Fox. Vous ne devez pas connaître toute l'affaire.

Saul lui raconta une histoire à dormir debout dans laquelle Kelsey s'était fait enlever et laver le cerveau. Seul son prénom était fidèle à la réalité. Fox eut une folle envie de provoquer ces brutes, mais ils étaient deux et peut-être armés.

— C'est intéressant, dit-il quand Saul se tut. Par ailleurs, vous êtes sur une propriété privée. Allez-vous-en, s'il vous plaît.

Il tira son téléphone de sa poche.

— Je serai forcé d'appeler le shérif si vous refusez, ajouta-t-il.

— On veut juste que notre sœur rentre à la maison, répondit Saul. Elle nous manque.

— Je suis sûr qu'elle fait du bon boulot avec votre morveux, mais elle a des responsabilités familiales ailleurs, grommela David.

Fox eut envie de lui abattre son poing dans la figure pour avoir appelé Bébé John un *morveux*.

— Où Kelsey peut-elle vous joindre ? demanda-t-il.

Saul lui tendit la carte d'un motel bon marché aux abords de la ville.

— Il y a mon numéro derrière, précisa-t-il.

— Dites-lui d'appeler. Ce serait dommage qu'il y ait des dégâts dans une aussi jolie propriété, ajouta David.

— Est-ce une menace ? demanda Fox.

— Pas du tout, répondit Saul. On ne veut pas d'ennuis – juste notre sœur.

David remonta sa vitre et fit demi-tour en soulevant un nuage de poussière.

Fox regarda son téléphone et sourit. Il avait réussi à prendre des photos de leurs visages, de la camionnette et de la plaque d'immatriculation. Cela simplifierait le travail du shérif.

Kelsey ajusta le siège et se mit en route. Elle avait appelé le shérif pour signaler l'intrusion sans préciser qu'il s'agissait de ses frères.

Elle avait bien conscience que c'était lâche.

Quels mensonges débiteraient-ils à Fox ? Essaieraient-ils de le convaincre qu'elle était mariée ? Son père avait rédigé un contrat de mariage le jour de ses quatorze ans et prévu la cérémonie pour le week-end qui suivrait sa majorité.

On ne lui avait pas demandé son avis. Le contrat n'était valable qu'au sein de la communauté, mais cela ne la rassurait qu'à demi.

Ses frères avaient déjà réussi à la faire renvoyer plusieurs fois. Pendant sa première année de fac, ils avaient failli lui faire perdre sa bourse. Que serait-elle devenue si sa tante n'était pas intervenue ?

Elle se gara devant la maison les mains moites et les épaules crispées. Elle inspira profondément plusieurs fois pour surmonter son angoisse et s'éclaircir les idées.

La sécurité de Bébé John passait avant tout. Maintenant qu'elle connaissait bien le ranch, elle avait une idée précise du temps qu'il faudrait à Fox pour rentrer à pied. Elle emporta Bébé John dans sa chambre. Comme sa nervosité avait été contagieuse, elle dut le bercer un moment avant de pouvoir le coucher.

Fox n'était toujours pas là quand elle eut fini de

ranger les courses. Le cœur gros, elle verrouilla la porte et retourna dans la chambre.

Il valait mieux qu'elle fasse ses valises tout de suite. Elle avait confiance en Fox, mais elle n'arrivait pas à croire que la situation tourne en sa faveur. Ses frères étaient de grands manipulateurs.

Cet endroit et l'homme qui l'avait construit lui manqueraient terriblement. Il y avait d'autres lieux où elle pouvait être utile, mais elle ne trouverait jamais un aussi beau ranch ni un patron aussi sexy.

Bien sûr, elle ne tenait pas à ce que ses patrons soient sexy. Avec Fox, c'était la première fois – et sans doute la dernière – qu'elle avait mélangé ses vies professionnelle et personnelle.

Elle tressaillit quand on frappa à la porte, puis elle entendit Fox l'appeler. Elle courut lui ouvrir avant qu'il ne réveille Bébé John.

Fox l'attira dans ses bras et la couvrit de baisers.

— Que t'ont-ils dit ? balbutia-t-elle, confuse. Dois-je faire mes valises ?

— Seulement si tu veux les suivre, répondit-il.

— Certainement pas !

— Alors reste, dit-il avant de fermer la porte.

— C'est tout ?

Cela ne pouvait pas être aussi simple…

— J'aimerais que *tu* me racontes ton histoire – mais seulement si tu le veux.

Elle le lui devait bien.

— D'accord, murmura-t-elle.

Fox fit du café et lui en tendit une tasse.

— Si je pouvais, je vous emmènerais tous les deux loin d'ici dès ce soir, dit-il.

Elle en resta bouche bée pendant quelques instants.

— Tu ne peux pas ! protesta-t-elle. Toute ta vie est ici.

— Alors, si je ne peux pas partir, toi non plus, répondit-il. Tu fais partie de ma vie.

— Si tu as peur qu'ils reviennent…

— Je suis sûr qu'ils reviendront, la coupa-t-il.

— Rassure-toi : ils ne veulent que moi, reprit-elle. Ils ne feront pas de mal au bébé.

— Ça ne me rassure pas du tout. Ils m'ont l'air assez motivés pour se moquer des dommages collatéraux.

— Je suis désolée, murmura-t-elle.

— Explique-moi ce qui se passe, insista-t-il. J'ai prévenu le shérif et Wyatt, mais c'est toi qui les connais le mieux. Pourquoi te pourchassent-ils ?

— Pour de l'argent, répondit-elle en se massant le front. S'ils me ramènent, mon mariage les rendra riches.

Voilà. Le plus gros était sorti.

Fox pinça les lèvres.

— Mais tu m'as dit que tu avais fugué à quatorze ans…

— C'est le cas. Mes frères t'ont dit que j'avais été enlevée, n'est-ce pas ?

— Oui, confirma Fox. Une sacrée histoire…

— Quelques mois avant ma fugue, alors que je faisais des courses avec ma mère, je suis tombée sur une femme qui m'a paru vaguement familière, raconta-t-elle. C'était la sœur aînée de ma mère, que je n'avais pas vue depuis des années. Elle avait quitté la famille après la mort accidentelle de son mari. Son père a arrangé son deuxième mariage pendant les funérailles.

— C'est très indélicat, commenta Fox.

— Là où j'ai grandi, c'est tout à fait normal, répondit-elle en ayant bien conscience que c'était difficile à expliquer à ceux qui vivaient autrement. Tante Greta m'a dit qu'elle était tombée amoureuse de son mari. Ils n'avaient eu qu'une enfant – une petite fille – et l'homme que son père voulait lui faire épouser était bien plus âgé qu'elle. Les fillettes ne l'intéressaient pas. Elle s'est enfuie parce qu'elle a eu peur qu'on la sépare de sa fille. Quand elles sont parties, plus personne n'a prononcé leurs noms. C'était comme si elles n'avaient jamais existé. J'ai compris que tante Greta avait aidé plusieurs personnes qui voulaient quitter la communauté. Je suis allée la voir quand je me suis enfuie.

— Alors tout le monde ne se fait pas pourchasser…, dit Fox. Pourquoi tes frères tiennent-ils tant à te ramener ?

— À cause du mariage que mon père a négocié quand j'avais quatorze ans.

— Quatorze ans ? s'écria Fox en bondissant de son siège.

— Le mariage devait avoir lieu quand j'aurais atteint dix-huit ans. D'après ce que tante Greta m'a expliqué, c'est une affaire de mine. Un gros gisement s'étend sous les deux propriétés. Les deux familles doivent se mettre d'accord pour qu'il soit exploité.

— C'est pour ça que ton père a organisé ton mariage, conclut Fox. C'est épouvantable.

Elle hocha la tête.

— Mon père est mort il y a quelques années, mais le

contrat m'engage toujours aux yeux de la communauté et mes frères ont envie de devenir riches.

— C'est pour ça que tu es partie, dit-il en l'attirant dans ses bras.

— Non, avoua-t-elle. Je suis partie quand mon père m'a retirée du collège. Ce n'est même pas tout à fait vrai… Pendant quelque temps, un ami m'a apporté des livres et des exercices en cachette, mais on s'est fait prendre.

Elle ne s'aperçut qu'elle pleurait que lorsque Fox essuya l'une de ses larmes.

— On a été punis tous les deux, ajouta-t-elle.

— Qu'est-il arrivé à ton ami ? demanda Fox.

— Il est mort. Les anciens n'avaient pas l'intention de le tuer, mais il est mort des suites de ses blessures.

Fox grommela un juron.

— J'ai envoyé des photos de tes frères et de leur camionnette au shérif, dit-il. Ils ont menacé de s'en prendre au ranch.

Elle s'écarta de lui.

— Il faut que je m'en aille, déclara-t-elle. Ils me suivront et te laisseront tranquille.

— Tu ne t'en iras pas, répondit-il, les mâchoires crispées. Tu n'es plus seule.

— Je ne peux pas te demander…

— Tu ne m'as rien demandé, mais tu aurais peut-être dû, la coupa-t-il. Que feront-ils, à ton avis ?

— Ils essaieront de nous harceler, ils feront circuler des rumeurs sur mon compte et provoqueront peut-être des bagarres en ville… Saul a la tête sur les épaules.

Il empêchera David de faire quoi que ce soit d'assez grave pour qu'ils soient arrêtés.

Fox soupira.

— Très bien. Je vais dire à tous les employés du ranch de rester vigilants et de me prévenir s'ils voient quelque chose de louche.

— Je suis vraiment désolée, Fox…

— On ne choisit pas sa famille, grommela-t-il.

Ils entendirent Bébé John se réveiller par le babyphone.

— Je vais le chercher, dit-elle, soulagée d'avoir une pause.

— Je m'occupe du biberon, répondit Fox.

En donnant son biberon à Bébé John, elle répondit à quelques questions de Fox sur ses études et la manière dont elle s'était adaptée au monde réel. Il semblait essayer de ramener la conversation vers des sujets plus confortables, mais il y avait de l'inquiétude dans ses yeux.

— Je peux gérer mes frères, je t'assure, lui dit-elle après avoir fait roter le bébé.

— Ils te rendent nerveuse.

Elle n'essaya pas de le nier.

— C'est pour ça que j'ai appris à me défendre, répondit-elle.

Fox serra les poings.

— T'ont-ils déjà frappée ?

— Ils n'ont jamais réussi.

— Qu'est-ce qui pourrait les convaincre que la partie est perdue ? demanda Fox.

— Un mari ou une opération de chirurgie esthétique, plaisanta-t-elle pour essayer de détendre l'atmosphère.

Je contacte ma tante à intervalles réguliers et j'ai rédigé une déclaration sur l'honneur. Si elle reste sans nouvelles de moi, elle la présentera à la police pour qu'on me cherche dans la propriété familiale.

— Ils te laisseraient tranquille si tu te mariais ? demanda-t-il.

N'avait-il rien écouté ? Elle maîtrisait la situation. Elle posa Bébé John par terre et Fox s'assit en face de lui.

— Probablement, puisque ça invaliderait le contrat de mariage rédigé par mon père, répondit-elle.

— Je veux le numéro de téléphone de ta tante, dit Fox.

— Tu l'as déjà.

Il fronça les sourcils.

— Comment ça ?

— Il est dans mon dossier.

— Parce que tu as un dossier ?

— Je l'ai créé le jour de mon arrivée, répondit-elle avec fierté.

Quand Fox éclata de rire, le cœur de Kelsey fondit un peu plus.

Fox appréciait l'assurance de Kelsey, mais cela ne lui suffisait pas. Ses frères lui semblaient dangereux et l'appât du gain pouvait inciter les gens à faire des choses stupides.

La meilleure solution était évidente, mais il ne savait pas comment la convaincre de l'épouser. S'ils se mariaient, ils resteraient ensemble et elle serait en sécurité. Il voulait les deux.

Cela l'ennuyait de la laisser seule, mais il avait besoin

d'un avis extérieur et objectif. Bébé John était repu et content. Le moment paraissait bien choisi.

— Je sors, annonça-t-il. Je n'en ai pas pour longtemps. Ça ne te dérange pas ?

— Tout ira bien, répondit-elle.

— Je vais chez Wyatt, précisa-t-il. Appelle-moi si tu as besoin de quelque chose.

— C'est promis.

Il déposa un baiser sur sa joue et sortit. Il se retint de claquer la porte pour ne pas faire peur au bébé, mais il se vengea sur la portière de sa camionnette. Il s'était rarement senti aussi proche d'Harrison.

Bien sûr, il n'était pas furieux à cause d'*elle*. Elle n'avait pas choisi sa famille et elle ne contrôlait pas ses frères.

Mais n'aurait-elle pas dû lui en parler plus tôt ? Serait-il aussi inquiet si Bébé John n'était pas là ?

Il était un peu plus calme quand il arriva chez Wyatt. Il eut même la présence d'esprit d'envoyer un texto à son frère au lieu de sonner à la porte.

Celle-ci s'ouvrit quelques minutes plus tard et Wyatt sortit avec deux bières.

— Dure journée ? demanda-t-il en lui tendant l'une des bouteilles.

— Plus dure que les autres, reconnut Fox.

— Viens donc ici, dit Wyatt en s'installant sur la balancelle. Maintenant que je suis père, je me sens perdu dès que je ne suis plus en mouvement.

Fox s'assit à côté de son frère en se rendant compte qu'il avait pris l'habitude de se balancer, lui aussi.

— Est-ce que la paternité te faisait peur ? demanda-t-il.

— J'aurais été un imbécile si ça n'avait pas été le cas, répondit Wyatt. Mais j'ai eu des mois pour m'habituer à l'idée, pas toi. Comment t'en sors-tu ?

— Je ne l'ai pas encore frappé.

Wyatt donna un coup de pied dans sa botte.

— Et tu ne le feras pas, idiot, répondit-il. C'est toi le scientifique, mais je ne crois pas que ce genre de choses soit héréditaire.

Fox hésita à lui faire part de sa découverte.

— Les spécialistes de la question pensent que ça se transmet par l'exemple, dit-il.

— Alors je suis content que tu sois venu vivre avec nous, même si je sais que ta mère t'a toujours manqué.

Fox but une gorgée de bière.

— Je reconnais que Russ est très différent de mon père, répliqua-t-il.

— On ne peut pas lui reprocher de ne pas avoir subvenu à nos besoins, ironisa Wyatt.

— Mais à quel prix pour la famille ?

— On aura une vie plus équilibrée, puisque c'est ce qu'on veut.

— Tu as l'air bien sûr de toi, commenta Fox.

— C'est grâce à Bailey. Avoir une partenaire qui partage notre vision des choses rend tout plus facile.

— Même les nuits blanches ? plaisanta Fox.

— Même les nuits blanches.

Fox avait beau ne pas connaître Kelsey depuis longtemps, il voulait qu'elle devienne sa partenaire.

— Les deux hommes dont je t'ai parlé reviendront, soupira-t-il. Ce sont les frères de Kelsey et ils la harcèlent.

— Je serai vigilant. Sais-tu pourquoi ils la harcèlent ?

— Sa famille est pire que la nôtre, répondit-il. Elle a été élevée dans une communauté séparatiste. Elle s'est enfuie il y a longtemps, mais ses frères veulent la récupérer.

— Et que veut-elle ?

— Rester ici, répondit Fox. Travailler avec moi.

Wyatt pouffa.

— Allons ! Tout le monde sait qu'un bébé est un bon moyen d'attirer les femmes.

Peut-être celles qui n'avaient pas élevé tous leurs frères et sœurs…, songea Fox.

— Ce n'est pas ce que tu crois, se défendit-il.

— Ah oui ? insista Wyatt.

— La présence de Bébé John est provisoire, répondit Fox. Son père finira par le prendre en charge.

— Et s'il ne le fait pas ?

Fox grogna et alla s'accouder à la balustrade du perron.

— Pourquoi es-tu venu me voir ? demanda Wyatt.

— Je ne sais pas. Il y a une femme qui vit chez moi, qui s'occupe d'un bébé qui n'est pas le mien et je pense qu'elle a de gros ennuis.

— Crois-tu pouvoir l'aider ?

— Oui, répondit Fox en se demandant comment expliquer son problème à son frère. Quand je la vois avec le bébé, c'est…

— Facile ? suggéra Wyatt. Inconfortable ?

— Les deux. Je ne voulais pas de famille. Comment ça a pu changer aussi vite ?

Wyatt éclata de rire.

— Tu es un scientifique, répondit-il. Élabore une théorie… Formule des hypothèses…

— Ce n'est pas de la science, grommela Fox. C'est personnel. Comment y voir clair dans ce que je ressens ?

Pendant quelques secondes, on n'entendit plus que les grincements de la balancelle.

— Comment sais-tu quels chevaux croiser pour obtenir ce que tu veux ? finit par demander Wyatt.

— Grâce à la science.

— Et ? demanda patiemment Wyatt.

— L'instinct.

— Exactement. Fie-toi à ton instinct.

— C'est une personne, pas un cheval, rappela Fox à son frère.

Kelsey avait besoin d'un mari pour échapper à ses frères, mais il voulait l'épouser parce qu'il était amoureux d'elle.

Wyatt se leva et vint poser une main sur son épaule.

— Si seulement il existait une formule pour les humains…, soupira-t-il. Quand tu auras produit le cheval parfait, tu pourras la chercher.

— Ce n'est pas une mauvaise idée, grommela Fox. Merci pour la bière.

— Reviens quand tu veux, répondit son frère. On doit se serrer les coudes entre pères.

En était-il un ? Il en avait l'impression quand il était avec Kelsey et Bébé John. Pouvait-il la convaincre de franchir le pas avec lui ?

Kelsey essaya de ne pas accorder trop d'importance symbolique au départ de Fox, mais elle se sentait coupable.

Heureusement, la bonne humeur de Bébé John lui remonta le moral. Elle avait souvent ressenti de l'amertume en s'occupant d'enfants, mais pas cette fois. Bébé John ne lui procurait que de la joie.

C'était sans doute parce qu'elle était plus âgée et que sa carrière était en bonne voie. Elle ne se sentait plus piégée comme autrefois.

Malgré tous ses efforts pour les tenir à distance, ses souvenirs l'assaillirent pendant le bain de Bébé John. Sa mère demandait rarement de l'aide. Elle partait du principe que ses filles n'aspiraient qu'à apprendre à s'occuper d'une famille.

Pendant un temps, cela avait suffi à Kelsey. Elle ne savait pas qu'il y avait d'autres choses à désirer. Et puis son père l'avait empêchée d'aller au collège de plus en plus souvent… Sa vue se brouilla. Elle n'y retournerait pas, quoi que fassent ses frères.

— Pourquoi ne peuvent-ils pas l'accepter ? demanda-t-elle à Bébé John.

Le bain terminé, elle berça Bébé John un long moment dans le fauteuil à bascule avant de le mettre dans son berceau, puis elle erra dans la maison. Il ne lui semblait pas normal de se coucher ou de regarder un film dans ces circonstances. Que pouvait-elle faire en attendant le retour de Fox ?

Elle se changea et alla faire quelques étirements devant la cheminée. Le yoga l'aida à oublier un peu ses frères et à se souvenir de la personne qu'elle était devenue malgré son démarrage difficile dans la vie.

Elle ne fuirait pas, cette fois. Ses frères ne lui voleraient pas une heure de plus du bonheur qu'elle avait si durement gagné. Même si Fox en doutait, elle était capable de se défendre et de protéger le bébé.

Un bruit de moteur la fit tressaillir. Elle tendit l'oreille et reconnut le son de la camionnette de Fox.

— Kelsey ? appela-t-il en entrant.

— Je suis là !

Ils se rejoignirent dans la cuisine.

— As-tu mangé ? lui demanda-t-elle.

— Non.

— Ça peut s'arranger, dit-elle en lui souriant le plus normalement possible.

Alors qu'elle s'approchait du réfrigérateur, il enroula un bras autour de sa taille et l'attira contre lui. Le cœur de Kelsey s'affola aussitôt.

— Tu n'as pas à cuisiner pour moi, lui dit-il.

— Ça ne me dérange pas, répondit-elle sincèrement.

Auprès de lui, sa vie avait un sens. Préparer à manger pour Fox était un choix, un plaisir, pas une corvée qui lui revenait naturellement.

— Préfères-tu un sandwich chaud ou froid ? demanda-t-elle.

Il se pencha lentement vers elle. Elle eut l'impression d'attendre qu'il presse ses lèvres contre les siennes pendant une éternité. Quand il s'écarta d'elle, ils avaient tous les deux le souffle court.

Alors l'estomac de Fox gargouilla, ce qui les fit sourire. Elle prépara des sandwichs chauds au jambon et au fromage. En mangeant, ils parlèrent du bétail de Wyatt et des chevaux.

— Le bébé s'est endormi facilement ? finit par demander Fox.

— Oui.

— Et tu vas bien ? s'inquiéta-t-il.

— Oui. Tu n'as pas changé d'avis, j'espère ? Tu veux toujours que je reste ?

— Non, je n'ai pas changé d'avis, répondit-il avec assurance.

— Tant mieux, dit-elle en ayant l'impression que quelque chose lui échappait. Veux-tu un dessert ?

Il la fixa un long moment, puis il esquissa un sourire irrésistible. Il poussa leurs assiettes, fit le tour du comptoir et la souleva pour l'asseoir dessus. Quand il l'embrassa et glissa les mains sous son T-shirt, elle eut l'impression que l'univers retrouvait une parfaite harmonie.

12

Le lendemain, Fox essaya de mettre le conseil de Wyatt en pratique. Les yeux rivés sur son écran, qu'il voyait à peine, il ne songea qu'à Kelsey et au meilleur moyen de gérer ce qu'il ressentait pour elle.

Il ne pouvait pas être objectif. Tous ses raisonnements l'amenaient à la même conclusion : il l'aimait. Il connaissait l'amour familial et il avait découvert qu'il était prêt à risquer sa vie pour protéger Bébé John, mais ce que Kelsey lui inspirait était d'une autre nature. Il n'aurait pas imaginé que son cœur pouvait contenir autant de joie.

L'amour n'avait clairement rien à voir avec les liens génétiques ni la durée de la relation. Il dépendait plutôt de la *qualité* de la relation.

— As-tu trouvé quelque chose ? demanda Kelsey, qui jouait avec le bébé tout en lisant.

— Je ne sais pas encore, répondit-il.

Comment réagirait-elle s'il lui avouait franchement son amour et lui proposait sa solution pour la débarrasser de ses frères ? Comment la convaincre qu'il ne s'intéressait pas qu'au sexe et à un arrangement bien pratique pour lui ?

Elle n'avait pas évoqué ses sentiments non plus. S'il existait une règle concernant les premiers pas, il ne la connaissait pas – et ne ferait pas une recherche Internet sur le sujet alors qu'elle était à quelques pas de lui.

Il avait peur qu'elle ne se sente piégée s'il la demandait en mariage. Elle s'était donné tant de mal pour être indépendante…

Il savait que Wyatt lui dirait de prendre son courage à deux mains. Puisqu'elle était forte, elle méritait un homme qui supporterait d'être rejeté.

Mais pourquoi croirait-elle qu'il l'aimait alors que la situation était si déséquilibrée ? Et si elle ne voulait pas de lui ?

— Fox ?

— Oui ? répondit-il, ravi d'être arraché à ses réflexions.

— As-tu un autre marqueur ? demanda Kelsey. Le mien est sec.

Il fouilla dans son tiroir et lui en apporta un.

— Merci, dit-elle. J'ai enfin commencé les analyses des fausses couches de l'an dernier.

— Je suis content qu'on n'en ait pas encore cette année, répondit-il.

Cela ne durerait pas, mais c'était un bon début.

Grâce aux idées nouvelles de Kelsey, il avait déjà modifié deux projets. Qu'elle reste ou non, il la verrait encore pendant des années dans les poulains qui seraient les fruits de ces modifications.

Il se servit un café et la regarda jouer avec Bébé John un moment. Celui-ci s'assit et lui décocha un sourire satisfait.

Génial. Le bébé était plus doué que lui pour exprimer ses sentiments.

Dans un coin de son esprit, Fox les voyait flotter tous les trois sur un nuage de bonheur. S'il n'y prenait pas garde, il allait se mettre à chanter. Il n'était pas rationnel. Mieux valait qu'il attende de savoir ce qui arriverait à Bébé John avant de se lancer dans des déclarations.

Il se rassit à son bureau en ayant bien conscience de sa lâcheté. Il parlerait à Kelsey dès qu'il aurait trouvé les mots.

Assise par terre, Kelsey continua à annoter le document qu'elle lisait tout en jouant avec le bébé. Il commençait à fatiguer. Bientôt, elle l'emmènerait faire un tour dans l'écurie avant sa sieste. Elle avait découvert que passer un moment avec les chevaux l'aidait à mieux dormir.

— Kelsey ?

Elle tourna la tête vers Fox, qui avait rangé ses lunettes dans la poche de sa chemise.

— As-tu trouvé quelque chose ?

Il esquissa un sourire timide.

— Je ne sais pas trop comment m'y prendre, mais j'aimerais que tu m'écoutes, répondit-il.

L'estomac de Kelsey se noua. La renvoyait-il ? Ce devait être dans l'intérêt de ses frères. Elle représentait une menace pour leur famille.

Bébé John s'agita comme s'il sentait son angoisse.

— Je t'écoute, dit-elle en prenant le bébé sur ses genoux.

Fox s'éclaircit la voix et répondit :

— Tu es douée avec le bébé. J'aimerais que tu puisses être sa nounou à temps plein.

— Je ne comprends pas, balbutia-t-elle.

Était-il mécontent de son travail ? Avait-elle consacré des années à étudier pour se retrouver baby-sitter chez l'homme qu'elle admirait ? Elle ne pouvait pas faire cela. Elle ne pouvait pas renoncer à ses rêves – pas même pour Fox.

— Je me suis mal exprimé, dit-il.

Il s'approcha d'elle, lui prit le bébé pour le poser sur la couverture et la força à se lever.

— Tu es douée avec le bébé et encore plus dans ton travail d'assistante, reprit-il. Ça m'étonnerait qu'on trouve une nourrice aussi bonne que toi, mais on doit essayer. Je ne veux plus que tu partages ton temps entre deux emplois.

— Tu donnes la priorité à ma carrière ? s'étonna-t-elle.

— Oui, répondit-il. J'aurais dû le faire tout de suite.

— Et ce n'est pas parce… qu'on couche ensemble ? s'inquiéta-t-elle.

Il esquissa un sourire espiègle.

— Non, répondit-il en s'asseyant sur un coin de son bureau, les bras croisés. Alors, qu'en penses-tu ? Ce serait juste pour la journée. On peut s'occuper de lui le reste du temps.

La proposition la laissa bouche bée. Il dut mal interpréter son silence, parce qu'il ajouta :

— Tu es une excellente généticienne, Kelsey, et nous formons une bonne équipe.

Inévitablement, le compliment la fit rougir.

— Merci, balbutia-t-elle. Si c'est ce que tu veux, j'accepte avec joie.

Il l'attira dans ses bras et l'embrassa longuement. Les joues en feu, elle s'empressa d'emmener Bébé John en promenade.

Fox se félicita de ne pas avoir complètement raté la conversation et se remit au travail.

Il entendit un bruit de moteur auquel il ne prêta pas vraiment attention. Il y avait toujours des véhicules qui allaient et venaient dans le ranch.

En revanche, le cri qu'il entendit quelques secondes plus tard le fit bondir. Il fonça hors du bureau tout en appelant la police.

Les frères de Kelsey étaient-ils revenus ? Était-ce le Tueur de l'Avalanche ?

Il repéra d'abord la camionnette, garée près de l'écurie, puis il vit Kelsey.

Elle se battait contre deux hommes bien plus grands qu'elle – mais tout le monde était plus grand qu'elle.

Ses frères.

Pendant quelques instants, Fox resta hypnotisé par la rapidité et la précision des mouvements de Kelsey.

Malheureusement, David réussit à l'attraper et à la plaquer contre le mur de l'écurie.

— Tu rentres, grogna-t-il.

— Tu t'es assez amusée, dit Saul.

Fox entendit Bébé John pleurer dans l'écurie.

— Plus un geste ! cria Fox en se demandant pourquoi il n'avait pas pris son fusil plutôt que son téléphone. Le shérif est en route.

— On l'embarque, répondit David.

— Je ne la laisserai partir que si je l'entends dire que c'est ce qu'elle veut, répliqua Fox.

— Dis-le-lui ! ordonna David.

— Lâche-moi ! cria Kelsey.

Alors elle bougea si vite que Fox ne réussit pas à comprendre ce qu'il voyait. Quelques secondes plus tard, David tomba à genoux, le nez en sang et les mains sur ses parties génitales.

Quand Saul voulut intervenir, Fox s'élança et le plaqua au sol. Il n'avait pas les compétences de Kelsey, mais il s'était souvent bagarré avec ses frères. Il réussit à tordre les bras de Saul derrière son dos.

Quand Trey et son adjointe arrivèrent, Kelsey et lui avaient maîtrisé les deux brutes.

Le shérif les menotta tandis que Kelsey allait chercher le bébé dans l'écurie.

— Tu es une vraie guerrière, lui murmura-t-il à l'oreille quand elle revint. Le shérif a besoin de ta déposition.

Il lui prit Bébé John et l'écouta expliquer comment ses frères avaient interrompu sa promenade. Ils lui avaient laissé le temps de déposer le bébé dans l'écurie avant de l'entraîner vers la camionnette.

— Je leur ai échappé, j'ai couru dans cette direction et j'ai crié, expliqua-t-elle.

Fox n'était pas près d'oublier ce cri.

— Ils m'ont attaquée ensemble, cette fois, poursuivit-elle. Il y en a un qui reste au volant, d'habitude.

— Cette fois ? répéta le shérif. Combien de fois ont-ils essayé de vous enlever, au juste ?

— Trois fois ces deux dernières années, répondit Kelsey.

Trey fusilla les deux hommes menottés du regard.

— Dans cet État ? demanda-t-il.

— Non, répondit Kelsey. C'est leur première tentative dans le Colorado.

— Avez-vous porté plainte les fois précédentes ?

— Non. Je me suis enfuie.

Fox réprima un frisson. Il ne la laisserait pas s'enfuir, cette fois.

Furieux, Trey et son adjointe lurent leurs droits aux deux frères et les firent monter dans leur véhicule.

— Quelqu'un viendra chercher la camionnette, dit Trey à Fox.

— Merci, répondit Fox en serrant la main de son cousin.

Kelsey soupira. Elle devait être aussi soulagée que lui de voir ses frères arrêtés. Fox enroula un bras autour de ses épaules.

— Je t'accorde que tu sais te défendre, lui dit-il.

— J'ai apprécié les renforts, répondit-elle alors qu'ils regardaient la voiture du shérif s'éloigner.

Mais le talent de Kelsey pour le combat à mains nues importait peu. Elle avait neuf autres frères et sœurs qui pouvaient essayer de réaliser le rêve de la famille. Il ne voulait plus courir le moindre risque. Il l'entraîna vers la maison.

Sa décision était prise.

— Prépare un biberon pour Bébé John, lui dit-il. Je le lui donnerai pendant que tu feras tes valises et les siennes. On s'en va.

— Comment ça ? demanda-t-elle, les sourcils froncés.

— Je ne veux plus que le bébé et toi couriez le moindre risque.

— Je vais bien, Fox. Mes frères…

— Je ne veux plus que vous soyez en danger, la coupa-t-il.

Quand Bébé John eut son biberon, Fox envoya Kelsey faire les valises et sortit son téléphone. Il avait de nombreux coups de fil à passer s'il voulait organiser un mariage digne de la femme qu'il aimait.

Depuis sa cachette, il observa attentivement la scène qui se déroulait au ranch. Sa prochaine cible se défendait comme une tigresse. Elle lui offrirait un défi exceptionnel. Le shérif arriva et embarqua les deux hommes qui auraient pu déranger ses plans.

Il réfléchissait au meilleur moment pour attaquer quand il se rendit compte que Fox emmenait la femme et le bébé ailleurs.

À en juger par le nombre de bagages qu'ils chargèrent dans la camionnette, ils n'allaient pas au supermarché.

Il baissa ses jumelles et jura. Tout le temps qu'il avait passé à surveiller cette proie avait été perdu. Tant pis… Il avait une autre cible en vue.

13

— Où allons-nous ? demanda Kelsey en fixant le siège du bébé.

Fox n'avait pas arrêté de s'agiter ni de froncer les sourcils depuis qu'il avait déclaré qu'ils partaient.

— Las Vegas, répondit-il avec un grand sourire. On se marie.

Elle en resta bouche bée.

— Quoi ? balbutia-t-elle.

Fox ne s'était jamais montré impulsif ni tyrannique jusque-là.

— Épouse-moi, Kelsey, répondit-il. Ça résout tout.

Vraiment ? songea-t-elle.

En plus de manquer de finesse, cette demande en mariage lui posait de nombreux problèmes. À commencer par le fait qu'elle était amoureuse de lui.

Ce moment aurait été l'un des plus heureux de sa vie s'il l'avait aimée aussi, mais ce n'était pas la raison qui l'incitait à l'épouser. Il avait pris cette décision irrationnelle à cause de ses frères.

Il ferma la portière arrière et la poussa sur le siège du passager.

— Allez, Kelsey ! l'encouragea-t-il. On peaufinera les détails sur le trajet.

— Les détails ? répéta-t-elle, outragée. Mais qu'est-ce qui te prend ?

Elle n'avait même pas accepté sa proposition !

— Allons ! Ce sera amusant ! dit-il en se mettant au volant.

— Amusant ?

— Ou romantique, s'empressa-t-il d'ajouter. Tout ce que tu voudras. On se mariera comme tu en auras envie.

— À Las Vegas, dit-elle.

— C'est la meilleure solution pour faire vite. Y es-tu déjà allée ?

Elle ne voulait pas faire vite. Elle voulait être désirée. Elle avait décidé depuis longtemps qu'elle voulait être appréciée et considérée comme une égale par son partenaire.

— Une fois, avec des amis, pour un week-end, répondit-elle.

— On pourra y rester quelques jours pour en profiter, dit-il. Le mariage aura une certaine publicité, inévitablement, mais ça devrait calmer ta famille.

Elle n'arrivait pas à y croire. Épouser Fox Colton appartenait au monde qui s'évaporait quand le réveil sonnait.

— Y as-tu bien réfléchi ? demanda-t-elle. Cette situation est absurde. Le mariage est une chose sérieuse.

— Je suis tout à fait sérieux. Et je suis surpris que tu n'y aies pas pensé avant.

Pas une fois elle n'avait songé qu'un mariage pouvait résoudre son problème familial. Cela n'aurait pas été juste pour le faux mari. Elle devait le ramener à la raison.

— J'apprécie le geste, Fox, mais…

— Ce n'est pas un geste, c'est un mariage, la coupa-t-il. Tu m'as dit que ça découragerait tes frères.

— Oui.

Et elle le regrettait, à présent.

— Ce n'est pas une raison pour que tu te sacrifies, ajouta-t-elle.

— Je n'ai pas l'impression de me sacrifier, répondit-il en posant sa main sur la sienne. Je t'accorde que c'est soudain, mais on forme une bonne équipe. On s'apprécie, on se respecte et on est tout à fait compatibles.

Le sous-entendu la fit rougir.

— Dis-moi juste si c'est à cause des cadavres de ton placard ou du mien, demanda-t-elle.

— Les deux, reconnut-il. Ce mariage te protégera. Ce mariage te donnera la liberté de faire la carrière que tu veux sans craindre que tes frères ne viennent tout gâcher.

Elle secoua la tête.

— Mais toi ? s'inquiéta-t-elle.

Il devait avoir d'autres projets que d'épouser une assistante qu'il connaissait depuis quelques semaines.

— J'y gagne d'avoir la meilleure généticienne équine du pays pour femme le temps qu'elle voudra de moi, répondit-il.

Cela semblait horriblement froid et calculateur.

— Comptes-tu faire rédiger un contrat ou quelque chose comme ça ? demanda-t-elle.

— Pourquoi s'embêter avec ça ? Je pense qu'on

devrait rester mariés au moins un an, mais tu seras libre de faire ce que tu voudras.

Elle avait envie de le croire, mais ses horribles souvenirs d'enfance lui chuchotaient que c'était un piège.

Alors elle jeta un coup d'œil par-dessus son épaule et le sourire de Bébé John eut raison de ses dernières réticences.

— Très bien, soupira-t-elle. Un vrai mariage grâce auquel je serai reniée par ma famille…

— Et libre de faire ce que tu veux, répéta-t-il en lui décochant un clin d'œil.

Il était vrai que cela rendrait caduque le contrat qu'elle avait passé la moitié de sa vie à fuir. Ses frères n'auraient plus de raison de la pourchasser.

Si Fox savait dans quoi il s'engageait autant qu'il en avait l'air, elle aurait été stupide de le faire changer d'avis – même s'il n'était pas amoureux d'elle.

Ils se retrouvèrent dans le tourbillon de couleurs et de paillettes de Las Vegas. Comme Fox n'avait pas pu emmener Kelsey à Paris, il avait essayé de s'en rapprocher en louant une suite à l'hôtel Le Paris. Il devait avouer qu'il n'aurait jamais imaginé qu'il se marierait dans ce temple des illusions qu'était Las Vegas.

Pour être honnête, il n'avait jamais vraiment songé au mariage. Il savait que les Colton attendaient de lui qu'il fonde une famille, mais il comptait retarder ce moment le plus longtemps possible.

À présent, ce qu'il voulait par-dessus tout, c'était que Kelsey apprécie son séjour. L'hôtel les avait mis en relation avec une organisatrice de mariages et une agence de baby-sitting extrêmement compétentes.

Il voulait protéger Kelsey, la sauver – même s'il avait plutôt l'impression que c'était elle qui l'avait sauvé. Comment aurait-il traversé ces dernières semaines sans elle ?

Kelsey le rejoignit sur le balcon de leur suite et glissa un bras autour de sa taille.

— As-tu des doutes ? demanda-t-elle.

— Aucun, répondit-il. Je veux que tu ne vives plus jamais dans la peur.

— Comptes-tu ajouter ça aux vœux ? plaisanta-t-elle.

— Je sais que ce n'est pas très romantique, mais c'est sincère.

Quand il contempla son beau visage et son sourire chaleureux, il eut l'impression d'être l'homme le plus chanceux du monde.

— Et n'est-ce pas sous-entendu par les vœux traditionnels d'aimer, d'honorer et de chérir ? ajouta-t-il.

— Chérir ? répéta-t-elle.

— J'ai dit une bêtise ? s'inquiéta-t-il en voyant ses yeux s'emplir de larmes.

— Non, répondit-elle en se blottissant contre lui. C'est juste que j'ai toujours entendu *obéir*. Là d'où je viens, c'était le plus important. Je connais assez le monde extérieur pour savoir qu'il y a d'autres options, mais c'était resté gravé dans mon esprit.

Il se rendit brusquement compte qu'elle lui avait accordé une confiance immense en acceptant ce mariage.

— Qu'il soit précipité ou non, ce mariage est pour toi, lui assura-t-il. Il ne contiendra pas un mot, pas une chanson, pas une fleur qui te déplairaient…

— Je suis idiote, c'est tout, murmura-t-elle contre sa chemise.

— Tu ne l'es pas, lui assura-t-il.

Il avait désespérément envie de lui dire à quel point la cérémonie serait réelle pour lui, mais ce serait bien trop égoïste. Comment aurait-il pu l'entraver par ses sentiments au moment même où il lui donnait la liberté ? Grâce à ce mariage, elle pourrait faire la carrière qu'elle voudrait et trouver l'homme qu'elle aurait envie de chérir jusqu'à la fin de ses jours. Sa vie lui appartiendrait enfin… Mais il aurait donné n'importe quoi pour être cet homme.

Elle releva la tête et l'embrassa avec tendresse.

Ils entendirent Bébé John et la baby-sitter rire dans la pièce voisine.

— Bébé John est vraiment doué pour se faire des amis, commenta Kelsey contre ses lèvres.

— On dirait.

Il consulta sa montre et entraîna Kelsey dans le salon de leur suite. L'organisatrice de mariage devait arriver d'une minute à l'autre.

— Prête à peaufiner les détails ? demanda-t-il.

Kelsey lui décocha un grand sourire.

— Absolument. Je ne sais pas comment tu t'es débrouillé, mais j'ai tous les avantages d'un vrai mariage sans les angoisses dont souffrent la plupart des femmes. Je me sens déjà chérie, plaisanta-t-elle.

— Tu l'es, répondit-il.

Et lui ne plaisantait pas.

Au moins, il pourrait lui dire qu'il l'aimait pendant la cérémonie, le lendemain. Il faudrait que cela lui suffise pour le moment. Il tira de sa poche la bague de fiançailles qu'il avait choisie pour elle. Le diamant n'était pas énorme, mais il était joliment taillé et entouré de rubis.

Il montra la bague à Kelsey en haussant un sourcil.

— Fox ! s'écria-t-elle.

Lui plaisait-elle ? S'était-il trompé ?

— Je tiens vraiment à ce que tu aies le dernier mot sur tout, lui dit-il. Si elle ne te plaît pas, tu en choisiras une autre.

— C'est trop…, balbutia-t-elle. Quand l'as-tu achetée ?

— Je suis allé chez un bijoutier pendant que tu avais le dos tourné, répondit-il.

Dès qu'il avait vu cette bague, il l'avait imaginée au doigt de Kelsey.

— Il faudra peut-être l'ajuster, ajouta-t-il.

— Elle est magnifique, Fox, dit Kelsey en tendant enfin une main tremblante.

Ses mains tremblaient aussi lorsqu'il glissa la bague à son doigt.

Je t'aime et je t'aimerai toujours, songea-t-il en s'interdisant de prononcer ces mots.

— Elle est parfaite, dit Kelsey.

Elle l'admira à la lumière pendant quelques secondes, puis lui sauta au cou pour couvrir son visage de baisers.

Cela eut raison de ses doutes – au moins en ce qui concernait la bague.

Quand sa vie était-elle devenue un conte de fées ? se demanda Kelsey. Elle baignait dans le luxe avec son héros personnel, qui ne semblait pas avoir conscience de ce qu'elle ressentait pour lui ni de l'importance de ce qu'il faisait pour elle. Dans quelques heures, elle serait délivrée de son passé grâce à lui.

C'était vraiment le monde qu'il lui offrait par ce mariage insensé.

Après avoir choisi sa robe, elle alla dans la chambre avec l'organisatrice pour l'essayer et relever les ajustements à faire. Quand elle revint dans le salon, Fox et Bébé John regardaient des photos de bouquets.

Le cœur de Kelsey se serra. Comment pouvait-elle être à la fois aussi heureuse et aussi déstabilisée ? Pouvait-elle se contenter du respect et de l'affection de l'homme dont elle était follement amoureuse ?

Mais il était trop tard pour reculer. Ce qu'elle éprouvait pour Fox importait peu. Elle avait besoin de ce mariage pour échapper à sa famille.

— Kelsey ?

Elle se força à sourire.

— La robe te coupera le souffle, lui dit-elle. Merci.

— J'ai hâte de la voir, répondit-il. As-tu une fleur préférée ?

— Qu'est-ce qui est de saison ? demanda-t-elle.

— On est à Las Vegas. Tout ce que tu veux est de saison.

Il lui tendit le catalogue.

Après avoir choisi les fleurs, ils s'accordèrent sur un gâteau, puis l'organisatrice les quitta. Au moins, c'était un bon entraînement s'ils devaient préparer une réception pour les Colton une fois rentrés à Roaring Springs, songea Kelsey.

Ils laissèrent Bébé John avec la baby-sitter et sortirent dîner, puis assister à un match de hockey. Kelsey ne se rappelait pas s'être jamais sentie aussi détendue. En compagnie de Fox, sans inquiétude concernant Bébé John et à des centaines de kilomètres de toute menace, elle goûtait pleinement à la liberté pour la toute première fois.

Mais, dès la première pause du match, Fox et elle s'avouèrent que Bébé John leur manquait. Ils rirent d'eux-mêmes, rentrèrent et passèrent plusieurs minutes dans la chambre du bébé à le regarder dormir.

— Merci, murmura-t-elle quand ils regagnèrent le salon.

— Tu n'arrêtes pas de me remercier, mais je t'assure que tu as fait plus pour moi que je n'ai fait pour toi, répondit Fox.

Il la regarda avec tant de tendresse que le cœur de Kelsey manqua un battement. S'il était arrivé à son père de regarder sa mère de cette manière, elle n'en avait jamais été témoin.

— Et si on allait se coucher ? suggéra-t-elle.

— Ça ne porte pas malheur ? murmura-t-il avant de se pencher pour déposer un baiser sur sa gorge.

— Le bonheur ne dépend que de nous, répondit-elle.

Il la prit dans ses bras et l'emporta dans leur chambre, où ils firent passer la lune de miel avant la cérémonie.

Le lendemain, Kelsey fut réveillée par les babillages joyeux de Bébé John dans le babyphone.

Elle se retourna pour se blottir dans les bras de Fox, mais elle trouva le lit vide.

C'était le jour de son mariage. Même si la méthode était insensée, elle quitterait Las Vegas en tant que

Mme Fox Colton. Elle se laissa enivrer par cette idée pendant quelques instants.

— C'est le jour de mon mariage, John, entendit-elle Fox dire dans le babyphone. Je suis l'homme le plus chanceux du monde. Elle est belle, intelligente, attentionnée… Crois-tu qu'elle aimerait que tu te joignes à nous tout à l'heure ?

Oui ! songea Kelsey.

Cela ferait des photos de mariage amusantes à commenter.

Elle n'entendit pas ce que Fox dit ensuite en emportant Bébé John dans la cuisine pour son premier biberon.

Qu'il était difficile de ne pas avouer à Fox qu'elle était tombée follement amoureuse de lui et de Bébé John… Mais ils ne formaient pas vraiment une famille et Mason pouvait toujours réclamer la garde de Bébé John.

Comment réagirait Fox s'il le faisait ? Elle savait qu'il s'était attaché au bébé, lui aussi.

Elle se doucha et enfila un jean et un T-shirt.

Bébé John lui décocha un grand sourire quand elle entra dans la cuisine.

— Bonjour, toi ! dit-elle en déposant un baiser sur sa tête.

Fox se tourna vers elle.

— Bonjour ! Comment te sens-tu ?

— En manque de caféine, répondit-elle alors qu'il était déjà en train de lui servir un café. Merci de m'avoir laissée dormir. On a plus d'entraînement que la plupart des couples, bien sûr, mais je crois qu'on est au point pour la routine du matin.

— Presque, répondit-il en donnant une cuillerée de céréales à Bébé John.

— Qu'est-ce que j'ai oublié ?

— Moi, répondit-il en se tapotant la joue.

Elle se leva pour y déposer un baiser et lui prit la cuillère.

— Va te doucher, lui ordonna-t-elle.

Elle fit manger ses céréales à Bébé John le cœur empli de joie. Même le jour de son mariage, s'occuper de lui ne lui inspirait pas la moindre amertume.

— C'est peut-être la maturité, dit-elle au bébé. Ou la qualité de la compagnie…

Toutes les femmes éprouvaient-elles ce mélange d'espoir et de nostalgie le jour de leur mariage ? Mais la mariée d'une union arrangée devait sans doute se concentrer sur le fait de bien jouer son rôle – surtout si elle n'avait pas le courage d'avouer ses sentiments à son mari.

Fox se tenait devant l'autel avec le pasteur qu'il avait rencontré la veille. L'homme, qui ressemblait au Père Noël avec ses cheveux blancs et ses joues rouges, plaisantait volontiers et l'aidait à rester calme.

Alors Kelsey apparut et Fox eut l'impression que le temps s'était arrêté.

La robe qu'elle avait choisie laissait ses épaules nues et épousait gracieusement ses courbes. Comme Kelsey le lui avait promis, elle lui coupa le souffle. Ses cheveux avaient été relevés en une masse de boucles parsemées de perles.

Il faillit quitter sa place pour marcher vers elle comme un papillon attiré par une flamme.

Chaque pas qu'elle fit dans sa direction emplit son cœur de joie. Quand elle entendit Bébé John babiller sur les genoux de la baby-sitter, elle tourna la tête vers lui et s'aperçut qu'il portait le même smoking que Fox.

— Vous formez une bien jolie paire, dit-elle en le rejoignant.

La cérémonie commença. Ils jurèrent de s'aimer, de s'honorer et de se chérir. Fox mit tout son cœur dans ses vœux et il eut l'impression que Kelsey pensait chacun des mots qu'elle prononça.

Alors le pasteur les déclara mari et femme et l'invita à embrasser la mariée. En pressant ses lèvres contre celles de Kelsey, il essaya de lui faire sentir toutes les promesses qu'il avait l'intention de tenir.

Alors ils furent officiellement mariés. Fox prit Bébé John dans ses bras pour quelques photos en se demandant combien de temps Kelsey lui accorderait avant de jouir de sa liberté.

D'un bout à l'autre, elle joua son rôle à la perfection et il s'efforça de l'imiter, même si l'idée qu'elle finirait par sortir de sa vie lui brisait le cœur par avance.

14

Quand ils montèrent dans l'avion, le lendemain du mariage, Kelsey sentait que quelque chose n'allait pas. Fox était de plus en plus distant.

Elle lutta contre la panique qui la gagnait. Avait-il des regrets ? Mais elle n'avait pas douté de sa sincérité quand il avait prononcé ses vœux.

Elle ne savait pas comment gérer la contradiction entre la joie dont elle débordait encore et sa part sceptique qui lui soufflait que ce bonheur lui serait arraché.

— As-tu eu des nouvelles de Mason ? demanda-t-elle lorsqu'une autre explication possible de son humeur lui vint à l'esprit.

— Pas encore, répondit-il sans lever les yeux de son téléphone.

— Est-ce que j'ai fait quelque chose de mal ? demanda-t-elle, ce qui la fit grimacer parce qu'elle entendit l'écho de la voix de sa mère dans la sienne.

Fox releva la tête, posa son téléphone et lui prit la main.

— Bien sûr que non, dit-il. Tu es parfaite.

— Nous savons tous les deux que c'est faux.

— J'espère que tu m'autoriseras à ne pas être d'accord. Pourquoi me demandes-tu ça ?

— Tu es particulièrement calme depuis le mariage – et pas de la même manière que d'habitude.

— Je préférerais qu'on ait cette conversation quand on sera rentrés, répondit-il. En privé.

Elle réprima ses larmes en repensant à toutes les fois où son père avait prononcé ces mots. Mais Fox n'était pas son père, se répéta-t-elle.

— Kelsey ? s'inquiéta Fox. Que se passe-t-il ? Parle-moi !

— Je préférerais que tu parles le premier, répondit-elle en espérant que cela lui laisserait le temps de se ressaisir.

— Ici ?

Elle hocha la tête.

— Oui.

— Très bien.

Il soupira et laissa son regard se perdre dans le vide.

— Je n'arrête pas de me demander quand tu t'en iras, dit-il.

— Tu veux que je m'en aille ?

— Bien sûr.

Le cœur de Kelsey se serra alors que cela aurait dû lui faire plaisir. C'était la raison pour laquelle ils s'étaient mariés, après tout. Comment une jolie bague, des mots et quelques photos avaient-ils pu changer entièrement sa vision du monde ?

— Tu ne peux pas rester mon assistante pour toujours, ajouta-t-il.

Non, je suis ta femme ! eut-elle envie de répondre.

L'épouser semblait lui avoir fait perdre sa soif de l'inconnu. Elle n'avait plus envie d'aller ailleurs.

— Il y a tant de choses que tu veux faire et apprendre…, dit-il.

C'était vrai, mais elle aurait aimé pouvoir le faire en restant sa femme.

Et en élevant ses enfants, songea-t-elle en caressant la tête de Bébé John, qui dormait dans ses bras. Elle n'en revenait pas d'avoir ce désir, mais elle sentait que rien n'aurait pu la rendre plus heureuse.

— Mais on n'est pas obligés de fixer une date dès maintenant, poursuivit Fox en pressant ses doigts.

Cela la soulagea un peu.

— Je veux juste que tu puisses réaliser tes rêves, conclut-il avant de déposer un baiser sur sa tempe.

Ses rêves l'avaient menée à *lui*.

— Je ne m'attendais pas à être aussi bouleversée, admit-elle.

Sa main dans celle de Fox et Bébé John sur les genoux, elle essaya de se détendre. Fox avait raison. C'était une conversation qu'ils devaient avoir en privé.

Fox était hanté par la réaction que Kelsey avait eue dans l'avion. Des souvenirs de son passé devaient l'avoir submergée. Il était mieux placé que quiconque pour savoir que les traumatismes avaient des effets durables.

Il ne voulait pas forcer Kelsey à rester auprès de lui, mais il se rendait bien compte que le fait de garder ses sentiments pour lui le plongeait dans une humeur maussade qui inquiétait Kelsey. Il devait trouver le courage de parler. Comment pouvait-il attendre d'elle qu'elle prenne une décision alors qu'elle n'avait pas tous les éléments en main ?

Et l'amour qu'elle lui inspirait était un fait irréfutable.

Pendant que Kelsey couchait Bébé John, il consulta ses mails, puis écouta le message qu'on avait laissé sur son répondeur.

— Fox ? C'est Mason. Je ne peux pas m'occuper du gamin. Avoir une famille était le rêve d'Elaine. Je signerai une déclaration d'abandon et tu feras ce que tu voudras du bébé.

Fox regarda le répondeur un long moment après avoir écouté le message.

— Heureusement que Bébé John n'entendra jamais ça, commenta Kelsey.

Fox tressaillit.

— Oui, répondit-il en se tournant vers elle. Je ne t'avais pas entendue entrer dans la pièce. Comment va-t-il ?

— Il dort comme un loir, répondit-elle avant de brandir son téléphone. On est rentrés avant que la nouvelle soit rendue publique.

— Tu imagines la réaction de ta famille ? devina-t-il à son sourire espiègle.

— Oui. Je ne te remercierai jamais assez. Je suis tellement soulagée !

Le moment était venu de jouer le tout pour le tout. Il s'approcha lentement d'elle et enroula les bras autour de sa taille.

— Je t'aime, Kelsey Lauder Colton, déclara-t-il. Que tu sois ma femme pendant un an ou pour toujours, ça ne changera jamais.

— Fox…, murmura-t-elle.

Il la fit taire en l'embrassant. Il avait besoin de tout sortir d'un coup.

— Tu as entendu le message de Mason, poursuivit-il.

Puisqu'il ne veut pas être le père de Bébé John, j'ai l'intention de l'adopter. Ce que j'aimerais par-dessus tout, c'est qu'on forme une vraie famille, mais c'est seulement ce que je veux, moi. À mes yeux, t'aimer implique de te laisser ouvrir tes ailes. Je ne te retiendrai pas. Si tu n'as pas envie de…

Il laissa sa phrase en suspens lorsqu'il vit les yeux de Kelsey s'emplir de larmes, mais son sourire lui donna de l'espoir.

— Moi aussi, je t'aime, Fox Colton, répondit-elle en posant la tête au creux de son cou. Tous mes rêves se sont réalisés auprès de toi, ces dernières semaines.

— Alors tu es d'accord pour que ce soit un vrai mariage ?

— Et une vraie famille avec le petit garçon qui dort à côté.

— Tu ne le regretteras pas, promit-il.

— J'en suis certaine, mon amour, répondit-elle avant de relever la tête pour presser ses lèvres contre les siennes.

Enfin, ils avaient tous les deux une famille à chérir et sur laquelle ils pouvaient compter. Ensemble, ils deviendraient plus forts de jour en jour. L'amour était l'ingrédient mystérieux qui guérissait les blessures et permettait aux rêves de se réaliser.

Le cœur empli de joie, il souleva Kelsey et l'emporta dans la chambre pour qu'ils passent leur première nuit chez *eux*, comme mari et femme.

JANICE KAY JOHNSON

L'imprudente cavale

Traduction française de
CAROLE PAUWELS

BLACK ROSE

HARLEQUIN

Titre original :
BRACE FOR IMPACT

1

— Ça ?

Maddy Kane eut un mouvement de recul, tel un cheval apercevant un serpent à sonnette au milieu du chemin.

Ses pieds disaient : « Euh, je ne crois pas, non. Pas question. » Le reste de son corps était du même avis.

— On va voler dans ça ?

Elle avait vaguement remarqué, en passant à proximité en voiture, que l'aérodrome était minuscule, avec une seule piste et quelques hangars au bord de Curlew Lake.

Étonnamment, elle n'en avait pas déduit que l'avion le serait aussi.

Cela faisait un an qu'elle vivait dans la petite ville de Republic, à l'est de l'État de Washington, et elle ne s'attendait évidemment pas à un Boeing 767.

Mais ce Cessna ne semblait pas beaucoup plus gros que cet effrayant ULM qu'elle avait vu un jour survoler un champ de tulipes, dans un vrombissement de moteur qui n'était pas sans évoquer une tondeuse à gazon, avec le pilote assis sur une sorte de chaise fixée entre les ailes.

Au moins, cet avion avait une cabine.

L'homme qui se tenait à côté d'elle éclata de rire, et de petites rides se dessinèrent au coin de ses yeux.

Membre des US Marshals, Scott Rankin avait été son référent durant cette période tourmentée. Pour tout dire, son point d'ancrage dans la tempête.

Être témoin d'un meurtre avait été une expérience terrifiante, mais elle était loin d'imaginer les conséquences de l'appel qu'elle avait passé à la police.

Cela faisait maintenant douze mois qu'elle n'avait parlé ni à ses parents, ni à sa sœur, ni à ses amis, ni à l'homme avec qui elle sortait. A priori, le cabinet d'avocats qui l'employait devait lui conserver son emploi, mais elle avait des doutes.

Un an, ce n'était rien, mais elle commençait à se sentir des affinités avec le personnage de Rip Van Winkle, plongé dans le sommeil pendant vingt ans.

Heureusement, elle avait pu compter sur Scott Rankin durant tous ces mois, s'accrochant à l'idée qu'il lui suffisait de lui téléphoner pour qu'il lui vienne en aide.

À cinquante-cinq ans, ses cheveux grisonnaient mais il avait toujours une musculature impressionnante, et il se dégageait de lui une joie de vivre et un optimisme communicatif. Jeune grand-père, il lui avait montré des photos de sa femme, de ses enfants déjà adultes, et bien sûr de sa petite-fille tout juste née, dont il était fou. Il l'avait prise sous son aile, la considérant quasiment comme sa fille, et elle s'était efforcée de ne pas rechigner devant les arrangements qu'il prenait.

Jusqu'à aujourd'hui.

Comment pouvait-il penser qu'il s'agissait du moyen le plus sûr de la conduire à Seattle, où elle devait témoigner lors d'un procès décisif, qui devait se tenir dans dix jours ?

Évidemment, il n'était pas question de prendre un vol commercial mais, jusqu'à ce que Rankin frappe à sa porte ce matin, elle était persuadée qu'ils voyageraient par la route. À ce moment-là, il avait annoncé d'un ton guilleret : « Non, on va prendre l'avion. »

Maddy avait imaginé au minimum un bimoteur capable de transporter une vingtaine de passagers. D'autant qu'une chaîne de montagnes séparait l'est et l'ouest de l'État de Washington. Une chaîne de montagnes vraiment impressionnante !

Elle était encore penchée dans l'habitacle de la voiture pour récupérer son sac, que Rankin traversait le tarmac.

— Venez, dit-il, par-dessus son épaule. On va s'amuser.

Oh ! Seigneur !

Pendant une minute, elle resta là, à respirer trop fort, jusqu'à ce qu'elle comprenne qu'elle n'avait pas d'autre choix.

À contrecœur, elle le rejoignit, en traînant les pieds.

Un homme grand et maigre faisait le tour du Cessna, effectuant ce qu'elle supposait être une dernière inspection.

Ça aurait dû la rassurer. Ça voulait dire qu'il était consciencieux, non ?

— Je n'aime pas vraiment l'altitude, marmonna-t-elle, dans le dos de Rankin.

Le pilote se redressa. Il lui semblait vaguement

familier, comme tous les locaux. Toutefois, elle ne se souvenait pas d'avoir jamais entendu son nom.

— C'est le temps idéal pour voler, affirma-t-il.

Mais bien sûr.

Dans cette partie de l'État, toutes les journées étaient chaudes et ensoleillées dès le début juillet. Cela ne voulait pas dire pour autant qu'il n'y aurait pas d'orage au-dessus des Cascades. Un éclair de chaleur en altitude, et cette petite boîte de conserve volerait en éclats.

— Vous aurez une vue imprenable sur les Cascades.

Le ton du pilote débordait d'enthousiasme, comme s'il n'avait pas remarqué à quel point elle doutait.

— Vous pourrez vous prendre pour un oiseau.

Maddy redressa les épaules.

Elle n'avait pas de moyen d'y échapper.

Et franchement, qu'avait-elle à craindre ?

Ce n'était rien en comparaison des dix minutes qu'elle avait passées dans les toilettes, à quelques mètres du tueur à gages qui venait d'abattre sa toute nouvelle cliente.

Ce n'était rien du tout.

Des tas de gens voyageaient dans ce genre d'avions. Certains adoraient ça.

Le pilote se présenta, tandis qu'ils échangeaient une poignée de main.

— Bill Potter. Vous devez être Cassie Davis. Je crois que je vous ai déjà vue quelque part. Et vous êtes monsieur Rankin, je suppose.

— C'est exact, répondit le marshal. Comme je vous l'ai dit, Cassie est ma nièce. Vous excuserez son anxiété. J'ai attendu la dernière minute pour lui dire que nous prendrions l'avion. Je voulais lui faire une surprise, mais elle vient de me dire qu'elle aurait préféré y aller en voiture.

Jusqu'à ce qu'elle se présente au tribunal, elle continuerait à endosser l'identité de Cassie Davis, bibliothécaire et divorcée, au lieu d'être Madeline Kane, avocate et célibataire.

Théoriquement, « oncle » Scott et elle se rendaient à une réunion familiale à Everett, une ville située à une demi-heure seulement au nord de Seattle. Elle n'avait pas demandé où ils séjourneraient. Tout ce qu'elle savait, c'était que Rankin avait l'intention de la tenir éloignée du tribunal jusqu'à la dernière minute.

Elle avait réussi à se cacher pendant un an. Il ne lui restait plus maintenant qu'à se maintenir en vie quelques jours encore.

Le pilote abaissa le large rideau métallique du hangar et le verrouilla. Puis il chargea les sacs de voyage à l'arrière de l'appareil et demanda à Maddy de s'asseoir au fond. Rankin prit place à l'avant, à côté de lui.

— Il faut équilibrer la charge, expliqua-t-il.

Soit il était doué pour donner le change, soit il souffrait de bonne humeur chronique.

Ou alors, allez savoir, il adorait piloter cet avion et se faisait une joie de ce voyage.

Et elle n'était décidément qu'une râleuse.

Alors, elle lui sourit tandis qu'elle se glissait sur le siège et bouclait sa ceinture, conformément aux instructions.

— C'est un Cessna Skyhawk, expliqua Bill. Un des avions les plus sûrs qui existent.

Il ajouta que cela faisait trente ans et quelques qu'il donnait des leçons de pilotage sur ce genre de modèles, tout en proposant également des vols charters.

Elle tint sa ceinture d'une main et s'agrippa de l'autre au siège, tandis que l'avion prenait de la vitesse sur la piste, avant de décoller.

Malgré la nausée qui menaçait de l'envahir, Maddy s'obligea à regarder la ville de Republic en contrebas. Tout le monde avait été très gentil avec elle ici.

Ce n'était pas leur faute si elle se sentait aussi seule.

En vivant sous un nom d'emprunt, elle ne pouvait être honnête avec personne à propos de qui elle était vraiment, ou de la vie qu'elle avait vécue. Cela voulait dire être amicale sans jamais se faire vraiment des amis. Malgré tout, à mesure que le temps passait, elle avait fini par se sentir en sécurité.

En revanche, elle commençait à paniquer à l'idée d'entrer dans ce tribunal. Ce serait un peu comme si elle allait affronter un grizzli blessé.

— Ça va, derrière ?

Rankin avait pivoté sur son siège, mais il dut malgré tout élever la voix pour couvrir le bruit du moteur.

Maddy se força à sourire.

— Très bien.

Et peut-être était-ce vrai…

Maintenant que l'avion avait pris de l'altitude, elle se sentait moins anxieuse. Si elle ne regardait pas par le hublot, il lui suffisait de prétendre qu'elle se trouvait dans un bus, et tout irait bien.

Finalement, Maddy passa la première demi-heure à ruminer à propos du procès à venir et du laps de temps qui le séparait du suivant.

Rankin n'avait pas parlé de ces prochaines semaines, sauf pour dire qu'elle ne retournerait pas à Republic.

Il allait sans dire qu'elle ne pouvait pas non plus reprendre son ancienne vie tant que le tueur à gages et le juge à la Cour suprême qui l'avait engagé n'auraient pas été condamnés tous les deux.

La première chose consistait à être « coachée » par les procureurs. Comme si elle n'avait pas préparé son lot de témoins en vue d'un procès ! Il était vrai, néanmoins, qu'elle n'était plus dans la peau d'une avocate, et cela faisait toute la différence.

Le ronronnement du moteur finit par la faire sombrer dans une légère somnolence qui lui fit momentanément oublier les ennuis à venir.

Le pilote cria par-dessus son épaule pour lui apprendre qu'ils volaient au-dessus de la forêt nationale d'Okanogan et surplomberaient bientôt Pasayten Wilderness.

Se souvenant d'avoir lu qu'il s'agissait d'une zone naturelle protégée, située au nord de la chaîne des Cascades, et traversée par trois bras de rivière, Maddy regarda par le hublot. Les collines couvertes d'armoise et de genévrier avaient fait place à une forêt de pins de Murray et de pins ponderosa.

Elle ouvrit de grands yeux en découvrant au loin les premiers pics enneigés.

Bill les nomma un à un, à mesure qu'ils approchaient : Mount Carru, Blackcap Peak, Robinson Mountain.

Maddy pressa le nez contre le hublot pour mieux

voir. Elle n'en revenait pas de la quantité de neige, pour un mois de juillet.

Sa stupéfaction alla grandissante face à la découpe en dents de scie des pics rocheux, dont la cime enneigée scintillait sous le soleil.

Bientôt, une coulée verte apparut entre les massifs montagneux, traversée par un long ruban d'une étrange couleur turquoise, que Bill désigna comme étant Ross Lake.

Fascinée par le paysage, Maddy ne pouvait en détacher les yeux. Au loin se dressaient les volcans Mount Baker et Glacier. Comment avait-elle pu grandir aussi près de Seattle, et n'avoir jamais visité ces merveilles ?

Même Mount Rainier, célèbre volcan de l'État de Washington, situé à moins de cent kilomètres de Seattle, lui était inconnu. Jamais il ne lui était venu à l'idée de prendre sa voiture, par un beau jour d'été, pour aller jusqu'à Paradise, admirer les lupins arctiques en fleur.

Jetant un coup d'œil au marshal, elle vit qu'il la regardait en souriant.

— C'est quelque chose, hein ?

— Effectivement.

Elle réalisa, un peu tard, qu'il avait probablement, en organisant ce voyage, voulut lui faire une sorte de cadeau.

Le lac juste en dessous s'appelait Diablo, précisa le pilote. Il était formé par un barrage artificiel construit sur le fleuve Skagit. Lui aussi se parait de cette incroyable couleur turquoise, due à la poudre de roche charriée par les glaciers.

Soudain, un choc brutal secoua l'avion. Maddy sentit

la peur envahir toutes ses terminaisons nerveuses. On aurait dit qu'une pierre les avait heurtés. Mais ça ne pouvait pas être ça.

Agrippée au siège, elle glissa un regard en biais vers le pilote, en espérant qu'il la rassurerait, mais tout dans sa posture exsudait la tension.

Et cependant, ce n'était pas lui qui avait la primeur de son regard horrifié. Non, elle fixait l'hélice, dont le mouvement flou ralentissait, ralentissait… jusqu'à ce qu'elle cesse complètement de tourner.

Avant ce moment de complet silence, Maddy n'avait jamais entendu le vacarme assourdissant des battements de son cœur.

Will Gannon avait atteint le sommet depuis dix bonnes minutes, mais il continuait à tourner lentement sur lui-même pour admirer le panorama le plus époustouflant qu'il ait jamais vu.

Mount Terror, Mount Fury et mount Challenger, formant l'ensemble dit Picket Range, étaient si proches qu'il avait l'impression de pouvoir les toucher. Modelées par les glaciers, les montagnes se succédaient : Mount Shuksan, Eldorado, Mount Logan…

Pics acérés, gouffres abyssaux, un ciel si bleu qu'il en faisait mal aux yeux… Et le calme.

Plus que tout, Will goûtait le calme et la solitude.

S'il avait choisi de faire l'ascension d'Elephant Butte, ce n'était pas parce qu'il s'agissait du pic le plus connu de North Cascades, ou le plus complexe à escalader, mais plutôt parce que la plupart des alpinistes le dédaignaient. Même un week-end comme celui-ci, il n'y avait personne.

Plus tard au cours de l'été, il chercherait peut-être quelqu'un pour l'accompagner dans l'ascension de parois qu'il serait dangereux d'aborder seul. Mais, pour le moment, il avait besoin de se recentrer.

Après avoir été sévèrement blessé dans une embuscade en Afghanistan, il avait été renvoyé aux États-Unis. Grâce à une volonté de fer, il avait réussi à retrouver toutes ses capacités physiques.

Sur le plan mental, c'était autre chose. Mais ça... c'était exactement ce dont il avait besoin. La paix et le silence. La beauté sans limites de la nature.

Il sortit de sa bienheureuse léthargie, et retourna où il avait laissé son paquetage. Il en sortit une barre de céréales et une bouteille d'eau. Même si l'eau limpide et étincelante de la cascade lui semblait d'une grande pureté, il ne lui semblait pas judicieux de prendre le risque d'en boire.

Sa collation rapidement avalée, il offrit son visage au soleil, et songea que, les nuits où il aurait des difficultés à dormir, il pourrait se rappeler ce magnifique paysage plutôt que les flots de sangs, les membres arrachés, les éclats de métal plantés dans les chairs...

Et mince ! Voilà que ça recommence.

Will découvrit qu'il avait fermé les yeux et les ouvrit aussitôt en entendant un sifflement strident. Un autre lui répondit, et il se dit qu'il devait s'agir de pikas, des sortes de rongeurs assez proches des lièvres, qui vivaient dans les rochers.

Tout allait bien. Il était en pleine nature. Cette

excursion était vraiment une bonne idée, et il recommencerait aussi souvent que possible avant que la neige recouvre tout. À moins qu'il ne s'essaie au déplacement en raquettes…

Et après tout, pourquoi pas ?

Le temps était venu pour lui de décider s'il voulait redescendre par Stetattle Ridge, la voie qu'il avait empruntée à l'aller, ou tenter un passage plus difficile.

Il n'était pas pressé, et il avait suffisamment de nourriture pour tenir un ou deux jours de plus. En outre, il pouvait toujours se nourrir de quelques airelles cueillies sur les buissons poussant en altitude.

À regret, il arrima son sac à dos sur les épaules et, sa canne de marche en main, entama la lente descente.

Un peu plus loin en contrebas, parmi une zone subalpine d'arbrisseaux malingres et une lumineuse étendue de bruyères en fleur, il repéra un mouvement.

Allait-il avoir de la compagnie ? Bon sang, il espérait que non. Il voulait cette journée, cette montagne, pour lui seul.

Portant ses jumelles à ses yeux, il identifia la forme brune comme étant la silhouette d'un ours, probablement en train de se régaler lui aussi d'airelles.

L'animal n'était pas seul.

Ajustant ses jumelles, il repéra un ourson et prit le temps de l'observer un moment, tout en se réjouissant que son chemin ne l'oblige pas à passer trop près des deux ursidés. S'interposer entre une maman ours et son petit n'était pas la chose la plus intelligente à faire.

Il laissa retomber les jumelles, suspendues autour de son cou par une lanière en cuir, et se remit en marche.

À peine avait-il fait quelques pas qu'un bruit étouffé lui fit tourner la tête.

Un grognement ? Non, plutôt un bourdonnement.

Il lui fallut une minute pour repérer le petit avion qui avait dû survoler Ross Lake, et passait maintenant au nord de Sourdough Lake. En fait, l'appareil se dirigeait vers lui à une vitesse passablement inquiétante, qui lui donna envie, à un niveau subliminal, de courir pour se mettre à couvert.

Il vit l'ourse tourner la tête aussi, cherchant la source de ce bruit étrange. Soudain, une détonation brutale déclencha une poussée d'adrénaline dans tout son corps.

Portant à nouveau les jumelles à ses yeux, il les ajusta jusqu'à ce qu'il puisse quasiment voir le visage du pilote.

Le type avait-il largué un quelconque chargement ? Ce n'était pas vraiment l'endroit idéal pour venir retirer de la marchandise.

Le front plissé, il inclina la tête et tendit l'oreille. L'irritant bourdonnement avait cessé.

Oh ! mince ! Le moteur s'était coupé. L'hélice ne tournait plus. Le nez piquait vers l'avant. L'avion était en train de plonger.

Horrifié, il regarda l'appareil descendre précipitamment vers la vallée juste devant lui.

Suivant la trajectoire à l'aide de ses jumelles, il vit le moment exact où l'avion heurta les premières cimes d'arbre, perdant son train d'atterrissage sous le choc.

Tap-tap-tap. Tap-tap-tap. Tap-tap-tap.

Maddy essaya de comprendre à quoi correspondaient les chocs assourdis qui s'enchaînaient, un peu comme des coups de marteau, bientôt suivis par un silence effrayant.

Étonnamment réticente à ouvrir les yeux, elle tendit l'oreille.

Un cri brutal. Des gémissements.

Quelque chose lui frôlait le visage. Elle sursauta, et une douleur fulgurante se répandit dans tout son corps, si diffuse qu'elle était incapable d'en déterminer la source.

Elle devait voir ce qui se passait. Il le fallait.

Et pourtant, elle savait confusément qu'elle n'en avait pas envie. Ses tempes battaient avec une régularité mécanique, et il lui semblait que des milliers de becs acérés lui martelaient la tête.

Méfiante, elle entrouvrit les paupières… et poussa un cri étranglé.

Elle était suspendue la tête en bas et observait un environnement qui lui était totalement inconnu : rochers, troncs d'arbre, feuillage…

Désirant plus que tout se retirer à nouveau dans l'obscurité, elle ferma les yeux, en crispant les paupières. Mais une petite voix dans sa tête refusait qu'elle se laisse sombrer.

Découvre ce qui ne va pas. Pourquoi es-tu suspendue comme ça, telle une chauve-souris en plein sommeil ?

Elle aurait volontiers gigoté si elle n'avait pas su d'instinct que ça lui ferait mal.

OK. Très bien.

Cette fois, quand elle ouvrit les yeux, elle redressa

le menton pour voir au-dessus d'elle. Il lui fallut un bon moment pour comprendre.

Une ceinture passée en travers de son épaule et de son estomac la maintenait prisonnière d'un siège rivé à du métal déchiré.

Pas un siège de voiture, songea-t-elle, perplexe. Était-ce… ? C'était… Une aile, une aile d'avion penchait vers le sol, au milieu de la végétation.

La ceinture d'un siège d'avion, pas d'une voiture. C'était ce qui l'empêchait de tomber.

Une bribe de souvenir remonta dans son esprit. C'était grâce à cela qu'elle était encore en vie, réalisa-t-elle, sous le choc, essayant d'imaginer la force qui avait déchiré l'avion en pièces.

Le Cessna.

Saisie par une nouvelle vague de panique, elle guetta une voix, un cri… N'importe quoi pouvant indiquer que ses compagnons de vol étaient en vie.

— Scott ? appela-t-elle. Bill ?

D'une voix faible et traînante, elle ajouta :

— Quelqu'un ?

Elle entendit quelque chose, mais ne parvint pas à déterminer de quoi il s'agissait. De toute façon, il y avait plus urgent. En tout premier lieu, il lui fallait trouver un moyen de descendre de là.

Bien sûr, elle pouvait détacher sa ceinture, mais alors elle tomberait de huit à dix pieds de haut, directement sur la tête. Même si elle avait le cerveau embrumé, elle avait quand même conscience que ce ne serait pas très malin.

Elle essaya de se soulever en s'agrippant à une pièce de la carlingue. Le métal grinça et bougea.

Maddy s'arrêta aussitôt, tandis qu'une vive douleur lui cisaillait la main. Elle s'obligea à regarder, et vit que du sang coulait le long de son bras.

Elle s'était entaillé la paume. Mais, au vu de la situation générale, ce n'était pas très important. Elle trouva une prise plus solide sur l'encadrement du hublot, délesté de sa vitre, prit une profonde inspiration et défit sa ceinture.

Sa main ensanglantée glissa sur le métal, et elle tomba plus tôt qu'elle ne l'avait prévu, atterrissant lourdement sur le côté.

La douleur fut si forte qu'elle ne put retenir un cri

Lorsqu'elle trouva enfin la force de bouger, Maddy se demanda si elle n'avait pas à nouveau perdu conscience. D'après l'angle du soleil entre les arbres, cela n'avait toutefois pas duré longtemps.

À moins qu'elle n'ait perdu conscience pendant une journée entière ? Non, le sang sur sa main et son bras était encore frais.

S'asseoir lui demanda un terrible effort. Son côté gauche la faisait terriblement souffrir. Son bras devait être cassé… ou son épaule… ou alors ses côtes ? La douleur était tellement diffuse qu'elle n'était sûre de rien.

Mais quand elle fit bouger ses pieds, ils réagirent. Et quand elle plia les genoux, cela ne se traduisit pas par un évanouissement.

Tandis qu'elle continuait à évaluer son état, elle

dut essuyer du sang qui coulait dans ses yeux, ce qui évoquait une entaille sur le crâne. Et elle avait une profonde coupure à la main. Mais le sang ne jaillissait pas comme un geyser. Il coulait goutte à goutte et commençait à coaguler par endroits.

Donc, elle n'allait pas mourir d'une hémorragie.

Ni même mourir du tout, d'ailleurs.

De sa main droite, elle s'agrippa au tronc fin d'un jeune arbre et s'en servit pour se hisser sur ses pieds. Puis elle pivota lentement pour repérer l'épave de l'avion. Pas l'arrière. Elle s'en fichait. Ce qui l'intéressait, c'était le nez de la carlingue. Les deux sièges avant. Les deux hommes. Logiquement, ils devraient être quelque part devant elle.

Tap-tap-tap. Tap-tap-tap. Tap-tap-tap.

Un pivert, réalisa-t-elle.

Il continua à taper tandis qu'elle se débattait pour avancer à travers la végétation. Ce bruit avait quelque chose d'étrangement réconfortant. Un autre être vivant était présent, vaquant à ses occupations comme si de rien n'était.

Elle repéra du rouge et du blanc entre les arbres et voulut courir, même si la pente était glissante. Elle tomba à genoux, et roula en contrebas, jusqu'à ce qu'elle puisse se raccrocher à un arbre.

Tandis qu'elle se relevait, un gémissement lui échappa. Ses yeux la brûlaient – à cause du sang ou des larmes, elle ne savait pas trop.

Cette fois, elle se déplaça avec plus de précautions, en regardant où elle mettait les pieds, se retenant aux branches chaque fois que c'était possible.

Elle aperçut d'abord la deuxième aile, qui avait arraché au passage quantité de branches, laissant de grands trous dans la frondaison. Puis elle aperçut des débris métalliques à trente ou quarante pieds de là.

Et enfin elle découvrit Bill Potter, toujours assis sur son siège. Mais la façon dont sa tête retombait sur son épaule n'augurait rien de bon.

Elle claquait des dents quand elle s'obligea à y regarder de plus près. Puis elle eut un mouvement de recul et se pencha pour vomir. Elle se servit du bas de son chemisier pour essuyer son visage où se mélangeaient les larmes, le sang et la bile.

Elle appela Scott, écouta, et recommença. Elle finit par entendre un gémissement, et rampa dans cette direction.

Lorsqu'elle le découvrit, étrangement désarticulé, elle se remit à claquer des dents. Ses yeux étaient ouverts, mais sa peau mate avait pris une couleur de cendre. Ses lèvres étaient déjà bleues.

— Scott, murmura-t-elle.

— Maddy.

Sa voix était si faible qu'elle dut se pencher vers lui pour l'entendre.

Elle lui prit la main, mais ses doigts glacés restèrent inertes entre les siens.

— Je vais aller chercher de l'aide, dit-elle.

— Non.

Soudain, les doigts de Scott convulsèrent, s'enfonçant dans sa chair comme des griffes. Ses yeux étaient rivés aux siens avec une détermination féroce.

— Pas un accident.

C'était quelque chose qu'elle s'était refusée à envisager. Et pourtant, tout au fond d'elle-même, elle savait.

Ça ne l'empêcha pas de poser la question.

— Quoi ?

— Bombe.

2

— Traître chez les marshals, marmonna Scott. Seules personnes à savoir.

— Que vous étiez venu me chercher pour rentrer ?

— Oui.

— Mais…

— Ne restez pas ici.

— Je ne veux pas vous quitter.

— Il le faut.

Sa voix était presque inaudible. Du sang s'échappait d'entre ses lèvres.

— Ils doivent s'assurer que vous êtes morte. Quelqu'un va venir.

Il la regarda avec ce que Maddy devina être ses dernières forces.

— Prenez des vêtements. Trousse de secours. Nourriture. Courez, Maddy.

Elle sentit des larmes brûlantes rouler sur ses joues.

— Ami. Marshal. Ruzinski. Robert. Rappelez-vous.

— Robert Ruzinski, répéta-t-elle.

Il laissa échapper un son qui pouvait passer pour une confirmation.

— Faites-lui confiance.

Elle devait lire sur ses lèvres à présent.

— D'accord. Mais je ne vous laisse pas.

Fixant ses yeux, elle vit l'instant précis où il laissa échapper son dernier souffle.

Les doigts de Scott se desserrèrent.

Lorsqu'elle retira sa main, son bras retomba mollement.

Il était mort.

Elle s'abandonna aux larmes pendant quelques minutes, avant de s'obliger à réfléchir malgré l'épais brouillard qui semblait emplir sa tête.

Normalement, elle aurait essayé de trouver une balise de détresse et de comprendre comment cela fonctionnait.

Ou bien, elle aurait vérifié si la radio était encore en service.

Mais en l'état, elle n'avait qu'une solution : la fuite.

Elle ne pouvait pas prendre le risque d'être retrouvée. Pas maintenant.

Elle devait se cacher, se maintenir en vie le temps de retrouver un esprit clair, d'évaluer ses options.

Et dans l'immédiat, il lui fallait rassembler tout ce qu'elle pouvait trouver d'utile à sa survie. Sinon, elle ne s'en sortirait pas.

Elle avait vu suffisamment de neige avant que l'avion plonge pour savoir qu'il devait faire très froid dans ces montagnes.

Et il lui fallait de l'eau et de la nourriture pour tenir. Et aussi, bien sûr, une trousse de premiers secours.

Y aurait-il du réseau téléphonique ?

Elle ne se rappelait pas avoir vu son sac. Il pouvait avoir été projeté n'importe où. De toute façon, même si son téléphone était à carte prépayée, il devait quand même avoir une fonction de localisation GPS, non ? Ce serait trop risqué.

De quoi avoir chaud, manger, boire et se soigner… Voilà quels étaient ses besoins. Et aussi…

Elle tourna la tête vers le corps inerte de Scott Rankin. S'il avait son arme sur lui, elle devait la prendre.

L'idée de fouiller son cadavre lui apparaissait comme une hideuse invasion. Mais il l'aurait voulu toutefois, elle en était certaine.

Tremblant de tous ses membres, elle s'agenouilla à côté du mort.

Il devait avoir perdu la raison !

Will avait eu largement assez de temps pour penser à ce qu'il était en train de faire, et pour comprendre qu'il avait très peu de chances d'aider qui que ce soit.

On survivait rarement à ce genre de crash.

Si quelqu'un s'en était miraculeusement sorti, cette personne aurait une réponse beaucoup plus rapide en utilisant une balise de détresse.

Quant à lui, il savait depuis le début qu'il lui faudrait des heures pour atteindre le lieu de l'accident.

Oui, mais s'il n'y avait pas de balise de détresse à bord ? Si le pilote n'avait pas déposé de plan de vol ?

La ligne droite n'était pas possible dans ce genre de configuration. Il n'y avait pas de chemin dessiné à travers la montagne, qu'il aurait pu suivre.

La seule solution pour lui était de descendre de son point d'élévation situé à sept mille trois cent quatre-vingts pieds et de se diriger vers le sud-ouest, en longeant la falaise jusqu'à McMillan Spire. Ce faisant, il resterait au-dessus des frondaisons, ce qui lui permettrait d'apercevoir le lieu de l'accident.

Pour le reste, il ne lui restait plus qu'à croiser les doigts, en espérant qu'il lui serait possible d'aller jusque-là.

Ce n'était pas un tracé recommandé pour descendre d'Elephant Butte.

D'après ce qu'il avait lu, il devrait affronter des conditions brutales. Et, a priori, il n'aurait plus de réseau téléphonique lorsqu'il aurait atteint Torrent Creek…

Tandis qu'il avançait à pas pressés sur l'étroite bande de neige compactée, tout en se servant de son pic à glace pour assurer son équilibre, il se demanda s'il devait signaler ce qu'il avait vu.

Tout en marmonnant entre ses dents, il s'arrêta, fit glisser au sol son sac à dos et fouilla dedans pour récupérer son téléphone ; qui bien sûr n'était pas facilement accessible.

Il est vrai qu'il n'avait pas prévu d'en avoir besoin.

Quand il le trouva finalement, ce fut pour constater qu'il n'y avait aucune barre de réseau.

Agacé, Will laissa tomber l'objet inutile au fond d'une poche, dont il tira la fermeture à glissière, arrima de nouveau son sac sur son dos et se remit en route.

La vitesse qu'il essayait de maintenir était beaucoup trop rapide pour qu'il se sente vraiment en sécurité.

Alors qu'il était précisément en train de se dire cela, ses semelles dérapèrent sur des fragments de roche.

Il planta le bout ferré de sa canne de marche dans

le sol, et ressentit la tension dans son épaule tandis qu'il s'efforçait de retrouver son équilibre, un pied encore dans le vide.

Suant à grosses gouttes et pestant sans relâche, il exécuta de lents et prudents mouvements pour ramener son pied sur la terre ferme.

Le poids de son sac ne l'aidait pas. Même s'il avait mangé une partie de la nourriture qu'il avait emportée, celui-ci pesait encore probablement une trentaine de kilos.

Ses différents déploiements l'avaient habitué à des paquetages plus lourds, mais les paysages étaient différents. Le poids du sac modifiait son équilibre, comme le ventre d'une femme enceinte.

Il se déplaça précautionneusement jusqu'à la bande de neige suivante, l'un des nombreux îlots de blancheur qui dessinaient un ruban entre les zones gravillonnées.

Et bien sûr, il n'avait rien trouvé de plus intelligent que de venir seul ici, n'est-ce pas ?

Peut-être n'était-ce pas le bon plan. Il faisait erreur. Avec un peu de chance, il aurait le temps de retourner à Diablo avant la tombée de la nuit. Là, il pourrait appeler les secours, ou trouver un poste de rangers, et faire venir un hélicoptère.

Mais il n'était pas certain que l'appareil puisse se poser à cet endroit.

Et ce serait peut-être trop tard pour le pilote et ses éventuels voyageurs…

Quant à espérer que d'autres randonneurs ou alpinistes aient vu l'avion tomber et se soient déjà rapprochés du site, il ne fallait pas trop y compter car on était encore tôt pour la saison en haute montagne.

Non, décidément, il était le seul à pouvoir faire quelque chose.

D'autant qu'il avait les connaissances médicales pour cela. En tant qu'ancien infirmier militaire, il avait vu et traité plus de blessures traumatiques que la plupart des médecins. La mort ne lui était que trop familière.

Mais s'il restait une chance…

Il fallut presque une demi-heure à Maddy pour gagner l'endroit où se trouvait l'arrière de l'avion, tandis que la conscience aiguë du temps qui passait ne faisait qu'exacerber sa panique.

Chaque pas lui était une souffrance. Même le frôlement des feuillages ou le contact des aiguilles de pin étaient douloureux.

Si elle n'avait pas eu aussi peur, si elle n'avait pas été convaincue que la fuite était sa seule solution, elle aurait renoncé.

Elle finit par tomber, complètement par hasard, sur un sac suspendu à une branche.

Il lui fallut un moment pour trouver par terre une branche brisée qui soit suffisamment longue pour l'atteindre et tirer dessus jusqu'à ce qu'il tombe.

Elle l'ouvrit et faillit pleurer de soulagement en découvrant ses vêtements à l'intérieur.

Aussitôt, elle le vida de tout ce qui n'était pas absolument nécessaire.

Un short ? Des sandales ? Non.

Un jean, oui, car celui qu'elle portait était déchiré et ensanglanté. Le pantalon de pyjama en coton pourrait lui servir de caleçon long…

Elle garda la brosse à dents et le dentifrice, mais oublia le shampooing.

Des chaussettes, évidemment. Et, heureusement, elle avait emporté ses chaussures de randonnée.

Après avoir pris le temps de s'asseoir, de changer de chaussettes et de chaussures, elle renonça à chercher le sac du marshal Rankin. À la place, elle fouilla ce qu'il restait de l'arrière de l'avion.

Dans un compartiment resté intact, elle trouva deux couvertures, une parka, un bonnet et des gants. Dans un autre se trouvaient un jerrican en plastique, une trousse à outils, et un lot de barres énergétiques.

Le jerrican pourrait lui servir pour puiser de l'eau dans un torrent… La pelle pliante ? Pourquoi pas. Les barres énergétiques ? Elles étaient peut-être là depuis des années. Elles étaient sans doute avariées, mais elle s'en moquait.

Pour finir, elle utilisa un de ses chemisiers pour soutenir son bras gauche en écharpe, et arrima le sac aussi confortablement que possible – ce qui n'était pas confortable du tout – sur son épaule droite. Puis elle se redressa et regarda autour d'elle.

Elle ne voyait pas suffisamment entre les arbres pour s'orienter. Descendre vers la vallée serait probablement plus facile. En outre, elle finirait par tomber sur un cours d'eau. Toute cette neige qu'elle avait vue au sommet devait bien fondre, et l'eau allait forcément quelque part…

Le problème, c'était que ses poursuivants feraient le pari qu'elle avait pris la voie la plus facile. Ce qui signifiait qu'elle ne pouvait pas le faire.

Elle devait remonter.

Will fit une pause pour consulter sa montre et découvrit avec stupeur que plusieurs heures s'étaient déjà écoulées.

Levant ses jumelles, il observa les lieux en effectuant un demi-cercle.

Soudain, il remarqua un sapin au tronc bizarrement tordu, dont les branches basses frôlaient le sol, formant une sorte de grotte de verdure. Et ses branches bougeaient.

Un animal peut-être…

Il se rapprochait quand il dérapa et descendit une dizaine de mètres sur les fesses, en jurant tant et plus, avant de planter sa canne de marche dans la neige pour se freiner, évitant ainsi de percuter un rocher.

Lorsqu'il se releva, il vit une femme pelotonnée sous les branches. Et dans ses mains tremblantes, elle tenait un pistolet.

Dirigé sur lui.

Will ne bougea pas, se retenant presque de respirer tandis qu'il fixait l'inquiétant trou noir du canon.

Puis il vit du sang. Beaucoup. Et aussi qu'elle tenait son arme étrangement : la crosse contre son sternum et posé sur son autre main, qui émergeait d'un bout de chiffon fleuri. Ses cheveux bruns emmêlés se dressaient en crête ou collaient à son visage, cartonnés par le sang séché.

— Vous êtes blessée.

Il faisait de son mieux pour paraître calme, et même réconfortant.

— Laissez-moi vous aider.

— Si vous approchez, je tire.

Les mots n'étaient pas vraiment clairs. Il réalisa que les dents de l'inconnue claquaient comme des castagnettes. Il était évident qu'elle était en état de choc.

Will en ressentit une certaine exaltation, car cela voulait dire qu'il avait retrouvé une survivante du crash. Mais pourquoi n'était-elle pas restée près de l'épave de l'appareil ?

— Je ne vous veux aucun mal, dit-il. J'étais au sommet d'Elephant Butte…

Il se tourna vers la montagne, n'étant pas sûr que ce soit une bonne idée de faire un geste de la main maintenant.

— Et j'ai vu un petit avion s'écraser. Je me suis dit que je pourrais peut-être aider…

Elle l'observa, tremblante, et les yeux écarquillés.

— Je ne vous crois pas. Vous allez me tuer.

Ce fut au tour de Will d'ouvrir de grands yeux.

— Qu'est-ce qui vous fait croire que…

Puis il comprit.

— Vous pensez que ce n'était pas un accident ?

— Je le sais.

Le canon de l'arme vacilla, et elle raffermit sa prise sur la crosse.

— Je savais que quelqu'un viendrait vérifier si j'étais morte.

— Eh bien, il ne s'agit pas de moi. Je suis infirmier. Je suis venu porter secours à d'éventuels blessés.

Il hésita.

— Je peux poser mon sac ?

Après une pause passablement longue, elle dit, d'une voix enrouée :

— D'accord.

Lentement, il posa son sac contre la paroi rocheuse, planta sa canne de marche à côté, et s'accroupit pour paraître moins impressionnant.

Il était grand et robuste et savait que sa silhouette avait de quoi faire peur à une femme seule dans une ruelle… ou sur un chemin de randonnée isolé. Sa barbe brune de deux jours n'aidait probablement pas non plus.

— Dites-moi ce qui s'est passé. Pourquoi avez-vous si peur ?

— Qui êtes-vous ?

— Moi ? Je m'appelle Will Gannon. J'ai quitté l'armée, il y a presque un an, après avoir été salement blessé.

Il hésita.

— On m'a tiré dessus. Donc, vous comprendrez que je n'aime pas trop voir une arme dirigée vers moi.

Elle baissa les yeux vers le pistolet, comme si elle avait oublié sa présence.

Will n'avait pas oublié, étant donné la façon dont elle tremblait. Il espérait simplement que la détente n'était pas trop sensible.

— Oh ! dit-elle.

Puis elle posa l'arme sur sa cuisse.

— Désolée.

— Merci.

Que pourrait-il dire pour la rassurer ?

— Vous m'inquiétez. Je pense que vous êtes en état de choc. Et je vois bien que vous êtes blessée. J'ai une trousse de secours dans mon sac, et j'étais infirmier dans l'armée.

— C'est vrai ?

Il posa une main sur son cœur, comme s'il prêtait serment.

— Oui.

Elle hocha la tête.

— Bien.

Il se redressa, saisit son sac, et s'approcha d'elle précautionneusement.

Quand il s'accroupit cette fois, il prit délicatement son menton entre ses doigts, leva son visage vers lui et le tourna pour examiner la profonde entaille dans son cuir chevelu.

— Vous avez mal à la tête ?

— Oui.

En outre, son regard noisette était vitreux. Mais elle était consciente et cohérente.

— Vous permettez ?

Il prit le pistolet et le déplaça.

Un Glock, eut-il le temps de voir. L'arme qui équipait la majorité des services de police américains, ce qui pouvait être source d'ennuis.

Mais il se préoccuperait de cela plus tard.

Il continua à lui parler tandis qu'il ouvrait le

compartiment à l'extérieur de son sac, qui contenait son matériel médical.

Pour commencer, il sortit un paquet de gazes stériles et un désinfectant, et nettoya ses plaies. Puis il y appliqua une pommade antibiotique et des pansements. Enfin, il chercha au fond de son sac son bonnet en laine polaire, et l'enfila précautionneusement sur la tête de la jeune femme.

L'après-midi lui semblait encore chaude, mais elle tremblait toujours.

— C'est vous qui pilotiez ? demanda-t-il.

— Non.

— Le pilote est mort ?

Pendant une minute, il pensa qu'elle ne l'avait pas entendu, ou qu'elle se renfermait sur elle-même.

— Ils le sont tous les deux. J'étais assise derrière.

— Vous êtes sûre qu'ils sont morts ?

Elle hocha la tête.

— Bien, dit-il calmement. Je dois examiner vos autres blessures.

3

Maddy ne pouvait détacher les yeux de cet inconnu à qui elle devait faire confiance.

Malgré son état de confusion, le charme ténébreux de son providentiel secouriste ne lui échappait pas.

Ses traits anguleux manquaient de douceur mais, s'il n'était pas vraiment beau, le visage implacable n'était pas sans attraits.

Ses cheveux noirs en bataille lui effleuraient les épaules, et il se laissait pousser la barbe, ou il ne s'était pas rasé depuis plusieurs jours.

Ses yeux étaient clairs, gris ou bleus, et les rides qui les encadraient interrogeaient sur son âge. À moins qu'il ne passe beaucoup de temps au soleil, à plisser les paupières…

Il était grand, vraiment grand, avec des muscles tout en longueur, ceux d'un joueur de basket, plutôt que ceux d'un culturiste.

Comme si son apparence ou son âge avaient de l'importance !

Mais il valait mieux penser à cela qu'à sa situation.

Il voulait examiner tous les endroits où elle avait

mal. Mais, comme elle avait mal partout, cela voulait-il dire qu'elle devait se déshabiller ?

— Est-ce que vous…

Elle s'éclaircit la gorge.

— Avez-vous de l'aspirine ?

Un sourire éclaira le visage qui lui avait fait peur au premier abord, le rendant étrangement séduisant.

— J'en ai, mais je préfère attendre avant de vous donner quoi que ce soit.

— Oh…

Si seulement elle n'avait pas si froid !

— Je ne sais pas trop, dit-elle. J'ai mal au bras ou à l'épaule. Et…

Elle promena sa main valide sur son torse.

— Un peu partout ici. Et aussi, peut-être aux genoux.

— Bien. Je peux regarder dans votre sac ?

Elle le dévisagea, médusée.

Sans attendre de réponse, il ouvrit son sac, fouilla le contenu, et en sortit une couverture, qu'il drapa autour de ses épaules. Puis il dénoua l'écharpe de fortune qu'elle avait confectionnée pour soutenir son bras.

— Vous tenez à votre chemisier ?

— Quoi ?

Elle baissa les yeux.

— Non.

Elle frémit en s'imaginant tremper son vêtement dans une bassine d'eau froide. Le sang ne la colorerait pas seulement en rose, mais en rouge profond.

Lorsqu'elle releva les yeux, Maddy vit que Will tenait un couteau dans sa main et eut un mouvement de recul.

— Du calme, dit-il.

Il attendit que leurs regards se croisent.

— Je dois découper votre chemisier pour que vous n'ayez pas à lever le bras. Je vous promets que je ne vous ferai pas de mal.

Tout en claquant des dents, elle ferma les yeux et hocha la tête. S'il avait eu l'intention de la tuer, il l'aurait déjà fait.

— Mince, dit-il, au bout d'une minute.

Elle ouvrit les yeux.

— Quoi ?

— L'humérus est brisé.

Il promena le bout de ses doigts sur son épaule et son cou, s'arrêtant sur une importante protubérance, qu'elle pouvait apercevoir en se démanchant le cou.

— Je pense que la clavicule l'est aussi.

Il bascula sur ses talons, et réfléchit un moment.

— Je vais commencer par mettre de la neige sur votre bras, avant de placer une attelle.

Il avait une attelle ?

Est-ce que les randonneurs transportaient toujours ce genre de choses, ou bien était-ce dû à sa formation médicale ?

Il lui fit lever le bras droit, hocha la tête d'un air satisfait, examina sa cage thoracique, dont elle-même pouvait constater les contusions, et suggéra qu'elle avait peut-être des côtes fêlées.

— Je vais vous faire un bandage. Ça vous soulagera un peu.

Une piqûre de morphine lui aurait été plus utile, mais elle doutait qu'il ait ce genre de choses dans son sac.

À la place, il sortit deux sachets en plastique, les remplit de neige et les enveloppa dans ce qui devait être deux de ses T-shirts. Puis il lui demanda de se coucher et plaça une des poches de glace sur le haut de son bras, en lui recommandant de la tenir. Il déposa l'autre en travers de ses côtes.

— Je sais que vous avez froid, dit-il d'un ton penaud. Mais ça va vous soulager si vous pouvez tenir quelques minutes.

Elle hocha la tête, et il s'employa à délacer ses bottines. Les ayant ôtées, il fit glisser son jean le long de ses jambes.

Maddy aurait dû se sentir gênée, mais ce n'était pas le cas. C'était un peu comme si elle assistait en spectatrice à la scène.

Un gros hématome violacé entourait ses articulations, mais elle pouvait plier les genoux sans éprouver de douleur significative.

— Je suis tombée plusieurs fois, expliqua-t-elle.

Il esquissa un sourire.

— Je pense que tout va bien de ce côté-là.

Elle se souvint alors qu'elle avait une trousse de secours dans son sac.

Quand elle le lui dit, il fouilla à nouveau dans son sac, ouvrit la trousse, et la referma en faisant la moue.

— Il n'y a rien de très utile là-dedans.

Il posa une main sur son mollet.

— Vous avez froid.

Les dents serrées, elle hocha la tête.

La chaleur de sa main large et puissante lui faisait tellement de bien…

Elle fut vraiment déçue quand il la retira afin de continuer à explorer le contenu de son sac.

Il en sortit son bas de pyjama et un jean, et la revêtit de ces deux couches de vêtements. Puis, ne semblant pas convaincu par les chemisiers qu'elle avait emportés, il prit dans son propre sac une chemise de flanelle grise.

Le vêtement de Will était peut-être beaucoup trop grand pour elle, mais la flanelle duveteuse lui offrit un réel réconfort quand elle l'enfila de son côté valide.

Agenouillé à côté d'elle, il déplaça la poche de glace sur son bras, et décida que ça allait.

Pour Maddy, l'attelle ressemblait juste à un rouleau de mousse, mais il l'ajusta autour de son bras et ferma les sangles pourvues de Velcro. Puis il l'aida à enfiler complètement la chemise de flanelle, et fabriqua une nouvelle écharpe en déchirant un de ses chemisiers à fleurs.

— Nous allons devoir marcher, expliqua-t-il, et je ne veux pas que le poids de votre bras tire sur la clavicule.

Pour finir, il lui donna de l'ibuprofène avec de l'eau, ainsi qu'une poignée d'amandes.

Après qu'il l'eut enveloppée dans la couverture, elle vit son expression changer, devenir davantage préoccupée, presque dure.

— Bon, maintenant vous devez me dire ce qui se passe. Pourquoi vous avez peur. Et où se trouve l'épave de l'avion.

De nouveau prise de panique, Maddy lui saisit le bras.

— Vous ne devez pas utiliser la fusée de détresse, ni la radio. Si vous ne le promettez pas, je ne vous dis pas où est l'avion.

Il haussa un sourcil, d'un air de défi.

— Si je vous ai trouvée, je peux le trouver aussi.

Oh ! bon sang ! songea-t-elle soudain. Et s'il était déjà trop tard ?

— Vous avez déjà prévenu quelqu'un ?

Il plissa les yeux. Ils étaient gris, avait-elle déjà déterminé. Clairs et froids.

— Non, dit-il. Il n'y a pas de réseau.

— Il y avait une bombe dans l'avion.

Elle hésita à continuer.

Que pouvait-elle lui confier ?

Devait-elle rester Cassie, ou lui donner son véritable prénom ?

Et s'il ne la croyait pas ?

Ce n'était pas son ennemi. Il s'était montré trop gentil, trop rassurant avec elle. Mais il pouvait, sans le savoir, parler à la mauvaise personne.

Si elle commençait à lui mentir maintenant, s'en rendrait-il compte ?

Lui en tiendrait-il rigueur ?

Serait-il toujours disposé à l'aider à se sortir de ce mauvais pas ?

Rien n'était moins sûr.

Elle chercha son souffle ; ce qui lui fit mal, bien sûr, et dit :

— L'un des hommes qui m'accompagnait était un US marshal. Il était encore en vie quand je l'ai retrouvé. Il m'a dit qu'il y avait une bombe, et qu'il avait été trahi par un de ses collègues. Il a ajouté que je ne devais faire confiance à personne, que quelqu'un viendrait pour vérifier si j'étais morte, et que je devais fuir.

Incapable de déchiffrer l'expression de l'inconnu au visage implacable, elle conclut :

— C'est ce que j'ai fait.

Puis elle attendit, espérant presque l'entendre dire qu'elle divaguait à cause de son choc à la tête.

Will était médusé par le discours de l'inconnue.

Si elle n'avait pas été aussi visiblement terrifiée, il aurait immédiatement pris cette histoire à la dérision.

Mais bien sûr !

Pendant qu'il faisait de l'escalade dans l'arrière-pays de North Cascades, une bombe avait fait exploser un petit avion transportant un US marshal et une femme en fuite…

Il marmonna entre ses dents et se passa la main sur le visage.

— Racontez-moi tout.

Et tant pis s'il paraissait brusque.

Maintenant, elle semblait ennuyée, paraissant réfléchir à ce qu'elle devait révéler…

À moins qu'elle ne soit en train d'élaborer d'autres mensonges ?

Tandis qu'il attendait, guettant le moindre changement d'émotion sur son visage pincé, Will comprit qu'elle devait être jolie, et même belle quand elle n'était pas blessée et sous le choc.

Elle avait une structure osseuse délicate, et de grands yeux mordorés pailletés de vert. Dire qu'ils étaient simplement noisette ne rendait pas justice au riche mélange de couleurs.

Elle se mordit la lèvre, si fort qu'il faillit protester, et finit par parler.

— Je m'appelle Madeline Kane. Je suis avocate au cabinet Dietrich, McCarr et Brown à Seattle. On m'a envoyée discuter avec une cliente potentielle, à son domicile, à Medina. Ça se trouve de l'autre côté de…

— Je sais où c'est.

Ne comptant que des maisons individuelles, d'un prix moyen de dix millions de dollars, Medina était une petite ville bordée par Washington Lake, sur la rive opposée de Seattle. N'était-ce pas là d'ailleurs que Bill Gates résidait ? Il n'en était pas tout à fait sûr, mais cela n'aurait rien eu de surprenant.

— Quand j'étais là-bas, j'ai demandé à utiliser les toilettes. Je ne le fais pas d'habitude, mais…

Elle balaya le reste de sa phrase d'un geste de la main.

— Peu importe. En fait, j'ai entendu sonner, et la cliente a fait entrer quelqu'un. Elle a crié, et je commençais à sortir quand elle a dit : « Non, je vous en supplie. »

Le regard de Maddy se perdit dans le vide, comme si elle revivait la scène.

— Elle était sur le sol, essayant de ramper. Il… Je n'ai vu que son profil. Il a dit qu'elle était un problème pour Brian Torkelson, puis il a tiré sur elle. Deux fois. C'était comme un bruit de toux. Pas très fort.

Un silencieux.

Crispé, Will attendit la suite.

— Et il a dit : problème réglé. Il a commencé à se retourner, mais…

Maddy se remit à frissonner.

— J'ai reculé dans la salle de bains sans faire de bruit. S'il avait traversé le couloir…

Will recouvrit de la sienne la main qui tenait la couverture serrée autour de son cou.

— Il ne l'a pas fait.

— Non.

Elle détourna le regard.

— Je fais encore des cauchemars où j'entends le bruit de ses pas.

— Mouais…

Il avait conscience de la brusquerie de son intonation, mais il ne pouvait se contrôler.

— C'est normal. Moi aussi, je fais des cauchemars.

Il y avait de la reconnaissance dans les yeux de Maddy lorsqu'elle croisa à nouveau son regard.

— Savez-vous qui est Brian Torkelson ? demanda-t-elle.

Ce nom lui disait quelque chose, comme s'il l'avait lu récemment dans le journal. Mais, depuis qu'il était sorti du centre de convalescence, il mettait un point d'honneur à ne plus suivre l'actualité.

Toutes ces nouvelles anxiogènes le déprimaient.

Il secoua la tête.

— Il était juge à la Cour suprême de Washington. Quand ça s'est passé, il venait juste d'être désigné pour intégrer le système judiciaire fédéral, ce qui n'est pas rien.

— Mais il avait des squelettes dans le placard.

— Apparemment.

— Et vous êtes le seul témoin.

— Oui. J'ai failli être renversée par une voiture sur un passage protégé, juste quelques jours avant l'arrestation de Torkelson. Je ne sais pas si c'était un accident ou autre chose, mais le FBI l'a pris au sérieux. J'ai dû me cacher. Je viens de passer un an sous un faux nom.

Will avait compris.

— Programme de protection des témoins.

Elle hocha la tête.

— Cela fait treize mois que je n'ai pas parlé à ma famille ou à mes amis. C'était très dur, même si je savais que ce n'était pas destiné à durer.

— Donc, le procès de Torkelson est pour bientôt.

Elle secoua la tête.

— Pas le sien. Celui du tueur à gages.

Un drôle de petit cri étranglé s'échappa de ses lèvres.

— Je n'en reviens même pas d'employer cette expression. Mais je suppose que c'est ainsi qu'il faut l'appeler. La police l'a identifié aussitôt grâce au portrait-robot que j'ai pu fournir.

— J'imagine que ça ne suffit pas à faire arrêter quelqu'un.

— Effectivement. Mais, après son départ, j'étais allée à la fenêtre, et j'avais pu voir sa voiture, dont j'ai donné la description. Je n'avais pas le numéro d'immatriculation, mais la police a étudié les bandes

des caméras de surveillance du quartier, et a pu le coincer de cette façon.

— Et donc, vous allez devoir témoigner au cours de deux procès différents ?

L'air accablé, elle hocha lentement la tête.

Puis elle livra une dernière information, et non des moindres.

L'homme chargé de sa sécurité, et qui était mort à présent, lui avait recommandé de ne faire confiance à personne, sauf à un ami, lui aussi marshal.

— Ma seule solution, c'est de me cacher jusqu'à ce que j'aie pu parler à l'ami de Scott, conclut-elle.

Cela faisait quand même beaucoup à avaler, et Will n'était pas totalement convaincu.

— Le pistolet est celui du marshal ?

Elle hocha à nouveau la tête, et grimaça de douleur.

— Je me suis dit que je pourrais en avoir besoin.

— Vous savez tirer ?

Elle se mordilla à nouveau la lèvre.

— Non. J'ai toujours été contre les armes.

Will eut un rire sans joie.

Il avait vraiment eu de la veine qu'elle n'appuie pas accidentellement sur la détente.

— C'est une chance que je sache comment m'en servir. Je n'ai pas vu de chargeurs supplémentaires dans votre sac. Vous n'en avez pas pris,

— Non. Je n'y ai pas pensé. Je n'étais pas à l'aise de fouiller dans ses poches.

Elle soupira.

— Il m'a déjà fallu beaucoup de courage pour prendre l'arme dans son holster. Il avait aussi un sac de voyage, plus petit que le mien, mais je ne l'ai pas retrouvé.

— Bien.

Will se redressa, pas surpris par la douleur dans sa cuisse gauche et dans sa hanche. Elle était plus vive que d'habitude, mais cela n'avait rien d'étonnant après les efforts qu'il avait faits.

Et il n'en avait pas encore terminé.

— Il va falloir y aller, dit-il. Mais avant, je veux récupérer un maximum de choses dans l'avion. Et je veux que vous vous cachiez en attendant.

Il voulait aussi vérifier son histoire, car elle était pour le moins rocambolesque.

Il ne doutait pas vraiment, mais il n'avait jamais accordé facilement sa confiance à des inconnus.

— Je pensais rester ici.

Will secoua la tête.

— Non. Je vous ai repérée à cinq cents mètres. Il faut descendre pour être plus à couvert des arbres.

L'effort qu'elle fit pour cacher sa consternation ne fut pas très efficace.

— Je peux vous porter, s'il le faut.

Elle redressa fièrement le menton.

— Non. Je suis venue jusqu'ici, je peux continuer.

Être à ce point dépendante était une expérience humiliante pour Maddy.

Pour commencer, elle ne pouvait même pas enfiler toute seule ses bottillons, et encore moins nouer les lacets. Soit la douleur avait gagné en intensité, soit l'effet lénifiant du choc commençait à s'estomper.

Oh ! Seigneur ! comment allait-elle faire si elle avait besoin de satisfaire un besoin naturel ?

Ne sois pas aussi prude, se reprocha-t-elle.

Mais c'était une seconde nature.

Ses parents étaient plus âgés que ceux de ses amis et avaient des idées d'un autre temps. Forcément, ça avait déteint sur elle.

Elle essaya de ne pas paraître trop rigide quand elle remercia Will.

Lorsqu'il l'aida à se relever, elle crut un instant qu'elle allait s'évanouir. Elle bascula en avant, et se trouva plaquée contre un torse large et solide.

— Prenez votre temps, dit-il.

Finalement, sa tête cessa de tourner, et elle s'obligea à se redresser et à se séparer de lui.

— Ça va, dit-elle.

Ils savaient tous les deux que ce n'était pas vrai, mais elle avait tenu le coup jusque-là et elle n'avait pas l'intention de renoncer.

— Bien. Je vais vous aider à descendre, et je reviendrai chercher mon sac.

— Je peux porter le mien.

— Certainement pas.

Il tira la fermeture Éclair de son sac et le balança en travers de son épaule.

— De quel côté se trouve l'épave de l'avion ?

Tournant la tête, Maddy vit des rochers et des sapins de Douglas – ou des épicéas, ou des hemlocks, elle était incapable de faire la différence – plantés sur une pente vertigineuse.

Par quel miracle était-elle montée jusqu'ici ?

— Je ne sais pas, dit-elle, au bout d'une minute. Je suis montée parce que je me suis dit que ceux qui étaient après moi penseraient que j'étais descendue.

— Bien pensé, approuva Will.

— Je suis désolée.

Elle n'osait pas le regarder. Son air de compétence la faisait se sentir encore plus inepte.

— Ne le soyez pas. Vous êtes tombée du ciel, vous vous êtes blessée à la tête, et vous avez des fractures. Vous devriez être à l'hôpital. Je suis très impressionné par votre courage.

— Oh…

— Et maintenant, venez. Il faut vraiment que nous bougions.

Cela faisait déjà un long moment qu'ils marchaient.

Maddy n'avait pas une notion très claire du temps, mais elle était certaine qu'elle ne serait pas allée plus loin sans l'aide de Will.

La végétation devenait plus dense, masquant le ciel. Quoiqu'elle ne le regardât pas. Comme elle l'avait fait à l'aller, elle se concentrait sur ses pieds, sur le pas de plus à exécuter… et sur la main de Will dans le creux de son dos.

— Ici, ce sera parfait, déclara-t-il tout à coup.

Elle ouvrit de grands yeux, ne comprenant pas tout de suite.

Les arbres étaient moins malingres qu'un peu plus haut, mais leurs troncs n'étaient pas assez développés pour offrir une cachette. Puis elle vit un amas de rochers qui avaient dû se détacher de la paroi au fil des années, et qui formaient une sorte de grotte.

Sans un mot, elle se glissa à l'intérieur, même si cela n'avait rien de facile avec un seul bras valide. Elle avait tellement mal qu'elle était heureuse de s'arrêter, de se recroqueviller comme un animal dans sa tanière.

Will s'accroupit devant l'ouverture, et lui glissa son sac sous la tête, pour lui servir d'oreiller.

— Bougez le moins possible. Les rochers empêcheront que l'on vous voie depuis les airs ou depuis le haut de la falaise. Mais si quelqu'un approche à pied, il pourrait apercevoir quelque chose. Quand je vais revenir avec mes affaires, je vais essayer de trouver quelque chose pour masquer l'entrée.

Maddy hocha la tête.

— Vous allez réussir à me retrouver, n'est-ce pas ?

Son sourire modifia son visage aux traits rudes, le rendant chaleureux, et même sexy.

— Bien sûr. J'ai pris des repères.

— D'accord.

Contre toute attente, il tendit la main pour lui caresser la joue, avant de se redresser.

Deux pas et il fut hors de vue.

Elle l'entendit marcher pendant une minute ou deux, et elle se mordit la lèvre pour se retenir de l'appeler, le suppliant de ne pas l'abandonner.

Will se déplaçait aussi vite qu'il le pouvait.

Il n'aimait pas l'idée de laisser Maddy toute seule, mais ils avaient besoin de ce qu'il avait dans son sac.

Heureusement, la remontée se passa bien, malgré les tiraillements qu'il ressentait dans la cuisse et la hanche.

Après avoir vérifié qu'ils n'avaient laissé derrière eux aucune trace de leur passage, ne fût-ce qu'un emballage de gaze, il arrima le sac sur son dos et refit le chemin inverse.

Compte tenu de sa fatigue, il était soulagé de pouvoir se servir à nouveau de sa canne de marche.

Cette fois, il prit la peine de s'arrêter à plusieurs reprises pour observer les environs à l'aide de ses jumelles.

Il finit par apercevoir une zone où le haut des arbres avait été brutalement élagué, et eut envie de crier victoire. Il avait trouvé le lieu du crash.

Il calcula alors la distance avec l'endroit où se trouvait Maddy.

Il aurait préféré qu'elle soit plus éloignée du site de l'accident, mais il continuait à croire que sa cachette était idéale.

Lorsque Will arriva aux rochers, il prit peur. Ce qu'il voyait du visage de Maddy était livide.

Sa blessure à la tête était-elle plus grave qu'il ne l'avait cru ? Avait-elle perdu conscience ?

Mais elle poussa un lourd soupir, fronça le nez, et bougea un peu, comme si elle cherchait une position plus confortable.

Endormie.

Elle était seulement endormie. Et cela n'avait rien d'étonnant après tout ce qu'elle avait subi.

Elle se réveilla dès qu'il la toucha, en ayant aussitôt un mouvement de recul instinctif.

— Ça va ? demanda-t-il.

Après une infime hésitation, elle répondit :

— Je crois.

— Bien. Je vais laisser mon sac ici et me rendre sur le lieu de l'accident. Mais avant, je vais couper quelques branches de sapin pour dissimuler l'entrée. À moins que vous n'ayez besoin de… euh… vous soulager.

Elle cilla deux ou trois fois avant de répondre.

— Non, merci.

— Bien. Je fais aussi vite que possible.

La main de Maddy se referma sur son avant-bras.

— Vous n'allez pas appeler à l'aide ? Ou laisser qui que ce soit vous apercevoir ?

— Non. C'est promis.

Will ne savait pas ce qu'il pouvait dire d'autre.

Il était difficile de croire que quelqu'un d'autre se montrerait sur le lieu de l'accident, en dehors d'un randonneur qui, comme lui, aurait vu le crash se produire.

Soulagé de ne plus avoir à porter son sac, Will coupa quelques branches pour masquer l'entrée de la grotte, et s'en alla.

Les gravillons qui s'écrasaient sous ses semelles résonnaient avec force aux oreilles de Will. Il lui semblait que ses déplacements faisaient un bruit assourdissant.

Mais peut-être était-il le seul à l'entendre ?

Marquant une pause, il perçut le chuintement d'une cascade, le souffle du vent, et des piaillements d'oiseaux.

Il atteignait les premiers arbres fauchés par l'avion, apercevait les premiers éclats métalliques des pièces arrachées à l'appareil, quand il entendit le son reconnaissable entre tous d'un hélicoptère.

4

Le vrombissement du rotor était une musique aussi familière que détestable aux oreilles de Will.

Lors de ses déploiements, il avait passé beaucoup trop de temps dans les airs, espérant récupérer des blessés et pouvoir quitter le champ de bataille sans que leur appareil soit abattu.

Par précaution, il se dissimula sous les branches basses d'un pin hemlock. Selon toutes probabilités, il s'agissait d'un appareil d'une unité de recherches et secours, envoyé comme suite à un appel d'urgence passé par un quelconque témoin de l'accident.

Cependant, il gardait à l'esprit les peurs de Maddy, tout comme la mise en garde du marshal, et il n'avait pas l'intention de prendre contact avec les nouveaux arrivants.

L'hélicoptère restait hors de vue, ne s'approchant pas. Et pourtant, Will avait besoin de le voir.

Sur cette pente profondément inclinée, il était difficile d'avancer sans faire dévaler des fragments de roche. Il fit de son mieux pour être discret, en sachant que l'hélicoptère faisait assez de bruit pour couvrir les autres sons.

Il parcourut une cinquantaine de mètres, et repéra d'autres fragments de l'avion, mais pas la cabine ni les ailes. Finalement, un hélicoptère noir apparut entre les arbres. Sans endroit pour se poser, il patrouillait dans les airs, comme Will s'y attendait.

Il se dissimula à nouveau et leva ses jumelles.

De là où il se trouvait, il ne pouvait pas lire le numéro d'enregistrement auprès de l'Administration fédérale de l'aviation près de la queue de l'appareil. Il n'était même pas sûr qu'ils y soient.

Le pare-brise était teinté, ce qui lui permettait de voir la silhouette du pilote, mais pas son visage. Vêtu d'une tenue de camouflage, un homme était accroupi dans l'ouverture de la porte latérale. Une corde pendait dans le vide.

L'homme se tourna et sembla crier quelque chose au pilote. Puis il se pencha, attrapa la corde et pivota. Équipé d'un imposant sac à dos, il se laissa glisser le long de la corde comme s'il avait fait ça des dizaines de fois.

Un fusil automatique, du genre AK-47, était fixé au sac par des sangles.

L'esprit soudain gagné par la confusion, Will eut l'impression de voir double. L'autre scène avait des couleurs différentes. La végétation, les uniformes, la teinte de l'hélicoptère avaient des nuances de beige, brun et kaki.

À la vue de combattants ennemis, l'adrénaline l'envahit et il chercha son propre fusil. Quand sa main ne rencontra que le vide, il cilla.

Bon sang ! Ça ne lui était pas arrivé depuis un moment.

Il se passa la main sur le visage, suffisamment fort pour revenir à la réalité. Ce n'était pas l'Afghanistan, mais ça semblait quand même être devenu une zone de guerre.

Il ne pouvait pas se permettre de flancher.

Continuant à observer, il vit un autre homme remonter la corde et faire un signe. L'hélicoptère s'éleva un peu au-dessus des arbres mais, au lieu de repartir, il continua à dessiner des cercles au-dessus de la zone.

Ravi de porter un T-shirt vert grisé, Will se mit un peu plus à couvert de la végétation, se blottissant contre un arbre.

Quand il fut certain que l'hélicoptère s'éloignait, il entama un rapide débat interne. Aller de l'avant, ou revenir sur ses pas ?

Il n'avait pas d'autre choix que d'avancer s'il voulait en savoir plus sur l'autre victime.

Et il devait avoir confiance dans le fait que Maddy suivrait ses instructions, tout comme dans le fait que les branches de sapin qu'il avait disposées devant l'entrée de la grotte sembleraient naturelles vues d'en haut.

À peine deux minutes plus tard, une voix le figea sur place.

— J'ai trouvé le pilote.

Une autre voix masculine lui répondit à distance, mais les mots étaient inaudibles pour Will.

Donc, ils étaient deux. Au minimum.

Il prit le Glock, glissé dans le dos de la ceinture de son jean, et attendit, les oreilles aux aguets.

Les deux mêmes voix continuaient à s'interpeller.

Peut-être les hommes avaient-ils aussi trouvé le cadavre du marshal, mais Will n'en était pas sûr.

Il aurait aimé poursuivre ses recherches, mais avait conscience que le risque était trop grand. Maddy ne s'en sortirait pas sans lui, surtout maintenant avec la présence de deux soldats lourdement armés.

Des soldats ? Non, ils n'étaient pas cela. Plutôt des mercenaires. Des tueurs à gages.

Le marshal avait sauvé la vie de Maddy en lui ordonnant de fuir. Maintenant, c'était à lui de prendre le relais.

Maddy se réveilla en sursaut. Au-dessus d'elle, il y avait de gros rochers et un rai de ciel bleu filtrant par un interstice. Complètement désorientée, elle ne comprit d'abord pas où elle était, mais la douleur finit par la sortir de sa confusion.

Veillant à rester complètement immobile, elle tendit l'oreille. Will était-il revenu ?

Ce qu'elle entendit fut beaucoup plus menaçant.

Un hélicoptère.

La panique l'envahit. Will avait appelé les secours pour qu'ils soient hélitreuillés. Il ne l'avait pas crue. Il l'avait trahie.

Elle devait fuir.

Mais il avait promis, et elle avait promis de rester là.

Il n'avait pas dit « quoi qu'il arrive », mais c'était pareil.

Elle était bien cachée. Il suffisait qu'elle ne bouge pas.

Et s'il avait été capturé ? Ou peut-être tué ?

Tremblant malgré elle, se sentant comme une poule mouillée, elle se refusait toutefois à croire que Will s'était laissé surprendre. Il avait dit qu'il était un ancien militaire. Un infirmier, d'accord, mais ils se battaient quand même, non ? Ils recevaient la même formation, ils étaient entraînés au combat. Elle espérait qu'il avait emporté le pistolet. Au moins, il savait s'en servir.

S'exhortant au calme, elle se recoucha et attendit.

Une fois de plus, elle perdit la notion du temps. Ou peut-être n'avait-elle jamais repris conscience depuis l'accident. S'était-il déroulé plus d'une journée depuis ? Avait-elle rêvé les derniers événements ?

Elle s'accrocha désespérément au souvenir de Will Gannon, si grand et fort, avec un visage osseux qui pouvait paraître effrayant à première vue, mais des yeux si tendres…

Elle sentait comme un poignard lui transpercer la tête, la douleur irradiait dans tout son bras avec de plus en plus d'intensité.

Grinçant des dents, elle ravala son gémissement et formula une prière muette.

S'il vous plaît, Will. S'il vous plaît, dépêchez-vous.

Will s'arrêta à une vingtaine de mètres de la grotte pour utiliser à nouveau ses jumelles. Il n'entendait plus l'hélicoptère, mais le vit qui se dirigeait vers Stetattle Creek Valley.

Il fallait être stupide pour croire qu'on pouvait voir quelque chose du ciel dans cette zone. Stetattle Creek et Torrent Creek se trouvaient au milieu d'un fouillis de végétation aussi dense qu'une jungle. S'il pouvait emmener Maddy jusque-là, il serait quasiment impossible de les retrouver.

Malheureusement, il n'avait pas de machette pour leur ouvrir la voie…

Il se demanda s'il aurait pu trouver quelque chose de ce genre dans les restes de l'avion. Si seulement il était arrivé sur place avant l'hélicoptère !

Il se redressa et courut jusqu'à la grotte.

— Maddy ? C'est moi.

Le silence s'éternisa. Il était presque devant l'ouverture quand elle demanda :

— Will ?

— Oui. J'arrive.

Il écarta les branches de sapin qui masquaient l'entrée et rampa à l'intérieur.

Le visage livide et tendu, Maddy ne semblait tenir qu'à un fil.

— Vous avez entendu l'hélicoptère ? demanda-t-il.

— Il est passé au-dessus de moi.

Elle fit un geste vers la voûte.

— Ça bloquait le ciel.

— Mince !

Il prit sa main entre les siennes.

— Je suis désolé.

Il étendit ses jambes du mieux qu'il le pouvait, mais sa tête effleurait la voûte, et il redoutait une crise de claustrophobie. Depuis l'Afghanistan, et les longues heures passées dans les grottes à tenter de débusquer les talibans, il ne supportait plus l'enfermement.

— Vous avez trouvé l'avion ? demanda Maddy, d'un ton anxieux.

— J'ai seulement eu le temps d'apercevoir quelques débris avant l'arrivée de l'hélicoptère.

Il ne pouvait détourner les yeux du regard apeuré de Maddy.

— Ils ne m'ont pas vu. Deux hommes ont débarqué. Enfin, je n'ai entendu que deux voix. Je ne sais pas s'il y en avait d'autres. Mais votre marshal avait raison. Ces types avaient l'air de paramilitaires, et ils sont armés jusqu'aux dents. Ce n'était pas une opération d'assistance.

Elle battit des paupières. Il aurait compris qu'elle craque, mais elle ne le fit pas, et demanda d'une voix qui ne tremblait pas :

— Qu'allons-nous faire ?

— Ne pas nous faire prendre. C'est un vaste territoire sauvage. Ils sont naïfs de croire qu'ils pourront y retrouver quelqu'un. Évidemment, ils s'imaginent que vous êtes seule, potentiellement blessée, et incapable de vous en sortir dans des conditions aussi rudes.

— Je suis désolée de vous avoir entraîné là-dedans.

— Pas moi. J'ai toujours aimé les défis.

Le sourire de Maddy était légèrement tremblant, mais il était sincère.

— Merci.

Il sourit aussi, et ils s'observèrent ouvertement. Il était conscient des hématomes, des entailles, des cheveux en bataille, de la saleté, mais aussi de la délicate beauté qui se cachait en dessous.

Déconcerté, il savait qu'il devait dompter ce genre

de réaction. Elle avait besoin de quelqu'un pour la protéger. Point.

— Nous devons rester ici, dit-il. Au moins pour cette nuit. Pour le moment, l'hélicoptère continue à tourner, mais il va bien devoir finir par regagner sa base. Avant cela, nous ne pouvons pas prendre le risque de bouger. De toute façon, cela vous fera le plus grand bien de vous reposer. Demain, votre genou devrait aller mieux.

— D'accord.

Will songea que la docilité ne devait pas faire partie de ses habitudes, mais il se réjouit de son présent état d'esprit.

— En attendant, vous devez manger quelque chose.

Il fouilla une des poches extérieures de son sac, qu'il avait remplie d'un assortiment de snacks : cacahuètes, amandes, bœuf séché, caramels…

Elle plissa le nez de dégoût devant le bœuf séché, mais accepta un sachet de cacahuètes, une bouteille d'eau et deux ibuprofènes.

Will cala son dos contre la paroi et fit son propre choix pour une collation frugale. Maintenant qu'il était au repos, la douleur dans sa jambe et sa hanche devenait difficile à supporter. Il prit lui aussi deux antalgiques.

— Vous avez mal, dit-elle.

— Ce n'est rien.

— Vous avez dit que vous avez été blessé par balle.

— Mouais.

Will s'était involontairement crispé. Il avait eu droit à des séances de psy en plus de sa rééducation physique, mais il n'avait jamais été un grand bavard.

— Je pense que j'ai un peu trop tiré sur la corde, marmonna-t-il.

Tandis qu'il buvait une longue gorgée d'eau, Maddy garda les yeux fixés sur lui mais, à son grand soulagement, elle ne posa pas d'autres questions.

Comment pouvait-elle se sentir aussi bien dans un environnement aussi étrange, avec un homme qu'elle connaissait à peine ?

Heureusement que ni son corps ni son subconscient n'avaient de réserves à l'égard de cet homme. Étant donné le peu d'espace disponible, ils ne pouvaient s'éviter.

Le sol de terre et de gravillons était loin d'être plat, puisqu'il suivait la pente de la colline. Une fois que Will et elle eurent fini de manger, ils s'étendirent côte à côte, avec la tête en haut du versant.

Toujours frigorifiée, Maddy portait la parka qu'elle avait trouvée dans l'avion, tandis que Will avait roulé la sienne sous leurs têtes.

Au début, elle se tint toute raide à côté de lui, essayant de garder un peu d'espace entre eux, mais il finit par s'exclamer :

— Bon sang ! Venez ici.

Il l'attira contre lui, souleva doucement son bras dans l'attelle et le posa sur son torse.

Le mouvement initial lui fit mal, et elle poussa un petit cri. Mais bientôt, elle se détendit et le soulagement l'envahit. Le poids de son bras ne tirait plus sur sa clavicule.

— Ça va mieux ? demanda-t-il.

— Oui, admit Maddy. Merci.

Il grommela, ce qu'elle prit comme une façon de lui dire qu'il ne voulait pas de ses remerciements perpétuels. Mais comment aurait-elle pu ne pas lui être reconnaissante ?

Elle essaya de ne pas songer au lendemain. Will pensait que son genou irait mieux, mais il lui semblait au contraire que les blessures faisaient plus mal le lendemain.

De toute façon, ils ne pouvaient pas rester ici très longtemps. Mais elle s'inquiétait de la façon dont elle allait les ralentir. Le seul point positif était qu'ils n'allaient pas mourir de faim. En plus de ce que Will avait dans son sac, il y avait les barres énergétiques qu'elle avait récupérées dans l'avion.

Un curieux gloussement à l'extérieur, suivi d'un sifflement aigu, lui fit soudain redresser la tête.

— Des pikas, dit Will.

Comme elle ne savait pas ce que c'était, il dut lui expliquer qu'il s'agissait de gros rongeurs ressemblant à des lapins, les oreilles en moins, qui vivaient dans les anfractuosités des rochers.

— Ils font leurs terriers à l'intérieur.

— Comme nous.

— Plus petits.

Elle perçut à son intonation qu'il souriait.

Le sommeil finit par emporter Maddy, alors qu'elle essayait d'imaginer son retour chez elle, et constatait avec effroi qu'elle avait le plus grand mal à se rappeler les visages de son ancienne vie.

Lorsqu'elle se réveilla, Maddy constata que la lumière avait changé. Elle découvrit aussi qu'elle était complètement affalée sur Will, les jambes entrelacées aux siennes.

Embarrassée, elle commença à bouger. La douleur lui arracha un gémissement.

— Maddy ?

La voix enrouée de Will était toute proche de son oreille.

— Vous avez mal ?

— Est-ce que nous allons manquer d'antalgiques ?

— J'espère que non.

Maddy ne fut pas rassurée par cette réponse.

— Laissez-moi me lever, je vais vous en donner. Et de quoi manger, aussi.

Il la repoussa avec délicatesse, jusqu'à ce qu'il soit capable de s'asseoir et de fouiller dans son sac.

Elle avala les gélules avec une gorgée d'eau, sans demander ce que c'était, et piocha dans le sachet de raisins secs, en ayant l'impression de ne jamais avoir rien mangé d'aussi bon.

— Je n'arrête pas de dormir, dit-elle. Pourtant, je ne fais jamais la sieste habituellement.

— C'est une réaction normale après un traumatisme. Vous avez besoin de repos pour guérir.

Lorsqu'il lui donna l'heure, 17 heures, elle essaya de situer dans le temps les événements de la journée.

Scott et elle avaient quitté le petit aérodrome de Republic vers 8 heures, ce matin. Le vol jusqu'à Cascades Mountains avait probablement duré une heure. Combien de temps était-elle restée inconsciente jusqu'à ce que Will la trouve ? Et combien de temps avait-elle dormi depuis ?

Son esprit s'embrouillait, des pensées incohérentes l'envahissaient.

— Vous croyez que la bombe était reliée à une minuterie ? Si elle avait explosé plus tôt…

— Avant que vous soyez dans la montagne, vous voulez dire.

Il y avait visiblement pensé aussi.

— Elle pouvait en effet être reliée à un minuteur pour faire tomber l'avion à l'endroit le plus escarpé, ou être déclenchée par un signal radio. Par contre, je me demande pourquoi vous étiez si au nord.

— Je pense que Scott voulait me changer les idées en me faisant découvrir la région.

L'ayant perdu, elle comprit qu'elle commençait à penser au marshal comme à un ami.

— Et ça a marché. J'étais éblouie. Jusqu'à…

— Il a dû dire à quelqu'un ce qu'il avait prévu. Je pense qu'une personne était stationnée en bas pour envoyer un signal quand elle a vu passer l'avion. Je pense qu'elle se trouvait à Diablo, ou au bord de Ross Lake. Quelqu'un a très bien pu s'arrêter le long de la Highway 20 et sortir de voiture. Personne n'aurait prêté attention à un automobiliste en train de téléphoner.

— Non, bien sûr.

— Ils ont fait tomber l'avion trop vite, dit Will, la mâchoire dure. Un peu plus loin, et vous seriez tombés dans la zone de Picket Range. Je pense que vous vous dirigiez vers la passe entre Mount Terror et Mount Fury. La vue y est spectaculaire. Ensuite, vous auriez probablement bifurqué vers Shuksan, qui est un des endroits les plus fantastiques…

Il s'interrompit.

— Je ne vous aide pas, n'est-ce pas ?

— Je veux savoir, mais… Enfin, je ne sais pas si ça aurait fait une grande différence. L'avion a volé en éclats, vous savez. J'ai eu de la chance que ma ceinture me retienne et que ma section de la cabine soit restée suspendue dans les arbres.

— Plus loin, dans la zone des glaciers, il n'y aurait eu que des rochers, de la neige et de la glace.

Elle ferma les paupières, essayant de tenir bon.

— J'aurais voulu pouvoir les enterrer, ou recouvrir leurs corps avec des pierres. Les laisser comme ça…

— Vous avez bien fait de prendre la fuite aussitôt.

Il posa une main sur la sienne et la pressa gentiment.

Will se montrait-il aussi compatissant avec les soldats horriblement mutilés qu'il devait aider sur les champs de bataille ? Oui, c'était évident. Selon ses standards, elle était à peine blessée.

Une horrible image des cadavres dans l'avion traversa son esprit.

— Scott savait qu'il allait mourir.

— Je pense qu'il a dû s'accrocher à la vie de toutes ses forces jusqu'à ce que vous le trouviez. Il devait à tout prix vous mettre en garde, et il est mort en sachant qu'il vous avait donné une chance de survivre. Je suis sûr que c'était important pour lui.

Elle baissa la tête et se mit à renifler. Elle n'avait pas arrêté de pleurnicher depuis qu'il lui avait porté secours. Il devait probablement se dire qu'elle était une petite nature, ce qui était loin d'être vrai.

— Vous avez uriné ? demanda-t-il soudain.

Maddy sursauta. Elle aurait aimé pouvoir être aussi décontractée que lui pour parler de l'appel de la nature.

— Bien sûr que non. Vous m'avez dit de ne pas bouger.

— Dans ce cas, vous n'avez pas assez bu.

Il lui tendit sa bouteille d'eau.

— Nous allons en manquer.

— Vous avez apporté un jerrycan de l'avion. Dès que nous trouverons un torrent ou une rivière, je pourrai filtrer l'eau et le remplir.

Au lieu de boire à grandes goulées, elle sirota l'eau.

— Je pense que je devrais attendre qu'il fasse noir pour sortir.

— Il commence déjà à faire sombre. Vous n'aurez pas à aller loin.

— À votre avis, l'hélicoptère est encore dans le coin ?

— Je ne le pense pas. Je suis certain que les hommes sont toujours là, mais je n'ai pas pris le risque de les chercher aux jumelles.

Ils finirent par discuter de choses et d'autres. Elle avait envie de mieux le connaître. C'était bien naturel, puisqu'elle devait lui faire confiance.

Enfin, ça, c'était l'excuse qu'elle se donnait. En réalité, elle redoutait que sa curiosité ne soit liée à la fascination qu'exerçait sur elle cet homme, tout à la fois guerrier et gentleman.

Il hésita devant sa question, mais lui répondit qu'il s'était engagé dans l'armée après le lycée.

— Je n'avais pas d'argent pour l'université. Ça m'a semblé la meilleure porte de sortie.

— Comment cela ?

Il se trémoussa, comme s'il lui était inconfortable de parler de lui.

— J'ai grandi en Californie du Nord, près de Lake Shasta. C'est une région assez pauvre. Le tourisme est la seule industrie, mais les gens font surtout du camping. Avec mon père, nous vivions dans un vieux mobile home.

Will garda le silence un moment, le front barré par un pli soucieux.

— Je suppose que cela n'a rien à voir avec la façon dont vous avez grandi.

Maddy eut envie de mentir, mais ne put s'y résoudre. À quoi bon ?

— Non. Ma mère est principale d'un lycée. Mon père est cadre chez Microsoft. Je sais que je suis une privilégiée.

Bien plus que cela, réalisa-t-elle. Elle avait vécu dans une bulle protectrice, qui avait volé en éclats le jour où elle avait été confrontée à un tueur à gages.

— Allez-vous reprendre vos études, maintenant ?

— J'ai eu mon diplôme d'infirmier tout en servant la patrie. En alternance quand j'étais aux États-Unis, et par correspondance quand j'étais envoyé au front.

— Vous avez travaillé beaucoup plus dur que moi pour obtenir votre diplôme. Moi, je n'ai pas eu à faire d'efforts.

Bizarrement, elle ne l'avait jamais vu ainsi auparavant.

Il la regarda brièvement, mais tourna la tête avant qu'elle n'ait pu croiser ses yeux.

— C'est une façon de voir les choses.

Il avait parlé tellement sèchement qu'elle ne sut pas quoi répondre.

— Je vais sortir le premier pour aller me soulager. Ensuite, ce sera votre tour.

Il écarta les branches pour ramper à l'extérieur. En dépit de son but annoncé, il avait pris les jumelles et le pistolet.

Maddy ne put décider si c'était inquiétant ou rassurant.

5

Au cours des années qu'il avait passées à l'armée, Will avait appris à régler son horloge interne. Réveillé quelques heures avant l'aube, il se déplaça sur le côté pour se libérer du poids de Maddy endormie contre lui.

La nuit dernière, il avait transféré un maximum de choses dans son propre sac, abandonnant ce qui n'était pas essentiel. Il avait besoin d'une main libre pour soutenir Maddy, tandis qu'il prendrait appui sur sa canne de marche afin de les stabiliser tous les deux.

Après avoir lacé ses bottillons, il réveilla Maddy et lui tendit deux antalgiques et une bouteille d'eau.

Son gémissement l'inquiéta. Il s'était dit pendant la nuit qu'elle diffusait trop de chaleur, et qu'elle avait besoin d'antibiotiques.

— Bien, dit-il. Maintenant, il faut manger un peu.

Sans se plaindre, elle prit le sachet de müesli qu'il lui tendait et y piocha une pincée. Il l'entendit mastiquer tandis qu'il lui enfilait ses bottillons, s'assurant que ses chaussettes étaient bien remontées pour qu'aucun pli ne vienne la blesser.

— Comment va votre genou ?

Elle plia et déplia sa jambe.

— C'est douloureux. Mais pas autant que mon bras et mon épaule.

— À notre prochain arrêt, je referai vos pansements.

Il posa une main sur son front et tiqua.

— Je pense que vous avez de la fièvre.

Will savait que le mieux serait de la conduire à l'hôpital, mais il ne savait pas s'il pouvait prendre ce risque. Il songea à un ami médecin, qui avait quitté l'armée six mois avant lui. Javier serait probablement d'accord pour rédiger une ordonnance à son nom…

— Je suis prête, annonça Maddy, d'un ton décidé.

Dehors, la lune projetait un halo argenté sur le paysage. C'était une bonne chose dans la mesure où ça les aiderait à s'orienter, mais ça en ferait aussi des cibles idéales.

Tandis qu'ils entamaient ce que Will anticipait comme une lente et difficile descente, il croisa les doigts pour que leurs poursuivants ne soient pas des lève-tôt.

Maddy souffrait le martyre. Sa respiration était sifflante. Comment pouvait-elle faire ça ?

Le ciel s'éclaircissait, passant d'un gris sombre balayé d'un rai de lune brumeux à un gris clair. Ça lui permettait de mieux distinguer les arbres auxquels se raccrocher, et où mettre les pieds. Ses semelles écrasaient les gravillons et les faisaient parfois dévaler la pente, même si elle essayait de ne pas faire de bruit. Son genou était à la fois raide et douloureux, et tout le reste de son corps lui faisait incroyablement mal.

Lorsque l'aube donna au ciel des tonalités iridescentes,

ses tempes battaient avec une régularité mécanique et il lui semblait que sa boîte crânienne se contractait à chaque battement, lui broyant le cerveau.

À plusieurs reprises, elle revint à la réalité après avoir constaté qu'elle avait fermé les yeux, se laissant uniquement guider par la main de Will sur son coude et ses indications occasionnelles.

Sa clavicule était en feu, lui procurant une douleur inexprimable, sans doute parce que chaque mouvement exerçait un frottement sur les extrémités brisées.

Une fois de plus, Maddy se força à ouvrir les yeux, et fut aussitôt alarmée par la vivacité du ciel. Le soleil n'allait pas tarder à se lever, mais elle doutait que Will et elle aient beaucoup avancé.

Elle n'en pouvait plus. Elle devait s'arrêter. Et pourtant, elle garda les mâchoires serrées pour s'empêcher de le supplier de faire une pause.

Elle ferait peut-être mieux de mourir. L'idée lui paraissait de plus en plus séduisante. Elle n'avait qu'à se coucher là et attendre. Ce ne serait pas si compliqué que ça, et Will pourrait continuer.

— Je ne vous abandonnerai pas.

Elle avait dû penser à voix haute. Seigneur, avait-elle supplié aussi ? Elle qui s'imaginait être tellement stoïque.

Il lui parla à l'oreille.

— Nous allons bientôt arriver à couvert des arbres. Tenez bon, Maddy.

Au même moment, des coups de feu retentirent.

Will jura, la souleva et plongea. Ils dévalèrent une pente sur les fesses à une allure terrifiante.

Maddy eut l'impression qu'elle criait. Mais ce n'avait

plus d'importance, n'est-ce pas ? L'ennemi savait déjà où ils étaient.

Ils furent arrêtés dans leur glissade par un tronc d'une largeur comme elle n'en avait jamais vu.

Sonnée, Maddy regarda Will l'examiner rapidement, avant de la relever sur ses pieds.

— Il faut continuer.

— On nous tire dessus.

— Soit ils sont hors de portée, soit ils tirent au hasard.

Les sapins qui les entouraient étaient plus grands, réalisa-t-elle dans l'infime part de son cerveau qui n'était pas occupée par la peur ou la douleur. Malheureusement, la voie inclinée n'était pas une partie de plaisir, même pour une personne au mieux de sa forme.

Will l'obligeait à continuer, exerçant une ferme et constante pression de la main autour de sa taille, et affichant une expression sans pitié.

Une fois, elle essaya de se laisser glisser au sol en marmonnant :

— Je ne peux plus.

— Si. Vous pouvez.

Bientôt leur parvint le grondement sourd d'une cascade.

— Nous allons nous y arrêter quelques minutes, promit Will, et Maddy se sentit pousser des ailes.

Brusquement, le sentier déboucha au pied des chutes. Le vacarme y était assourdissant. L'eau tombait dans un jaillissement d'écume.

Will la fit s'asseoir sur un rocher plat et lui tendit une barre de céréales, dont il avait pris soin de déchirer l'emballage pour elle. Puis il alla remplir le jerrycan à la cascade et jeta quelque chose dedans, probablement une tablette purifiante. Pour finir, il déballa ce qui devait être une des barres énergétiques de l'avion.

— J'aurais pu manger ça, dit-elle.

Il lui lança un regard sévère.

— Le sucre vous donnera un coup de fouet.

Elle haussa la tête, ne se sentant pas la force d'argumenter.

— Est-ce qu'ils sont juste derrière nous ?

— Je ne pense pas. Ils tiraient de beaucoup plus haut que là où nous étions. Je doute qu'ils aient envie de se jeter dans le vide comme nous l'avons fait.

Quand il vit qu'elle avait terminé sa barre de céréales, il la fit boire. Elle trouva que l'eau avait un drôle de goût, sans doute à cause de ce qu'il avait utilisé pour la traiter.

— Vous vous sentez capable de continuer ? demanda-t-il, en l'enveloppant d'un regard inquiet. Sinon, je peux essayer de vous porter sur mon dos ?

— Non. Je peux le faire.

La nuit dernière, après avoir étudié sa carte topographique, Will avait pris la décision d'emprunter un chemin au sud-est, dans la direction d'Azur Lake, mais il avait maintenant l'impression qu'ils étaient beaucoup plus bas que le lac.

S'ils s'étaient dirigés par erreur vers l'est, la descente vers la crique serait moins ardue, mais beaucoup plus à découvert. D'ailleurs, les hommes qui les pourchassaient s'attendaient probablement à ce qu'ils choisissent cette option.

Maddy ne protesta pas, ne lui posa pas de questions et se laissa guider. Mais, lorsque arriva le début de l'après-midi, elle avançait de plus en plus lentement, à la manière saccadée d'un automate.

Bientôt, il la vit tanguer, le regard vitreux.

Ils devaient s'arrêter.

Will regarda autour de lui. Pas de grotte, hélas, mais d'épais bosquets bloquant toute visibilité à distance.

— Nous allons passer la nuit ici, décida-t-il.

L'air absent, Maddy regarda dans la direction qu'il lui indiquait. Puis elle hocha la tête et réussit à faire encore quelques pas.

Cherchant le ciel, les arbres poussaient selon des angles étranges, parfois presque couchés pour épouser la pente. Will repéra ce qu'il prit d'abord pour un très large tronc, mais réalisa bientôt qu'il s'agissait de deux arbres ayant poussé côte à côte. Leur inclinaison laissait un espace vide en dessous, permettant à deux personnes de s'y étendre.

Il aurait pu continuer, mais il était quand même soulagé de pouvoir poser son sac et se reposer un moment.

Lorsqu'il sortit sa montre d'une des poches, il réalisa qu'ils s'étaient mis en route depuis près de huit heures. C'était un miracle que Maddy ait tenu sur ses pieds aussi longtemps, surtout dans des conditions aussi difficiles.

Hélas, au rythme où ils avançaient, il leur faudrait encore deux à trois jours avant d'atteindre Diablo.

Voyant que Maddy tenait à peine debout, il se hâta de dérouler son fin matelas et, par-dessus, son sac de couchage. Puis il l'aida à s'asseoir et lui donna à nouveau des antalgiques et de l'eau.

Elle fixa pendant un moment les deux gélules dans sa paume, avant de les avaler. Il récupéra la bouteille d'eau et lui tendit une poignée de fruits déshydratés.

— Mangez.

Elle s'exécuta, dans un état second, gémit faiblement quand il l'aida à s'étendre, et ne tarda pas à s'endormir.

Will en profita pour la laisser et grimpa sur un escarpement qu'il avait repéré un peu plus tôt.

Couché à plat ventre, il chercha à repérer avec ses jumelles la trace d'autres humains. Un aigle à queue rouge le survola et disparut dans les arbres. Ayant apparemment décidé qu'il était inoffensif, un écureuil s'aventura à un mètre de lui.

C'était tout, et Will était à la fois dépité et contrarié de ne pas savoir où se trouvait l'ennemi. Quoi qu'il en soit, il pensait être capable de protéger Maddy. Ce qui l'inquiétait était la possibilité qu'elle meure de ses blessures ou d'une infection avant qu'il puisse la mettre à l'abri.

Maddy n'avait pas envie de se réveiller. Elle serra fort les paupières et tenta désespérément de faire revenir le rêve qui s'était évanoui comme un nuage de fumée.

Mais une odeur délicieuse vint lui chatouiller les narines et, même si elle avait mal partout, la faim fut la plus forte.

Avec un grommellement, elle ouvrit les yeux, et cilla le temps que ses yeux s'ajustent à un rai de soleil qui passait entre les troncs.

À quelques pas de là, Will était penché sur un réchaud à gaz, dont il s'était servi la nuit dernière pour chauffer de l'eau à verser sur des sachets de nourriture lyophilisée. Hier, c'était du poulet avec du riz au curry. Et elle avait trouvé ça délicieux. Comme de la vraie nourriture.

Et ce soir…

— Pot-au-feu ? demanda-t-elle.

Will redressa la tête et sourit.

— Oui. J'allais vous réveiller.

— Mon estomac l'a fait à votre place.

Elle commença à essayer de se redresser, et Will se précipita pour l'aider.

— Pourquoi je vais plus mal au lieu d'aller mieux ? s'exclama-t-elle.

— C'est tout à fait normal. Nous sommes partis à 4 heures du matin, et n'avons fait qu'une seule pause vers midi. Même pour une personne en parfaite santé ce serait une épreuve. Alors, avec vos blessures…

Il lui tendit un gobelet et une cuillère.

— Un dîner trois étoiles, plaisanta-t-il.

Maddy se rua sur la nourriture.

Voyant qu'il l'observait d'un air moqueur, elle se justifia.

— J'ai faim.

— C'est une bonne chose. Comment va votre tête ?

— Mieux, je pense. Ça veut dire que je n'ai pas de commotion ?

— Sans doute que si, mais sans gravité.

Le silence retomba entre eux pendant un moment, puis Maddy reprit la parole.

— Ce n'est pas bizarre qu'ils aient tiré sur nous ?

— Si. Il est vrai que nous nous trouvions à proximité du lieu de l'accident, mais ils n'avaient aucune raison de penser que nous serions deux. En outre, nous leur tournions le dos pendant la descente. Ils doivent savoir qu'il y a des randonneurs dans le coin.

Maddy frissonna malgré la chaleur de l'après-midi.

— Ils ne voulaient peut-être pas que des témoins de l'accident puissent appeler les secours.

— C'est ce que je me suis dit aussi.

— Le problème, c'est que maintenant ils doivent vous faire disparaître aussi.

— Si vous songez à vous excuser, ne le faites pas. J'étais là où je devais être.

Quelle chance elle avait eue qu'un homme tel que Will Gannon lui porte secours. Un soldat, un soignant, et un homme d'honneur.

— Il faudra bien que vous me laissiez vous remercier un jour.

Il grommela.

— Attendez que nous ayons retrouvé la civilisation.

Maddy termina son repas et demanda d'un ton léger :

— Je suppose que vous n'avez pas de thé dans votre sac ?

— Non, mais j'ai du café. Vous en voulez ?

— Vous plaisantez ? J'adorerais.

Will éclata de rire.

— L'eau sera chaude en un rien de temps.

Deux ans plus tôt, Maddy aurait dédaigné le café instantané. Après tout, il y avait des *coffee shops* à tous les coins de rue à Seattle, et même des marchands ambulants. Ce n'était que l'un des nombreux aspects qui avaient changé dans sa vie.

Will lui tendit bientôt un café avec du sucre et de la crème.

— Vous me faites penser à Mary Poppins et à son sac magique.

Il sourit.

— J'ai vu le film, mais je me souviens surtout du parapluie.

Elle ne put résister à l'envie de chantonner *supercalifragilisticexpialidocious*.

— Vous avez même du sucre.

— Heureusement, j'ai pris des provisions. Je pensais rester deux jours de plus, au lieu de rentrer tout de suite.

— Et c'est bien ce que vous faites. Mais vous avez deux bouches à nourrir.

Les yeux gris posés sur elle étaient intenses et chaleureux.

— La nourriture risque de se raréfier vers la fin, mais nous nous en sortirons.

Il sourit.

— Je vous offrirai un burger et des frites quand nous serons en ville.

La pensée était charmante mais irréaliste. Et cependant, elle s'y accrocha comme un espoir.

— Où pensez-vous que sont ces hommes ? demanda-t-elle. Vous ne semblez pas inquiet.

Il grimaça.

— Il est temps que je vous montre l'endroit où ils sont d'après moi, et que je vous explique en quoi c'est un problème.

Il déplia sa carte topographique, qui faisait apparaître de façon précise les reliefs et la végétation de surface.

N'en ayant jamais vu, Maddy observa attentivement tandis que Will promenait son index entre le sommet de la montagne qu'il avait escaladée, le lieu approximatif de l'accident, et finalement leur position actuelle.

À moins de se lancer dans une improbable expédition et de traverser un glacier au pied du pic aiguisé de Mcmillan Spire, il n'y avait qu'une seule voie possible : Stetattle Creek.

Will exprima l'évidence :

— Ils ne savent pas où nous sommes maintenant. Mais, à moins d'être totalement stupides, ils savent où nous serons bientôt.

Maddy ne pouvait détacher les yeux de la carte.

— Ils sont déjà sur place à nous attendre.

6

— Et si nous remontions ? demanda Maddy, à brûle-pourpoint.

Plusieurs heures s'étaient écoulées, et ils s'étaient couchés.

Depuis que Will lui avait montré la carte, ils avaient parlé d'autre chose, calmement et sans urgence.

Ce n'était rien d'important, et pourtant l'expérience s'était révélée étrangement intime. Il n'y avait eu aucun faux-semblant entre eux, pas de jeu.

Will avait l'habitude de cela. Quand son unité devait aller au combat, les hommes avaient l'habitude de discuter entre eux de cette façon.

Il se souvenait en particulier d'Alan Todd, qui avait décrit cette réunion comme son dernier repas. Avait-il eu une prémonition ? Quoi qu'il en soit, il était mort le lendemain.

Pour en revenir à Maddy, cela faisait bien une heure qu'ils n'avaient pas échangé un mot, et il fut surpris par sa question.

Ils avaient partagé une tasse d'eau pour se laver les dents et, la concernant, pioché dans une réserve de médicaments qui commençaient à baisser dangereusement. Ensuite, ils étaient partis chacun de leur côté, pour quelques nécessaires minutes d'intimité.

À présent, bien que la nuit ne soit pas complètement tombée, ils étaient couchés, blottis l'un contre l'autre pour se tenir chaud.

— Vous n'êtes pas en état de faire de l'escalade, répondit-il. Cela ajouterait deux bonnes journées à notre expédition, et une grande partie se ferait à découvert.

Il tourna la tête vers elle.

— Imaginez qu'ils nous surveillent, ou que l'hélicoptère revienne.

Elle ne dit rien.

— Ce sera déjà assez compliqué d'arriver jusqu'à Stetattle Creek. Et de plus, nous atteindrons Newhalem au lieu de Diablo, où j'ai laissé ma voiture.

Il réfléchit.

— Je suppose que je pourrais toujours vous cacher, et faire ensuite du stop pour aller récupérer ma jeep, mais si ces types m'ont vu…

Il était réellement inquiet à propos de cet itinéraire. La densité de la végétation serait un obstacle, et ils seraient envahis de moustiques. De plus, ils devraient traverser la rivière. Comment ferait Maddy sur les pierres glissantes ? Ou pour enjamber un tronc d'arbre tombé ?

Sans compter que les balles pouvaient pleuvoir de toute part…

Et la dernière partie du trajet consistait en un chemin balisé répertorié dans tous les guides. Que diraient-ils aux randonneurs qu'ils croiseraient ? Qu'elle avait eu un petit accident mais qu'elle allait bien ? Ils se souviendraient forcément d'elle. Ils en parleraient dans un gîte ou un magasin.

Maddy et lui ne pourraient pas quitter discrètement la nature sauvage, ce qui représentait un danger aussi réel que la possibilité d'une embuscade sur la route de Stetattle Creek.

De toute façon, il avait retourné le problème dans tous les sens, et il n'y avait pas d'autre possibilité.

La fièvre de Maddy n'avait pas augmenté, mais elle avait toujours trop chaud, ce qui voulait dire qu'une infection se développait quelque part dans son corps.

Et il y avait aussi le problème des victuailles.

Si tout se passait bien, ils ne seraient pas affamés. Mais ses provisions avaient baissé dramatiquement, et Maddy avait besoin d'un complément énergétique pour surmonter la douleur.

Tandis qu'il était étendu là, observant le bal agité des chauves-souris, Maddy resta sans bouger, jusqu'à ce qu'il soulève sa main libre et lui caresse les cheveux, tout doucement, du bout des doigts.

Elle soupira et se blottit plus étroitement contre lui. Cinq minutes plus tard, elle dormait, le laissant seul avec ses pensées.

Les peurs et les doutes tournaient comme un hamster dans sa roue. En même temps, Will était distrait par les seins de Maddy pressés contre lui, par la courbe de ses hanches, la chaleur de son souffle dans l'encolure en V de son T-shirt.

À quand remontait la dernière fois où il avait tenu une femme dans ses bras ?

Cela devait faire des mois. En tout cas, c'était avant qu'il risque de perdre sa jambe. Il ne se souvenait plus d'elle. Cela n'avait pas dû être extraordinaire.

C'était amusant qu'il soit aussi troublé par Maddy, considérant qu'elle avait les cheveux comme du carton, le visage tuméfié. Et il fallait bien reconnaître qu'elle ne sentait pas très bon, étant donné qu'ils n'avaient même pas pu faire un brin de toilette.

Ça donna à réfléchir à Will. Est-ce que cela faisait vraiment cinq jours qu'il était parti en excursion ? Lui-même ne devait pas sentir la rose, étant donné qu'il s'était contenté de ce que son père appelait « une toilette de chat ». Il avait un pain de savon et une serviette dans son sac. Dès qu'ils auraient atteint la crique, ils pourraient se laver.

Tu veux mourir propre ?

Irrité par cette voix défaitiste dans sa tête, il reprit le cours originel de ses pensées.

Il aimait dormir avec Maddy. Et il aimerait faire plus que dormir une fois qu'elle serait guérie…

Elle bougea un peu et soupira. Will sourit d'attendrissement, déposa un baiser sur le sommet de sa tête, et ferma les yeux.

Maddy ouvrit les yeux sur une aube grise et morose, sachant déjà qu'elle aurait mal dès qu'elle bougerait… Et aussi qu'elle était blottie contre un corps masculin exceptionnellement solide.

— Bonjour, beauté lumineuse, murmura-t-il.

— Ça me décrit parfaitement, marmonna-t-elle, tout en cherchant à se rappeler quel jour on était.

Mardi, décida-t-elle finalement.

— En parlant de luminosité, dit-il, j'ai l'impression qu'il n'y aura pas de soleil aujourd'hui.

Maddy était tellement habituée au climat plus sec et plus ensoleillé de Washington, que la perspective d'une journée de grisaille lui sapa le moral.

S'il pleuvait, ce serait encore pire. Elle ne fit toutefois aucun commentaire. Parce qu'ils devaient avancer de toute façon. Pleurnicher ne servirait à rien.

Elle tiqua en étirant ses jambes, espérant qu'elle n'aurait pas une crampe. Quand elle fut sur ses pieds, elle boitilla jusqu'à un buisson pour se soulager.

Quand elle revint, elle découvrit que Will avait fait chauffer de l'eau.

Il lui sourit.

— Je me suis dit que vous auriez envie d'un café.

— Excellente idée.

Il l'enveloppa d'un regard attentif.

— Comment vous sentez-vous ?

— Courbaturée. Mais mon genou va mieux.

Tandis qu'ils déjeunaient d'une barre protéinée et d'une poignée de fruits secs, Will parla à Maddy de la fois où il s'était brisé la clavicule durant un match de football à la base.

— Heureusement, je n'étais pas programmé pour

un départ en opérations, ou mon lieutenant aurait été sérieusement contrarié.

Il grimaça.

— La douleur s'estompe petit à petit, mais j'ai le regret de vous dire que ça prend des mois pour une guérison complète.

— C'est réconfortant !

Elle but une gorgée de café.

— Dites-moi, comment allons-nous éviter les tirs ?

— En nous déplaçant lentement et à couvert, et en faisant des reconnaissances.

— Et s'ils abattent des randonneurs innocents ?

Il secoua la tête.

— Ce n'est pas un chemin très fréquenté. Je crois que c'est Fred Beckey - le grand alpiniste connu pour avoir réalisé des premières en Alaska, au Canada, et dans les Cascades - qui a dit que la traversée de cette vallée était une pure désolation.

— Vous voulez dire qu'il y a un passage plus facile ?

— À partir d'ici ? Non.

Elle se contenta de hocher la tête. Qu'aurait-elle pu dire ?

Will se perdit dans la contemplation de son café pendant une minute, puis il vida d'une gorgée son gobelet et commença à rassembler leurs affaires.

Ils n'avaient peut-être pas encore atteint la partie la plus ardue de la descente, mais les pentes abruptes étaient une torture pour Maddy.

Elle n'avait pas été en terrain plat depuis son décollage de l'aérodrome, et elle commençait à se demander si elle retrouverait un jour cette sensation de pouvoir marcher sans mettre en danger son équilibre.

Elle devait en permanence utiliser sa bonne main pour s'accrocher à une branche, ou se servir de l'appui d'un rocher pour faciliter sa progression.

Will descendait toujours le premier, puis il se tournait pour lui prendre la main ou la rattraper si elle tombait.

Son bras et sa cage thoracique lui faisaient l'effet de… Elle ne savait pas. De charbons ardents, peut-être. Avec son attelle, il lui semblait qu'elle transportait la souffrance dans le pli de son bras.

Ses cuisses et ses mollets n'étaient pas à la fête non plus. Mais ça, au moins, c'était normal. N'importe quel randonneur, même le plus aguerri, aurait eu des tensions musculaires avec de tels efforts.

Elle essaya de se convaincre qu'elle était à la salle de sport, dans ces temps lointains où sa priorité dans la vie était d'avoir un corps de rêve. Oui, ses muscles protestaient alors, mais elle n'allait jamais au-delà de ses limites.

De temps en temps, elle apercevait un écureuil. Deux petits yeux brillants et curieux, le mouvement furtif d'un panache roux…

Une fois, Will l'arrêta en posant une main sur son bras.

— Écoutez. On dirait des coups de marteau. Je parie que vous ne savez pas ce que c'est.

Maddy se fit un plaisir de le détromper.

— Un pivert. C'est la première chose que j'ai entendue quand j'ai repris conscience après le crash.

Le regard de Will se fit plus intense.

— Vous avez perdu conscience ? Pendant combien de temps ?

— Comment voulez-vous que je le sache ? Je n'avais aucun moyen de savoir l'heure. J'ai perdu mon téléphone, et je ne porte jamais de montre.

— Désolé.

Il lui pressa gentiment la main et se remit en route.

Elle ne voyait plus maintenant que son dos, la masse saillante du sac, et ses jambes longues et puissantes.

Il avait vraiment une stature impressionnante.

Avec son mètre soixante-dix, elle ne se considérait pas comme une petite femme, mais elle lui arrivait à peine à l'épaule.

Une image de son petit ami s'interposa soudain dans son esprit.

Doug se faisait faire des manucures. Il avait des mains fines et élégantes, totalement dénuées de callosités. Mais elles n'enveloppaient pas les siennes comme le faisaient celles de Will. Elles ne lui procuraient pas ce frisson délicieux chaque fois qu'elles se posaient sur elle…

Doug ne lui aurait été d'aucune utilité en pleine nature, avec des tueurs aux trousses.

— Ça va ?

La voix de Will l'arracha à ses pensées.

— À merveille !

À la mi-journée, ils atteignirent une petite crique.

Maddy sortit de son hébétude en cillant.

Elle avait mis un pied devant l'autre comme un automate, indifférente à son environnement, mais elle réalisait maintenant que la végétation avait changé. Des arbres à feuillage caduc – des aulnes ? Des érables ? – se mêlaient aux épicéas et aux hemlocks.

Maddy avança d'un pas et glissa sur une pierre plate recouverte de mousse.

Une main solide enserrant le haut de son bras l'aida à conserver son équilibre.

— Il va falloir y aller très doucement à partir de maintenant, la prévint Will.

Un son étrange se mêla au bruit de l'eau. Maddy inclina la tête.

— Qu'est-ce que c'est ?

— Un oiseau. Sans doute une fauvette. C'est un petit passereau qui vit dans les milieux humides. Nous en verrons beaucoup, ainsi que des mammifères. Des chevreuils et des ours bruns surtout. Les élans se concentrent plutôt dans les terrains marécageux.

Maddy ne put retenir un frisson.

— Des ours ?

Il sourit.

— J'ai vu une mère et son petit qui mangeaient des airelles, juste avant que votre avion tombe. Ils n'ont pas fait attention à moi.

Une branche bougea non loin de là.

Alarmée, Maddy tourna la tête et vit un petit oiseau gris, avec les ailes brunes, un bec orange vif, et un curieux toupet rayé noir et blanc sur la tête.

— C'est un bruant, je pense, dit Will. Ils pullulent par ici.

L'oiseau s'envola si vite que Maddy ne parvint pas à le suivre des yeux.

— La végétation va s'épaissir, continua Will. Malheureusement, ça attire les mouches et les moustiques. J'aimerais rester un peu au-dessus de la crique, ce qui nous évitera d'être envahis de piqûres. Mais, si nous descendons un peu, nous pourrons nous laver.

Maddy se sentit soudain sale, transpirante, les cheveux gras… Le peu de peau qu'elle apercevait sur ses avant-bras était maculé de poussière et de sang séché.

— Vous voulez dire que nous allons pouvoir nous baigner ?

— Probablement pas.

Il se pencha en arrière pour se gratter le dos contre un tronc d'arbre.

— Cette eau vient de la fonte des glaciers. La température devrait être réfrigérante.

Il lui adressa un clin d'œil.

— Ça dépend de votre courage.

Elle grimaça.

— Je dois reconnaître que je suis du genre à tremper un orteil dans l'eau et à faire un bond en arrière si c'est trop froid. Mais, d'un autre côté, j'ai vraiment envie de me laver.

Il rit, s'étira et glissa ses bras sous les bretelles du sac à dos.

— Prête ?

Tandis qu'ils se remettaient en route, il lui conseilla :

— Faisons bien attention de parler à voix basse.

Maddy hocha la tête et ne put réprimer un frisson face au sous-entendu.

Selon Will, les mercenaires les attendraient en aval, près de l'endroit où Torrent Creek rejoignait Stetattle Creek. Mais il n'avait aucune certitude.

À la première occasion, il changerait de rive, parce que sa carte topographique lui indiquait que le paysage serait moins escarpé, et parce que les hommes se diraient qu'il avait conservé la même trajectoire.

Il fit arrêter Maddy quand il vit exactement ce qu'il voulait : un grand tronc tombé en travers du ruisseau, juste à proximité d'une cascade.

Il balaya les lieux avec ses jumelles, s'arrêtant quand son œil capta un mouvement.

Une loutre se tenait sur la rive, et c'était plutôt rassurant. Elle ne se serait pas montrée s'il y avait eu des humains à proximité. À l'évidence, elle n'avait pas encore senti sa présence et celle de Maddy.

Il lui tendit les jumelles.

— Regardez sur l'autre rive, à côté du rocher.

— Oh ! dit Maddy. Une loutre. Non, deux.

En effet, un des animaux venait de se glisser dans le courant, presque aussitôt suivi par le deuxième. Rien dans leurs mouvements n'indiquait qu'ils étaient apeurés.

— Ne bougez pas, dit-il à Maddy. Je vais jeter un œil.

Will se croyait préparé à ce qu'ils trouveraient dans la vallée. Mais, après deux minutes passées à batailler avec le feuillage touffu des saules qui poussaient sur la rive, il changea d'avis. D'autant que les grosses racines tordues qui affleuraient entre les rochers créaient de dangereux obstacles. Il en fit d'ailleurs les frais, et s'étala de tout son long, en effleurant un buisson d'aralie épineuse, que les locaux appelaient fort judicieusement « la main du diable ».

Jurant tant et plus, il se redressa et atteignit l'arbre couché qu'il espérait utiliser comme passerelle. En tombant, ses racines avaient soulevé le sol, et une végétation luxuriante avait poussé dans le trou, qui n'était presque plus visible.

Utilisant à nouveau ses jumelles, il ne vit rien de l'autre côté que quelques oiseaux. Quand une volée de taons commença à l'assaillir, il jura de plus belle et fit demi-tour.

Assise où il l'avait laissée, Maddy ne chercha pas à cacher son soulagement de le revoir.

— Alors ? demanda-t-elle d'un ton impatient.

— La voie est libre. Mais ce n'est pas facile d'accès. Avancez pas à pas, en prenant garde aux racines et aux buissons urticants.

Après un long périple semé d'embûches, ils arrivèrent au tronc couché, et Will décida de passer le premier avec le chargement.

Il espérait que le tronc n'était pas trop glissant. Ils ne pouvaient pas se permettre de tomber. Et ce serait d'ailleurs assez difficile comme ça pour Maddy, qui allait être obligée d'avancer à califourchon, en s'aidant d'une seule main.

Will se hissa sur le tronc, avança un pied, puis

l'autre, sauta légèrement pour éprouver la solidité de la passerelle improvisée, et décida que cela devrait aller.

S'il avait traversé une piscine, il ne se serait pas inquiété de tomber. Mais en contrebas, il y avait de l'eau en mouvement frangée d'écume blanche, et des amas de roche.

Dès qu'il fut de l'autre côté, la brume humide de la cascade l'aspergea, et il cilla, des gouttes d'eau accrochées à ses yeux.

En d'autres circonstances, il aurait peut-être songé qu'il émanait de cet endroit une impression magique, envoûtante de beauté sauvage. Il se serait attardé à observer l'eau d'un bleu vert irréel qui, canalisée entre d'immenses blocs de roche, formait une série de réservoirs naturels. Il aurait pensé que la cascade était l'endroit idéal pour offrir une cachette romantique aux amoureux en mal d'intimité.

Au lieu de quoi, il détermina que le tronc avait dû tomber au printemps. Sinon, il aurait déjà été recouvert d'une mousse glissante.

Après avoir déposé le sac à dos dans un endroit sec, il s'accroupit brièvement pour vérifier que le Glock n'avait pas glissé trop profondément au fond d'une poche, et serait facilement accessible.

Puis il retourna vers le cours d'eau avec plus d'assurance.

— Ça n'a pas l'air difficile, dit Maddy. J'ai un bon équilibre. J'ai même fait de la gymnastique quand j'étais petite. J'étais très douée à la poutre.

Il sourit.

— Vous voulez dire que vous êtes capable de faire un salto arrière dessus ?

— Non, mais je réussissais à faire une roulade, et même à sauter en ciseau.

— Eh bien, un conseil : ne le faites pas.

— Très drôle !

Finalement, comme elle refusait d'avancer à califourchon, au prétexte que ça allait prendre un temps fou, il lui proposa de s'accrocher à sa ceinture, tandis qu'il passait devant.

De temps en temps, il jetait un coup d'œil par-dessus son épaule, inquiet d'aller trop vite, ou que sa blessure à la tête perturbe l'équilibre de Maddy.

Au moment où il était en train de se dire qu'il ferait bien de faire attention à son propre équilibre, un de ses pieds dérapa.

Il vacilla au-dessus du cours d'eau, conscient qu'il entraînerait Maddy dans sa chute s'il devait tomber.

7

La tête penchée, Maddy se concentrait sur ses pieds.

Ce devait être dur pour Will, avec ses grands pieds. Cependant, il avançait avec confiance, la guidant, la rééquilibrant… jusqu'à ce qu'elle se sente vaciller.

Horrifiée, elle le vit tanguer et battre des bras, dans un effort désespéré pour ne pas perdre l'équilibre.

— Lâchez-moi ! cria-t-il.

Elle resserra au contraire sa prise sur la ceinture et se pencha de l'autre côté pour faire contrepoids, en se refusant à penser qu'il pesait beaucoup plus lourd qu'elle.

La lutte fut brève. Jurant comme un beau diable, il se redressa et elle aussi.

Le cœur de Maddy battait à tout rompre, et elle chercha son souffle en hoquetant.

Pendant une bonne minute, ni l'un ni l'autre ne bougea. Puis, comme si rien ne s'était passé, ils se remirent en marche et atteignirent l'autre rive.

Il sauta du tronc et se tourna pour l'aider. L'eau s'égouttait de ses cheveux en bataille, coulait sur son visage aux traits rudes, assombri par la colère.

La prenant par la taille, il la fit descendre, mais ne la libéra pas aussitôt. Il se contenta de la regarder, ses yeux gris devenus aussi sombres que du charbon.

— Je vous aurais emportée avec moi, dit-il, d'une voix enrouée.

— Je ne le pense pas.

Il secoua la tête.

— Je devrais vous remercier. Mais quand je vous imagine tomber sur ces rochers…

Maddy frissonna à cette évocation. Elle n'aimait pas non plus l'imaginer en train de se fracasser en contrebas, son corps ballotté par des tourbillons d'écume.

— Nous sommes sains et saufs, dit-elle.

— Oui.

Il referma les bras autour d'elle, et Maddy se laissa aller au réconfort qu'il lui offrait.

— Tout va bien, murmura-t-il.

Être près de Will lui procurait un sentiment de bien-être.

Forcément.

Mais il soupira, laissa retomber les bras, et fit un pas en arrière.

— Nous n'avons pas de temps à perdre.

Même si elle regrettait ce bref moment d'intimité, et le masque qu'il avait tiré sur son visage pour dissimuler ce qu'il ressentait, Maddy savait qu'il avait raison.

Will passa devant et plongea dans un dense mur de végétation. Elle suivit, soudain alarmée. S'il prenait trop d'avance sur elle, il lui serait impossible de le retrouver.

Durant les dix minutes suivantes, tandis qu'ils se frayaient un passage entre les saules, dans une atmosphère moite et infestée d'insectes, elle songea à la description que cet alpiniste avait faite de la région : une pure désolation. Et lui, au moins, n'avait pas des mercenaires aux trousses.

Écartant un peu trop tard sa main d'un buisson d'aralie épineuse, elle grimaça et tenta de se remémorer la carte de Will.

Ce n'était pas une pensée encourageante. Ils n'en étaient qu'au début.

Will n'avait jamais été aussi heureux de voir des traces d'un parcours animalier. Il se moquait de savoir quels types d'animaux l'empruntaient, piétinant les buissons et brisant des branches qui autrement l'auraient frappé au visage. Ça pouvait être des loups, des ours…

Des quantités de mammifères vivaient dans cette zone : des blaireaux, des martres, des visons, et de gros félins qui ne se montreraient pas. Tout comme les marmottes et les pikas, les bouquetins demeuraient à une altitude plus élevée, tandis que les élans préféraient les terrains marécageux.

Soudain, Maddy tira sur sa chemise.

— J'ai entendu quelque chose derrière nous.

Immédiatement, ils se couchèrent dans les fougères. Will sortit le Glock de son sac à dos et se tint aux aguets.

Il vit d'abord bouger des feuilles, et poussa un soupir de soulagement.

— Regardez, murmura-t-il.

Sous les yeux ébahis de Maddy, une biche venait de sortir du fourré, accompagnée d'un faon au dos tacheté de blanc. Tandis que l'animal grignotait quelques feuilles tendres, Maddy retint son souffle. C'était la première fois qu'elle voyait un cervidé de si près.

Tout à coup, la biche leva la tête, les oreilles aux aguets, et parut fixer Maddy de ses grands yeux de velours doux et émouvants. Après un curieux reniflement, elle s'enfuit d'un bond. Le faon l'imita aussitôt, et ils disparurent dans les taillis.

— Ces monstres ne vont pas les tuer, n'est-ce pas ?

— Des coups de feu trahiraient leur position. Cela provoquerait une attention dont ils ne veulent pas. En outre, la chasse est interdite dans un parc national.

Leur progression sur le chemin forestier était d'une lenteur exaspérante.

Ils firent une pause pour se restaurer, et Will donna à nouveau des antalgiques à Maddy.

Il grignota quelques noisettes, mais refusa la barre chocolatée, en espérant qu'elle n'avait pas remarqué qu'il n'en restait presque plus. À la place, il prit une barre énergétique, à la consistance pâteuse et sans saveur.

Ce soir, ce serait leur dernier repas chaud, et c'était

un miracle qu'il ait pris davantage de nourriture en supplément qu'il n'en avait le souvenir.

D'ici à demain soir, ils commenceraient à avoir faim. Rien de dramatique toutefois. Ils n'étaient plus très loin de Diablo et Skagit River.

Maddy avait davantage besoin de calories que lui. Les efforts qu'elle faisait malgré la fièvre et la douleur l'épuisaient. En fait, il venait de constater, en jetant un coup d'œil par-dessus son épaule, qu'elle était à nouveau totalement robotisée, avançant d'un pas mécanique, le regard vitreux.

Lorsqu'ils arrivèrent devant un petit cours d'eau – l'un des nombreux affluents charriant la neige fondue jusqu'à Stetattle Creek, il décida que le moment et l'endroit étaient tous deux parfaits.

Ils traversèrent le ruisseau en ayant à peine de l'eau jusqu'aux chevilles, puis ils s'enfoncèrent dans un sous-bois, où ils trouvèrent un abri dans un arbre creux. C'était un cèdre, beaucoup plus imposant que ses congénères alentour, encore à l'état d'arbrisseaux. Des marques noires sur le tronc suggéraient qu'il avait survécu à un incendie qui avait décimé la forêt, où étaient apparues depuis des repousses spontanées.

Une fois de plus, il déroula le matelas et le sac de couchage pour Maddy.

Avec un grognement, elle s'allongea sur le côté, et se recroquevilla sur elle-même.

Will posa une main sur sa tête. Elle était en feu. Il allait devoir changer ses pansements pour se donner une chance de vérifier des signes évidents d'infection.

Sans rien d'autre que du savon et une pommade antibio, il ne pouvait pas faire grand-chose.

Pour le moment, il allait tout simplement la laisser se reposer.

Quand elle se réveilla, Maddy ne pouvait pas dire qu'elle allait mieux, mais le simple fait d'être couchée était quand même un soulagement.

Elle tourna la tête et vit que Will était en train de boire un café dehors. Assis le dos contre le tronc de leur arbre, ses longues jambes étendues devant lui et croisées aux chevilles, il tenait une tasse métallique entre les mains. Ses cheveux étaient plus emmêlés que jamais, et le duvet sombre sur ses joues s'était maintenant transformé en barbe. Sa chemise de flanelle avait une déchirure, son jean était sale, et ses avant-bras étaient couverts de griffures.

Ressentant une démangeaison, Maddy leva son propre bras. Il était quadrillé d'estafilades. Plus précautionneusement, elle se tâta les joues. Mouais, son visage aussi. Un souvenir cuisant de sa rencontre avec l'aralie épineuse.

Will tourna la tête.

— Bien dormi ?

— Je ne sais pas trop…

Elle voulut lui sourire, mais elle avait du mal à bouger les muscles de ses joues, et sa tête lui faisait un mal de chien.

— En fait, je ne me sens pas très bien.

— Je sais, dit-il calmement. Vous avez une poussée

de fièvre. Une fois que vous aurez bu un café, je vais examiner vos blessures. Nous pourrons aussi nous laver un peu dans la rivière.

— Pas de bain ?

— J'ai bien peur que non. Croyez-moi, une fois que vous aurez senti la température, vous n'aurez pas envie de sauter dedans.

Quinze minutes plus tard, Maddy découvrit combien Will avait raison. Criant toujours après avoir retrouvé sa main, elle ne comprenait pas comment, avec de telles températures, l'eau pouvait couler et non geler sur place. En tout cas, elle avait la limpidité du cristal et scintillait sous le soleil encore vif de cette fin d'après-midi.

Elle aurait pu se sentir gênée quand elle ôta sa chemise, si l'expression de Will n'avait pas été aussi clinique.

Il examina son bras au-dessus et en dessous de l'attelle, mais il décida de ne pas l'enlever. Il nettoya quelques plaies qu'elle avait presque oubliées, et y appliqua une pommade.

Après avoir examiné sa bosse à la tête, il eut un grognement qu'elle prit pour une approbation.

Il lui ôta ensuite ses bottillons et ses chaussettes, puis fit glisser son jean sur ses jambes. Il vit alors quelque chose qui lui fit pousser un juron.

Maddy se démancha le cou pour voir aussi.

Même s'il y mettait toute la délicatesse possible, le contact de ses doigts la fit sursauter.

— C'est bien infecté, grommela-t-il.

Elle ne voyait pas bien l'endroit qu'elle préférait désigner comme le bas de ses hanches, mais qui était probablement son fessier.

Le temps que Will finisse de nettoyer le pus de ce qu'il avait appelé une profonde coupure, Maddy haletait de douleur, les poings serrés.

Il dut dire au moins dix fois qu'il était désolé.

Finalement, il lui prépara des vêtements propres.

— Je pense que vous pouvez vous passer de ça, maintenant.

Il roula le bas de pyjama qui lui avait servi de caleçon long, et le fourra au fond du sac, puis il s'éloigna pour qu'elle puisse se laver.

— Appelez-moi en cas de besoin. Je ne serai pas loin.

Eau glacée ou pas, cela faisait un bien fou de pouvoir se laver partout où elle pouvait accéder. Sauf que, waouh, elle aurait donné cher pour mettre la main sur un rasoir.

Lorsqu'elle eut terminé, elle appela Will, qui l'aida à enfiler son jean, passa un T-shirt au-dessus de sa tête et de son bras en attelle, et compléta le tout avec un de ses sweat-shirts.

Roulant les manches une après l'autre, Will démontra une fois encore son incroyable patience. La tête penchée, il se concentrait sur ce qu'il faisait, déterminé à ne pas lui faire mal.

Comment ces grandes mains pouvaient-elles être si adroites et si douces, cela dépassait l'entendement de Maddy.

Soudain, elle l'imagina avec un enfant. Son cœur se

gonfla de tendresse, tandis que des larmes lui venaient aux yeux.

Elle comprit alors qu'elle pourrait aimer cet homme. Ou peut-être était-ce déjà le cas. Même l'idée de lui dire au revoir lui était insupportable.

S'il ne ressentait pas la même chose, elle ne pourrait rien faire. Elle ne pouvait pas lui faire porter le poids d'attentes dont il ne voulait pas.

D'ailleurs, il lui ferait peut-être remarquer qu'elle confondait la gratitude avec un autre sentiment.

Tout à coup, elle avait envie de toucher sa barbe, curieuse de savoir si elle était rêche ou douce.

Tandis qu'elle soupirait, elle remarqua qu'il avait basculé sur ses talons et l'observait avec perplexité.

Rougissante, elle dit :

— À votre tour.

Il hocha la tête.

— Reposez-vous un moment. Je préparerai le dîner dès que j'aurai terminé.

Maddy retourna à leur campement, s'assit sur le matelas en tournant le dos à Will. Les yeux fermés, elle écouta chaque petit bruit, imaginant le ruissellement de l'eau sur ce corps d'homme qu'elle brûlait de sentir contre elle, et résista à l'envie de jeter un coup d'œil.

Will plongea la tête dans l'eau et se servit du savon pour se laver les cheveux. Il le fit autant par souci de propreté que parce qu'il avait besoin de rafraîchir son corps en feu.

Il aurait donné cher pour savoir ce qui avait fait

rougir Maddy. Le simple fait de se poser la question lui nouait l'estomac.

Il savait pourtant qu'elle n'était pas pour lui. C'était un océan qui les séparait, large, profond. Il avait grandi dans la pauvreté, elle dans les privilèges. Il avait passé sa scolarité dans des établissements publics de seconde zone et avait pu faire des études d'infirmier grâce à l'armée. Elle avait étudié à Stanford, et elle était avocate. Les hommes avec qui elle sortait n'avaient pas des cicatrices plein le corps. Ils connaissaient les meilleurs restaurants, savaient choisir les vins…

Will admirait et appréciait Maddy et, oui, il la désirait. Mais elle n'était pas pour lui.

Oui, mais son corps ne voulait pas entendre ce discours. Et puis, peut-être qu'il se trompait… Est-ce que ces avocats retors et ces hommes d'affaires en costume de prix la méritaient ?

Pas si sûr.

Il fit ce qu'il put avec le pain de savon et l'eau froide. Enfiler des vêtements propres lui fit du bien, mais il savait qu'ils seraient trempés de sueur, sales et peut-être déchirés avant la fin de la journée. Et c'étaient les derniers qu'il lui restait.

Il se passa la main sur la mâchoire et le cou, et regretta de ne pouvoir se raser. Il laissait fréquemment pousser sa barbe quand il était en permission, mais ça finissait invariablement par le gratter, et il se rasait de près à la première occasion.

Lorsqu'il retourna au campement, Will constata que Maddy était de mauvaise humeur.

— Si seulement je n'étais pas aussi nulle ! s'exclama-t-elle, agacée.

Il s'accroupit devant elle.

— Que se passe-t-il ?

— Je ne sais même pas comment utiliser un réchaud pour faire chauffer de l'eau. Et même si je savais, je ne pourrais pas avec une seule main.

— Ce n'est pas ça qui vous chagrine.

Elle tourna la tête, mais il lui prit le menton et l'obligea à le regarder.

— Qu'est-ce qui ne va pas ?

— Je suis furieuse. Ils m'ont volé ma vie. Cela fait un an que je n'ai pas voix au chapitre. Vous savez ce que ça fait ?

— Oui. J'étais dans l'armée.

— Vous l'avez choisi !

Était-ce le cas ? Bien sûr, il avait signé les papiers mais, s'il avait eu le choix, il aurait intégré une université plutôt que de s'engager dans l'armée.

Mais il ne répondit pas.

— Une fois que vous aurez témoigné, tout sera terminé.

Il se leva, mais elle le retint par la jambe de son pantalon.

— Attendez !

Ce fut ce qu'il fit.

— Je suis désolée. Je déteste pleurnicher. En plus, j'avais l'air d'une enfant gâtée. Je ne suis pas comme ça, d'habitude, vous pouvez me croire.

Will ne put résister à la supplique dans ses yeux noisette. S'accroupissant à nouveau pour être à sa hauteur, il dit :

— Vous avez parfaitement le droit de pleurnicher. L'année qui vient de s'écouler a dû être tout à la fois frustrante et effrayante. Et vous avez atteint le comble de l'horreur avec ces derniers jours.

Il eut une petite moue de sympathie.

— C'est vraiment si grave que ça, que vous ne sachiez pas vous servir d'un réchaud ?

— Non. Vous avez raison. Ignorez-moi.

Il secoua la tête.

— Ça ne risque pas d'arriver.

Il fit chauffer de l'eau et lui demanda ses préférences pour le repas du soir.

Tandis qu'ils dînaient, Will demanda à Maddy de lui parler de la vie qu'elle avait « perdue », même s'il ne le dit pas de cette façon.

— Eh bien… J'avais un appartement à West Seattle. Agréable, mais pas luxueux. J'ai eu de la chance de le trouver, étant donné que tout est tellement cher à Seattle. Je ne sais pas si mes parents continuent à payer le loyer, où s'ils ont récupéré mes affaires et rendu l'appartement.

— Une voiture ?

— Oui, parce que j'en avais besoin pour aller voir des clients. Sinon, je ne conduis pas beaucoup. Les parkings sont difficiles à trouver, et on peut aller n'importe où en bus. Il y a une épicerie à cinq cents mètres de chez moi, et j'adore marcher.

Elle grimaça.

— J'adorais marcher.

Will sourit.

— Je sortais avec un avocat.

Elle fixa le vide un moment et secoua la tête.

— Je ne pense pas que ça aurait duré. Je suis certaine qu'il a tourné la page depuis longtemps.

— Et si vous découvrez qu'il vous a attendue ?

— Je suis sûre que non. Mais ce n'est pas grave. Nous avons passé de bons moments, c'est tout. Et puis, je ne suis plus la même personne.

Will comprenait cela. Sa propre vie avait été totalement chamboulée. Mais il était possible que Maddy se glisse à nouveau dans ses anciennes habitudes, et oublie ce que c'était d'être impuissante, effrayée et en fuite.

Il l'interrogea sur le cabinet d'avocats et le travail qu'elle y faisait. Tout naturellement, elle finit par parler de Laura Bessey, la femme qu'elle était allée voir, et qui avait été assassinée.

— Elle avait été renvoyée de son emploi pour une raison qu'elle affirmait être fausse.

—Et vous pensez que Brian Torkelson en était responsable ?

— Étant donné qu'elle avait l'intention de porter plainte contre lui pour viol, oui.

Elle laissa passer un silence et regarda autour d'elle.

— C'est tellement joli ici, tellement vert.

— Oui, c'est une très belle région. C'est la première

fois que je fais de l'escalade par ici, mais ça ne sera pas la dernière. J'aimerais bien trouver un coéquipier, d'ailleurs.

— Je me disais justement que j'aimerais peut-être faire de la randonnée, ou de l'escalade. Mais ce n'est peut-être pas le meilleur moment pour faire des projets.

— Pourquoi pas ?

Il s'éclaircit la gorge.

— Nous allons nous en sortir, Maddy. Vous avez ma parole.

— Vous ne devriez pas dire ça. Et je ne devrais pas vous croire.

Elle le regarda longuement, intensément.

— Et pourtant, je vous crois.

— Accrochez-vous à ça.

Il lui prit la main, et découvrit qu'il était plus facile d'être optimiste quand ils avaient un contact physique.

— Je suis désolée. Je suis désolée.

— Maddy.

Des mains fermes la secouaient.

— Vous rêvez. Ce n'est pas réel.

Pas réel ? Dans l'obscurité, elle ne parvenait pas à s'orienter. Où était-elle ?

Will. Bien sûr, c'était Will qui la réveillait d'un cauchemar.

Sans s'en rendre compte, elle s'était assise, et son bras la soutenait.

Elle frissonna et tourna la tête contre son torse.

— Je rêvais que j'étais de retour là-bas, sur le lieu de l'accident. J'ai vu Bill et Scott…

— N'y pensez plus. Recouchez-vous et essayez de dormir. Vous en avez besoin.

— D'accord.

Elle leva la tête impulsivement pour l'embrasser sur la joue.

Mais elle trouva sa bouche.

La consternation se mêla à l'excitation.

Avant qu'elle n'ait eu le temps de s'écarter, il posa une main sur sa nuque.

— Maddy ?

Ce fut tout ce qu'il dit, mais elle comprit la question.

8

Maddy leva la main vers sa joue, caressant sa barbe du bout des doigts, et la réponse suffit à Will.

Il effleura ses lèvres des siennes, les mordilla un peu. Elle reprit son souffle, et il se risqua à approfondir ce baiser.

Doucement, se mit-il en garde.

Même si elle n'avait pas été blessée, et dans un état second à cause de la fièvre, il ne pouvait pas les entraîner trop loin.

Pas alors que sa survie dépendait de lui.

Pas quand il avait conscience que ce qu'ils ressentaient l'un et l'autre à l'instant n'était peut-être pas réel.

Mais il savoura ce baiser.

Maddy aussi semblait y prendre goût.

Et pourquoi pas ? Il venait de la réveiller d'un cauchemar. C'était une bonne façon pour elle de se changer les idées.

Et puis, il lui avait quasiment promis de mourir pour elle. C'était une raison comme une autre pour qu'elle l'apprécie.

— Allez dormir, dit-il.

Il n'ajouta pas que le lendemain serait un jour important, parce que c'était l'évidence même.

Demain, songea-t-il sombrement, ils ne seraient pas à la fête. Étant donné qu'ils n'avaient pas de moyens de riposte face aux coups de feu qu'ils ne manqueraient pas d'essuyer, leurs options n'étaient pas fantastiques.

Quand il s'étendit à côté de Maddy, Will remarqua combien elle se tenait raide. Si elle avait pu lui tourner le dos, il était certain qu'elle l'aurait fait.

Il avait dû se montrer trop brutal dans son rejet. Mais c'était avec la meilleure des intentions.

Le sommeil ne viendrait pas facilement, et cela n'était pas dû à son estomac vide. Il avait déjà eu faim à de nombreuses reprises, aussi bien pendant son enfance que lorsqu'il était soldat.

Non, c'était plutôt le souci du lendemain qui le tiendrait éveillé…

Le visage caressé par de hautes fougères, Maddy était assise entre les racines d'un arbre tombé. Il avait dû s'effondrer l'hiver dernier, et la végétation n'avait pas tardé à remplir la profonde cicatrice laissée dans le sol par son déracinement.

Will avait décidé qu'il partirait en éclaireur et reviendrait la chercher. Il l'avait déjà fait deux fois aujourd'hui.

Elle ne pouvait pas lui dire combien elle détestait

être laissée ainsi en arrière, ni combien elle avait peur pour lui durant ces longs interludes où elle ne pouvait pas savoir ce qu'il lui arrivait.

En attendant, elle s'accrochait au souvenir de leur baiser.

Contre toute attente, son bras et son épaule la faisaient davantage souffrir quand elle était assise que quand elle marchait. Ce n'était probablement pas le cas, et ça s'expliquait par le fait qu'elle n'avait rien d'autre à faire que d'être à l'écoute de son corps.

Pour tout arranger, ça la grattait furieusement sous l'attelle, là où bien sûr elle n'avait pas accès.

En fait, elle avait peur de bouger, à cause de la présence de buissons d'épineux. Les égratignures sur ses mains, faites la veille, la démangeaient encore.

Mais ce qui occupait le plus ses pensées, c'était l'impression qu'on l'observait. Le moindre son la faisait sursauter.

Elle redoutait surtout les coups de feu, ayant conscience qu'il faudrait un temps fou à Will pour revenir vers elle s'il en réchappait.

Et si ce n'était pas le cas ?

Ce matin, Will avait rempli ses poches de nourriture : fruits déshydratés, cacahuètes, deux barres de céréales… Il n'avait pas dit pourquoi, mais ce n'était pas la peine. Il voulait être sûr qu'elle ait de quoi manger si elle se retrouvait seule.

Un froissement de feuilles sonore dans les saules et les trembles près de la rivière lui fit relever la tête.

Quiconque s'approchait se moquait d'alerter par sa présence.

Est-ce que Will et elle étaient aussi bruyants quand ils se déplaçaient ?

Elle pria pour qu'il s'agisse de Will.

Et dans le même temps, elle savait que ça ne pouvait pas être lui.

Elle resta immobile, le cœur battant à tout rompre. Bientôt, elle vit apparaître une silhouette noire au bord de la rivière.

Un grizzli ? Non, ils étaient bruns. Plutôt un ours.

Devait-elle rester immobile, en espérant qu'il ne la remarque pas ? Ou fallait-il qu'elle fasse du bruit pour le chasser ?

L'ours tourna la tête dans sa direction. Ses narines frémirent. Puis il se jeta à l'eau, et pataugea à grands bruits.

Elle relâcha son souffle, tremblant de tous ses membres.

La nature sauvage n'était décidément pas faite pour elle.

Dix minutes plus tard, l'ours s'en était allé et Will la rejoignit.

— Ça va ? demanda-t-il en s'asseyant à côté d'elle.

Ses cheveux étaient pleins de feuilles, il y avait de nouvelles égratignures sur son visage et ses bras, et le devant de son T-shirt beige était trempé de sueur.

— J'ai eu la peur de ma vie en apercevant un ours. Mais, à part ça, tout va bien.

Comme il lui était impossible de déchiffrer son expression, elle finit par demander :

— Vous avez vu quelqu'un ?

Il secoua la tête.

— Non, mais je ne crois pas qu'ils aient renoncé.

— Vous voulez quelque chose à manger ?

— Non merci.

Il se releva.

— Allons-y.

Maddy se leva à son tour et le suivit, ravie qu'il écarte les branches pour elle et les tienne jusqu'à ce qu'elle soit passée.

Elle se sentait coupable aussi d'avancer si lentement. Sans elle, Will aurait pu marcher trois fois plus vite.

Sans elle, il ne se trouverait pas dans cette situation, se souvint-elle. Et une fois de plus, elle reconnut qu'elle avait beaucoup de chance de l'avoir rencontré.

— Nous devons traverser la rivière ici, dit-il. On a pied, mais le fond est glissant.

Maddy hocha la tête stoïquement.

— Mettez vos pas dans les miens.

La bruine constante autour de l'eau mouvante créait un environnement propice à la mousse. D'une étonnante couleur vert émeraude, elle recouvrait les pierres et enveloppait les arbres tombés.

Will avait presque atteint l'autre rive quand il entendit un bourdonnement distant.

Il leva les yeux, mais ne vit rien dans le ciel d'un bleu uniforme, sauf quelques nuages cotonneux regroupés au-dessus de Picket Range.

Le son s'amplifia et il sut.

— Un hélicoptère ! cria-t-il.

Il fit demi-tour et prit la main de Maddy.

— Dépêchez-vous.

Ils pataugèrent à grandes enjambées dans l'eau sur les quelques mètres qu'il restait à parcourir, et ils trouvèrent bientôt refuge dans les bosquets désormais familiers de saules, d'aulnes et de trembles.

Même si ni l'un ni l'autre ne portait de couleurs vives, il n'était pas certain que le feuillage fût suffisamment dense pour les masquer d'en haut.

Le bourdonnement s'accrut, tel celui d'une ruche surpeuplée.

Il pouvait s'agir d'un hélicoptère de tourisme ou de secours.

Will n'y croyait pas trop cependant.

Un épais bosquet de fougères impériales, dont les frondes pouvaient atteindre quatre-vingt-dix centimètres de haut et un mètre cinquante de long, lui parut être leur meilleure option.

Ils se dissimulèrent en dessous, et Will s'empara du Glock.

Vingt secondes plus tard, un hélicoptère noir apparut, volant dangereusement bas.

Presque au même moment, un daim pris de panique détala.

Une bonne diversion, songea Will.

L'hélicoptère s'éloigna.

— Ils deviennent nerveux, dit Will. Ils doivent avoir peur de nous avoir perdus.

— Ils pensaient peut-être que nous serions descendus plus vite de la montagne.

Tout ce que Will voyait, c'était ses bottillons. Il referma ses doigts autour de sa cheville, parce qu'il avait besoin de la toucher.

— Ils doivent savoir que vous êtes blessée.

Même si leurs ennemis ne les avaient pas bien vus quand ils fuyaient les coups de feu, il était rare que les gens se sortent sans une égratignure d'un accident d'avion. Surtout quand le pilote et l'autre passager étaient morts.

Tandis que Maddy gardait le silence, l'esprit de Will fonctionnait à plein régime.

Comment les mercenaires considéraient-ils sa présence ? Pensaient-ils qu'ils avaient été mal informés et qu'il y avait un troisième passager ? Peut-être même un marshal ? Dans ce cas, ils s'attendaient à ce qu'il soit armé.

S'agaçant de ses propres réflexions, il comprit qu'ils le savaient déjà. Ils avaient dû trouver le cadavre du marshal Rankin et découvert que son holster était vide.

Will était déchiré entre l'envie de se remettre en route, et celle d'attendre de voir si l'hélicoptère allait faire demi-tour.

Tout dépendait des informations dont disposaient les deux mercenaires au sol. Ils pouvaient tout aussi bien supposer que Maddy et lui avaient escaladé McMillan Spire pour redescendre de l'autre côté vers Terror et Goodell Creeks. Si Maddy n'avait pas été aussi blessée, c'était probablement cette option qu'il aurait choisie.

Il se demanda ce que l'Office des forêts penserait de cet hélicoptère non immatriculé qui jetait la pagaille parmi la faune sauvage, et conclut qu'il ne pourrait pas y faire grand-chose.

— Allons-y, dit-il. J'ai laissé mon sac dans un endroit idéal pour s'arrêter et manger un morceau.

— D'accord.

Comme elle avait du mal à se relever, il lui prit la main et remarqua avec inquiétude que son visage était livide, à l'exception de deux taches rouges sur les joues.

Elle avait de la fièvre. Même sa main était brûlante.

Sur le chemin, les branches cassées et les fougères piétinées indiquaient le passage d'animaux... et peut-être des hommes que Will s'attendait à rencontrer un peu plus loin.

Il marchait lentement, par égard pour Maddy, et guettait le moindre bruit.

Bientôt, il entendit un doux clapotis d'eau en mouvement, et sut qu'ils n'allaient pas tarder à arriver là où Torrent Creek rejoignait Stetattle Creek.

Une demi-heure plus tard, l'hélicoptère passa de nouveau au-dessus d'eux. Will eut l'impression qu'il restait en stationnaire pendant quelques minutes en aval du cours d'eau. Avait-il largué de l'équipement ? Si oui, était-ce pour préparer le piège dans lequel Maddy et lui ne manqueraient pas de tomber ?

Ne tenant que par la force de sa volonté, Maddy continuait à avancer. Ils n'étaient plus qu'à une centaine de mètres de l'endroit où il avait laissé son sac.

Quand il sortit ce qu'il lui restait de nourriture, elle secoua la tête et dit d'un ton morne :

— Je n'ai pas très faim.

— Mangez quand même.

Il lui tendit la bouteille d'eau.

— Je ne vous avais pas donné des raisins ? Ça devrait vous donner un coup de fouet.

Pendant un moment, elle parut boudeuse. Mais, après avoir avalé une longue gorgée d'eau, elle sortit le sachet de sa poche et se mit à mâchonner lentement les fruits secs.

Will déplia sa carte topographique. En théorie, il attendrait la fin de la piste de Stetattle Creek en une heure ou deux, selon les difficultés qu'ils rencontreraient en chemin.

Malheureusement, il avait lu dans un guide que la zone n'était pas entretenue avec régularité, à l'exception du dernier kilomètre desservant la petite ville de Diablo.

Donc, cela pouvait tout aussi bien vouloir dire qu'il n'y aurait plus de chemin du tout.

Néanmoins, à la place des mercenaires, il établirait l'embuscade à Jay Creek, là où la piste se terminait sur la carte. De rares randonneurs poussaient jusque-là, mais ce n'était pas cela qui arrêterait les tueurs. Will était certain que ces hommes n'hésiteraient pas à éliminer quiconque les verrait, même une famille.

Désireux d'explorer une autre portion de leur parcours avant la nuit, Will s'était résigné à abandonner Maddy une fois de plus.

Seul, et sans tueurs aux trousses, il aurait pu atteindre Diablo avant la tombée de la nuit. En l'état, même s'ils évitaient les mercenaires, rien de ce qu'il avait vu sur la carte ne lui laissait penser que c'était navigable à la lampe torche. Ce qui voulait dire qu'ils allaient devoir passer encore une nuit dehors.

Lorsqu'il jeta un coup d'œil par-dessus son épaule, Maddy n'était déjà plus visible, d'autant qu'il avait pris soin de recouvrir sa cachette de quelques branches coupées.

Will se déplaçait le plus silencieusement possible, en s'arrêtant régulièrement pour écouter et regarder. S'il ne se trompait pas, les mercenaires n'étaient pas des alpinistes chevronnés. Il s'agissait probablement d'anciens militaires, ce qui leur donnait certaines compétences, mais ne garantissait pas qu'ils soient à l'aise dans un environnement aussi différent des paysages d'Iraq ou d'Afghanistan.

Il pouvait en dire autant de lui-même, sauf qu'il avait déjà fait de l'escalade avec ses amis du lycée dans les Olympic Mountains. Ils avaient escaladé Mount Shasta en premier, bien sûr, le volcan étant situé à proximité de chez eux, puis Mount Rainier.

L'année de son baccalauréat, juste avant qu'il s'engage dans l'armée, ils s'étaient attaqués à Glacier Peak, le volcan du nord-ouest le plus difficile d'accès. Ils avaient eu de la chance de pouvoir compter sur deux guides expérimentés. Une fois au sommet, Will avait connu un des moments les plus enthousiasmants de sa vie.

C'était peut-être cela qui l'avait incité à venir à North Cascades. Il essayait de revivre un moment heureux. Sauf qu'il n'était pas venu avec des amis. Il s'était persuadé qu'il était mieux tout seul… jusqu'à ce qu'il découvre Maddy.

Il chercha un endroit où traverser Stetattle Creek, mais vit que ce n'était pas envisageable. Sur l'autre rive, le terrain était trop escarpé.

Cela voulait dire qu'ils devraient traverser Torrent Creek… L'endroit idéal pour une embuscade.

Lorsqu'il sut qu'il était à proximité, Will laissa son sac et se courba en deux pour avancer, en s'efforçant de ne pas même faire bouger les feuilles.

Grâce à l'entraînement qu'il avait reçu, et à son expérience, il était capable de devenir un fantôme.

À nouveau, il était comme un prédateur sur la piste d'une proie.

Sa vue se brouillait, les images commençaient à se confondre, son imagination lui jouait des tours… Il faillit basculer dans le passé, revoir les scènes de bataille, mais le vrombissement incessant de Torrent Creek, qui plongeait depuis le sommet d'Elephant Butte, à une hauteur vertigineuse, le ramena très vite à la réalité.

Lorsque le bouillonnement d'écume de la cascade s'écrasant sur les rochers lui apparut, il porta ses jumelles à ses yeux.

Un faible mouvement, un éclat de métal trahit leur présence.

Il zooma sur eux, regrettant de ne pas regarder plutôt dans la lunette d'un fusil. Comble de malchance, ils étaient hors de portée de son pistolet.

Vêtus d'une tenue de camouflage verte qui se fondait

à merveille dans le feuillage, ils avaient pris place à proximité d'un arbre tombé.

De là où il se trouvait, Will avait l'impression que c'était le seul moyen de traverser Torrent Creek.

L'un des deux hommes était couché à plat ventre, avec son AR-47 posé sur un trépied.

Derrière lui, à demi dissimulé derrière un bosquet, son coéquipier était assis contre un tronc d'arbre et mangeait.

En réponse, l'estomac de Will se mit à gargouiller, mais sa colère l'aida à oublier ses besoins physiques.

Ces hommes étaient prêts à tuer, sans le moindre état d'âme, une femme courageuse, intelligente et douce, qui n'avait rien fait de mal.

Il n'était pas question ici de raison d'État, de sécurité nationale. C'était juste une vengeance.

L'absence de conscience et d'empathie faisait parfois de bons soldats… jusqu'à ce qu'ils se retrouvent dans l'obligation de compter sur leur propre jugement.

Will n'avait jamais voulu devenir sniper. Il avait toujours refusé les formations qu'on lui proposait. Et ce n'était pas aujourd'hui qu'il allait changer d'avis. Cela ne correspondait tout simplement pas à ses valeurs.

En attendant, il était confronté à un dilemme. Soit il trouvait un moyen de contourner l'embuscade… soit il devrait se résoudre à abattre les deux hommes.

9

Maddy se réveilla en sursaut, l'esprit encore taraudé par un cauchemar qui avait déjà commencé à se dissoudre.

Ouvrant les yeux, elle prit peur en voyant des branches au-dessus d'elle. Puis elle se souvint où elle était et pourquoi.

Elle avait tellement mal…

Elle n'avait rien dit à Will parce qu'elle savait qu'il serait bientôt à cours d'antalgiques. Il n'en avait jamais pris, et pourtant elle était certaine qu'il souffrait aussi.

Si seulement elle avait une montre ou un téléphone pour savoir depuis quand il était parti…

Au lieu de s'asseoir, elle resta comme elle était, pelotonnée sur le côté. De cette façon, elle pourrait voir Will arriver.

Bien qu'elle se fût rendormie un moment, Maddy ne pensait pas qu'il s'était écoulé plus de dix minutes lorsque Will revint. À son grand étonnement, il avait son sac avec lui.

— Vous ne l'avez pas laissé ?

— Je préfère que nous passions la nuit ici.

Son expression était fermée, mais sa colère était perceptible.

— Qu'y a-t-il ? Vous les avez vus ?

Il lui jeta un coup d'œil en biais, tandis qu'il tirait sur une des fermetures à glissière de son sac.

— Oui. Ils sont à l'embranchement de Torrent Creek et Stetattle. Ils ont trouvé le seul endroit où il est possible de traverser facilement, et ils le bloquent.

— Qu'allons-nous faire ?

Le gris de ses yeux avait la couleur de l'acier, indiquant que le soldat avait pris le dessus sur l'homme.

— J'ai fureté un peu plus loin, et j'ai trouvé un autre passage. Mais ce ne sera pas facile. Le tronc n'est pas large, et il va falloir avancer à califourchon, juste au-dessus d'une chute vertigineuse.

— D'accord, dit Maddy.

Elle refusait de céder à la peur.

Ou alors, elle était peut-être tout simplement trop fatiguée pour se soucier de quoi que ce soit désormais.

Will l'observa d'un air pensif.

— Nous verrons comment vous vous sentirez demain. Mais sachez qu'il y a une autre possibilité.

Son intonation morose l'alarma.

— Qu'est-ce que c'est ? Vous n'allez pas m'abandonner pour aller chercher de l'aide, n'est-ce pas ?

— Non, mais c'est pourtant ce qu'il y aurait de plus intelligent à faire.

Il plissa le front.

— D'ailleurs, ça me fait penser…

Soudain, il fouilla frénétiquement dans son sac et brandit un smartphone.

— Je me demande… Hé, regardez ça ! J'ai du réseau, et encore un peu de batterie. Je peux essayer d'appeler les secours

— Non !

— Pourquoi ?

— Vous croyez que Torkelson ne fait pas surveiller les interventions des secours ? Ce n'est pas difficile d'éliminer quelqu'un à l'hôpital. Sans compter qu'il peut très bien avoir posté des tireurs le long de la route.

Will soupira puis, en marmonnant quelque chose entre ses dents, il laissa retomber le téléphone au fond du sac.

— Je sais tout ça. Mais vous avez de la fièvre, vous ne mangez pas assez, et chaque pas que vous faites doit être un enfer.

Il se passa les deux mains sur le visage et soupira à nouveau.

— Et maintenant, je vous dis qu'il va falloir remonter d'une centaine de mètres, crapahuter au-dessus d'un torrent en furie, puis dévaler une colline abrupte pour échapper à tout ça. Et vous me dites que ce n'est pas un problème.

— Je peux très bien le faire.

— Il y a encore une autre possibilité, et c'est peut-être la plus sensée.

Inquiétée par son expression, la façon dont il serrait les dents, un muscle battant nerveusement dans sa joue, Maddy demanda :

— Laquelle ?

— Je pars sans vous, j'attaque ces salauds à revers, et je les tue.

Sentant la colère l'envahir, elle remarqua, d'un ton qui frôlait l'hystérie :

— S'ils ne vous voient pas avant, vous voulez dire.

Il haussa les épaules.

— C'est un risque à prendre.

— Vous pensez que je m'en fiche si vous mourez ? Jamais je ne vous laisserai faire quelque chose d'aussi stupide.

— Nous sommes en guerre, Maddy.

— Peut-être, mais nous devons nous en sortir tous les deux. Je me sens déjà assez coupable de vous avoir entraîné dans cette mésaventure. Et puis…

Il haussa un sourcil.

— Et puis quoi ?

— En tant qu'avocate, je considère que nous n'avons pas à faire justice nous-mêmes. Chacun a droit à un procès équitable.

Il ricana.

— Allez leur dire ça ! Eux qui sont prêts à vous éliminer sans état d'âme. Vous auriez dû voir comme moi l'un des types, couché dans la position du sniper, son fusil sur un trépied. Je ne crois pas qu'il soit très ouvert à la discussion.

Maddy se sentit un peu stupide. Will avait raison, bien sûr. Il n'empêche qu'elle s'inquiétait des répercussions que pourrait avoir sur lui le fait d'abattre deux hommes de sang-froid.

Il n'en avait pas parlé, mais il était revenu du front

avec des blessures qui lui avaient valu des mois de convalescence.

Il était fort possible qu'il souffre de stress post-traumatique. Après tout, il était tellement secret, renfermé sur lui-même…

Et maintenant, à cause d'elle, il était à nouveau jeté dans la bataille.

Elle ne voulait pas être la raison qui l'oblige à tuer.

— J'ai réussi à tenir jusqu'ici, dit-elle en redressant le menton. Je me sens un peu patraque, mais je ne suis pas sur le point de m'effondrer. Je peux marcher, et traverser un torrent sur un tronc étroit sera sûrement plus facile pour moi que pour vous.

— Sauf que vous le ferez avec une seule main.

Maddy soutint son regard, s'assurant qu'il avait bien conscience de sa détermination.

— J'y arriverai. Vous verrez.

La nuit était tombée depuis un moment. Maddy et Will étaient assis sur le fin matelas en mousse, elle en tailleur, lui les jambes étendues. Des nuages masquaient la lune, et Will se demandait s'il n'allait pas pleuvoir. Naturellement, il avait une cape de pluie dans son sac et il la sortirait en cas de besoin.

Le dîner s'était résumé à quelques noisettes et une barre chocolatée pour elle, et il s'était contenté d'une barre énergétique.

Maddy lui avait fait remarquer que le partage n'était pas équitable, et il avait haussé les épaules.

— Vous savez, je me suis passé de nourriture des

quantités de fois. Vous êtes plus vulnérable que moi. En ce qui me concerne, j'ai encore de la réserve pour plusieurs jours.

Comme elle ne répondait pas, il avait remarqué :

— Si j'éliminais ces deux vermines, nous pourrions leur piquer leurs victuailles.

Ce trait d'humour l'avait fait rire.

— C'est tentant, mais non.

— Mouais. Je pensais bien que vous diriez ça.

La nuit n'était pas entièrement silencieuse.

Maddy entendait la crique frémir et vibrer de toutes parts.

Des chauves-souris apparaissaient et disparaissaient à une vitesse folle, quadrillant le ciel en tous sens, selon un schéma qu'elles étaient les seules à connaître.

Des moustiques bourdonnaient, et Will ou elle essayaient de les écraser à grand renfort de claques irritées.

De temps à autre, une chouette hululait.

À un moment, une forme sombre passa à un mètre d'eux, en se dandinant à pas lents.

— Un porc-épic, dit Will.

Elle retint son souffle jusqu'à ce qu'il se soit éloigné.

— Heureusement que nous n'en avons jamais croisé pendant notre périple.

— Ils sont nocturnes.

— Oh.

Maddy commençait à réaliser qu'elle ne connaissait rien à la montagne, ni à sa faune et sa flore. À l'exception des mouches et – *clac* ! – des moustiques, elle ne différenciait même pas les insectes.

Quand il fit suffisamment sombre pour qu'ils ne puissent plus distinguer leurs expressions – un peu comme si le manteau protecteur de la nuit les plaçait dans une bulle de sécurité –, Maddy jugea qu'il était temps de poser la question qui la taraudait depuis un moment.

— Vous n'êtes pas obligé de répondre, mais… je me demandais si vous souffriez de stress post-traumatique.

Will resta immobile un moment. Elle n'entendait même pas son souffle.

Finalement, il répondit, d'une voix tendue.

— Bien sûr. Jusqu'à un certain degré. C'est le cas de la plupart des hommes qui sont allés au combat. Mais je ne vais pas craquer, si c'est ce que vous voulez savoir.

— Non…

Maddy tendit la main à l'aveugle et trouva son avant-bras.

— Je me demandais, c'est tout.

Il couvrit sa main de la sienne.

— Je me suis rendu compte que j'avais besoin de solitude et de calme. Je n'aime pas la ville. Mais il va falloir que je surmonte cela si…

Malgré la façon dont la main de Will se crispa sur la sienne, elle demanda :

— Si quoi ?

— Oh ! si je reprends des études, par exemple. Je n'ai pas encore décidé.

Il était sur la réserve. Il ne voulait pas lui parler de ses projets. Ça faisait mal parce qu'il savait tout d'elle. Mais elle devait se souvenir qu'il n'avait aucune obligation.

Il s'était proposé de l'aider, pas de devenir son ami… ou plus.

Tout à coup, elle comprit pourquoi elle était si blessée par son indifférence. Elle était en train de tomber amoureuse de lui et, visiblement, ce n'était pas réciproque.

Elle entama le laborieux processus qui consistait à se lever.

— Je vais me laver les dents.

Étendu sur le dos, Will observait le ciel d'un noir d'encre. Les nuages masquaient complètement la lune.

Il n'avait pas du tout sommeil, et il attribuait sa tension au fait que Maddy faisait semblant de dormir à côté de lui.

Depuis leur conversation, ils n'avaient pas échangé un mot, à part pour se souhaiter une bonne nuit, et il savait qu'il était la cause de cette soudaine froideur.

L'embrasser lui avait fait peur. Et même le fait de partager avec elle ses projets – ou plutôt ses espoirs – réveillait ses insécurités.

S'il ne parvenait pas à surmonter son complexe d'infériorité, il allait devoir prendre ses distances avec elle une fois qu'il aurait la certitude qu'elle ne courait plus aucun danger.

Le voulait-il vraiment ?

Non. Et oui.

Il ne pourrait pas supporter d'entendre de la condescendance de la part de Maddy, ou une sorte de gentillesse qui s'apparenterait à de la pitié.

— Ça va ? demanda-t-il.

— Hum.

Il sourit. Cette tête de mule gardait le silence pour lui donner une leçon. Ce qu'il méritait.

— Je suis désolé, dit-il, une minute plus tard.

Semblant sincère, mais un peu froide, elle dit :

— Vous n'avez pas à être désolé.

— En fait, je voudrais faire des études de médecine.

— Will !

Il l'entendit relever la tête, même si elle ne pouvait pas le voir.

— C'est formidable. Votre expérience d'infirmier va vous aider.

— Je l'espère.

— Vous avez déjà choisi une branche de la médecine ?

— Non…

Il hésita.

— La logique voudrait que je me tourne vers la traumatologie, mais je crois que j'ai déjà vu trop de sang et de membres brisés. J'aime bien l'esprit de la médecine familiale… Après tout, le généraliste est en première ligne face à la maladie.

— C'est une excellente idée.

Elle posa la tête contre son épaule, en se tortillant un peu pour se blottir plus étroitement contre lui.

— Vous serez un médecin formidable. Je peux vous faire une lettre de recommandation.

Il rit.

— Je m'en souviendrai. Et maintenant, essayez de dormir.

À l'aube du cinquième jour, ils prirent une tasse de café – un peu clair car ils étaient arrivés à la fin du bocal – et terminèrent le stock de victuailles.

Will donna également à Maddy ses derniers antalgiques. Au besoin, il la porterait sur les derniers mètres.

Après une demi-heure passée à cheminer à travers les broussailles, ils arrivèrent à l'endroit où il s'était dissimulé la veille pour observer les mercenaires.

Will avait décidé d'abandonner son sac, en ne gardant sur lui que l'essentiel : clé de voiture, téléphone, portefeuille, jumelles. Sans oublier le Glock et la canne de marche.

S'ils étaient coincés ici une nuit de plus, il le regretterait peut-être, mais il voulait pouvoir aider Maddy.

Des lambeaux de brume s'étiraient encore autour de la crique. La lumière blanche donnait à l'air une limpidité de cristal. Cela aurait pu être une belle matinée, chargée de promesse, mais les deux hommes étaient déjà en position, et paraissaient alertes.

Will les observa attentivement pour s'assurer que c'était bien les mêmes. S'il avait raison de penser que l'hélicoptère avait largué une cargaison la veille, c'était peut-être pour renforcer les troupes.

Personnellement, s'il avait dû monter cette opération, il aurait laissé un homme en position à cet endroit, et aurait envoyé l'autre un peu plus haut sur la rive opposée de Torrent Creek, au cas où sa cible déciderait de faire précisément ce que Maddy et lui avaient en tête.

Son instinct lui soufflait que ces deux-là étaient trop confiants. Du haut de leur arrogance, ils avaient décrété que la femme blessée dans l'accident d'avion et son accompagnateur, quel qu'il soit, n'avaient ni l'expérience du terrain ni le courage de relever ces défis.

Il retourna chercher Maddy, et ils entamèrent alors un tortueux périple à flanc de montagne tandis que, en contrebas, le torrent roulait ses eaux tumultueuses contre les rochers.

Maddy ne savait pas comment elle pourrait continuer.

Elle avait cessé de se demander si elle allait vivre ou mourir. Ce n'était plus sa priorité.

Si elle n'avait pas affirmé à Will qu'elle était capable de le faire, elle se serait probablement déjà effondrée.

La fierté… Quelle stupide motivation.

Elle s'empara d'un bras solide, reprit son souffle, et se hissa un peu plus haut sur la pente.

Une douleur atroce irradiait dans son épaule et sa cage thoracique. Elle n'aurait jamais dû dire qu'elle en était capable. Elle n'en pouvait plus. Will lui avait donné les derniers antalgiques ce matin.

Will se retourna et lui tendit la main. L'inquiétude

qui se lisait sur son visage lui donna la force de glisser les doigts dans sa paume et de le laisser la soulever vers lui.

Le résultat fut identique : la douleur était comme un couteau planté dans son épaule.

Sa vision se brouillait, mais elle essaya de se concentrer sur les yeux de Will, aussi sombres à cet instant que du charbon.

Il savait.

— Nous y sommes presque, dit-il à voix basse. Vous vous en sortez très bien. Encore cinq minutes.

Cinq minutes ? Oui, elle pouvait le faire. Elle pouvait tenir jusque-là.

Une branche la gifla au visage.

Elle sut, sans toucher sa joue, qu'elle saignait.

Au moins, ça n'avait pas touché ses yeux.

Encore cinq minutes. Elle y était presque…

— Nous sommes arrivés, ma douce. Vous allez pouvoir vous reposer.

Ma douce…

La tendresse de Will lui fit monter les larmes aux yeux.

Un bras passé autour de sa taille, il l'aide à s'asseoir sur une grosse pierre plate.

Il lui fallut attendre une bonne minute avant que la douleur s'estompe, lui laissant le loisir d'observer l'arbre couché au-dessus du torrent furieux, à quelques mètres de la tête de la cascade.

Si elle tombait, son corps serait ballotté sur le fond

rocailleux, et emporté dans les eaux tourbillonnantes frangées d'écume blanche.

À côté d'elle, Will observait l'autre rive à l'aide de ses jumelles.

— On dirait bien que nous sommes seuls.

Elle hocha la tête, car ça semblait la seule chose à faire.

Il grommela soudain.

— Je regrette de ne pas avoir de corde, j'aurais pu vous sécuriser autour du tronc.

— Et vous ? Vous êtes beaucoup plus lourd que moi. Imaginons que…

Elle n'eut pas le courage de terminer sa phrase.

La bouche de Will se tordit en un sourire crispé.

— Il ne m'arrivera rien.

Elle essaya de sourire aussi, mais tout ce qu'elle voulait, c'était qu'il la prenne dans ses bras.

Elle se demandait pourquoi il ne l'avait pas embrassée à nouveau, quand il pencha la tête vers elle.

— Un baiser pour se dire bonne chance ?

Sans hésiter, Maddy leva son visage vers celui de Will.

Un effleurement léger, doux, tiède, ce fut sa première sensation quand il lui embrassa délicatement les lèvres.

Ce baiser était douloureusement tendre, d'une douceur qui lui serra le cœur.

Perdue dans ce baiser qui ne ressemblait à rien de ce qu'elle avait connu jusqu'à présent, elle oublia sa douleur, elle oublia ce qui les attendait.

Lorsqu'il prit fin, elle faillit dire « je t'aime ».
C'était peut-être le bon moment.
Et c'était peut-être aussi le pire.

Progresser le long de ce tronc étroit et glissant était sans doute la chose la plus effrayante que Will avait faite de toute sa vie. Et pourtant, il avait eu son lot d'épreuves sur les champs de bataille.

En outre, c'était terriblement inconfortable pour un homme. Il n'avait jamais eu de problème avec sa corpulence, mais il ferait une exception pour cette fois.

L'idée de glisser, de ne pas être capable de se rattraper, d'entendre Maddy crier…

Il s'obligea à se concentrer sur ce qu'il faisait.

Il aurait aimé céder au soulagement lorsqu'il arriva de l'autre côté, mais c'était maintenant au tour de Maddy, et il savait combien ce serait difficile pour elle avec une seule main valide.

— À toi ! cria-t-il, les mains en porte-voix pour couvrir le tumulte de l'eau.

Il était rongé d'inquiétude en la voyant tituber jusqu'au tronc et l'enjamber.

Il aurait tellement voulu l'aider… mais il ne pouvait rien faire.

Elle fit deux trois avancées, en poussant sur ses jambes, et s'arrêta, visiblement essoufflée.

Impuissant de l'autre côté de la rive, Will serrait les poings et les desserrait.

Elle recommença à progresser de quelques mètres et s'arrêta de nouveau.

« Allez ! Allez ! », scandait Will entre ses dents. « Tu peux le faire. Continue. »

Les yeux rivés sur le tronc, Maddy reprit sa lente avancée.

Will se sentait tellement inutile. Les jointures de ses doigts lui faisaient mal, et ses ongles mordaient cruellement ses paumes.

Dès qu'elle atteignit la rive, il la souleva dans ses bras.

10

Will pensait qu'ils se trouvaient à une altitude de quatre cents à sept cents mètres.

En dehors de cette information, ils avaient à peine échangé un mot depuis qu'ils avaient laissé derrière eux Torrent Creek.

Maddy se demandait pourquoi il s'en souciait. Ils descendaient une pente qui n'était pas aussi escarpée que les précédentes, mais qui était quand même glissante et truffée d'obstacles.

Au bout de quinze minutes, ses chevilles et les muscles de ses cuisses commencèrent à renâcler. Le seul point positif, c'était qu'ils se déplaçaient très lentement. Will tenait visiblement à faire preuve d'une extrême prudence.

Maddy savait qu'ils passaient à présent juste au-dessus du duo meurtrier qui les attendait toujours dans la vallée.

Cinq cents mètres environ les séparaient, et la végétation les protégeait en partie. Mais si l'un des deux décidait de partir en reconnaissance…

Elle serra les dents pour retenir ses gémissements

de douleur, tandis qu'ils progressaient maintenant en ligne droite.

Au bout d'une heure, Will commença à amorcer une descente par paliers.

Ils n'étaient plus très loin à présent.

Maddy avait observé la carte topographique assez souvent pour savoir qu'ils allaient tomber d'un moment à l'autre sur le chemin de randonnée de Stetattle Creek.

D'accord, Will avait lu dans un guide touristique qu'une grande partie du chemin n'était plus entretenue, mais ce serait quand même mieux que la jungle qu'ils avaient dû traverser pendant cinq jours, non ?

En chemin, ils tombèrent sur un buisson de myrtilles et en cueillirent chacun une poignée.

Will mit Maddy en garde.

— Il vaut mieux ne pas en consommer trop. Nous ne savons pas ce que nos estomacs sont capables de supporter. Et puis…

Et puis, ils n'étaient plus très loin de la civilisation, maintenant. Sans un mot, Maddy lui emboîta le pas.

Le chemin de randonnée n'était plus qu'un vague souvenir, au milieu d'un chaos d'herbes folles. Mais au moins, le terrain était plat et ils pouvaient cheminer côte à côte.

Will était attentif au soleil. Il s'était écoulé plus de temps qu'il ne le pensait, ce qui réduisait leurs risques de rencontrer un groupe de randonneurs venus de Diablo. Il ne voulait pas que quiconque puisse croiser Maddy.

Plus ils avançaient, plus il se tenait sur ses gardes.

Leurs poursuivants s'attendaient forcément à ce qu'ils débarquent dans le petit hameau de Diablo. Étant donné l'ampleur de l'opération déployée pour retrouver Maddy, il était certain qu'un comité d'accueil les attendrait entre ici et le parking du centre-ville.

Par deux fois, ils durent faire un détour à cause d'un arbre tombé en travers du chemin, ou d'un éboulis.

Finalement, le chemin se mit à dessiner des virages. Maddy gardait le rythme, regardant où elle mettait les pieds.

Elle était incroyable !

Will identifia finalement la chaude sensation qui envahissait sa poitrine. C'était de la fierté.

Elle avait dit qu'elle en était capable, et elle l'avait fait.

Enfin… presque.

Une voix venait de s'élever, suivie par une autre, plus jeune et surexcitée.

À la hâte, il prit le bras de Maddy et l'entraîna derrière un arbre tombé, couvert de mousse et à moitié pourri.

Elle eut le temps de se coucher dans les fougères, mais Will n'eut pas cette chance.

Un homme et deux jeunes garçons venaient d'apparaître sur le chemin.

Will leur adressa un signe de tête accompagné d'un sourire.

— Qu'est-ce que vous faites ? demanda le plus jeune des garçons.

— Je cueille des myrtilles, prétendit Will.

— Oh ! papa, est-ce qu'on peut ?

— Il n'y en a plus. Je crois que j'ai été trop gourmand.

Il tendit sa paume maculée de violet par sa précédente cueillette.

— Mais il y en a d'autres, un peu plus haut.

Le père, un quadragénaire qui commençait à perdre ses cheveux, rassembla ses troupes.

— Allez, venez, les garçons.

Dès qu'ils furent hors de vue, Will aida Maddy à se relever, et ils se remirent en marche.

Bientôt, des constructions apparurent.

Cherchant un endroit où Maddy pourrait l'attendre, le temps qu'il aille chercher sa jeep, Will finit par repérer une cabane de chantier. Il entraîna Maddy derrière.

— Tu vas m'attendre ici. Je vais chercher la voiture et je reviens.

Elle parut avoir du mal à comprendre, mais finit par hocher la tête.

Pour lui remonter le moral, il ajouta :

— Il n'y a pas d'endroit où manger à Diablo, pas même un magasin. Mais il y a probablement un fast-food dans la ville d'à côté.

Il ne précisa pas que c'était à plusieurs kilomètres.

Sur la carte, Newhalem ressemblait à une ville, mais ce n'était en réalité qu'une cité-dortoir pour les employés du parc national.

Les lèvres de Maddy étaient toutes craquelées, mais elle parvint à esquisser un sourire.

— Je veux un milkshake à la fraise.

Il la regarda avec attendrissement.

— Tout ce que tu voudras.

Le regard plus vif, elle répliqua :

— Je vais bien, vas-y.

Will s'en alla à contrecœur, déambulant comme s'il n'était pas le moins du monde pressé.

Un homme au volant d'un SUV semblait l'observer… ou il regardait tout simplement par hasard dans sa direction. Ce n'était pas évident d'en être sûr. À tout hasard, Will lui fit un petit signe amical, et continua son chemin.

Il connut un bref moment de panique quand un type corpulent, vêtu d'un pantalon cargo, d'un T-shirt vert et de lourdes bottes de style militaire le croisa sur la passerelle qui menait au parking. Mais l'homme ne lui accorda pas un regard.

Ensuite, la voie fut libre jusqu'au parking.

Maddy entendit des voix et des bruits de moteur, mais elle ne vit personne tandis qu'elle attendait. Et cependant, elle ne se sentait pas en sécurité.

Elle avait pris appui contre le mur en planche de la cabane, mais n'avait pas voulu s'asseoir. Elle savait trop combien il lui serait ensuite difficile de se lever.

Le bruit d'une voiture qui approchait lui donna l'impression d'être un lapin soudain à découvert au milieu d'une clairière tandis qu'un coyote approchait.

Elle fit une prière muette.

Pourvu que ce soit Will.

Et c'était lui.

Il s'était garé le plus près possible du baraquement, laissant la portière arrière de la jeep ouverte, pour qu'elle puisse se glisser discrètement sur la banquette.

— Couche-toi, lui recommanda-t-il. Je vais mettre quelque chose au-dessus de toi.

Un instant après, elle était dissimulée sous une parka, une couverture bleue jetée n'importe comment, et quelque chose d'assez lourd qui devait être une paire de bottes.

— Ne bouge pas tant que je ne te l'aurai pas dit.

La portière claqua. Celle du conducteur s'ouvrit, et ils furent bientôt en mouvement.

Il y eut un bref arrêt.

— Le pont est étroit, expliqua Will. Je laisse passer un camping-car.

La voiture fut secouée tandis qu'ils passaient sur le pont, puis les pneus entrèrent en contact avec un revêtement plus régulier.

— Nous sommes sur l'autoroute, dit-il. Attends encore un peu avant de te redresser.

Bercée par le ronronnement du moteur et le mouvement du véhicule, Maddy ne tarda pas à s'endormir.

— Maddy ! Maddy !

La voix affolée de Will la réveilla en sursaut.

Elle cilla.

— Je…

Sa bouche était pâteuse, et elle dut s'y reprendre à deux fois.

— Oui, ça va.

— Tu peux t'asseoir maintenant, si tu veux.

— En fait, je suis bien comme ça.

Il rit.

— D'accord. Pour te dire la vérité, je crois que nous ne trouverons pas de fast-food avant Rockport, et c'est à quinze ou vingt kilomètres.

— Pas grave, marmonna-t-elle.

Et elle se rendormit.

Elle se réveilla à nouveau quand ils arrivèrent à Rockport, mais resta cachée tandis que Will s'arrêtait au drive et commandait trois cheeseburgers, trois cornets de frites, un coca et un milkshake.

Après avoir payé et récupéré sa commande, il alla se garer un peu plus loin.

Affamée, Maddy se redressait quand il lui ordonna :

— Cache-toi ! Vite !

Sans hésiter, elle obéit, rabattant la couverture sur elle avec sa main valide.

— Qu'est-ce qu'il y a ? murmura-t-elle.

— J'ai reconnu le SUV qui vient de se garer non loin de nous. Je ne l'avais pas remarqué pendant que je passais la commande, mais il nous suit peut-être depuis Diablo.

Il marqua une pause.

— Je pense que je vais commencer à manger, comme si de rien n'était.

L'estomac de Maddy grommelait, et les odeurs de nourriture lui mettaient l'eau à la bouche. Mais elle resta immobile, le cœur battant à tout rompre.

Venir jusqu'ici et se faire prendre. Avaient-ils fait tout ça pour rien ? Ils ne pouvaient pas manquer de chance à ce point, quand même.

Les minutes s'écoulèrent.

— Il s'en va, annonça Will.

— Il ne peut pas savoir que c'est toi.

— Non. Les mercenaires n'ont fait que m'apercevoir le jour où ils nous ont tiré dessus. Je ne suis plus habillé pareil, et ma couleur de cheveux châtaine est très répandue. J'espère simplement qu'il est satisfait d'avoir vu que je suis seul.

— Est-ce que je peux m'asseoir par terre et manger ? J'ai tellement faim.

Elle avait une voix plaintive, et elle s'en moquait.

— Oui, bien sûr.

Étant donné la longueur des jambes de Will, ce n'était pas étonnant que son siège soit aussi reculé, et Maddy n'eut pas d'autre choix que de se glisser derrière le siège passager.

Will lui tendit un sac en papier, et le grand gobelet avec son milkshake.

Les frites lui parurent divines. C'était probablement la meilleure chose qu'elle eût jamais mangée.

Le reste du trajet se déroula sans encombre, mais Will redoubla d'attention quand il approcha de la sortie de l'autoroute vers Concrete.

Il y louait un chalet en rondins, dans un endroit perdu en pleine nature, exactement comme il en avait rêvé.

À présent, il appréciait encore plus que le chalet soit situé au bout d'un chemin privé, sans voisins à proximité pour se mêler de ses affaires.

Le seul hic, c'était qu'il n'avait pas encore changé les plaques sur sa voiture, qui était encore immatriculée à Fort Lewis, la base de l'armée à Tacoma. Et il serait surpris que personne n'ait remarqué cette immatriculation qui sortait de l'ordinaire. Mais il ne voyait pas comment on pourrait le retrouver grâce à elle.

Même l'armée ne savait pas où il était.

Plus détendu, il dit à Maddy :

— Tu peux te relever, maintenant. Nous sommes presque à la maison.

Sa maison à lui, se rappela-t-il. Pas celle de Maddy.

Une brillante avocate de Seattle ne voudrait pas vivre dans ce trou perdu, même si les allers-retours avaient été possibles. Ce qui n'était pas le cas.

Non, il lui offrait un refuge temporaire, c'était tout. Il ne pouvait pas s'autoriser à se faire des idées.

Il l'entendit batailler pour se redresser.

Après quelques instants à observer le paysage, elle constata :

— Ce n'est pas très différent de là-haut.

Sa surprise était manifeste.

— Non. Mon chalet se trouve juste à la limite de Mount Baker National Forest. Ce n'est pas la forêt tropicale humide, mais ça y ressemble. Ces trucs qui pendent des arbres comme de vieilles dentelles chiffonnées sont une sorte de lichen, comme la barbe de vieillard ou la mousse espagnole. Il leur faut un climat chaud et humide pour survivre.

Will s'engagea bientôt dans un chemin de terre battue serpentant à travers bois. Un bras à la portière, il conduisait avec assurance malgré les ornières.

Une brise parfumée de résine entrait par la vitre et s'engouffrait dans ses cheveux.

Curieuse, Maddy ne perdait pas une miette du paysage. Le vert sombre des pins contrastait avec celui plus clair des trembles. Le sol était tapissé de fougères qui frémissaient au passage de la jeep.

Peu à peu, la végétation s'éclaircit, et le chemin déboucha sur une clairière. Une maison à l'architecture étrangement moderne s'y dressait. En cèdre rouge, construite sur pilotis, avec de grandes baies et un toit en zinc patiné qui se confondait avec la végétation, la maison n'avait rien à voir avec un chalet en rondins traditionnel.

Acceptant l'aide de Will pour descendre, Maddy pivota lentement sur elle-même pour mieux admirer les lieux.

Le seul bruit était le frémissement de l'eau à la surface d'un petit lac, que surplombait une terrasse en teck.

— C'est magnifique, dit-elle.

Impressionnée par l'atmosphère, elle avait chuchoté.

— Je trouve aussi, dit-il.

Il déverrouilla la porte et fit signe à Maddy d'entrer.

L'espace était entièrement décloisonné, la seule pièce fermée étant la salle de bains. Un escalier sans rampe, et presque aussi raide qu'une échelle, menait à une mezzanine où il dormait. Un poêle en fonte occupait le vaste foyer d'une cheminée en granit. La cuisine était équipée de placard en érable, d'un coloris très clair, presque blanc, qui contrastait avec le ton plus chaud des murs en planches de cèdre.

Ce serait à regret que Will quitterait cet endroit quand le moment serait venu.

Il conduisit Maddy à la salle de bains et la fit s'asseoir sur le siège des toilettes. Puis il l'aida à se déshabiller, en essayant de la regarder comme un soignant et non comme un homme qui la désirait.

Ce ne fut pas aussi difficile qu'il l'aurait cru.

Il lui suffit de voir à quel point elle était contusionnée pour passer à un autre état d'esprit. L'hématome autour de sa clavicule s'était élargi, et sa peau était brûlante au toucher. La lésion sur sa fesse était rouge écarlate sur les bords, et remplie de pus.

La seule bonne nouvelle, c'était que la bosse sur sa tête avait disparu.

Son examen attentif avait fait monter de la couleur aux joues de Maddy, mais il fit mine de ne pas s'en rendre compte.

— Bon, dit-il d'un ton décidé, d'abord des antalgiques et ensuite une douche. Si tu as besoin d'aide pour te laver les cheveux, appelle-moi.

Accoté à l'îlot central de la cuisine, Will déroulait la liste de ses contacts, à la recherche du numéro de son ami médecin.

— Javier ? Will Gannon.

— Will ? Bon sang, ça fait plaisir de t'entendre. Comment tu vas ?

Il minimisa ses problèmes émotionnels, échangea quelques souvenirs avec son ancien compagnon d'armes et, dès qu'il le put, en vint au sujet qui le préoccupait.

— Écoute, j'ai un problème que tu pourrais peut-être m'aider à résoudre.

Comme il l'espérait, Javier Sanchez accepta facilement de rédiger une ordonnance à son nom pour un puissant antibiotique qu'il pourrait retirer dans une pharmacie à Sedro-Woolley.

Will avait préféré éviter de se rendre à celle de Concrete. Mieux valait ne pas être vu trop près de chez lui pour le moment.

Maddy prit soin de ne pas montrer à Will combien elle redoutait de rester seule. Elle comprenait son raisonnement. Dans une petite pharmacie comme celle de Concrete, il serait reconnu. Les gens se demanderaient pourquoi il avait besoin d'antibiotiques. Mieux valait aller quelque part où seul le pharmacien verrait son nom et l'oublierait dès qu'il serait sorti de son officine.

Il avait décidé également de faire le plein de nourriture, et de lui acheter quelques vêtements, même s'il lui faudrait pour cela se rendre à Burlington.

Elle fit la liste de ses préférences alimentaires, et ne fut pas surprise que Will ne soit pas un adepte de la salade. Mais il lui promit d'acheter une grande quantité de fruits et de légumes.

— Nous devons aussi nous rapprocher de ton contact chez les marshals. Je vais acheter un téléphone à carte prépayée. Et j'appellerai aussi d'un endroit éloigné du chalet. Espérons seulement qu'il ne soit pas en vacances.

La lutte pour sa survie avait à ce point monopolisé

son attention durant ces derniers jours, que Maddy en avait oublié Robert Ruzinski.

Avec cette évocation lui revenaient les derniers moments en compagnie de Scott, la façon dont il avait agrippé sa main, l'intensité de son regard, son dernier souffle.

Il avait dit que Ruzinski était un ami. Ses derniers mots avaient été : « Faites-lui confiance. f » Comment pourrait-elle s'y dérober ?

Elle s'éclaircit la gorge.

— Tentons notre chance avec le marshal Ruzinski.

Une idée lui traversa soudain l'esprit.

— Tu ne crois pas qu'il va vouloir me parler ?

— Plus tard.

La voix de Will était inébranlable.

— Quand je lui ferai confiance.

Elle lui offrit un sourire tremblant.

— J'ai tellement de chance de t'avoir.

Il balaya cela d'un geste de la main, comme il l'avait fait pour tous ses remerciements.

Une minute plus tard, il empocha la liste de courses et s'en alla, après lui avoir donné pour instructions de laisser toutes les portes et fenêtres fermées.

Elle se retint de lever les yeux au ciel comme une adolescente exaspérée.

Le bruit du moteur de la jeep s'évanouit, laissant Maddy dans un silence qui n'était pas si réconfortant que cela.

Quand elle était dans la montagne, elle était concentrée

sur le simple but de regagner la civilisation pour pouvoir se soigner. Il était étrange de réaliser maintenant qu'elle n'avait pas du tout pensé aux étapes suivantes.

C'était dû en partie au fait qu'elle avait été contrainte de renoncer à son indépendance, à toutes les décisions d'importance et même à son nom, quand elle avait été placée sous la protection de l'US Marshals Service. Elle n'avait pas eu d'autre choix que de devenir une participante passive de leur plan.

Une fois à Everett, Scott aurait organisé les rendez-vous avec l'équipe du procureur, le transport vers le tribunal, fourni une escorte armée…

Et maintenant ?

Pouvait-elle rencontrer Ruzinski sans courir de risque ?

Qu'exigerait-il d'elle ? Les hommes de Torkelson oseraient-ils déclencher une attaque devant le tribunal ?

Et… quelle tenue porterait-elle ?

Même en sachant combien il était stupide de se préoccuper d'un détail aussi insignifiant, elle baissa les yeux vers le pantalon de jogging en molleton bleu marine que Will lui avait prêté. Il ne tenait en place que grâce au lien de serrage à la ceinture, et si elle ne trébuchait pas dessus, c'était parce qu'elle avait roulé le bas au moins quatre fois. Pas de culotte en dessous, et pas de soutien-gorge sous le T-shirt surdimensionné qui lui descendait à mi-cuisses.

Elle ne pouvait pas passer à son appartement pour y récupérer des vêtements et des escarpins adaptés à la situation.

Amusée, elle imagina Will en train de déambuler comme une âme en peine dans les rayons de Nordstrom, à la recherche d'un tailleur stylé pour une femme d'affaires.

11

Après avoir récupéré ses médicaments à Sedro-Woolley, Will emprunta la Highway 20 vers Burlington, une petite ville coupée en deux par l'I-5, l'autoroute Nord-Sud, connectant la Californie, l'Oregon et Washington au Mexique d'un côté, et au Canada de l'autre côté.

Il n'avait jamais eu l'occasion d'acheter des vêtements pour une femme, et il se sentait un peu perdu.

Choisir des jeans, des shorts, des T-shirts et des sweaters pour Maddy ne lui posa pas trop de problèmes.

Des chaussettes, des tennis et des sandales, ça allait encore.

Le rayon lingerie, ce fut autre chose.

Mal à l'aise, persuadé que tous les yeux étaient rivés sur lui, il choisit très vite trois soutiens-gorge et une dizaine de culottes.

Il acheta également un séchoir à cheveux, une brosse, des élastiques, et différents produits de beauté que Maddy avait inscrits sur sa liste. Il eut des sueurs froides quand il ne trouva pas la marque de crème pour les mains qu'elle avait notée, et perdit du temps à hésiter entre différents produits.

Il s'occupa ensuite des courses alimentaires et termina par un téléphone et un chargeur.

Quand il eut rangé tous ses achats à l'arrière de sa jeep, il se dit que le parking de la supérette Fred Meyer était un endroit qui en valait un autre pour charger le téléphone et passer l'appel.

En voyant l'heure, Will se rembrunit. Ruzinski avait peut-être déjà quitté son bureau, et il lui faudrait sans doute essayer à nouveau demain matin.

À sa grande surprise, la standardiste le mit immédiatement en relation avec le marshal, qui répondit à la deuxième sonnerie.

C'était maintenant que les choses allaient se compliquer. Will décida d'aller droit au but.

— J'appelle pour le compte de Madeline Kane. Le marshal Rankin lui a demandé de prendre contact avec vous.

Le long silence ne le surprit pas. La réponse brutale non plus.

— Que savez-vous à propos de Mlle Kane ?

— Je préfère ne pas le dire tout de suite. Le marshal Rankin lui a dit qu'ils avaient été trahis par quelqu'un de votre bureau. Mais il était persuadé qu'elle pouvait vous faire confiance.

Il marqua une pause.

— C'est vrai.

Il y eut un autre silence, puis :

— Donnez-moi quinze minutes. Je vous rappelle.

Satisfait, Will déplaça la jeep sur le parking de l'épicerie Haggen, un kilomètre plus loin. Il ouvrit le coffre, fouilla dans les sacs, et se remit au volant avec un paquet de sablés remplis de pâte de fruits. Il n'y avait rien de mal à satisfaire son envie de sucre pendant qu'il attendait.

Lorsque son téléphone sonna, le numéro qui s'affichait ne lui était pas familier.

Il répondit par un « oui ? » méfiant.

— Je vous appelle de ma voiture avec un téléphone à carte prépayée, dit Ruzinski. Maintenant, dites-moi ce que vous savez.

Même si Will n'était pas très à l'aise, ils avaient pris la décision de faire confiance à cet homme, et ça commençait maintenant.

— Je sais que le marshal Rankin était venu la chercher. Ils devaient rester à Everett quelques jours. Elle est le témoin principal d'un procès qui doit s'ouvrir la semaine prochaine. Leur avion s'est écrasé dans le parc national de North Cascades. Le pilote est mort sur le coup, mais pas Rankin. Il a eu le temps de lui dire que c'était une bombe, qu'elle devait se cacher.

— Elle n'a pas été blessée ?

— Si. Elle a la clavicule et l'humérus fracturés, peut-être aussi les côtes, et de multiples contusions et entailles. Mais elle est en vie et prête à témoigner.

Ruzinski jura à mi-voix.

— Scott et Maddy ont disparu. Un avion charter s'est volatilisé. Personne ne l'a vu. C'est tout ce que nous savons.

— Je peux vous dire où se trouvent l'épave et les cadavres. Nous avons vu également un hélicoptère noir, sans identification. Il a déposé deux hommes en tenue de camouflage, et lourdement armés. Apparemment, leur mission était de trouver Maddy et de s'assurer qu'elle ne ressorte jamais de la montagne.

— Et comment savez-vous cela ?

La suspicion de Ruzinski était patente.

— J'ai trouvé Maddy, répondit simplement Will. Il y a moins d'un an, je faisais partie des Opérations spéciales de l'armée. Je suis infirmier. Je faisais de l'escalade quand j'ai vu l'avion tomber.

Il résuma le reste de l'histoire : la fusillade, l'embuscade à Torrent Creek, le temps mis à regagner la ville, à cause des blessures de Maddy…

— Dans l'idéal, il faudrait qu'elle passe une radio, conclut-il. Mais je ne veux pas prendre le risque de la conduire dans un hôpital. Je me suis procuré des antibiotiques pour enrayer l'infection, qui est son plus gros problème.

— Vous voulez que je trouve un endroit sécurisé pour elle ?

— Non.

Une offre de la sorte était inenvisageable.

— Elle reste avec moi.

Le marshal parut soulagé.

— Bien. Vous pouvez la garder jusqu'au procès ?

— Oui.

— La procureure voudra la préparer d'abord. Et il faut aussi que je lui parle.

Will s'attendait à cette demande.

— Nous pouvons arranger ça.

— J'ai besoin de savoir qui vous êtes.

Will était moins enthousiaste à ce sujet, mais il se doutait bien qu'il allait devoir se faire connaître.

Néanmoins, il se serait davantage inquiété s'il avait cru qu'on pouvait facilement le retrouver. Il avait payé en espèces six mois d'avance pour la location du palais. Le propriétaire était un type d'une soixantaine d'années, un vétéran de l'armée, qui avait compris l'épreuve qu'il traversait.

— Will Gannon. Je dois vous dire que, pour tout le monde, je vis encore au baraquement de Fort Lewis.

— Ce qui n'est pas le cas.

— Non.

— Tant mieux.

— Vous avez un plan ?

Ruzinski voulait d'abord trouver l'épave de l'avion, et Will lui donna le plus de précisions possible.

— L'avion a fait des dégâts en tombant. Je pense que le pilote a cherché une zone où les arbres n'étaient pas trop développés pour amortir le choc. La déforestation doit se voir d'en haut.

— Bien. Je vais envoyer une équipe d'intervention et de secours, et des experts en explosif.

Le marshal soupira.

— Je voudrais vraiment faire inhumer les corps.

Will se souvint que Scott et lui étaient amis depuis des années. Conscient de la tristesse de Ruzinski, il n'ajouta rien.

— Je vais également m'entretenir avec la procureure, et uniquement elle.

— Vous lui faites confiance ?

— Oui. Elle a commencé la sélection du jury ce lundi. Même en l'absence de Maddy, elle est confiante en ce qui concerne la condamnation de Mooney – c'est le tueur à gages. Mais, pour Torkelson, c'est une autre histoire. Mon appel va égayer sa journée. Et peut-être même son année.

Will sourit, tout seul dans sa voiture.

— Vous devez savoir que Maddy est une femme extraordinaire. Elle m'a parlé de ce qui s'est passé. Je ne pense pas qu'elle ait besoin d'une longue préparation, étant donné qu'elle est elle-même avocate.

— Ça ne fait jamais de mal de se préparer aux coups tordus de la défense.

— Seulement si nous pouvons assurer sa sécurité.

— Je peux vous rappeler à ce numéro ?

— Je préfère que nous fixions une date, et je vous rappellerai.

Ils tombèrent d'accord pour 11 heures du matin, dans deux jours.

La conversation terminée, Will roula au pas dans Burlington, jusqu'à ce qu'il repère une grande benne à ordures verte, dans une ruelle. Il frotta le téléphone avec le bas de son T-shirt, le laissa tomber sur les pavés, et l'écrasa avec sa botte, avant de jeter les débris dans la benne.

Un coup d'œil à sa montre lui apprit qu'il était parti plus longtemps que prévu. L'impatience de retrouver Maddy commençait à vibrer en lui.

Durant le trajet de retour, il garda un œil attentif sur le rétroviseur central. Comme il y avait plusieurs voitures derrière lui quand il arriva à Concrete, il continua à rouler pendant quelques kilomètres, jusqu'à ce qu'il puisse s'engager dans un chemin forestier noyé dans la végétation.

Il écouta jusqu'à ce qu'il n'y ait plus aucun bruit de circulation, fit marche arrière, et prit la direction de son chalet.

Quand elle entendit la porte d'entrée s'ouvrir, Maddy eut l'impression que son cœur s'arrêtait de battre. Elle n'avait pas entendu la jeep de Will.

Le regard affolé, elle tourna la tête en tous sens. Avait-elle le temps de s'enfuir par la porte de service ?

— Maddy ? appela-t-il.

— Will ?

Elle avait murmuré son prénom.

Apparemment, il n'avait pas entendu, car il cria à tue-tête :

— Maddy !

— Par ici.

Il se rua dans la cuisine, le visage tendu.

— Tu m'as fait peur.

— Je n'ai pas entendu arriver ta voiture. Je pensais…

Sans réfléchir, elle se jeta dans ses bras.

Il les referma autour d'elle.

— Il faut croire que l'isolation des murs et le double vitrage sont performants.

— Oh ! marmonna-t-elle contre son torse, je suis désolée…

Il l'interrompit.

— Ne dis pas ça.

Lorsqu'elle releva la tête de surprise, la bouche de Will s'écrasa sur la sienne, brûlante et ferme. Très vite, son baiser devint impétueux, exigeant.

Perdant pied, Maddy se donna sans retenue à la passion de cette étreinte qui allumait en elle un incendie.

Lorsqu'il s'écarta, elle vit dans son regard le dilemme dont il était la proie.

— Désolé, je ne voulais pas…

Ce soudain revirement blessa Maddy. Elle n'avait pas envie d'entendre pourquoi il n'aurait pas dû l'embrasser.

Ils se dévisagèrent pendant un long moment, et Maddy fut submergée d'émotions : une passion désespérée, un désir violent encore jamais ressenti, un léger vertige, et tellement de colère.

En guise d'excuse pour se détourner de lui, elle ouvrit le réfrigérateur et prit un soda.

— Laisse tomber.

Sans un regard pour lui, elle se dirigea vers le salon et se laissa tomber dans l'un des canapés de cuir noir.

Murée dans son silence, elle lui signifia clairement qu'elle n'avait plus rien à dire sur le sujet.

Will prit son temps, mais il finit par la rejoindre. Il lui tendit un flacon de cachets.

— Plus tôt tu commenceras, mieux ce sera.

— J'espère qu'ils vont faire effet rapidement.

Au lieu de s'asseoir à côté d'elle, il choisit un fauteuil.

— J'ai parlé à Ruzinski.

— Il t'a cru ?

— Il a bien été obligé.

Will lui rapporta la conversation qu'il avait eue avec le marshal.

— Et il n'a pas proposé de me transférer dans une maison sécurisée ?

— Non. Je pense qu'il était soulagé que je m'occupe

de toi. Apparemment, il sait qu'il ne peut faire confiance à personne.

— Sauf si la sélection du jury s'éternise, je dois témoigner la semaine prochaine.

— Ils sont dans les temps.

Elle peinait à croire que le moment était vraiment venu, aussi préféra-t-elle changer de sujet.

— Dis donc, tu ne devais pas acheter de la nourriture ?

— Ah, oui !

Il se leva d'un bond et se dirigea vers la porte.

— Où ai-je la tête ?

Il avait laissé le désir, la peur, la frustration et la colère s'exprimer, ruminait encore Will, lorsqu'ils prirent place à table pour dîner. Il s'était jeté sur elle comme un loup affamé. Pourquoi avait-elle pris offense de ses excuses ? Avait-il jamais douté de l'intelligence et de la force de Maddy ? Non. Alors, quel était son problème ? Il ne l'avait pas repoussée…

Will essaya de penser à autre chose. Il avait à peine touché à son assiette. Maddy parlait, se demanda si elle pouvait appeler ses parents.

— Je ne sais pas, répondit-il. Il vaut mieux demander à Ruzinski. Je dois le rappeler samedi.

Maddy parut déçue.

— Tu es proche de tes parents ?

— Je l'étais. Moins de mes sœurs, par contre, parce que nos vies ont divergé.

Elle le regarda pensivement.

— Et toi ? Tu n'as pas parlé de ta mère. Et ton père ? Il est toujours en Californie ?

— Ma mère a mis les voiles quand j'avais dix ans. Pendant quelques années, elle m'a téléphoné et m'a envoyé des cartes d'anniversaire, ce genre de choses… Et puis, au fil du temps…

Il haussa les épaules. Ça ne lui faisait plus rien aujourd'hui, mais le contraste avec la famille de Maddy l'embarrassait.

— Mon père vit toujours dans le même vieux mobile home délabré.

— Tu le vois toujours ?

— Bien sûr.

Will grimaça un sourire.

— Dans l'ensemble, on s'entend bien. Seulement, je ne voulais pas rester dans le coin.

C'était trop facile de se lamenter, sans jamais trouver le courage de partir et de faire quelque chose de sa vie.

— Je comprends.

Elle eut un petit sourire désabusé.

— Moi, je n'ai jamais vraiment essayé de quitter la maison.

— Tu es allée étudier à Stanford.

— Et je suis revenue à Seattle. Bien en sécurité dans le nid familial.

Comme pour mettre un terme à la conversation, elle repoussa sa chaise et se leva avec son assiette et ses couverts sales dans une main.

— C'est ridicule, protesta-t-il, en se levant brusquement. Nos vies n'ont rien à voir l'une avec l'autre. Tu n'avais aucune raison de vouloir partir.

Elle posa la vaisselle dans l'évier et se tourna pour le regarder.

— C'est ce que je me suis toujours dit, mais j'aurais peut-être pu faire preuve de plus d'audace. Je crois que je me suis un peu trop enfermée dans la routine.

Quelque chose avait changé entre eux, et Maddy ne comprenait pas quoi. Peut-être était-ce à cause de leur baiser ? Peut-être était-ce dû à leur conversation ?

Depuis deux jours, il gardait ses distances, et elle était livrée à ses pensées. Le procès devait se tenir dans moins d'une semaine. La défense savait-elle qu'un problème était survenu, et qu'elle n'était pas supposée se présenter à la barre ?

Non, elle n'avait pas envie d'y croire. Le cabinet chargé de la défense du tueur à gages, Kevin Mooney, était respectable. L'un des associés était un de ses amis de la fac de droit. S'ils avaient su que le témoin principal avait été menacé ou tué pour l'empêcher de venir, ils auraient forcément refusé de continuer à défendre Mooney.

Vendredi, comme les jours précédents, la télévision resta allumée toute la journée sur la chaîne CNN. Faute d'avoir autre chose pour s'occuper, Maddy était devenue accro aux informations.

Au moment des repas, Will basculait sur une chaîne locale. Au moins, ça leur donnait un sujet de conversation…

Pour son plus grand soulagement, sa température était redevenue normale en l'espace de vingt-quatre heures. Ses maux de tête avaient disparu et, dans l'ensemble, elle se sentait plutôt bien.

À l'instant même, les actualités locales du soir évoquaient le crash d'un Cessna Skyhawk dans le parc national de North Cascades.

La mine compassée, le ton grave, un reporter annonça :

— Nous avons reçu la confirmation qu'il s'agit de l'avion qui a été signalé disparu après son décollage d'un petit aérodrome proche de Republic, à l'est de l'État de Washington.

On vit une image de la piste et des hangars, tandis que le reporter poursuivait :

— Les autorités ont également confirmé que deux corps ont été découverts.

Il parla du pilote, Bill Potter, et il y eut une brève interview de sa femme.

— L'identité de la seconde victime demeure pour le moment inconnue, conclut le reporter.

Les journalistes sur le plateau s'étonnèrent qu'il ait fallu tellement de temps pour localiser l'avion, après que la femme du pilote eut donné l'alarme. Voilà ce qui arrivait quand on ne déposait pas de plan de vol, conclut l'un d'eux, d'un ton sentencieux.

L'animateur vedette sourit à la caméra :

— Et maintenant, passons à…

Will prit la télécommande et mit le téléviseur en veille.

— Ils n'ont pas parlé de bombe, s'étonna Maddy.

— Je crois que…

L'air moqueur, Will dessina des guillemets en l'air avec ses doigts.

— Les « autorités » gardent pour elles certains détails. Il est possible aussi que les hommes largués par l'hélicoptère aient fait le ménage.

— Vu comment les débris ont volé partout, ils ont pu oublier quelque chose.

Elle était fière de la façon dont elle avait dit cela, comme si elle ne s'était pas trouvée sur place, comme si elle ne l'avait pas vécu.

— Arrête d'y penser, dit Will. Tu vas te faire du mal.

— Je n'ai aucun problème avec ça.

— Mais si.

Il se rapprocha vers le milieu du canapé et passa un bras autour de ses épaules.

Pendant un moment, elle resta toute raide. Il s'était montré tellement déterminé à ne pas la toucher. Pourquoi faisait-il cela ?

Mais la tentation l'emporta.

Non, elle n'allait pas bien. Elle était sur le point de s'effondrer.

Avec un sanglot étouffé, elle se blottit contre ce corps solide et enfouit le visage au creux de cette épaule où elle avait si souvent puisé du réconfort durant ces jours de lutte pour leur survie.

Elle resta ainsi un long moment, se concentrant sur la

calme respiration de Will, cette force qui l'entourait... jusqu'à ce qu'elle se sente mieux.

Puis elle s'écarta et lui sourit.

— Je serai un peu plus détendue quand nous aurons un plan précis. J'espère que le marshal Ruzinski aura des idées.

— Tu es pressée de retrouver ton ancienne vie ?

— On peut dire ça. Mais surtout, j'aimerais passer une radio et me faire poser un plâtre.

— Je vais m'en occuper.

Quand elle se dirigea vers la salle de bains, elle sentit qu'il la suivait des yeux.

12

Will n'avait pas envie de passer l'appel depuis chez lui, mais il aimait encore moins l'idée d'emmener Maddy où que ce soit.

Évidemment, il faudrait bien qu'elle sorte un jour, mais il ne serait pas surpris que des hommes continuent à sillonner la Highway 20 et à poser des questions ici et là.

Pour finir, il choisit la meilleure des deux options, sans en être toutefois pleinement satisfait. Heureusement, Maddy avait toute confiance dans le jugement de Scott Rankin, et lui-même avait une bonne impression de Ruzinski depuis leur conversation.

Ce fut ainsi que, samedi, alors que Maddy et lui étaient assis sur la terrasse surplombant le lac, il empoigna son téléphone.

Ruzinski décrocha à la deuxième sonnerie.

— Will Gannon.

— Bien. Elle est avec vous ?

— Oui.

— Je peux lui parler ?

— Bien sûr.

Will tendit le téléphone à Maddy.

— Marshal Ruzinski ? Madeline Kane. Je veux vous dire combien je suis désolée pour votre ami. Il a été tellement gentil avec moi.

Elle écouta la réponse et ajouta :

— Il m'a dit que je pouvais vous faire confiance.

Silencieuse pendant une minute ou deux, elle cilla, refoulant ses larmes. Puis elle hocha la tête.

— Bien sûr, nous pouvons mettre le téléphone sur haut-parleur.

Will lui prit l'appareil, actionna le haut-parleur et le posa sur la table basse en teck.

— Marshal, j'espère que vous pourrez nous dire ce qui a été trouvé sur le lieu de l'accident. Nous avons vu les informations. On ne parle pas de bombe.

— Et nous voulons l'éviter. Si possible jusqu'au procès. Sachez toutefois que les enquêteurs ont bien retrouvé des fragments d'engin explosif.

Will tendit le bras et prit la main de Maddy.

— À titre d'information, nous nous enorgueillissons de ne jamais avoir, de toute l'histoire de notre service, perdu un témoin placé sous notre protection. C'est pour cela que j'ai du mal à croire qu'il puisse y avoir une taupe parmi nous.

Ruzinski s'éclaircit la gorge.

— Le téléphone de Scott était peut-être sur écoute, ou quelqu'un a surpris une de ses conversations… Quoi qu'il en soit, je découvrirai ce qui s'est passé.

— Je vous fais confiance, dit Will.

— En attendant, je suis obligé de faire appel au FBI pour renforcer la sécurité de Mlle Kane.

— Qui est au courant qu'elle est en vie et toujours décidée à témoigner ?

— Uniquement la procureure, Cynthia Yates, et l'agent spécial en charge de l'annexe du FBI à Seattle. Mademoiselle Kane…

— Maddy, s'il vous plaît, protesta-t-elle.

— Maddy, reprit Ruzinski. Mme Yates veut vous rencontrer en personne pour évoquer votre témoignage et les tactiques de la défense. Officiellement, elle continue à affirmer que les preuves dont elle dispose suffiront à faire condamner Mooney.

Will s'étonna.

Si c'était vrai, pourquoi prendre le risque de faire venir Maddy au tribunal ? Malgré ses doutes, il décida de ne pas faire de commentaire pour le moment.

— Comment vous sentez-vous physiquement ? demanda Ruzinski. J'essaie de trouver une solution pour vous conduire dans un hôpital.

— Beaucoup mieux. Les antibiotiques fonctionnent. Mes blessures cicatrisent. Par contre, j'ai une tête à faire peur.

— J'en ai vu d'autres, plaisanta Ruzinski.

— Qu'est devenu le juge ? demanda Will.

— Torkelson ? Il a été arrêté sur la base de ce que Maddy a déclaré à la police. Mais, comme il fallait s'y attendre, il a été libéré sous caution vingt-quatre heures plus tard.

Le marshal soupira.

— Sans surprise, il clame son innocence. Vous devriez l'entendre vanter sa longue carrière passée à défendre la justice et la loi.

— Et Mooney ? demanda Maddy.

— Toujours derrière les barreaux. Les inspecteurs en charge de l'enquête sont persuadés d'avoir contre lui un dossier qui tient la route. C'était vraiment stupide de sa part d'avoir gardé l'arme. Évidemment, l'affaire sera réglée quand vous aurez témoigné avoir vu son visage.

— Espérons, dit Maddy, le regard tourné vers le lac.

— En attendant, reprit Ruzinski, il nous reste à régler un dernier détail.

— Lequel ? demanda Will.

— Organiser une rencontre avec Mme Yates.

Will détestait l'idée, mais il en comprenait la nécessité. Il régla donc tous les détails avec le marshal Ruzinski.

Il louerait une voiture. Maddy porterait un déguisement. Cynthia Yates irait à son bureau comme d'habitude, mais elle sortirait par une porte dérobée, sous la protection d'un agent du FBI.

Ruzinski conclut en disant :

— Utilisez ce numéro si vous avez besoin de me joindre.

Maddy s'empressa de demander :

— Je me demandais si je pouvais appeler mes parents.

La pause dura assez longtemps pour qu'elle devine ce que le marshal allait dire.

— Je préférerais que vous ne le fassiez pas. Je sais que c'est difficile pour vous, mais souvenez-vous qu'ils ne savent pas où vous avez été emmenée, ni que l'accident d'avion vous concerne. Ils ne sont donc pas inquiets. Ils savent qu'ils ne vous reverront pas avant la fin du procès.

— Je sais, mais…

— Ils sont peut-être surveillés. S'ils manifestent leur joie et leur soulagement, ce sera une preuve que vous êtes en vie et suffisamment en sécurité pour pouvoir appeler. Malheureusement, mes ressources sont trop limitées pour leur apporter une protection vingt-quatre heures sur vingt-quatre.

Maddy soupira.

— Et si vous le faisiez, ceux qui vous surveillent devineraient immédiatement pourquoi.

— Exactement.

Un peu plus tard, alors qu'ils profitaient du soleil sur la terrasse, Maddy mentionna son besoin d'une tenue pour le tribunal.

— Si tu as une carte bancaire, je pourrais passer commande sur Internet, dit-elle d'un ton doucereux. Naturellement, je te rembourserai.

— Ne sois pas ridicule.

Que croyait-elle ? Qu'il ne pouvait pas lui prêter un peu d'argent ? Ou bien s'imaginait-elle qu'il était fauché comme les blés ? Peut-être même interdit bancaire ? Cette pensée l'irrita au plus haut point.

— Il suffisait de me le demander.

— Pourquoi es-tu en colère ?

— Je ne le suis pas.

— Si.

— Non.

Il s'interrompit. S'accrocher à sa fierté était une chose. Adopter un comportement puéril en était une autre.

D'une main lasse, il se massa le cou.

— J'ai plein d'argent.

Elle sourit.

— Je n'en ai jamais douté. Pourquoi penses-tu que…

Elle soupira.

— Je suppose que c'est une question de lutte des classes : toi le prolétaire, et moi la sale bourgeoise.

Il haussa un sourcil.

— Sale bourgeoise ?

— C'est une façon polie de le dire.

Il pinça les lèvres, et finit par secouer la tête.

— Tu as raison. Je suis un peu trop susceptible, parfois.

— Avec tout le monde ?

Elle inclina la tête.

— Ou juste avec moi ?

— Avec…

Zut, il devait se montrer honnête.

— Surtout avec toi, admit-il.

— Mais… Pourquoi ?

Soit il l'avait blessée, soit elle était vraiment perplexe.

Quelque chose se noua au cœur de sa poitrine, et il comprit qu'il était temps pour lui de se livrer. Après tout, il ne comptait plus les fois où Maddy s'en était remise à lui.

— Parce que tu ne m'es pas indifférente !

Il avait parlé brutalement, et il avait vraiment envie de tourner la tête pour ne pas être confronté à ses yeux écarquillés.

— Il est difficile d'imaginer qu'une femme de ton milieu, et avec ton niveau d'éducation, puisse s'intéresser à un ancien soldat sans emploi et estropié.

— C'est comme ça que tu te vois ?

Elle l'observait toujours avec stupéfaction.

— C'est ridicule ! De toute façon, tu as dit que tu projetais de t'inscrire à la fac de médecine.

— Ce n'est pas un projet, juste un espoir. La compétition est rude. Je n'y arriverai peut-être pas. Alors, je serai obligé de prendre le premier emploi qui se présente.

L'expression de Maddy changea. Il préféra ne pas penser que c'était de la pitié.

— Tu t'attends à échouer ?

Il hésita. À dire vrai, il avait toujours été sûr de lui. Ça le rendait même arrogant. Mais avec Maddy, il perdait tous ses moyens. Elle était tellement exceptionnelle…

— Non, dit-il. J'ai eu des notes excellentes au concours d'entrée à l'Institut de formation en soins infirmiers, et je sais que mon expérience sur le terrain jouera en ma faveur.

L'expression de Maddy se radoucit.

— Évidemment. Ils seront impressionnés parce que ça a été plus difficile pour toi que pour les étudiants qui suivent la filière classique, en comptant sur papa-maman pour leur payer leurs études.

Elle grimaça.

— Par contre, tu devras attendre l'année prochaine.

— Je sais. La rééducation m'a vidé. Et puis, j'ai dû digérer l'idée que je n'étais plus bon pour le service.

Il soupira.

— Tous les soldats savent que ça peut arriver, mais ça ne veut pas dire que nous y sommes préparés. J'ai eu besoin de temps pour… me reconstruire moralement.

Le silence qui suivit ne fut pas confortable.

Maddy évitait de le regarder, ce qui le mettait mal à l'aise.

Elle n'avait pas réagi quand il lui avait avoué ses sentiments. Finalement, ils s'étaient retrouvés à parler de ses ambitions.

Il valait mieux qu'il en reste là. Elle était coincée avec lui pour quelques jours encore. Pourquoi compliquer davantage leur relation ? Il avait déjà fait assez de dégâts en la repoussant.

Il commença à se lever.

— Je vais préparer des sandwichs.

Maddy posa la main sur la sienne, qu'il avait posée sur l'accoudoir du fauteuil Adirondack.

— Non, attends ! J'ai quelque chose à dire.

Maddy ne savait même pas pourquoi elle était intimidée, mais c'était le cas.

Peut-être parce que Will ne ressemblait à aucun des hommes avec qui elle était sortie…

En tout cas, elle ne pouvait pas laisser passer cette opportunité. Il lui avait dit ce qu'il ressentait, et elle devait faire la même chose.

Naturellement, elle avait le visage en feu.

Il soutint son regard, mais elle sut qu'il n'était pas aussi calme qu'il le prétendait. Les veines saillaient sur ses avant-bras aux muscles tendus, et les jointures de ses mains étaient crispées.

— Je savais que tu étais attiré par moi.

Le sourire charmeur de Maddy n'eut aucun effet.

— Je ne comprenais pas pourquoi, car je devais avoir l'air d'une sorcière quand nous nous sommes vus la première fois. J'ai toujours une sale tête, d'ailleurs…

Du bout des doigts, elle toucha son visage, qui n'était qu'hématomes et estafilades. Elle était en train de guérir, mais ce n'était pas encore joli à voir.

Bon, assez tergiversé, se morigéna-t-elle.

— Ce que tu as dit… hum… implique beaucoup plus que ça.

— J'étais sincère.

— Eh bien, tu ne m'es pas indifférent non plus, et c'est valable que tu deviennes médecin ou non. Je ne pensais tout simplement pas que tu pouvais t'intéresser à moi.

— Pourquoi ?

— Oh ! allez ! Je sais que j'ai été un poids pour toi. Et tu n'imagines pas combien je me sens coupable. Tu as risqué ta vie pour moi… Et même si tu étais vraiment gentil et attentionné, je me disais que tu serais ravi de te débarrasser de moi à la première occasion.

Il déglutit, et elle vit sa pomme d'Adam jouer dans sa gorge.

— Je redoute le jour où tu partiras. Je n'arrête pas de me répéter que j'adore être seul, mais c'est un mensonge. Tu… Tu m'as ramené à la vie.

— Oh ! Will !

Elle commença à se lever…

Avant qu'elle ne l'ait vu venir, Will la souleva dans ses bras et se rassit avec elle.

Sa bouche trouva la sienne. Le désir les rendait maladroits, mais ils s'en moquaient. Ils se cognèrent le nez, se heurtèrent les dents… puis ils finirent par trouver le bon angle et leur baiser devint éblouissant : urgent, mais tendre.

Finalement, un grognement monta dans la gorge de Will, et elle sentit trembler ses mains.

— J'ai tellement envie de toi… Mais nous ne pouvons pas. Et, s'il te plaît, ne sois pas en colère contre moi.

— En colère contre toi ?

Ah oui, elle comprenait ce qu'il voulait dire. Il lui avait dit la même chose auparavant, et elle s'était stupidement sentie rejetée.

— Je me sens vraiment beaucoup mieux, si c'est à ça que tu penses.

Le regard de Will, assombri par le désir, scruta son visage.

— Ne me dis pas que tu n'as plus mal.

Non, elle ne pouvait pas dire ça. Mais aujourd'hui, elle avait surtout ressenti une douleur quand elle était inattentive à la façon dont elle bougeait.

— Nous pourrions trouver un moyen, suggéra-t-elle.

Et maintenant, elle était certaine d'avoir le visage écarlate !

— Le seul problème, c'est que je ne prends pas la pilule.

— Ça, j'en fais mon affaire. Mais… tu es sérieuse ?

— Je ne vois rien d'autre au monde qui me fasse plus envie.

Will se leva, la portant comme si elle ne pesait rien, traversa la terrasse, fit glisser la baie vitrée d'une main, et la déposa dans le salon.

— Bon sang, le canapé ne sera pas assez confortable pour toi.

— Je peux monter jusqu'à la mezzanine.

— Tu n'as pas besoin d'utiliser la salle de bains ?

Elle rit de sa prévenance, même si cela n'était pas très romantique.

— Non, ça va.

Puis elle se rembrunit.

— Tu n'as pas dit que tu avais des préservatifs.

— J'en ai acheté quand j'ai fait les courses, l'autre jour.

La chambre avait un plafond mansardé. Un tapis orné de motifs ethniques aux teintes douces recouvrait le plancher massif qui craquait à chaque pas. Le lit king size était habillé de draps beiges et d'un couvre-lit en piqué blanc. Une malle militaire tenait lieu de chevet d'un côté, tandis qu'une chaise à barreaux tournés, de style ranch, remplissait le même office de l'autre côté. Une bibliothèque courait tout le long de la partie basse de la pente du toit.

— Tu es vraiment sûre ? insista Will.

Elle hocha la tête.

— Alors, soulève ton bras valide.

Comme il l'avait fait des quantités de fois, il lui ôta son T-shirt, libérant ses seins nus.

Le regard qu'il posa dessus n'avait rien de médical,

et elle frémit quand il referma les mains sur les globes durcis, les caressant longuement, en agaçant la pointe du bout des doigts.

À la hâte, il ôta sa propre chemise et la jeta par terre. Puis il déboutonna la ceinture du jean de Maddy et le fit glisser le long de ses jambes.

Maddy enjamba le vêtement et se défit de ses tennis en deux coups de talon.

S'accroupissant, Will posa les mains sur ses chevilles, et remonta jusqu'à ses genoux.

Maddy retint son souffle quand ses doigts calleux frôlèrent l'intérieur de ses cuisses.

Puis ils s'aventurèrent plus haut, rencontrèrent le liseré d'une culotte de dentelle.

Sa main glissa sous la bande élastique de la culotte et l'embrasa par de troublantes caresses, avant qu'il lui ôte le sous-vêtement d'un geste impatient.

Il ne lui fallut qu'un instant pour se débarrasser de ses bottes, de sa ceinture, de son pantalon et de son boxer qu'il ôta d'un seul geste.

Il était… spectaculaire, avec ses longs muscles bien définis, son ventre plat et dur… Maddy tendit la main vers lui et caressa son torse, en s'attardant sur les aréoles ombrées d'un duvet soyeux. Puis elle suivit langoureusement l'étroit sillon qui descendait sur son ventre.

Lorsque ses doigts entrèrent en contact avec un épais tissu cicatriciel sur sa hanche, il immobilisa sa main.

— Arrête !

Il voulut l'entraîner vers le lit, mais elle résista.

— Non. Je veux voir.

Maddy ne pouvait détacher les yeux des cicatrices, certaines chirurgicales, d'autres témoignant de chairs déchirées, qui couvraient la hanche droite et descendaient tout le long de la cuisse.

Elle l'avait deviné, mais le voir était différent.

— Oh ! Will, murmura-t-elle.

Elle toucha délicatement la zone blessée, avant de lever les yeux vers lui.

— Ça te fait mal ?

— Non.

Sa voix était rauque, et il s'éclaircit la gorge.

— En fait, la peau est devenue totalement insensible à cet endroit.

— Oh…

Elle laissa retomber sa main.

Will la souleva et la reposa où elle était.

— Touche-moi. Où tu veux. J'aime ça.

— Moi aussi. Je veux dire…

Il sourit.

— Je sais ce que tu veux dire.

13

Le lendemain, après le dîner, Maddy s'assit sur le canapé et se blottit contre Will.

— Tu es heureux ?

Il referma les bras autour d'elle.

— Très heureux. Et toi ?

— Bien sûr.

Mais son calme excessif évoquait le nuage noir qui planait au-dessus de leurs têtes.

On était mercredi. Dans une semaine, elle témoignerait.

— Mais je préférerais que nous n'ayons pas à faire ce truc demain, ajouta-t-elle.

Ce « truc » consistait à se rendre à Bellevue, à cent kilomètres de là, pour y rencontrer la procureure Yates.

Will aurait préféré que ça se passe quelque part entre Seattle et Concrete, mais Cynthia Yates avait argué d'un emploi du temps très serré qui ne lui permettait pas de longs déplacements. Elle avait également refusé de faire par téléphone la préparation au témoignage.

Will avait l'impression qu'elle ne prenait pas au sérieux le danger que courait Maddy, ni son degré d'implication.

La détermination de Maddy à faire ce qu'on attendait d'elle n'avait pas faibli, malgré la frustration et la peur. C'était d'ailleurs la première fois qu'elle exprimait une inquiétude.

Évidemment, Will avait conscience qu'elle n'était pas totalement confiante en ce qui concernait sa sécurité et, par deux fois, il avait dû la tirer d'un cauchemar en pleine nuit.

— Si quelqu'un sait que je suis ici…, dit-elle, d'une voix lente.

— Nous le saurions déjà.

Traduction : Nous serions morts.

— Donc, il n'y a pas de raison que ce déplacement pose un problème. Je ne vois même pas l'intérêt de changer de voiture.

Ils avaient tous les deux apprécié cet intermède, mais il était temps de revenir à la réalité. Si quelque chose tournait mal, Will devait savoir qu'elle suivrait les consignes.

— Je ne pense pas que nous ayons été suivis. Ma vraie inquiétude concerne Cynthia Yates. Il est totalement irréaliste de croire qu'elle pourra quitter son bureau sans être vue.

— Tu crois qu'elle est surveillée ?

Will communiqua son ignorance par le biais d'une grimace.

— C'est probable. Et j'ai eu l'impression que Ruzinski n'aimait pas ce plan non plus, mais qu'il se sentait obligé de coopérer.

Maddy s'écarta un peu de lui et pivota sur le siège

en repliant une jambe sous elle, afin de po[...]
regarder.

— Vraiment ? Je n'ai pas eu cette impression.

— Il ne me semble pas que tu étais très attentive.

Elle parut chagrinée.

— C'est vrai. Étant donné que je n'avais pas voix au chapitre, je me suis un peu désintéressée de la conversation.

— Tu as tellement de choses à penser !

Il se pencha et déposa un tendre baiser sur ses lèvres.

— Il est possible aussi qu'il soit vexé de devoir déléguer à d'autres ce qu'il n'a pas su faire.

Maddy eut un petit rire.

— Ce ne doit pas être confortable pour lui d'admettre que les marshals ont besoin d'aide pour protéger un témoin qui leur a été confié.

— Effectivement.

Elle réfléchit un moment.

— Donc, nous risquons de nous jeter dans la gueule du loup ?

— J'approcherai avec prudence. Il faudra que tu sois prête à sauter hors de la voiture quand je le dirai.

— Est-ce que je n'ai pas toujours fait ce que tu me disais de faire ?

— C'est vrai. Et pourtant, j'ai l'impression que tu n'es pas une femme docile, habituellement. Mieux tu te sentiras, et plus tu auras envie de penser par toi-même.

— Penser par moi-même ne veut pas dire faire des choses stupides, tu sais.

— Ce n'est pas ce que je…

Elle l'interrompit.

Je serais morte si tu n'avais pas été là. Je te promets de suivre tes instructions à la lettre.

Will posa la main sur sa nuque.

— Désolé. Je suis simplement…

— Inquiet ?

Terrifié, en fait, mais il n'allait pas le lui dire.

Il ne cesserait pas d'avoir peur, même si l'expédition de demain se déroulait sans anicroche.

Il restait le procès, et Will était certain que l'ennemi tenterait quelque chose. Ce serait sa dernière chance.

Bien sûr, un second procès était prévu fin août, et Maddy devrait y témoigner aussi, mais Will s'en inquiétait moins. En effet, Maddy aurait déjà décrit devant la cour ce qu'elle avait entendu et vu le jour où sa cliente avait été tuée. La faire taire n'aiderait en rien l'ancien juge Torkelson.

Ce qui ne voulait pas dire pour autant que Will avait l'intention de se détendre avant que le juge corrompu se retrouve derrière les barreaux.

— Et si nous pensions à autre chose, en attendant ? proposa-t-il.

Elle esquissa un sourire.

— Ça fait beaucoup d'heures à occuper. Je me demande ce qu'il y a sur Netflix…

— J'avais autre chose en tête.

Du bout de l'index, il dessina le contour de ses lèvres.

— Il n'y a pas beaucoup de place sur le canapé, mais tout dépend de la position…

— Ça a l'air intéressant. Mais je ne crois pas que tu aies de préservatif à portée de main.

Will se leva d'un bond.

— Ferme les yeux, compte jusqu'à vingt, et je serai de retour.

Le rire de Maddy le suivit à l'étage.

Le trajet n'eut rien d'amusant.

Lorsqu'ils furent sur l'autoroute, et que Will fut certain qu'ils n'étaient pas suivis, il autorisa Maddy à se redresser. Naturellement, il l'avait consignée sur la banquette arrière, afin qu'elle puisse, en cas de besoin, se cacher sous la désormais familière couverture bleue.

Elle enclencha sa ceinture de sécurité, observa la nuque de Will et une partie de son profil sévère, puis elle s'absorba dans la contemplation du paysage qui défilait derrière sa vitre.

Lorsqu'ils empruntèrent le pont au-dessus de Skagit River, elle fut impressionnée par l'immense étendue d'eau, à l'apparence trompeusement placide.

Elle ne s'était rendue aussi loin dans le Nord qu'une seule fois, quand Doug l'avait invitée à La Conner, pour un week-end en amoureux. Ils discutaient dans la voiture, et elle n'avait pas fait attention à son environnement.

Doug…

Cela faisait longtemps qu'elle n'avait pas pensé à lui. Ils se voyaient depuis un an quand elle avait été témoin du meurtre qui avait tout changé. Et pourtant, elle se souvenait à peine de son visage.

Que lui avait-on dit à propos de sa disparition ?

Elle se demanda combien de temps il lui avait fallu

pour passer à autre chose. Car elle était certaine que c'était ce qu'il avait fait.

Elle s'étonna d'avoir gâché autant de temps pour une relation aussi fade.

Une fois que Mount Vernon fut derrière eux, le paysage devint plat, se partageant entre des terres agricoles et des vignes. Au passage, Maddy vit une immense pépinière, et un panneau annonçant des baptêmes de l'air en planeur.

Elle n'était pas pressée de s'élever à nouveau dans les airs.

Jamais semblait une bonne option.

Après qu'ils eurent franchi une autre rivière, la Snohomish, la circulation s'intensifia, et l'environnement devint urbain. D'abord Everett, puis Lynnwood où Will sortit.

Ils y laissèrent la jeep et louèrent une voiture pour la dernière partie du périple. Will y transféra la couverture et recommanda à Maddy de rester à l'arrière. Puis il effectua un circuit sinueux à travers la ville, revenant sur ses pas pour emprunter la Highway 405, qui devait les conduire sur la rive est de Lake Washington.

Plus l'environnement lui devenait familier, plus Maddy devenait nerveuse. Elle avait grandi à Redmond, tout près de Bellevue. Ils allaient passer à cinq cents mètres de la maison où elle avait grandi.

L'envie de prendre ses parents dans ses bras, d'entendre leur voix la rongeait.

Mais ce n'était pas une bonne idée de penser à ça.

— On approche de la sortie, dit Will. Cache-toi.

— D'accord.

Elle s'étendit sur la banquette et rabattit la couverture sur elle.

Sachant combien ils étaient proches du but, elle ne tenait plus en place.

— Tu peux me parler, au moins, dit-elle.

Il se plaignit de tomber sur un feu rouge à chaque intersection, puis garda le silence un moment.

— Pourquoi ici ? marmonna-t-il. Personne au bureau du procureur ne gagne assez pour fréquenter ces cercles.

Maddy en déduisit qu'ils se dirigeaient vers le lac. Will avait raison. Les maisons, ici, valaient au minimum un million de dollars. La vue sur le lac faisait évidemment monter les prix.

Elle retint son souffle quand le téléphone de Will vibra.

— Oui ? dit-il, d'un ton impatient.

Il écouta.

— Nous arrivons.

Silence.

— Je n'aime pas ça.

Nouveau silence.

— D'accord.

La conversation se termina ainsi. Puis, d'une voix totalement différente, il demanda :

— Ça va toujours, Maddy ?

— Oui. Nous sommes bientôt arrivés ?

— Oui. Je fais quelques détours dans le quartier,

afin de mémoriser le parcours le plus rapide pour s'enfuir si besoin est.

— Tu as remarqué quelque chose d'inquiétant ?

— Trop de voitures en stationnement. Plutôt chics, d'ailleurs. Je pense que personne ici ne conduit une jeep de huit ans.

— Toi non plus.

— C'est vrai que cette Toyota hybride est plutôt sympa…

Après une minute, il demanda :

— Qu'est-ce que tu avais comme voiture ?

— Tu ne vas pas le croire : une Honda Civic.

— Pas de BMW ou de Land Rover ?

Elle rit, même si elle savait qu'il essayait de la distraire de la tension grandissante.

— Non.

Le téléphone de Will vibra de nouveau.

Il ne perdit pas de temps à dire allô.

Il écouta, puis répondit :

— Soyez prêt.

— Qui était-ce ? demanda Maddy.

— L'agent du FBI. Il dit que la voie est libre.

— Mais tu n'y crois pas.

Il ne répondit pas. Ce n'était pas la peine.

Non, Will n'était pas plus convaincu que lorsqu'il en avait discuté avec le marshal.

Et il aurait bien aimé savoir si l'agent spécial Moore était un élément chevronné ou un débutant. Il lui semblait un petit peu trop désinvolte.

Les garages et les places de stationnement se trouvaient dans une ruelle derrière les maisons. Tandis qu'il s'y engageait, Will ressentit un sentiment d'oppression. La voie était sans issue, ce qui était idéal pour un guet-apens, et un demi-tour n'était possible qu'au prix de plusieurs manœuvres, ce qu'il fit aussitôt pour faciliter sa fuite.

Il aurait eu beaucoup plus de facilités s'il avait pu se garer dans l'avenue et entrer par la porte principale. Moore pensait qu'ils attireraient moins l'attention de cette façon, mais qui se souciait de ce que pensaient les voisins ?

Le gros SUV noir garé le long du troisième garage avait tout l'air d'un véhicule officiel, même si sa plaque d'immatriculation était banalisée.

Le regard de Will passa du rétroviseur central aux rétroviseurs latéraux. Il aurait préféré être au volant d'un Hummer. Avec ce genre de tout-terrain aux allures de mini-char d'assaut, au moins ils auraient été en sécurité.

Il n'y avait pas d'autre véhicule en vue.

Il garda le pied sur le frein et laissa tourner le moteur.

La porte d'un garage se leva automatiquement, révélant une Lexus, un établi et une tondeuse à gazon.

Il resta assis tranquillement.

— Ne te redresse pas tant que je n'aurai pas fait le tour de la voiture pour t'ouvrir la portière. Et ensuite, reste collée à moi. Compris ?

— Oui.

On aurait dû leur fournir un gilet pare-balles. Will se reprocha de ne pas avoir pensé à le demander. Pour ce que les autres en savaient, il n'était pas armé et dépendait entièrement de l'unique agent du FBI qui se tenait dans le garage. Il n'avait pas dit à Ruzinski qu'il était en possession de l'arme de Rankin. Il la rendrait plus tard.

Au moins, l'agent spécial Moore avait son arme à la main et paraissait sur le qui-vive.

Will avait les bras couverts de chair de poule quand il sortit de la voiture de location et en fit le tour par l'avant.

C'était calme. Beaucoup trop calme.

Son instinct lui soufflait de remonter en voiture et de filer.

Mais il reconnaissait que sa capacité à combattre était encore altérée par son stress post-traumatique.

Il observa toute la ruelle dans les moindres détails : clôtures, fenêtres, toitures…

Il ne parvenait pas à se détendre, mais il allait bien devoir se résoudre à ouvrir la portière de Maddy.

Elle se tortilla hors de la banquette comme elle le pouvait, empêtrée avec son bras en écharpe.

— Reste accroupie, dit-il.

Elle se blottit contre le pare-chocs.

— Qu'est-ce que vous fichez, demanda l'agent fédéral. Faites-la venir.

Will l'ignora et s'adressa à Maddy.

— Tu vas te redresser et rester derrière moi. Pose ta main sur mon dos que je sache toujours où tu es.

Elle obtempéra.

— Commence à reculer pas à pas.

Il entendit ses semelles frotter sur l'asphalte tandis qu'elle faisait un pas en arrière vers le garage.

Il déplaça son pied droit, portant son poids sur son côté le plus fort.

— Un autre…

Un léger grincement, ce fut tout ce qu'il entendit avant que le portail juste en face d'eux s'ouvre, et qu'un homme vêtu de noir jaillisse en tirant.

— Couche-toi ! cria-t-il.

La première balle ricocha sur le toit de la Toyota.

Maddy se jeta par terre et rampa avec lui pour se mettre à l'abri derrière la voiture.

Le second tir partit de plus haut et passa au-dessus de la voiture.

Un cri dans leur dos leur apprit que l'agent du FBI avait été touché.

Will commença à tirer. L'homme le plus proche tomba à plat ventre.

La silhouette du sniper couché sur le toit d'un garage devant lequel ils étaient passés était à peine visible. Will tira quand même dans cette direction, tandis qu'il ouvrait la portière pour Maddy.

— Dedans. Dedans.

D'un coup d'œil par-dessus son épaule, il vit que Moore avait rampé sur le côté du garage. Le sang maculait la cuisse de son pantalon, mais il tenait fermement son arme en position de tir.

— Allez-y, dit-il. Je vous couvre.

Plutôt que de contourner la voiture par l'extérieur, ce qui était beaucoup trop risqué, Will ouvrit la portière avant, du côté passager, prit place sur le siège et, de là, se glissa au volant.

Pendant ce temps, l'agent Moore tirait sans relâche vers le sniper.

Will mit le contact, enclencha le levier de la boîte automatique sur *Drive*, et enfonça l'accélérateur.

Maggie entendit la portière avant s'ouvrir et se refermer. La voiture tangua sous le poids de Will. Le moteur tourna. Les pneus crissèrent sur l'asphalte. La voiture prit de la vitesse, pencha d'un côté, puis de l'autre, et Maddy fut ballottée comme un vulgaire sac de pommes de terre.

Au bout d'un moment, elle sentit que ça ralentissait.

— On nous suit ? demanda-t-elle.

— Pas encore.

Sa voix était tendue.

Après un nouveau virage, elle l'entendit qui parlait au téléphone.

— Ruzinski ? Fiasco sur toute la ligne. Deux tireurs nous attendaient. Moore est blessé. Maddy et moi nous en sommes sortis. La voiture est bien amochée. Je vais l'abandonner sur un parking.

Il y eut un long silence. Puis :

— Mouais. D'accord. Merci.

Supposant que la conversation était terminée, Maddy demanda :

— Je peux me redresser, maintenant ?

— Je ne vois pas ce qui t'en empêchera. Nous

allons rouler encore deux kilomètres. Ruzinski vient nous chercher.

Soulagée, elle émergea de sous la couverture, et la poussière qui s'en dégagea la fit éternuer.

— Tu es blessé ?

— Non. L'agent Moore a pris une balle dans la cuisse, mais ses jours ne sont pas en danger.

Maddy laissa passer un silence.

— Tu avais raison.

— Je n'aurais jamais dû accepter cela.

Son intonation laissait entendre que sa collaboration pleine et entière serait désormais difficile à gagner.

— Nous aurions dû être équipés de gilets pare-balles.

Il croisa son regard dans le rétroviseur.

— C'est un miracle que nous n'ayons pas été touchés. Et encore plus qu'un pneu n'ait pas été crevé.

— Ils ne sont peut-être pas si malins que ça.

— J'en ai reconnu un.

— Mais pas l'autre ?

— Il était sur le toit. Je n'ai pas bien vu.

Maddy se rendit compte que son pouls se calmait seulement maintenant.

— Ils ont arrêté de tirer. Ils sont morts ? Que vont devenir les corps ?

— Celui dans la ruelle est tombé. J'ignore si je l'ai tué ou non. Pour celui du toit, impossible à dire. Moore et moi tirions tous les deux. S'il a été touché, il a dû laisser tomber son fusil.

Et quelqu'un le retrouverait peut-être dans son jardin… Se rappelant la pluie de balles qui avaient sifflé, Maddy ne put qu'imaginer la quantité d'impacts que les résidents retrouveraient dans leurs clôtures, leurs portes, et peut-être même leurs toits.

Maddy n'avait pas fait attention à la route qu'ils prenaient, et fut étonnée de se retrouver sur le parking d'un garage automobile.

Will prit le pistolet qu'il avait jeté sur le siège passager, plongea la main dans une de ses poches, et remplaça le chargeur.

— Où sommes-nous ? demanda-t-elle.

— Chez un garagiste qui travaille beaucoup avec les FDO.

Pendant que Will se dirigeait vers l'accueil, Maddy chercha la signification de l'abréviation. Elle l'avait déjà entendue… Ah oui, Forces de l'ordre. Alors quoi, le type qui tenait ce garage était un ancien flic ?

Will revint.

— Ruzinski est déjà là.

Ils prirent place dans un Chevrolet Blazer, ou un Ford Explorer, ou un SUV dans ce genre.

Évidemment, Maddy fut consignée sur la banquette arrière. Le marshal n'était pas du tout comme elle l'avait imaginé d'après sa voix au téléphone. Il était mince, plus grand que Will, avec des cheveux blonds coupés en brosse et des yeux bleus.

Quand ils furent sortis du parking, il s'adressa à Will.

— Il paraît que vous êtes armé.

— Vous avez parlé à Moore ? Comment va-t-il ?

— Bien. Plus de peur que de mal.

— Tant mieux. Quant au fait que je sois armé,

c'est un minimum. Vous ne pensiez pas que j'allais arriver les mains dans les poches sur le lieu d'un possible guet-apens, et m'en remettre à un type que je ne connais pas ? D'ailleurs, comment se fait-il qu'il était seul ?

— Calmez-vous. Il y a un cadavre dans la ruelle. Je dois savoir d'où viennent les balles.

— J'ai le Glock de Scott Rankin. Maddy l'avait pris pour se protéger.

Ruzinski garda le silence un moment.

— J'ai essayé de me renseigner sur vous, mais je n'ai pas trouvé grand-chose, si ce n'est que vous étiez dans l'armée.

— Delta Force.

Le marshal haussa les sourcils, surpris.

— En permission ?

Will secoua la tête.

— Démobilisé pour blessure.

— Vous avez plutôt l'air en forme.

— Pas assez pour reprendre du service actif.

— Je vois.

Delta Force.

Maddy avait eu plus de chance qu'elle ne l'imaginait. Ce qu'elle ne comprenait pas, c'était comment Will s'y retrouvait entre sa vocation de soignant et les violences qu'il avait dû commettre au sein de cette unité d'élite engagée dans les combats les plus complexes.

Le fait qu'il veuille se tourner vers la médecine familiale en disait long sur lui. Il cherchait l'apaisement, un endroit où il pourrait aider au lieu de blesser.

Et pourtant, il n'avait pas hésité à se jeter dans le chaos que sa vie était devenue.

Mon héros, pensa-t-elle, tout en sachant très bien ce qu'il rétorquerait si elle lui disait cela.

14

Lorsque Cynthia Yates appela Maddy après la débâcle, Will écouta sans vergogne, même s'il n'avait accès qu'à un côté de la conversation.

Apparemment, la procureure commença par une flopée d'excuses.

Prenant appui contre l'îlot central de la cuisine, les bras croisés, il guetta la réaction de Maddy.

Elle leva les yeux au ciel et dit :

— Merci, mais vous n'avez pas besoin de… oui, je comprends…

Elle écouta encore, exprima à nouveau sa compréhension puis :

— Et si nous en venions au fait ?

Will n'aurait pas eu sa patience. Il avait exprimé haut et fort ses réserves sur ce rendez-vous. Ruzinski affirmait les avoir transmises. Mais l'avait-il fait ?

Moore avait quitté l'hôpital après une nuit d'observation, mais avec le fémur brisé, et serait en incapacité de travail pendant plusieurs mois.

Quant à Maddy et lui, ils seraient probablement morts s'ils étaient entrés directement dans ce garage, comme on le leur avait demandé.

Will n'avait jamais eu de problèmes avec les ordres quand il était dans son unité. Depuis qu'il était revenu à la vie civile, il avait tendance à ne plus rien prendre pour argent comptant.

Il n'écouta pas attentivement pendant que les deux femmes discutaient passionnément des tactiques de prétoire et de ce qu'il fallait attendre de la défense et du juge.

Maddy n'écoutait pas docilement. Elle argumentait, défendait fermement ses positions. Plus rarement, elle acquiesçait.

La Maddy d'aujourd'hui ne ressemblait en rien à la survivante blessée et fiévreuse d'un accident d'avion. Mais elle n'avait pas perdu la qualité qui lui avait permis de survivre : la détermination.

Après que Maddy eut raccroché, Will lui proposa d'aller faire un tour.

Il roula jusqu'à Bellingham, non loin de la frontière canadienne, et s'arrêta sur le parking d'un centre commercial.

Puis il sortit un téléphone de la boîte à gants et le lui tendit.

— Appelle tes parents.

Maddy ouvrit de grands yeux, avant de hocher la tête.

Il se pencha pour déposer un baiser sur ses lèvres, et ouvrit sa portière.

— Tu peux rester, si tu veux.

— Tu as bien mérité quelques minutes avec eux. Fais juste attention que personne ne dise quoi que ce soit de significatif. J'appelle Ruzinski.

Il ferma la portière et se posta à l'avant de la jeep, où il pouvait la voir tout en téléphonant.

Observant Will qui faisait les cent pas devant la voiture, un portable collé à l'oreille, Maddy songea qu'il était incroyablement sexy. Son jean usé et délavé collait à ses cuisses musclées et à ses fesses comme une seconde peau. Les manches retroussées de sa chemise blanche découvraient des avant-bras puissants. Jamais elle n'avait eu de relation avec un homme qui dégageait une telle présence physique, une sensualité si puissamment virile.

S'arrachant à sa fascination, elle composa le numéro de la ligne fixe de ses parents, et observa quelques secondes l'écran, avant de se décider à appuyer sur le bouton d'appel.

— Allô ? dit une voix féminine hésitante.

— Maman ?

Sa mère poussa un petit cri étranglé.

— Maddy ? C'est toi ?

— Oui.

Quand elle sentit du sel sur ses lèvres, Maddy réalisa qu'elle pleurait.

— Attends ! J'appelle ton père.

Sa mère avait dû mettre le téléphone sur haut-parleur, car elle entendit des pas pressés puis :

— Maddy ? Est-ce que tout va bien ?

— Ça va, papa. Vous savez que je dois témoigner lundi ?

— Nous n'avions pas la date précise, dit sa mère, mais nous serons là.

— Non, justement. Pour votre sécurité, il vaut mieux que vous quittiez la maison ce soir. Prenez un avion et, où que vous alliez, n'utilisez que du cash.

Après un long silence, son père dit :

— Tu as raison. On pourrait se servir de nous pour faire pression sur toi. Nous pourrions aller…

— Non ! Ne me le dis pas. Votre téléphone est peut-être sur écoute.

— Compris, dit son père.

— J'espère que tu es bien entourée, dit sa mère.

— Oui. J'ai quelqu'un… Un ancien de la Delta Force… Un homme formidable. J'ai toute confiance en lui.

Sa mère avait dû percevoir quelque chose dans sa voix, car elle remarqua :

— On dirait que tu l'aimes bien.

Ses lèvres tremblantes esquissèrent un sourire.

— Oui, c'est possible. Je ne sais pas.

Son visage était à nouveau humide de larmes.

— Je vous aime. Faites attention à vous.

Après avoir essuyé ses larmes, Maddy releva la tête et vit que Will l'observait à travers le pare-brise.

Elle resta le souffle coupé devant ce qu'elle vit dans ses yeux, et pria pour que ce ne soit pas un effet de son imagination.

Ce soir-là, Will prit tout son temps pour faire l'amour à Maddy. Ils avaient encore cinq jours devant eux pour découvrir leurs corps et partager de tendres conversations.

Il la trouvait fascinante et voulait tout savoir d'elle. Comment cette femme si belle, qui avait grandi dans un milieu privilégié, était-elle devenue aussi forte et honorable ? Pourquoi regrettait-elle de ne pas s'être davantage affranchie de sa famille ? Qu'aurait-elle fait si elle n'était pas devenue avocate ?

Et surtout, que penserait-elle de s'installer à Houston ou Los Angeles, Cincinnati ou Atlanta, selon la faculté de médecine où il serait accepté ?

Mais le plus important pour lui était surtout de savoir ce qui se passerait quand elle n'aurait plus peur pour sa vie, et ne dépendrait plus de lui pour sa sécurité…

Vendredi, Ruzinski fut porteur d'une bonne nouvelle. Il appela pour leur faire savoir qu'une employée administrative du bureau du marshal avait été arrêtée pour avoir vendu des informations sur Rankin.

Une fois confondue, elle avait craqué et admis qu'elle l'avait entendu parler avec le pilote quand il avait réservé le vol.

Ruzinski était certain qu'elle avait agi seule.

Il les avait aussi informés qu'une femme officier du département de police de Seattle, qui offrait une étonnante ressemblance avec Maddy, avait accepté de servir de leurre. Elle serait escortée au tribunal comme un témoin normal.

Enfin, Ruzinski admit qu'il était agacé par l'insistance du chef de la sécurité du tribunal à connaître leurs plans.

Le type n'avait pas aimé quand le marshal avait refusé de lui dire comment Maddy et Will seraient conduits dans la salle d'audience. Soit le chef de la sécurité était vexé d'être tenu à l'écart, soit il avait besoin de l'information pour une autre raison…

Maddy n'entendait pas ce que disaient Will et le chauffeur de taxi. Assise à l'arrière d'une Toyota Prius gris métallisé, elle observait par la vitre la pluie qui tombait sur la ville.

Un an plutôt, elle se sentait chez elle dans ce quartier d'affaires de Seattle. Peut-être connaissait-elle certains de ces hommes en costume bien coupé, et ses femmes en talons aiguilles qui déambulaient sur les trottoirs glissants, en s'abritant sous leur parapluie.

Le cabinet d'avocats qui l'employait se trouvait à l'angle de la rue, là-bas. Elle pourrait entrer, prendre l'ascenseur jusqu'au cinquième étage, et déambuler dans les couloirs.

Est-ce qu'on la reconnaîtrait ? Qui était encore là ? Qui était allé tenter sa chance ailleurs ?

Elle s'était toujours dit qu'elle retournerait y travailler, comme si le laps de temps durant lequel elle s'était absentée n'était rien.

Ce qu'elle n'avait pas imaginé, c'était que cette expérience la changerait profondément.

Ma place n'est plus ici.

Son étrange humeur aujourd'hui avait peut-être quelque chose à voir avec une forme de distanciation.

Le jour tant attendu était arrivé, et elle ressentait une sorte de fatalisme plutôt que de la peur.

Cette pluie était finalement un coup de chance, qui lui permettait de porter un ample et long imperméable, qui cachait à la fois son attelle et le gilet pare-balles fourni par le marshal Ruzinski.

Avec un pardessus vert forêt sur son propre gilet pare-balles, Will semblait plus corpulent, ce qui s'accordait à son visage considérablement vieilli.

Si elle l'avait rencontré pour la première fois, Maddy aurait juré qu'il avait soixante ans, et ce, grâce à la perruque poivre et sel et au grimage réalisé par la maquilleuse qui s'était également occupée d'elle. C'était si bien fait qu'elle ne reconnaissait pas son propre visage.

Elle entendit Will dire au chauffeur :

— Vous voudrez bien nous déposer juste devant l'entrée ? Ma femme a besoin d'une chirurgie de la hanche, et je voudrais lui éviter des efforts.

Le chauffeur tourna à gauche dans Cherry Street, et regarda Maddy dans le rétroviseur central.

— Mon père s'est fait opérer il y a six mois. Ça lui a changé la vie. Maintenant, il trotte comme un jeune homme.

Elle sourit sur commande.

— J'ai tellement hâte de ne plus souffrir.

— J'imagine.

Le chauffeur tourna encore deux fois à droite, et ils passèrent devant le parc municipal, où Maddy s'asseyait souvent sur un banc pour déjeuner.

Ils étaient presque arrivés.

Le cœur de Maddy fit un bond dans sa poitrine.

Ils étaient maintenant sur la Troisième Avenue. Le chauffeur s'arrêta le long du trottoir, devant l'entrée principale.

Le téléphone de Will vibra. Il le sortit de sa poche, lut un SMS et, le visage impassible, le montra à Maddy.

Leurre attaqué. Coups de feu.

Ils remercièrent le chauffeur et sortirent sur le trottoir, Will en premier, puis Maddy.

Il l'attira contre lui et observa la rue. Le trottoir était bondé malgré la pluie.

Un taxi s'arrêta derrière eux et un homme en sortit. Maddy ne lui prêta pas attention, se demandant où était passé Ruzinski.

— Nous sommes prêts, dit Will à voix basse. Allons-y.

Prêts ?

Maddy fut surprise quand elle observa plus attentivement l'inconnu du taxi.

Ce n'était pas un inconnu, mais Ruzinski.

Comme prévu, il leur emboîta le pas tandis qu'ils se dirigeaient vers la porte.

Soudain, Maddy entendit un son horriblement familier, qui ressemblait à une toux.

Au même moment, quelqu'un la heurta dans le dos.

Ruzinski était tombé, laissant échapper sur le trottoir l'arme qu'il tenait probablement à la main.

Sans réfléchir, Maddy se pencha et la ramassa.

15

Les gens criaient et couraient en tous sens, se bousculant, et ajoutant de la confusion à la scène.

Une femme qui se trouvait à un mètre de Maddy s'effondra. Telle une fleur écarlate, une tache de sang s'épanouit sur sa veste de tailleur bleu pâle.

À cause du silencieux, Will n'avait pas entendu le premier coup de feu.

Il était à présent fixé : aussi incroyable que ça puisse paraître, ces monstres étaient prêts à tuer des passants innocents.

Maddy avait eu une chance folle. Si elle ne s'était pas accroupie, elle aurait pu y passer.

Son arme à la main, Will pivota sur lui-même. Où était le tireur ? Où, bon sang ?

Son regard passa de visage en visage. Des hommes de tous les âges. Quelques femmes…

Il le repéra enfin. Déguisé en mendiant et assis sur les marches du palais de justice. Il n'était probablement pas seul, mais chaque chose en son temps.

Will tira. L'homme s'affala sur les marches en marbre gris.

— Will ! cria Maddy.

Il se retourna.

La balle le frappa en pleine poitrine.

Le choc le projeta en arrière.

Il vit Maddy à genoux, tenant le pistolet du marshal à deux mains, ce qui signifiait qu'elle avait retiré son bras blessé de l'écharpe.

Le tireur portait une cagoule noire, et il était penché à la vitre d'un taxi arrêté juste derrière celui de Ruzinski.

Will essaya d'appuyer sur la détente, mais il était en train de tomber.

Maddy tira, avec sur le visage une expression qu'il ne lui avait jamais vue.

Pourvu qu'elle ne tue pas un innocent.

Pourvu qu'elle ne meure pas.

Ce fut la dernière pensée de Will. Sa tête heurta une marche, et il perdit connaissance.

Étonnamment, ses mains ne tremblaient pas. Si son bras cassé lui faisait mal, elle ne le sentait pas.

Maddy visait bas. Dans la semaine, elle avait fait des recherches sur Internet, et elle avait appris que le recul faisait relever le canon.

L'homme ripostait, mais Maddy rendait coup pour coup.

Elle finit par le toucher, et il s'effondra sur le siège du taxi, laissant échapper son arme par la vitre.

Le conducteur ouvrit sa portière et tira par-dessus le toit.

Redoutant de toucher quelqu'un sur le trottoir d'en face, Maddy hésita.

Derrière elle, au moins deux voix crièrent :

— Posez votre arme ! Posez votre arme !

Des gardes ?

Allaient-ils tirer sur elle ?

Elle se mit à plat ventre, une joue contre le goudron râpeux.

Un homme la surplomba, et elle prit peur.

— Maddy, c'est moi.

Ruzinski. Dieu merci, il n'était pas mort.

Elle entendit d'autres coups de feu, mais n'avait pas la moindre idée de qui tirait maintenant.

Et Will ? Comment allait-il ? À moins d'être gravement blessé, il se serait jeté au-dessus d'elle pour la protéger.

— Posez votre arme ! cria un homme juste à côté d'elle.

Elle vit un pantalon d'uniforme bleu. Un agent de police.

Soudain, ses mains se mirent à trembler violemment.

Quelqu'un lui prit le pistolet.

Une chaussure noire bien cirée apparut dans son champ de vision.

Ruzinski proférait une litanie de jurons dans son dos.

Une femme hurlait sans discontinuer.

Quelqu'un pleurait à gros sanglots.

Au loin, on entendait des sirènes.

Et Will ?

Maddy devait savoir.

Soutenant son bras blessé, elle se mit à genoux.

Elle avait dû les écorcher car ils la brûlaient férocement. Ça ne l'empêcha pas de pivoter sur place.

Will.

Il était là, à un mètre de distance. Mort. Ou peut-être inconscient.

Elle rampa jusqu'à lui.

Il était couché sur le dos, le visage livide.

— Will, murmura-t-elle. Will, ouvre les yeux.

Elle écarta les pans de son pardessus, mais ne trouva pas de sang.

Une veine battait dans son cou, et il respirait.

— Madame, éloignez-vous, dit un homme.

Vêtu d'un uniforme, il s'accroupit pour vérifier l'état de Will. Un secouriste, dont le regard aiguisé l'enveloppa.

— Vous êtes blessée.

Elle secoua la tête.

— Vous avez du sang sur votre manteau.

Elle baissa les yeux.

— Oh… Non. Ça vient de lui…

Elle désigna Ruzinski.

— C'est un marshal.

Le secouriste appela à la cantonade.

— Higley ! Par ici.

En quelques instants, il plaça une minerve autour du cou de Will et, avec l'aide de son collègue, il le hissa sur un brancard.

Voyant qu'ils se dirigeaient vers une ambulance, Maddy essaya de se lever.

— Attendez ! Je dois…

Une secouriste s'approcha.

— Madame, laissez-moi vous examiner.

Deux autres s'affairaient autour de Ruzinski.

Le visage creusé par la douleur, il tourna la tête vers Maddy.

— Ça va ?

— Oui. Je crois.

— Alors, entrez dans ce tribunal et faites ce pour quoi vous êtes venue. Faites en sorte que cette ordure ne puisse plus nuire, dit-il férocement.

L'ambulance s'en alla avec Will.

Maddy aurait voulu courir derrière, mais Ruzinski avait raison. Tout cela avait été fait pour l'empêcher de témoigner.

La secouriste l'aida à se relever.

— Vous souffrez. Vous devez aller à l'hôpital.

— Non.

Elle s'écarta.

— Je suis témoin dans un procès. Je dois y aller.

— Je suis sûre que ça peut attendre.

— Non.

Elle se mit à boitiller vers l'entrée.

— Madame, vous devriez…

La secouriste renonça et la prit par le coude pour la guider.

Quand elle fut à l'intérieur, Maddy la remercia et chercha dans sa poche le dernier téléphone que Will lui avait donné.

Avant qu'elle n'ait eu le temps de composer un numéro, une femme sortit de l'ascenseur.

Le regard inquiet, Cynthia Yates se précipita vers Maddy.

— Eh bien, vous avez une sale mine. Venez avec moi.

Elle la guida vers les toilettes et l'abandonna le temps de retourner dans son bureau chercher sa trousse de maquillage et un collant de rechange.

Maddy se lava les mains et le visage, puis elle ôta son collant déchiré.

Lorsque Cynthia revint, Maddy laissa la procureure la coiffer et la maquiller, puis elle enfila le collant en grimaçant, et dut finalement accepter de se faire aider pour le remonter entièrement, ce qui était mission impossible avec une seule main valide.

— Bon, eh bien, je crois qu'on ne peut pas faire mieux, déclara-t-elle, après avoir vérifié son apparence dans le miroir.

Le portable de Cynthia vibra et elle regarda l'écran.

— Ça ne peut pas mieux tomber, dit-elle. Nous sommes prêts pour vous.

Maddy ferma les yeux et prit quelques profondes inspirations pour se calmer. Tant de gens s'étaient sacrifiés pour qu'elle puisse témoigner. Elle ne les trahirait pas.

La porte des toilettes se refermait derrière les deux femmes, quand le téléphone de Maddy vibra.

Elle le sortit à la hâte de sa poche et répondit.

— Will ?

— Oui. Tout va bien ?

Maddy refoula ses larmes.

— Dans l'ensemble, oui. Et toi ?

— Le gilet pare-balles a fait son office, mais j'ai une côte fêlée. Et je me suis cogné la tête. Ils ne veulent pas me laisser ressortir à cause du risque de commotion cérébrale.

Il marqua une pause.

— Je suis désolé. Je voulais être là pour te soutenir.

— Oh ! Will.

Elle s'arrêta dans le couloir et tourna le dos à Cynthia.

— Si je suis arrivée jusqu'ici, c'est uniquement grâce à toi. À partir de maintenant, je sais quoi faire.

— J'en suis certain.

Derrière elle, Cynthia s'impatienta.

— Maddy, il faut y aller.

— Bonne chance, ma douce. Je te rejoins dès que je peux sortir d'ici.

— D'accord.

Elle eut envie de lui dire qu'elle l'aimait, mais elle ne savait pas si lui avait envie d'entendre ces mots.

Dans le couloir vide, le cliquètement de leurs talons faisait un bruit assourdissant.

Un garde ouvrit la lourde porte en bois.

Les gens dans la salle se tournèrent automatiquement pour voir qui entrait.

Les avocats des deux parties firent de même.

Sur le banc des accusés, l'homme qu'elle avait vu tuer sa cliente tourna aussi la tête… et resta totalement médusé.

Surprise ! Elle était toujours en vie !

Will avait diablement envie d'enfiler ses vêtements et de sortir en douce.

Rongé d'impatience, il s'obligea pourtant à attendre. Il avait passé une IRM, et il avait envie de connaître le résultat.

La dernière fois qu'il avait pressé le bouton pour appeler une infirmière, elle lui avait dit d'un ton excédé qu'il n'y en avait plus pour longtemps.

Bon sang ! Il aurait tellement voulu voir Maddy à l'œuvre.

Il était impossible que quelqu'un ait procuré une arme à l'accusé, n'est-ce pas ?

Non, bien sûr que non.

De toute façon, après ce qui s'était passé dehors, l'huissier et les agents armés dans la salle d'audience seraient sur le qui-vive.

Il devait cesser de s'inquiéter.

Mais ce ne serait pas plus mal si le médecin pouvait se presser un peu.

La salle d'audience semblait différente vue de ce côté, songea Maddy. Mais il allait falloir qu'elle s'y habitue. Un autre procès l'attendait.

Elle aurait pu être nerveuse, mais c'était la colère qui prédominait.

Quelques semaines auparavant, elle aurait sans doute été déstabilisée face à Kevin Mooney. Ce qu'elle l'avait vu faire ce jour-là avait été traumatisant. Mais depuis, elle avait connu quantité d'autres événements violents. À cause bien sûr de ce qu'elle avait vu.

L'avocat de la défense, un gros homme au visage bouffi et à l'air arrogant, que Maddy ne connaissait pas, fit un commentaire sur son bras en écharpe.

— Si elle essaie d'attirer la sympathie…

Une lueur de ravissement s'alluma dans les yeux de Cynthia.

— Monsieur le juge, nous sommes prêts à vous expliquer dans quelles circonstances Mlle Kane a été blessée.

Le juge inclina la tête pour mieux observer l'avocat de la défense.

— Votre tour viendra de poser des questions. En attendant, la parole est à Mme la procureure.

Calmement, Cynthia invita Maddy à se remémorer le jour où elle avait été témoin d'un meurtre.

Le meilleur moment fut celui où elle demanda :

— Reconnaissez-vous cet homme dans la salle ?

— Oui.

Maddy pointa le doigt vers lui.

— Juste ici.

Cynthia demanda ensuite si le tueur avait dit quelque chose.

— Oui, répondit fermement Maddy. Mme Bessey le suppliait. Elle voulait savoir pourquoi il voulait la tuer. Ses mots exacts ont été : « Vous êtes un problème pour Brian Torkelson. »

Lorsqu'elle marqua une pause, un silence absolu régnait sur la salle d'audience.

— Et puis, il a tiré sur elle.

Les tentatives de la défense pour la déstabiliser n'eurent aucun effet. Son expérience des tribunaux lui permettait de prendre son temps avant de répondre, s'assurant qu'elle parlait clairement, sans digressions qui pourraient affaiblir son témoignage.

Finalement, l'avocat ne revint pas à la charge à propos de son attelle. Elle préféra penser qu'il n'était pas au courant pour la bombe, ni pour l'embuscade à Bellevue.

Le juge la remercia pour son témoignage, et Maddy se leva.

Évitant de la regarder, l'avocat de la défense baissa les yeux vers les papiers étalés devant lui.

Maddy sortit la tête haute, étonnée de constater que ses jambes ne tremblaient pas.

Le soulagement sur le visage de Maddy quand elle le vit libéra Will d'un poids.

Il ne put toutefois s'empêcher de s'étonner de la trouver seule dans le hall du tribunal. À quoi pensaient ces gens ?

Comme il pressait le pas pour la rejoindre, un garde voulut s'interposer. Il ne s'écarta que lorsque Maddy cria son nom et se précipita vers lui.

Se moquant de l'endroit où ils se trouvaient, il la souleva dans ses bras et l'embrassa à perdre haleine.

Il avait besoin de savoir qu'elle allait bien, et c'était la seule façon pour lui de se rassurer.

Tout à la joie de leurs retrouvailles, il faillit en oublier qu'il avait une nouvelle irritante à lui communiquer.

— On m'a demandé de te conduire au poste de police. Ils veulent t'interroger.

Elle s'agrippa à sa main.

— Tu vas rester avec moi ?

— Je ne pense pas qu'ils me laisseront m'asseoir dans la salle d'interrogatoire, mais je t'attendrai.

— Comment es-tu venu ?

— J'ai pris un taxi.

— Imagine si ça avait été le même qui nous a conduits tout à l'heure.

— À sa place, j'aurais pris ma journée.

— Je suggère que nous fassions la même chose... Encore qu'il fera peut-être nuit quand nous rentrerons à la maison.

Elle eut soudain une petite moue embarrassée.

— Enfin, je ne voudrais pas m'imposer.

Will grommela.

— Bien sûr que non, voyons. Tu rentres avec moi à la maison.

Est-ce qu'elle considérait son chalet comme sa maison ?

Il aurait bien aimé le savoir.

Mais ce n'était pas le moment d'avoir cette conversation.

Heureusement, l'inspecteur qui interrogea Maddy connaissait le contexte. Après avoir écouté sa version de ce qui s'était passé à son arrivée au tribunal, il l'assura qu'il n'y aurait pas de répercussions pour avoir tiré sur un homme qui essayait de la tuer.

Durant le trajet de retour en taxi vers Northgate, où

Will avait laissé sa jeep, Maddy lui dit que l'inspecteur l'avait félicitée pour son courage.

— Il a été un peu surpris quand je lui ai dit que c'était la première fois que je me servais d'une arme.

Après que le taxi les eut déposés sur le parking, Maddy insista pour conduire.

— Tu as le bras en écharpe, protesta Will.

— Ce n'est pas un problème avec une boîte automatique. Je peux conduire d'une seule main. Toi, par contre, tu as été blessé à la tête, et on t'a administré de puissants narcotiques.

L'air buté, elle tendit la main.

Chagriné, Will déposa ses clés au creux de sa paume.

En chemin, elle voulut avoir des nouvelles de Ruzinski, de la femme en tailleur bleu, et des autres victimes éventuelles.

— Elle a été opérée, et son état est toujours critique. Deux patients ont été légèrement blessés. La policière qui se faisait passer pour toi n'a heureusement que des égratignures.

Maddy absorba toutes ces informations.

Tant de gens blessés ou tués pour l'empêcher de parler.

— J'ai vu Ruzinski en salle de réveil. Sa femme et son fils étaient avec lui. Le chirurgien nous a dit qu'il comptait sur un total rétablissement.

— Donc, personne n'est mort, cette fois.

— À part deux des tireurs. Le troisième est dans un état préoccupant.

Elle serra les doigts autour du volant.

— Lequel ?

— Celui sur lequel j'ai tiré. Il se faisait passer pour un mendiant.

— Oh ! je l'ai remarqué en sortant du taxi.

— Il va sans dire que les agents du FBI qui se sont présentés à l'hôpital ont vraiment envie qu'il survive. Ce sera un clou de plus dans le cercueil de Torkelson.

— Ce type ne sait peut-être pas qui l'a engagé.

— Peut-être, mais on peut toujours espérer. Et maintenant, raconte-moi comment ça s'est passé au tribunal.

Maddy lui résuma le déroulement du procès.

— Dommage que l'avocat de la défense n'ait pas insisté pour savoir comment tu t'es cassé le bras.

Un téléphone sonna. Will l'identifia immédiatement comme étant celui qu'il avait donné à Maddy. Il répondit à sa place.

C'était Cynthia Yates. Elle demanda à parler à Maddy. Il lui expliqua qu'elle conduisait, et mit le téléphone sur haut-parleur.

— J'ai une bonne nouvelle. Au cours d'une pause, l'avocat de Mooney nous a approchés. Il accepte de témoigner contre Torkelson, en échange d'une remise de peine.

Will comprit immédiatement ce que cela signifiait.

— Ça ne lui servira plus à rien d'éliminer Maddy maintenant.

— C'est fini, dit l'intéressée, sous le choc.

Maddy n'eut pas envie de parler après ça, et Will ne voulut pas la brusquer.

Il comprenait qu'elle avait besoin de temps pour affronter ce qui devait être un énorme choc émotionnel après un an de tension constante.

La nouvelle était bonne, mais cependant déstabilisante.

Elle allait vouloir rentrer chez elle, réalisa-t-il. Elle voudrait voir ses parents, retourner travailler…

La morosité de Will s'intensifia à mesure que les kilomètres défilaient.

Elle n'avait plus besoin de lui maintenant.

Cette prise de conscience choqua Maddy.

Peut-être devrait-elle en être heureuse… et elle l'était d'une certaine façon. S'il devait y avoir un quelconque avenir pour eux, ce devait être sur des bases équitables.

Mais, d'un autre côté, elle ne s'attendait pas à ce que ça se termine si vite et si brutalement.

Elle espérait pouvoir passer plus de temps avec Will. Se faire une meilleure idée de ce qu'il ressentait pour elle…

Lorsqu'ils entrèrent dans le chalet, Maddy coula un regard en biais à Will et remarqua combien il avait l'air fatigué et soucieux.

Qu'est-ce qui le mettait dans cet état ?

— J'ai vraiment hâte de me changer, dit-elle.

D'un œil morne, il la regarda choisir dans ses maigres possessions un short, un T-shirt et des espadrilles.

Elle s'enferma dans la salle de bains, l'esprit uniquement occupé de lui.

Lui parler ? Attendre qu'il dise quelque chose ? Annoncer d'un ton enjoué qu'il n'y avait plus de raison pour qu'elle n'aille pas retrouver ses parents ?

Lorsqu'elle émergea de la salle de bains, elle constata que Will n'avait pas changé de place.

— Tu vas me manquer, dit-il.

Elle se mordit la lèvre et hocha la tête.

— Je n'ai pas envie que tu partes, ajouta-t-il, d'un ton bourru. Je sais que tu es sans doute impatiente de retourner travailler, mais… nous pourrions réfléchir à une solution.

Les larmes aux yeux, elle s'avança vers lui.

— Je n'ai pas envie de partir, reconnut-elle. J'espérais…

En deux enjambées, il fut devant elle et referma les bras autour d'elle.

— Bon sang, Maddy ! Pendant tout le trajet, je n'ai pas arrêté de me dire que tu serais pressée de rentrer chez toi.

Elle leva la tête, cherchant son regard, et sourit faiblement.

— Tu sais, mon appartement n'a jamais été ce qu'on peut appeler un foyer.

Elle chercha son souffle.

— Mais toi, tu représentes ça.

Ils échangèrent un long baiser.

— Nous allons devoir discuter de la façon dont nous pouvons faire en sorte que ça marche, dit-il.

— Tu sais, je n'ai aucune envie de retourner travailler comme avocate. Je pense que je vais plutôt devenir procureure. Tout ce qui s'est passé a changé mes perspectives. Mais pas seulement. Ça m'a changée aussi.

Il inclina la tête et lui embrassa le bout du nez.

— Te rencontrer m'a changé.

Ni l'un ni l'autre ne dit « Je t'aime ».

Ils n'en avaient pas besoin. Maddy le savait et elle pensait que Will le savait aussi.

Et puis, franchement, où était l'urgence ?

— Tu veux venir avec moi rencontrer mes parents ?

En voyant la tête qu'il faisait, elle ajouta :

— Ils vont t'adorer. Promis.

Il la surprit en disant :

— Nous pourrons peut-être prendre une semaine pour aller voir mon père à Lake Shasta.

— Très bonne idée.

Elle se blottit plus étroitement contre lui et, levant la main, écarta le pouce et l'index de quelques millimètres.

— Tu sais que j'étais à ça de te tirer dessus quand je t'ai vu la première fois ?

Il éclata de rire.

— Et j'étais persuadé que tu n'arriverais pas à m'atteindre.

Elle haussa un sourcil.

— Au propre ou au figuré ?

— À toi de voir.

— En tout cas, tu t'es trompé. Ça t'apprendra à me sous-estimer.

Il prit son visage entre ses mains et plongea intensément son regard dans le sien.

— Ça, ma douce, c'est une erreur que je ne ferai jamais.

Retrouvez prochainement,
dans votre collection

BLACK ROSE

Une mariée à protéger, de Carol Ericson - N°642

PATROUILLEURS EN MISSION - 1/4

Dans un tourbillon de tulle blanc, la femme sort de la voiture, et Clay la reconnaît aussitôt. April Hart ! Que fait-elle ici ? Et en robe de mariée qui plus est… Mais bientôt il comprend tout : ayant découvert que son fiancé était un patron de la drogue, April s'est enfuie juste avant son mariage. Et c'est chez Clay qu'elle est venue trouver refuge. Clay, qui depuis toujours la protège. Et qui n'a jamais cessé de l'aimer…

L'échappée du désespoir, de Nicole Helm

Alors qu'elle fait sa ronde dans le parc national où elle est ranger, Felicity découvre le corps d'une femme assassinée. À son grand désarroi, c'est elle que les autorités locales accusent du meurtre. Seul Gage Wyatt, policier farouche et déterminé, la croit innocente. Pour l'aider à retrouver le meurtrier, il l'entraîne alors dans une folle cavale, bravant le danger et les éléments déchaînés…

L'enfant de la discorde, de Marie Ferrarella - N°643

Abasourdie, Marlowe Colton fixe le test de grossesse... Dire qu'il a suffi d'un unique moment d'abandon pour qu'elle se retrouve enceinte ! Enceinte de Bowie, l'héritier des Robertson, le clan ennemi du sien. Mais, alors qu'elle se demande comment le lui annoncer, il surgit chez elle, en proie à une terrible colère. Car il vient d'être victime d'une attaque à main armée, et c'est le clan Colton qu'il accuse de cette agression…

Dangereuse vérité, d'Elizabeth Heiter

En reprenant les rênes de la société d'armement de son père, Leila est consternée de découvrir que le matériel fabriqué dans son usine vient de causer la mort de plusieurs militaires en action sur le terrain. Mise en cause dans ce scandale, elle est contrainte d'ouvrir sa porte à Davis Rogers, un enquêteur du FBI au charisme troublant, mais dont l'attitude méfiante l'irrite au plus haut point…

Retrouvez prochainement,
dans votre collection

BLACK ROSE

Une collaboration tendue, de Beth Cornelison - N°644

Nolan Colton est revenu à Whisperwood ! En apprenant le retour de son amour de jeunesse, Summer maîtrise mal son trouble. D'autant plus que Nolan, devenu policier, lui propose bientôt de l'aider dans son enquête en cours. Une collaboration que Summer accepte avant de se rendre compte de son erreur : car non seulement elle peine à garder les rênes de son affaire, mais elle a bien du mal en outre à cacher son désir pour Nolan...

Troublante énigme, de Barb Han

Quel mystère plane sur Brooklyn, la fillette de trois mois qu'un homme a confiée à Rylan avant de s'enfuir ? Rylan est-il le père de ce bébé comme l'a affirmé l'inconnu ? Et qui est sa mère ? Dépassé par les événements, déterminé à enquêter pour lever les secrets qui entourent l'enfant, Rylan fait appel à Amber, la sœur de son meilleur ami dont il était amoureux autrefois...

Les clés d'un secret, d'Elle James- N°645

En voyant Wade Coltrane s'avancer vers elle, Lindsay est prise de vertige. Ainsi, son amour de jeunesse est de retour. Que vient-il faire ici, sur le ranch de son grand-père ? Il cache forcément quelque chose. Mais peut-elle le forcer à avouer les raisons de son retour, alors qu'elle-même lui dissimule depuis cinq ans un terrible secret ?

Au piège des sentiments, de Marilyn Pappano

Enfin ! Après des mois de recherches, Liz Dalton a localisé Joe Saldana. À présent, sa véritable mission commence : le séduire, afin qu'il lui révèle où se cache Josh, son frère jumeau, recherché pour complicité avec de dangereux criminels... Une mission qui, très vite, devient pour Liz synonyme de piège car Joe se révèle un homme infiniment attirant...

Retrouvez prochainement,
dans votre collection

BLACK ROSE

La fausse accusation, de Joanna Wayne - N°646

« Ne me cherche pas, maman, ce que j'ai fait est trop grave... » Incapable de retenir ses larmes, Faith raccroche le téléphone et se tourne vers Travis, le détective qui l'aide à localiser Cornell, son fils adolescent disparu depuis plusieurs mois. Mais, dans ses yeux, elle ne voit que le reflet de ses propres craintes. À quelle sombre activité Cornell a-t-il été mêlé ?

Une surprenante révélation, de Cassie Miles

Dès le premier regard, Kelly est tombée amoureuse de Nick Spencer, le richissime et ténébreux homme d'affaires, un coup de foudre qui bientôt bouleverse sa vie. Car de dangereux criminels poursuivent Nick, persuadés qu'il a transmis à Kelly des informations capitales à leur sujet. Unis par le danger, tous deux se lancent dans une terrible course contre la montre... et contre la mort.

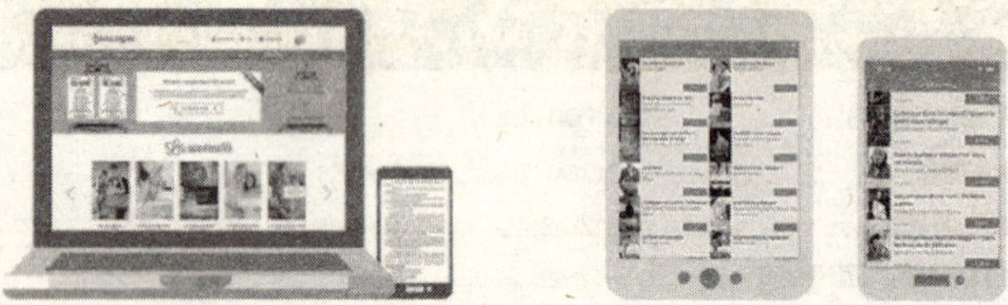